절대검감

7

絶對 劍感

한중월야

장편소설

시공사

진운휘	어릴 적 주화입마를 입고 혈교에 납치되어 삼류 첩자의 삶을 살다가 허무한 죽음을 맞았다. 〈검선비록〉과의 기연으로 다시 태어나 검과의 소통 능력으로 새로운 삶을 만들어 나가기 위해 노력한다. 자신의 출생 비밀을 알게 된 후 혈교에서는 진운휘로, 정과 무림연맹에서는 남천검객의 제자 소운휘로 활동한다.
사마영	오대 악인 월악검 사마착의 여식.
송좌백	무림연맹 조항 송가의 자제이자 쌍둥이 형제의 형.
송우현	무림연맹 조항 송가의 자제이자 쌍둥이 형제의 동생.
낭왕 혁천만	팔대 고수의 일인.
소영영	익양 소가의 장녀이자 소운휘의 누이동생. 봉황당의 부당주를 맡고 있다.
남궁가희	남궁 세가의 장녀이자 봉황당의 당주.
언영인	진주 언가의 차녀이자 봉황당의 당원.

차
례
—

일러두기

- 무협 자체의 재미와 개성을 살리기 위해 의도적으로 속어, 비속어, 은어 등의 표현이나 일부 한글 맞춤법 규정에 어긋나는 표현도 그대로 실었습니다.

- 검의 대화의 경우 앞에 '—' 표기를 넣었고, 전음은 앞뒤 [ ] 표기, 검선의 말은 앞뒤 [ ]를 표기하되 고딕으로 서체를 달리하여 표기하였습니다. 또한 본문 내 강조나 인용 등으로 들어가는 내용은 고딕체로, 본문에 나오는 대화 중 과거형은 다른 명조체로 구분하여 표기하였습니다.

- 한 장짜리 비서는 홑꺾쇠표(〈 〉), 서책의 경우 겹꺾쇠표(《 》)로 구분하여 표기하였습니다.

장강 혈전

"수로채다!"

앞의 배에서 들려오는 외침 소리에 갑판 위가 소란스러워졌다. 누구도 이렇게 빨리 장강수로십팔채가 나타나리라고는 예상하지 못했을 것이다. 나 역시 마찬가지였다. 이곳은 본격적으로 장강으로 들어가는 초입이라 할 수 있었다. 빨라도 너무 빨랐다.

—배가 가까워지고 있어. 거꾸로 오고 있나 봐!

소담검의 말처럼 검은 돛을 단 배들이 점점 가까워지고 있었다. 앞의 배가 필사적으로 멈추려는 이유가 그것인 듯했다. 한데 이 엄청난 물살에 어떻게 배가 거슬러 올라갈 수 있는 거지?

"배, 배가 오고 있어."

"물을 거스르다니?"

"…오고 있는 게 아닐세."

낭왕 혁천만이 심각한 얼굴로 말했다. 사람들이 의아해했다. 그러나 곧 그게 무슨 말인지 모두가 깨달을 수 있었다. 검은 돛을 단 수로채의 배들은 그 자리를 지키고 있었다. 우리가 물살로 인해 그들을 향해 가고 있는 것이었다. 무슨 수작을 부린 건지는 모르겠지만 저 배들은 이런 거친 물살 속에서도 그 자리를 꼼짝 않고 지키고 있었다.

그때 종남파의 도욱 진인이 갑판 위의 사람들에게 소리쳤다.

"수로채라면 계획대로 해야 하오!"

이들의 계획은 수로채에 나포되는 것이었다. 예상과 달리 빠르게 나타났지만 여기서 계속 버티다가 자칫 노출이라도 되면 이들의 계획은 무산되고 만다. 도욱 진인의 말에 개방의 방주 홍구가 역시도 말했다.

"어서 창고로 돌아가 귀식대법을 펼치시게!"

"알겠습니다!"

"다들 창고의 함으로 가랏!"

개방의 방도들과 종남파의 제자들이 서둘러서 우르르 창고로 달려갔다. 수로채로 인해 상황이 어수선하고 다급해졌다.

[어떡하죠?]

사마영의 전음이 들려왔다. 이대로라면 정말 수로채가 이 배를 나포할지도 모른다. 그렇게 되면 혈교의 산하로 두는 일이 역으로 무산되는 결과가 초래된다.

─배에 구멍을 낼까?

'아⋯.'

소담검의 말에 나는 고민되었다. 물살이 어느 정도 잠잠할 때도 아니고 이런 거친 험로에서 구멍을 내면 우리도 위험해진다. 아무리 무림인이라 해도 자연재해 앞에서는 일개 인간에 불과하다. 괜한 짓을 했다가 우리 중에 사상자가 날 수도 있었다.

그때 낭왕 혁천만이 내게 다급히 말했다.

"사제도 창고의 함으로 들어가세."

"제가 말입니까?"

"자네 일행들도 마찬가지일세. 우리는 원래 첫 번째 배에 타고 있어야 하지 않나."

아… 이걸 어쩌지? 이들과 함께 창고의 함에 숨으면 빼도 박도 못한다. 그러던 차였다. 콰콰콰콰콰쾅! 또다시 뭔가가 연달아 부서지는 듯한 굉음 소리가 들려왔다. 아까보다도 더 크게 들렸다. 그러자 앞의 배에서 난리가 났다. 심지어 배의 후미 쪽에 있는 사람들이 우리 쪽에 등불을 흔들면서 소리치고 있었다. 거리가 있어서 아주 작게 들리지만 공력을 귀로 집중하자 무슨 말인지 알 수 있었다.

"배를 멈춰! 배를 멈추라고!"

'…?!'

대체 무슨 말을 하는 거지? 여기서 무슨 수로 배를 멈추라는 거야? 저들의 외침 소리를 낭왕 혁천만도 들었는지 인상을 쓰며 내게 말했다.

"자네도 들었나?"

고개를 끄덕인 나는 배를 멈추려고 안간힘을 쓰는 앞의 배를 보았다. 배 안에 여분의 닻까지 내려가며 난리도 아니었다. 이상함을 느낀 나는 이내 주위를 둘러보다 돛대를 발견했다. 팟!

"공자님!"

"여기서 기다려요!"

사마영의 외침을 뒤로하고 나는 경공을 펼쳐 돛대 위로 올라갔다. 가장 높은 곳으로 올라가서 어떤 상황인지 확인하기 위해서였다. 돛대의 꼭대기에 도착했는데 어느새 옆에 낭왕 혁천만도 나타났다. 그도 나와 같은 생각을 한 것 같았다. 돛대 위에 올라오니 확실히 앞이 훤히 보였다. 그런데 순간 나와 낭왕 혁천만은 둘 다 할 말을 잃고 말았다.

'…!!'

내 눈이 잘못되었는가 싶었다. 멈추려고 안달이 난 세 번째 선박 앞으로 격류에 휩쓸리고 있는 부서진 배의 잔해들. 그리고 물 위를 허우적거리는 수많은 사람들의 모습. 아비규환 그 자체였다.

—앞의 배들이 전부 부서졌나 봐!

우리가 타고 있는 배와 세 번째 배를 제외하고 전부 부서진 것 같았다. 격류에 휩쓸려 내려가는 배의 파편들만 봐도 알 수 있었다. 저 커다란 배를 무슨 수로 저렇게 만든 건지….

"저걸 보게!"

낭왕이 어딘가를 손으로 가리켰다. 어두운 강 위로 반짝이는 무언가가 보였다.

"쇠사슬?"

아무리 봐도 그것은 쇠사슬이 틀림없었다. 장강수로십팔채의 배로 짐작되는 검은 돛의 배들 사이로 쇠사슬이 연결되어 있었다. 그런데 그 쇠사슬의 굵기가 일반적인 것을 훨씬 상회했다. 닻을 내리기 위한 것보다도 훨씬 컸다.

"아!"

이제야 알겠다. 배들이 왜 부서졌는지 말이다. 수로채의 두 배에 연결된 쇠사슬은 팽팽하게 아래쪽으로 연결되어 있었다. 저것이 선박에 걸리면서 그대로 격류에 떠내려가는 배들을 도로 베듯이 부숴버린 것 같았다.

"연환…."

낭왕의 입에서 연환이라는 말이 나왔다.

연환(連環). 그것은 마차나 군용 말 사이에 쇠사슬을 묶어 달려 나가며 적들을 쓰러뜨리거나, 상대 쪽의 마차 무기들을 무력화하기 위한 술책이다. 그런데 저렇게 배에 연결하여 쓰는 것은 처음 보았다.

─재들 수적 맞아? 배에 있는 재화를 노리려던 것 아냐?

소담검의 말이 맞다. 수적들이라면 으레 노리는 것이 재화여야 한다. 그런데 저들은 앞에 있는 배들을 연환으로 무차별적으로 부숴버렸다.

'재화가 목적이 아니야.'

그렇지 않고는 배들을 저리 부술 리가 없었다. 우리 앞에 있는 세 번째 배가 어떻게든 멈추려고 안간힘을 쓰고 있으나 시간문제였다. 물살에 의해 배가 쏠리면서 점차 가까워지고 있었다.

"사형, 뭔가 잘못됐습니다."

"내 생각도 그렇네."

만약 나포가 목적이 아니라면 나머지 두 척의 배들도 쇠사슬의 연환에 걸려 산산조각 날지도 몰랐다.

"이럴 때가 아니네."

낭왕 혁천만이 돛대 꼭대기에서 뛰어내렸다. 나 역시 그 뒤를 따랐다. 밑으로 내려오자마자 표사들과 선원들이 무슨 일이냐며 물어댔다.

"수로채인지 아닌지 모를 배들이 쇠사슬로 연환을 펼쳐 배들을 부수고 있소. 당장 계획을 철회해야 하오! 표사들은 어서 창고로 가서 귀식대법을 멈추라고 하시오!"

"아, 알겠습니다."

표사들이 후다닥 뛰어 내려가자 낭왕 혁천만이 배의 선장에게 물었다.

"방 선장, 혹시 작은 배가 있소?"

"선박 옆쪽에 묶어뒀습니다. 그건 갑자기 왜?"

"당장 배를 띄워주시오."

"이렇게 물살이 험한 곳에서는 무리입니다! 그런 나룻배는 금방 뒤집힐 것입니다."

"앞에 있는 배까지만 버티면 되오."

아! 그가 왜 작은 배를 띄워달라고 했는지 알 것 같다. 저쪽 배로 넘어가서 수로채의 연환에 배가 부서지기 전에 막으려는 모양이다. 차라리 잘됐다. 쇠사슬을 끊고 수로채의 배와 싸우지 않고 도망친다면 이대로 무림연맹의 수로채 토벌 계획은 무마될 것이다.

"사제, 나는 앞의 배로 넘어가서 쇠사슬을 끊도록 해보겠네. 자네가 이 배를 지켜주게."

"알겠습…."

쾅! 쿠르르르! 그 순간 배가 충격을 받아 심하게 덜컹거렸다. 덕분에 배에 있던 표사들이나 선원들 대다수가 넘어지고 구르고 난리도 아니었다. 대체 무슨 일인지 알 수가 없었다. 그런데 표사들 중 한 사람이 외쳤다.

"저, 저걸 보시오!"

그가 가리킨 곳을 보니, 배에 밧줄로 된 무언가가 날아와 선실 쪽에 박혀 있었다. 갈고리처럼 된 부위가 이를 고정하면서 배가 흔들렸던 것 같다. 밧줄이 연결된 곳을 따라 어디서 날아온 것인가 봤는데, 배의 동쪽 언덕 위에 커다란 쇠뇌 수레들이 보였다. 어둠 속 언덕 위로 수많은 인영들이 있었다.

"설마…."

쾅! 쾅! 그때 또 다른 갈퀴 쇠뇌들이 날아와 배의 여기저기에 박혔다. 큰 충격에 배가 흔들리며 기우뚱거렸다. 끼이이이이! 촤아아아아!

"으아아악!"

"배, 배가 기운다!"

"난간을 잡아!"

앞으로 나아가던 뱃머리가 격류의 물살을 가르며 옆으로 잔뜩 기울어, 기이한 방향으로 멈춰버리고 말았다. 그 충격으로 인해 꽤 많은 사람들이 튕겨 나가 강물에 빠졌다.

"괜찮아요?"

나는 사마영의 손을 붙잡고 물었다. 하마터면 그녀도 배가 기울면서 난간 밖으로 튕겨 나갈 뻔했다.

"저, 저는 괜찮아요."

찰나에 검을 바닥에 꽂고 붙잡았기에 다행이었다.

"젠장! 나도 괜찮냐고 물어봐줬으면 좋겠다."

배의 난간 끄트머리를 붙잡은 채 매달려 있는 송좌백이 보였다. 정말 아슬아슬하게 떨어지지 않고 버틴 녀석이었다. 주위를 둘러보았다. 송우현과 조성원도 무사했다.

"밧줄을 던져!"

"떨어진 사람들을 구출해!"

배의 선원들이 다급히 밧줄을 던지며 사람들을 구출하려 했다. 그러나 물살이 워낙 거칠다 보니 빠진 사람들은 그대로 물에 휩쓸려서 저 멀리까지 떠내려갔다. 한번 빠지면 구출은 불가능하다고 봐야 했다. 선장이 소리쳤다.

"주, 줄을 끊지 않으면 배가 까딱하다간 뒤집힐 겁니다."

"줄을 끊어!"

그 말에 표사들이 허둥지둥 배에 박혀 있는 갈퀴 쇠뇌 줄을 풀려고 달려갔다. 그런데 여기서 또 다른 문제가 발생했다. 갑자기 배 위로 화살 비가 쏟아져 내렸다. 촤촤촤촤! 푸푸푸푹!

"끄악!"

"컥!"

무공을 익히지 않은 선원들이 날아오는 화살 비에 비명을 지르며 쓰러져 갔다.

"화살이다! 막아랏!"

"선원들을 보호해!"

표사들이 병장기를 휘두르며 화살을 막아냈지만 그 수가 너무 많았다. 배 위가 화살들로 점차 고슴도치처럼 되어갔다. 얼마 있지 않아 배의 창고 쪽에서 상처투성이가 된 개방의 방도들과 종남파의 검수들이 나와 이를 도왔으나, 계속해서 쏟아져 내리는 화살 비에 부상자가 속출했다.

"줄을 끊으라고!"

"아니, 기다리게!"

낭왕 혁천만이 배를 붙잡아두고 있는 갈퀴 줄을 끊으려는 표사들에게 소리쳤다. 그러고는 내게 시선을 돌리며 말했다.

"자네가 쇠사슬을 처리해주게! 내가 위로 올라가 저들을 막겠네!"

그 말이 끝남과 동시에 낭왕 혁천만이 검으로 화살들을 쳐내며 배에 박혀 있는 줄을 향해 신형을 날렸다. 고정된 줄을 타고 언덕 위로 오르려는 모양이었다. 타타타타탁! 대단한 경공 실력이었다. 외줄을 평지 걷듯 달리고 있었다.

종남파의 도욱 진인이 소리쳤다.

"혁 대협! 나도 돕겠소!"

도욱 진인도 신형을 날려 밧줄 위를 달렸다. 그들 정도 되는 고수들이기에 저리 흔들리는 밧줄 위를 달릴 수 있었다. 개방의 방도 몇몇과 종남파의 검수들이 그 뒤를 따르려다 몇 발짝도 못 가서 강물에 빠지고 말았다. 유일하게 밧줄 위를 건너는 이들은 낭왕과 도욱 진인뿐이었다.

'큭!'

일단 낭왕 혁천만의 말대로 해야겠다. 그가 저 위에 있는 자들을 처리하거나 줄을 자르면 배가 다시 움직이게 된다. 앞의 쇠사슬을 처리하지 못하면 배가 박살날 것이다. 나는 기울어진 배 위를 달려가 밧줄에 묶여 대롱대롱 흔들리고 있는 나룻배에 몸을 실었다.

"저도 같이 가요!"

사마영이 뒤따라와서 소리쳤다.

"아니, 위험하니 여기 있어요."

"하지만….."

"그게 도와주는 겁니다!"

"조심하세요!"

이런 상황에서 배라도 뒤집히면 그녀를 보호할 재간이 없었다. 그녀도 그걸 아는지 금방 포기했다. 나는 서둘러 검으로 고정하고 있던 밧줄을 끊었다. 츄르르르르! 그러자 도르래처럼 밧줄이 내려가며 나룻배가 강물 위로 떨어졌다. 저 큰 배에서도 많이 흔들렸는데, 나룻배는 그야말로 풍전등화나 다름없었다.

—으아아. 너무 흔들거려.

나만큼 불안할까? 배를 꽉 붙잡고서 흐름에 몸을 맡겼다. 어차피 물살을 따라간다면 자연스럽게 앞의 배로 향할 수밖에 없다. 그때 남천철검이 내게 말했다.

—운휘, 절벽 언덕 쪽을 봐라.

그 말에 그곳을 보았더니 언덕 위에 있는 자들이 고정해놓았던 밧줄을 자르고 있었다. 낭왕 혁천만과 도욱 진인이 도달하는 것을 막기 위함인 듯했다. 혁천만은 뛰어난 경공으로 줄이 끊길 때마다 곡예를 넘듯이 다른 줄로 옮겨 탔는데, 도욱 진인은 결국 밑으로 떨어지고 말았다. 풍덩! 물에 빠진 도욱 진인이 허우적거리며 헤엄치는 게 보였다. 다행히 끊긴 줄을 잡고 있어서 저걸 잡아당겨 배 위로 올라가면 될 것 같았다.

"엇!"

그때 낭왕 혁천만도 결국 줄 위에서 떨어지고 말았다. 그러나 그는 놀라운 경공 실력으로 몸을 날려, 언덕 절벽 쪽에 검을 박아 매달렸다. 언덕 위의 인영들이 어떻게든 그를 떨어뜨리려고 화살을 쏘아댔다. 다른 한 손의 검으로 화살들을 막느라 위로 오르는 게 어려워 보였다.

—운휘야! 앞! 앞!

소담검의 외침에 앞을 쳐다보았다. 나룻배가 급류에 휩쓸려 앞의 배에 부딪히려 했다. 팟! 나는 경공을 펼쳐서 단숨에 배의 갑판 위로 올라갔다. 배에 있던 선원들이 그런 나의 모습에 화들짝 놀랐다. 그들을 무시하고서 서둘러 뱃머리 갑판 쪽을 향해 달려갔다.

"부딪힌다!"

"충격에 대비해!"

이미 배가 쇠사슬을 코앞에 두고 있었다. 워낙 굵고 크기에 다들 어찌해볼 생각을 못 하고 있는 듯했다. 나를 발견한 표사들이 지푸라기라도 잡는 듯이 아우성을 쳤다.

"소, 소 대협! 배가 곧 부딪칠 것 같습니다."

"몇 명이 나서서 저걸 끊으려고 했는데, 도리어 물살에 휩쓸렸습니다."

아, 끊어보려고도 했구나. 하긴 저 정도 쇠사슬이면 검이나 도끼로도 끊기는 어려워 보인다. 웬만한 고수들도 불가능할 것이다.

—어떡할 거야?

어떡하긴 뭘 어떡해. 쇠사슬을 잘라야지. 나는 최대한 뒤로 거리를 벌려 뛸 준비를 했다. 표사들이 의아해하며 물었다.

"소 대협?"

"서, 설마….'"

팟! 나는 그들의 말을 무시하고 망설임 없이 쇠사슬을 향해 몸을 날렸다. 단번에 열 장이 넘는 거리를 뛰어넘은 나는 쇠사슬 위에 올라설 수 있었다.

"으어엇."

몸이 기우뚱거리며 넘어질 뻔했지만 겨우 균형을 잡았다. 쇠사슬

밑으로 흐르는 격류와 뒤에서 빠르게 다가오는 커다란 배를 보니 정신이 아득해질 지경이었다. 그러나 이내 검에 모든 신경을 집중했다. 우우우웅! 그러자 남천철검이 흰빛으로 물들었다. 신검합일이었다.

나는 십성 공력을 일으키며 쇠사슬을 향해 검을 내리쳤다. 채애애애애앵! 파란 불꽃이 튀며 남천철검의 검날이 두부 자르듯이 쇠사슬을 파고들었다. 팽팽하게 이어져 있던 쇠사슬이 끊기며 심하게 흔들렸다. 몸이 기울며 곧 넘어질 것 같았지만 나는 이를 멈추지 않았다. 챙강! 결국 쇠사슬이 끊기며 이내 그 탄력에 의해 양쪽으로 튕겨 나갔다. 그와 동시에 배 위에서 함성이 터져 나왔다.

"쇠사슬이 끊겼다!"

"살았다!"

그러나 그 함성은 오래가지 못했다. 쇠사슬이 끊기면서 발을 디딜 곳이 사라지며 내가 강물에 빠져버렸기 때문이다. 풍덩!

"소, 소 대협!"

물살이 너무 빨라서 그대로 휩쓸려버렸다. 나는 있는 힘을 다해 몸을 튕겼다. 그러자 물속에 빠졌던 내 몸이 위로 솟아올랐다. 촷! 나는 낭왕 혁천만이 조언한 것처럼 강물 위를 진기로 발을 보호하며 박찼다.

'한 번! 한 번이면 돼!'

격류이기에 등평도수가 불가능하다고 했다. 격류 방향으로 몸이 튕겨 나갈 거라고 했지만 딱 한 번만 방향이 맞으면 되었다. 팡! 물 위로 발을 박찼다. 그러자 몸이 어딘가로 튕겨 나갔다. 그곳은 바로 끊긴 쇠사슬이 있는 곳이었다. 팍! 나는 끊겨서 강물 아래로 내려가려 하는 쇠사슬을 붙잡았다.

─뭐 하려고 그래! 배 쪽으로 몸을 날리지!

이 기회를 놓칠 수 없어. 쇠사슬을 잡고 수로채의 배 위로 올라가야 해. 저들이 진짜 수로채라면 협상을 해야 한다. 나는 운기로 심맥을 보호한 후 물속에서 쇠사슬을 잡고 앞으로 나아가려 했다. 격류에 이 굵은 쇠사슬마저 물이 흐르는 방향으로 휘어졌다.

'젠장!'

나는 있는 힘을 다해 한 손씩 옮겨가며 쇠사슬을 당겨서 앞으로 나아갔다. 그때 소담검이 소리쳤다.

─우, 운휘야! 쇠사슬이 떨어졌어!

'뭐?'

놀라서 앞쪽을 쳐다보았는데 쇠사슬이 물속으로 가라앉고 있었다. 배에서 자신들에게 연결되어 있던 것을 떨어뜨린 것이다. 덕분에 쇠사슬과 함께 내 몸이 급류에 휘말렸다.

'우읍!'

아무리 공력을 가해도 어찌해볼 수가 없었다. 나는 쇠사슬을 놓고 물장구를 쳤지만 워낙 물살이 세서 위로 오르기도 힘들었다. 이러다 정말 물속에서 죽게 생겼다. 그때 남천철검의 목소리가 들렸다.

─운휘, 날 믿어라.

검집에 있던 남천철검이 빠져나왔다. 그러더니 내 손으로 빠르게 왔다.

─날 잡아라!

정신이 없는 와중에 나는 남천철검의 말대로 검을 붙잡았다. 그러자 남천철검의 힘에 의해 강한 추진력을 얻은 나의 몸이 물 위를 가로지르더니 급류 밖으로 빠져나왔다. 쏴아아아아! 파앗! 거기서 끝이 아니었다. 남천철검에 의해 하늘을 날아올랐다. 그 순간 우레와 같은 함성이 터져 나왔다.

"와아아아아아아아아아!!"

배 위에 있는 표사들과 선원들이 하늘을 나는 내 모습을 보며 환호성을 질렀다. 심지어 일부는 내 모습을 보며 입을 다물지 못하고 있었다. 환호성을 지르는 표사들과 선원들의 외침에 괜히 낯이 간지러웠다. 옥형이 이런 식으로 활용도가 무궁무진할 줄은 몰랐다. 남천철검의 도움을 받게 되다니.

—운휘, 괜찮나?

'괜찮아.'

덕분에 살았다. 급류에 휩쓸렸으면 어떤 일이 벌어졌을지 알 수 없었다.

—저 표정들 좀 봐.

소담검이 낄낄대면서 내게 조잘거렸다. 녀석의 말대로 배 위에 있는 사람들이 검을 잡고 강 위를 나는 내 모습에 눈이 휘둥그레져 있었다. 나라도 놀랐을 것 같다. 하지만 지금 급한 것은 따로 있었다.

'남천, 저 배로 가자.'

—알겠다.

말이 끝나기가 무섭게 남천철검이 검은 돛을 단 배를 향해 날아갔다. 경공을 직접 펼칠 때와는 사뭇 다른 느낌이었다. 발에 아무것도 닿지 않는데 허공을 가로지르니 신선이라도 된 것 같았다. 확실히 하늘을 나니 금방 배가 있는 곳에 도달할 수 있었다. 배 위로 검은 인영들이 보였다.

'뭐지?'

뭔가 이상했다. 수적들이라고 생각했는데, 배 위에 있는 사람들이 하나같이 검은 복면을 쓰고 있었다. 흔히들 생각하는 수적과는 완전히 다른 모습이었다.

―네가 생각하는 수적은 어떤데?

두건을 쓰고 상처투성이에 거칠고 상남자 같은 느낌이라고 할까?

그들도 검을 잡고 날아오는 내 모습에 꽤나 놀란 듯했다.

'엇?'

그때 복면인들 중에 궁을 가지고 있던 자들이 다급히 시위를 겨냥해 화살을 쏘았다. 뭐라고 만류할 틈도 없었다. 슈슈슈슈슈!

―꽉 잡아라, 운휘!

남천철검이 날아오는 화살들을 이리저리 피하며 이내 배 위로 착지했다. 그러자 복면인들이 일제히 병장기를 뽑았다. 눈빛에 경계심과 긴장감이 가득했다.

'생각보다 숫자가 적다.'

복면인들의 수는 고작 스무 명 정도에 불과했다. 배는 이렇게 커다란데 말이다.

'…이게 무슨 냄새지?'

뭔가 묘하게 익숙한 냄새가 났다. 다른 냄새와 뒤섞여 있었는데 한 가지는 확실했다.

―뭔데?

'피 냄새야.'

배 전체에서 역한 피 냄새가 진동하고 있었다. 바닥을 살펴보니 갑판의 나무 바닥이 붉었다. 발을 살짝 눌러보았다. 젖은 나무판자처럼 끈적거리는 물기가 위로 올라왔다.

'…정말 피인가?'

등불 같은 것을 밝혀놓지 않아 배 전체가 어둡다 보니 확실하게 판별은 불가능했다. 뭔가 찝찝한 기분이 들었다. 하지만 어쨌거나 이들과 협상을 해야 했다. 나는 그들에게 공격할 의사가 없다는 것을 보이기 위해 일단 검을 밑으로 향하게 하여 소리쳤다.

"장강의 호걸분들이시오?"

―왜 그렇게 부르냐?

적당히 예의를 차린 거다. 수적들도 자신이 물 강도인 건 알아도 그렇게 불리는 것을 좋아하는 자는 아무도 없다. 사실을 말해도 화를 낸다고 해야 할까? 어쨌든 표국이나 무림인 들이 수로채의 수적을 만나면 장강의 호걸들이라 부른다고 들었던 기억이 있다.

"…."

그런 나의 외침에 복면인들이 아무 답이 없었다. 그들이 천천히 발걸음을 좁혀가며 오히려 포위망 형태를 갖추었다. 당장에라도 공격해올 기세였다.

"그대들과 싸우려고 오른 것이…."

"듣던 것보다 훨씬 강하군, 소운휘."

'…?!'

복면인들 중 한 사람의 입에서 내 이름이 거론되었다. 아무래도 이들의 우두머리인 것 같았다. 기감으로 느껴지는 바에 의하면 절정의 극에 이른 고수였다. 한 배의 채주라면 응당 걸맞은 무위를 지니기는 했으나 묘하게 의구심이 생겼다.

"나를 아시오?"

그런 나의 말에 복면인이 피식 웃으며 말했다.

"계속 나대고 다니는데 모를 리가 있나. 쳐랏!"

우두머리의 명에 거리를 좁혀가던 복면인들이 일제히 내게 달려들었다. 나는 보법을 펼치며 복면인들의 공격을 피해냈다. 그리고 소리쳤다.

"장강수로채분들이 아니시오?"

"죽엇!"

그런 나의 물음에 녀석들은 죽으라는 말만 돌려줬다. 아무래도 이들은 장강수로십팔채의 수적들이 아닌 것 같았다. 복면인들 중 한 사람이 내게 유엽도를 내리쳤다. 이에 나는 그것을 가볍게 발로 차냈다.

"끄헉!"

푹! 내가 차낸 유엽도가 날아가 한 복면인의 복부를 꿰뚫었다. 나는 유엽도를 놓친 복면인의 팔목을 잡고 이내 다른 복면인들에게 던져버렸다. 그와 부딪친 복면인들이 뒤로 쿠당탕 굴렀다. 내공을 힘껏 실었으니 뼈가 박살나고 내상을 입었을 것이다.

팟! 그 신형을 날려 우두머리의 앞을 가로막던 두 명의 복면인을 단숨에 베었다. 그리고 내게 도초를 펼치는 우두머리의 도 날을 두 손가락으로 잡아냈다.

"헉!"

놈이 놀랐지만 이내 내게 기습적으로 발차기를 날렸다. 이에 날아오는 발목을 검병으로 찍어버렸다. 우두둑!

"끄아아악!"

복면인 우두머리의 입에서 비명이 터져 나왔다. 검을 잡고 날아왔을 정도면 당연히 자신들보다 무위로 강하다는 것을 알았을 텐데, 이렇게 덤비는 이유가 뭐지? 나는 순식간에 놈의 멱살을 잡고서 선실 벽까지 강하게 밀어붙였다. 쿵!

"큭!"

"네놈들 대체 뭐야? 수로채의 수적들이 아니지?"

아무 말을 하지 않자 나는 놈의 복면을 벗겼다. 사십 대 초반 정도로 보이는 평범한 중년인의 얼굴이 드러났다. 입가에 핏물을 흘리고 있는 놈이 힘겹게 입을 열었다.

"죽여."

그때 복면인들이 내게 달려들었다. 자신들의 우두머리가 내 손에 잡혀 있는데도 전혀 개의치 않는 모습이었다. 나는 복면인의 복부에 주먹을 먹인 뒤 곧바로 몸을 돌려 달려드는 복면인들을 향해 예기를 날렸다. 그들이 다급히 도신으로 이를 막아냈지만 이내 튕겨나가고 말았다. 나는 다시 우두머리인 중년인의 멱살을 잡고서 말했다.

"전부 죽고 싶은 거냐?"

그런 나의 말에 놈이 비릿하게 웃으며 답했다.

"처음부터 그럴 작정이었어."

"뭐?"

"동지들의 복수다."

"동지? 설마… 네놈들!"

"이 배로 올라오지 말았어야지."

의미심장한 놈의 말에 나는 뭔가 불길함을 느꼈다. 바로 그 순간이었다. 콰아아아앙! 커다란 굉음과 함께 갑판에서 붉은빛이 일렁이며 뜨거운 열기가 치솟았다.

* * *

채채채채채챙! 절벽에 매달린 낭왕 혁천만이 날아오는 화살들을 자신의 보검 흑성으로 쳐냈다. 화살은 결코 평범하지 않았다. 하나하나가 공력이 실려 있어서 막지 않는다면 아무리 그라고 해도 위험했다.

'수지가 맞지 않는군.'

혁천만은 속으로 혀를 내둘렀다. 그가 생각했던 수적들과의 전투는 이 정도 수준이 아니었다. 화살을 막아내던 혁천만이 찰나의 순간 절벽 위를 향해 예기를 날렸다. 촥! 공간이 일렁이며 날카로운 기운이 절벽 위를 가로질렀다.

"피햇!"

외침 소리와 함께 날아오던 화살이 잠시 멈췄다. 이에 혁천만은 절벽에 박고 있던 검을 뽑아서 위를 향해 경공을 펼쳤다. 이 틈을 타서 단숨에 위로 주파할 생각이었다. 파스스! 그때 절벽 위에서 돌가루가 떨어지며 기척 소리가 들려왔다.

"죽어랏!"

절벽을 타고 네 명의 복면인들이 달려들었다. 하나하나가 상당한 고수들이었다. 아무리 그라고 해도 이런 가파른 절벽에서는 평지에 서처럼 싸울 수 없기에 다시 벽에 검을 박고 뛰어내리는 복면인 중 한 명의 허리를 단숨에 두 동강 냈다. 촥! 복면인을 베는 순간 또 다른 복면인이 그의 옆구리를 검으로 찔러왔다. 혁천만이 검에서 손을 떼고 몸을 회전하며 검을 발로 차냈다. 그와 동시에 놈의 두 눈을 베었다. 촥!

"끄아악!"

눈이 베인 복면인이 그 부위를 잡고서 절벽 아래로 떨어졌다. 그때 한 복면인이 혁천만의 다리를 붙잡았다. 그리고 그의 다리로 도를 휘둘렀다.

'빌어먹을!'

혁천만이 잡고 있던 검병에 힘을 주었다. 촤르르르르르! 그러자 박혀 있던 검신이 절벽을 가르며 아래쪽으로 미끄러지듯이 내려갔다. 밑으로 떨어지는 줄 안 복면인이 덜컹거리며 흔들리는 바람에 미처 도를 제대로 휘두르지 못했다. 혁천만은 그 틈을 타서 반대 발로 놈의 턱을 올려 찼다.

"칵!"

콰득! 혁천만의 심후한 공력에 턱이 부러지다 못해 뜯겨 나간 복면인이 비명조차 지르지 못하고 절벽 밑으로 떨어지고 말았다. 그러자 또 다른 복면인이 혁천만을 향해 단도를 날렸다. 챙! 혁천만은 놈의 단도를 쳐냈다. 신묘하게도 쳐낸 단도는 도리어 복면인의 얼굴에 박히고 말았다. 비틀거리던 놈이 이내 절벽 아래로 떨어졌다. 이제 위로 올라가려 했는데 절벽 위에서 또 다른 복면인들이 뛰어내리는 모습이 보였다.

"후우."

이래서야 끝이 없었다. 그런 혁천만의 귀에 굉음 소리가 들려왔다. 콰아아아아앙!

'…?!'

소리 난 곳을 쳐다보니 강 위에 있던 검은 돛을 단 배가 폭발하는 모습이 보였다.

'이건 대체….'

영문을 알 수가 없었다. 갑자기 배 한 척이 폭발하다니 말이다. 저 정도 폭발이라면 엄청난 양의 화약이 배 안에 적재되어 있었을 것이다. 그런데 그게 문제가 아니었다.

'아닛!'

그가 있는 곳보다 더 아래쪽 절벽 험로에서 강이 있는 방향으로 밧줄들이 연결되는 것이 보였다. 겨우 갈퀴 밧줄을 끊어낸 선박에 또다시 쇠뇌로 쏘아서 고정하고 있었다. 그런데 이번에는 그것만이 아니었다. 배에 밧줄이 연결되자 그것을 타고 수많은 복면인들이 강하하고 있었다. 쏴솨솨솨솨솨! 심지어 화살을 연거푸 퍼부으며 강하하는 것을 방해하지 못하도록 하면서 말이다.

'이런!'

낭왕 혁천만은 생각할 겨를도 없이 검을 뽑았다. 그리고 위에서 덮쳐오는 복면인들을 무시하고 절벽을 옆으로 내달렸다. 어떻게든 배로 강하하는 저들을 막기 위해서였다. 파파파파파파파! 팔대 고수의 위명에 걸맞게 절벽을 옆으로 걷는데도 굉장히 빨랐다. 꽤 많은 복면인들이 배 위로 내려갔으나 저들이 더 들어가기 전에 막을 수 있을 것 같았다.

'뛰어올라 예기로 모든 밧줄을 벤다!'

그 수밖에 없었다. 거의 밧줄이 연결된 지점까지 도착해가자 혁천만이 발을 박찼다. 그의 신형이 절벽에서 강 위의 허공을 날았다. 복면인들이 강하하고 있는 밧줄까지 활공하는 매처럼 날아가고 있었다. 바로 그때였다.

"귀찮게 구는군, 낭왕."

'…?!'

패도적인 도세가 그를 향해 날아들었다. 그 기세가 어찌나 강한 지 이를 무시할 수 없었던 혁천만은 다급히 검으로 막아냈다. 채애 애애애앵! 검과 도가 부딪쳤는데 결과는 놀랍게도 거의 호각이었다. 다만 혁천만의 공력이 좀 더 강했기에 놈의 신형이 먼저 뒤로 튕겼 다. 파앙!

"큭!"

그러나 그 여파로 타격을 입은 것은 혁천만도 예외가 아니었다. 허공 한복판에서 적의 일도를 막은 여파로 인해 목표로 했던 곳에 도달하지 못하고 그 자리에서 곤두박질치듯 떨어지고 말았다.

'빌어먹을!'

혁천만의 눈에 허리에 밧줄을 동여매고 대롱대롱 매달려 절벽 쪽 으로 돌아가고 있는 복면인이 보였다. 놈은 자신을 유인하기 위해 기다리고 있었던 게 틀림없었다. 밑으로 추락한 혁천만은 그대로 강에 빠지고 말았다. 풍덩!

"이게 팔대 고수 중에서 제일 약하다고?"

밧줄에 매달려 절벽 위로 돌아온 복면인이 고개를 절레절레 흔 들었다. 예상을 뛰어넘는 강함에 놀란 모양이었다. 그러나 이내 쓰 고 있던 복면을 벗고서 입가에 흐르는 피를 닦고는 다른 복면인들 에게 명했다.

"제일 성가신 놈이 빠졌으니 나머지도 전부 처리해라."

"충!!"

* * *

선박의 갑판 위는 병장기가 부딪치는 소리로 가득했다. 화살 비가 끝나자마자, 배에 연결된 밧줄을 통해 밀려드는 복면인들로 갑판 위는 그야말로 전쟁터였다. 배에 있는 표사들까지 모두 싸움에 합류했지만 점점 밀리고 있었다. 표사들은 무공 실력이 상대적으로 떨어지기에 어쩔 수 없었다. 챙챙!

겨우 격류에서 빠져나온 종남파의 장문인 도욱 진인은 등에 화살이 박힌 채로 복면인들의 합공을 상대하고 있었다. 물에 빠졌을 때 당한 터라 출혈이 심했지만, 나름 정파에서 명성을 떨친 고수답게 분전하고 있었다. 하지만 표정이 그리 좋지 않았다.

'이게 정말 수적들인가?'

아무리 생각해도 아니었다. 수적들의 무위는 천차만별이라고 들었는데, 복면인들은 한 명 한 명이 뛰어났다. 거의 대다수가 일류 이상의 무위를 지니고 있었다.

"끄악!"

"강청아!"

강청이라 불린 종남파의 검수가 복면인에게 목이 베여 강물에 빠졌다.

'이러다 장강이 무덤이 될 수도 있겠구나.'

제자들이 하나둘씩 당하는 모습에 그는 점점 전의를 상실해갔다.

한편, 갑판의 후미 쪽.

"그 여자를 건드리지 마라!"

픽!

"크헉!"

송좌백이 위기에 처한 황영표국의 표두 황혜주를 구해냈다. 황혜주를 포함해 황영표국의 표사들 무공이 워낙 약했기에, 일류 고수들로 이루어진 복면인들의 상대가 되지 못했다.

"고, 고마워요."

"나만 믿으시오, 소저."

처음에는 그를 못 미더워했던 황혜주도 워낙 위기인지라 점차 그를 의지할 수밖에 없었다. 이에 기분이 좋았지만, 송좌백은 점점 버거워졌다.

'빌어먹을! 너무 많잖아.'

퍼퍼퍼퍽! 돌진하는 황소처럼 박치기를 하며 복면인들을 쓰러뜨리는 송우현의 숨소리가 상당히 거칠어져 있었다.

"후우… 후우…."

복면인들의 숫자는 갈수록 늘어났고 개중에는 절정의 고수들도 끼어 있었다. 덕분에 외공을 극한으로 익힌 그의 몸에도 상처가 늘어갔다. 상갑판 쪽에서 서로 등을 맞대고 싸우고 있는 사마영과 조성원도 그리 상황이 좋지 않았다.

"하아… 하아… 괜찮습니까?"

"아직 버틸 만해요!"

말은 이렇게 했지만 두 사람도 점점 지쳐가고 있었다. 특히 조성원은 부상도 입은 상태였기에 안색마저 창백해진 상태였다. 사마영은 자신이 자칫 실수하면 그가 죽을지도 모른다는 생각에 어깨가 무거웠다.

'어떻게든 버텨야 해. 공자님은 무사할까?'

앞쪽 배에 무사히 오르는 것을 보기는 했다. 그 후로 쏟아지는 화살 비와 밀려드는 복면인들로 진운휘의 생사를 알 길이 없었다. 마음에 걸리는 것은 폭발이었다. 혹시나 진운휘가 그것에 휘말리진 않았을까 걱정되었다. 그때 누군가의 외침 소리가 들려왔다.

"방주, 뭐 하시는 겁니까!"

그곳을 쳐다보니 개방의 방도 몇 명이 누군가를 향해 소리치고 있었다. 그 누군가는 다름 아닌 개방의 방주 홍구가였다.

"이대로는 모두 죽는다. 다들 강물에 뛰어내려!"

홍구가가 맹렬히 장법을 펼치며 난간에 있는 복면인들을 물리치더니, 이내 강물을 향해 망설임 없이 뛰어내렸다. 풍덩!

"못 들었어! 다들 뛰어내려!"

그 뒤를 손주인 홍걸개도 따랐다.

"후개!"

설마 방주란 작자가 아직 살아 있는 선원들도 있는데 전투 도중 앞장서서 도망칠 줄은 몰랐기에 개방의 방도들은 당황하다 못해 어쩔 줄 몰라 했다.

"저 거지 새끼들!"

사마영이 그 모습에 이를 갈았다. 하다못해 자신들도 싸우는 마당에 저리 내뺄 줄 누가 알았겠는가. 그렇지 않아도 전황이 밀리고 있는 판국에 개방의 방도들까지 빠지게 되면 결국 최악의 상황에 직면하게 될 것이다. 그때 조성원이 나서서 개방의 방도들에게 소리쳤다.

"개방의 방도들은 물러나지 말고 싸워라! 배를 사수하라!"

그런 그의 외침에 개방의 방도들이 어리둥절해했다. 아무 결정권이 없는 사람을 대하듯이 말이다. 이 광경을 지켜보던 장로들 중 한 사람인 의구생이 그들을 다그쳤다.

"후개의 명을 못 들었는가! 개방의 방도들은 배를 사수하라!"

다른 장로들도 의구생을 따라서 소리쳤다.

"후개의 명이다! 싸워라!"

"와아아아아아!!"

이에 우왕좌왕하던 개방의 방도들이 정신을 차렸는지 적들과 싸우기 시작했다. 방주를 향한 충성심이 강한 일부 방도들은 강물로 뛰어내렸으나, 거의 대다수는 남아 있었다. 그러던 차에 큰 꽝음 소리가 들려왔다. 쾅! 마치 파동이 일어나듯이 배 전체가 심하게 흔들렸다.

"배, 배가!"

이에 정신없이 싸우던 복면인들과 배를 사수하려던 표사들과 종남파, 개방의 방도들이 잠시 싸우던 것을 멈췄다. 꽝음의 진원지에서 입가에 흉터가 있는 한 중년인이 뒷짐을 지고 서 있었다. 그의 발밑을 중심으로 갑판이 내려앉아 있었다.

'절세고수다.'

모두가 직감할 수 있었다. 압도적인 무위를 지닌 절세고수임을 말이다. 그 기세에 억눌려 일순간 정적이 감돌았는데, 중년인이 입을 열었다.

"이 중에 소운휘가 누구지?"

중년인의 뜬금없는 물음에 모두가 의아함을 감추지 못했다. 누군가를 대놓고 호명했으니 당연한 일이었다. 그때 종남파의 장문인 도욱 진인이 소리쳤다.

"그대들은 수로채가 아니다. 정체를 밝…!"

촤아아아악! 그의 말이 끝나기도 전에 중년인이 휘두른 도에서 날카로운 예기가 날아왔다. 공간을 가로지르는 예기에 도욱 진인이 다급히 검신을 들어 올렸다. 채애애애앵! 발을 딛고 있던 갑판의 판목이 부서졌다. 그와 함께 도욱 진인의 신형이 뒤로 열 보 이상 밀려났다. 그렇지 않아도 화살에 당한 부상으로 상태가 좋지 않았던 도욱 진인의 안색이 새하얗게 질렸다.

"쿨럭!"

입에서 터져 나오는 붉은 선혈에 모두의 얼굴이 어두워졌다. 현재 이 배에서 최고 고수라 할 수 있는 도욱 진인이 전혀 상대가 되지 못하는 상황이었기 때문이다.

"묻는 말에만 답변을 해야지, 노 도사."

중년인이 고개를 절레절레 흔들더니 모두를 쳐다보며 말했다.

"소운휘라는 놈은 이 배에 없는 것이냐?"

적의 위압감에 억눌린 것도 있지만 실제로 이 배에 없기에 누구도 대답하지 않았다. 이에 중년인은 피식 웃으며 말했다.

"쓸데없는 의리를 지키는군. 전부 죽여라."

명이 떨어지자 복면인들이 다시 병장기를 들고서 싸움을 시작하려 했다. 배 위가 절망으로 물들려던 순간이었다. 그때 배의 난간 쪽에 있는 복면인들 중 누군가가 외쳤다.

"저, 저길 보십쇼!"

복면인이 가리킨 곳은 격류처럼 흐르는 강물의 한복판이었다. 누구 할 것 없이 시선이 그곳으로 향했다.

'…!!'

그곳을 쳐다본 모두의 두 눈이 휘둥그레졌다. 강물 위의 허공을 가로지르며 무언가가 엄청난 속도로 날아오는 것이 보였다.

"저, 저게 대체 뭐야?"

"사람이 검을 타고 있어!"

모두가 눈을 의심할 광경이 펼쳐지고 있었다. 검을 타고 배를 향해 날아오는 이가 있었으니….

"공자님!"

그건 바로 진운휘였다.

검은 돛을 단 배에서 일어난 폭발. 그것은 아군의 희생조차 감안한 함정이었다. 하마터면 나도 휩쓸려서 목숨을 잃을 뻔했다. 찰나에 진혈금체를 펼친 후 진기로 몸을 보호하고서 남천철검 위에 올라타 날아올랐다. 그러나 폭발의 여파에 휘말려 몸이 튕겨 나가면서 물에 빠지고 말았다. 격류에 한참이나 떠내려가는 나를 남천철검이 찾았고, 그렇게 빠져나오고 나니 배 위로 많은 복면인들이 밀려들어와 있었다.

—엄청 많은데.

소담검의 말대로 배 위에 검은 옷들이 득실거렸다. 조금만 늦었더라면 더 큰 사달이 일어났을지도 몰랐다.

—중심 잡기는 편한가, 운휘?

이렇게 가는 편이 나아.

발바닥에 내공으로 흡자결을 일으켜 검신에 붙이고 나니 한결 편했다. 검병을 잡고 나는 것은 끌려가는 느낌이라 불편했거든.

—나도 이쪽이 좀 더 안정적이다.

그렇다면 다행이고.

이렇게 검을 타고 나는 것을 어검비행(馭劍飛行)이라 부른다고 들었다. 검과 경공이 최상승의 경지에 이르러야 가능하다고 들었는데, 옥형의 힘 덕분에 나는 이렇게 수월하게 할 수 있었다.

―운휘야, 또 화살 쏘려고 한다.

소담검의 말대로 내가 배를 향해 날아가자 복면인들이 활에 시위를 겨냥했다. 배에 도달하기 전에 떨어뜨리려는 모양이었다.

'소담, 한번 활개 치고 싶다고 했지?'

―어! 해도 돼?

'보여줘.'

―히힛!

소담검이 신이 나서 검집을 빠져나왔다. 그러더니 이내 배를 향해 날아갔다. 나를 태우고 날아가는 남천철검보다 당연히 훨씬 빠를 수밖에 없었다. 소담검이 날아가자 배 위에서 내게 활을 쏘려고 했던 복면인들이 당혹스러워하며 이를 피하거나 쳐내려 했다. 푸푸푸푹! 그러나 소담검은 요리조리 피해가며 화살을 들고 있는 복면인들의 가슴을 관통했다. 순식간에 다섯 명의 복면인들을 꼬챙이 꿰듯이 뚫자 난리가 났다.

"이, 이기어검이라니!"

"빌어먹을, 잡아!"

복면인들이 우왕좌왕하는 모습이 소담검의 시선으로 머릿속에 그대로 전달되었다. 소담검은 술래잡기를 하는 듯이 신이 났다.

그때 누군가가 나섰다. 입가에 흉터가 있는 한 중년인이었는데, 날아가는 소담검을 단숨에 따라잡아 붙잡으려고 했다. 움직임으로 봐서 대단한 고수였다.

'바닥으로 들어가!'

―알았어!

소담검이 갑판 바닥을 뚫고 들어갔다. 바닥까지 따라 들어가기는 힘들었는지 중년인의 짜증 묻은 소리가 들려왔다. 그사이 나는 배 위로 무사히 도달할 수 있었다. 팟! 남천철검 위에서 뛰어내린 나는 선박의 갑판으로 가볍게 착지했다. 그 순간 배에서 귀가 찢어질 듯한 함성이 쏟아졌다.

"와아아아아아아아!!"

"소 대협이다!"

나의 등장으로 배 위에 있던 표사들과 개방의 방도들, 심지어 종남파의 제자들까지 구세주라도 나타난 것처럼 전의가 되살아났다. 반면 복면인들의 눈빛에는 경계심이 가득했다. 그럴 만도 한 것이 어검비행술로 나타난 것으로도 모자라 주위에 둥둥 떠 있는 남천철검과 소담검을 본다면 누가 기죽지 않겠는가.

"오래 기다렸어요?"

나의 물음에 뒤에 서 있던 사마영이 말했다.

"기다리다 지치는 줄 알았어요."

솔직한 그녀였다. 말은 이렇게 해도 내가 무사히 나타난 것이 기뻤는지 얼굴이 밝았다. 다른 일행들도 마찬가지였다. 조성원도 안도의 숨을 내쉬었고, 송좌백은 황영표국의 표두 황혜주에게 이렇게 말했다.

"저거 일부러 멋지게 나타나려고 늦게 온 거요."

그렇게 잘 보이고 싶은 거냐? 물론 이해는 한다. 내가 나타나자 황혜주가 감격스러운지 연신 탄성을 흘리고 있었기 때문이다.

"공자님, 맡기신 거요."

사마영이 등에 메고 있던 목갑을 넘겼다. 그 안에는 혈마검과 사련검이 들어 있었다.

"고마워요."

목갑을 받아서 등에 지자마자 녀석들의 불평불만이 들려왔다. 안 그래도 목갑 안에 있어서 답답한데, 사마영에게 맡겼다고 아주 난리도 아니었다. 미안한데 나중에 들어줄게. 나는 녀석들이 떠들어 대는 소리를 뒤로한 채 어딘가를 쳐다보았다. 시선 정면으로 입가에 흉터가 난 중년인이 보였다. 기감으로도 확연히 느껴질 만큼 굉장한 고수였다.

─강해?

그저 강한 정도가 아니다. 벽을 넘은 고수다.

─뭐? 벽을 넘은 고수라고?

저런 자가 대체 어디서 튀어나왔는지 모르겠다. 내 추측이 맞다면 저자와 복면인들은 금안의 사내가 만든 조직의 일원임이 틀림없다. 나를 함정에 빠뜨렸던 그자의 말이 틀리지 않다면 말이다.

─아니, 대체 뭐 하는 것들인데 팔대 고수나 사대 악인에 버금가는 괴물들을 이렇게나 많이 데리고 있는 거야?

내가 묻고 싶은 말이다. 전대 악인인 무악부터 시작해서 섬뢰검 자균, 그리고 저 입가에 흉터가 있는 자까지 벌써 세 번째 벽을 넘은 고수들이다.

─이 정도면 웬만한 무림 단체들이랑 맞먹는 거 아나?

절세고수를 보유한 전력만 놓고 본다면 그렇다. 수치로만 따지면 현 무림을 양분하고 있는 무림연맹이나 무쌍성도 팔대 고수를 두 명씩 보유했었다. 그런데 이 조직은 벌써 세 번째 벽을 넘은 고수였다. 이렇게 셋만 하더라도 무림의 한 축을 맡을 수 있을 만큼의 전력이라고 봐도 무방했다. 한데 이상했다.

―뭐가?

굳이 무쌍성에 무악과 같은 고수를 심을 필요 없이 순수하게 자신들의 힘만으로 무림의 웬만한 세력들과 자웅을 겨룰 수 있을 텐데 이해가 되지 않았다.

―왜 그런 걸까?

글쎄. 여기서 추측할 수 있는 것은 두 가지뿐이다. 뭔가 우리가 예상하지 못할 목적을 가지고 있다거나 혹은 대놓고 자신들을 노출할 수 없는 상황일 수 있다. 전자이든 후자이든 이 조직이 위험하다는 건 변함이 없다.

그때 입가의 흉터가 있는 사내가 입을 열었다.

"네놈이 소운휘인가?"

"그렇다면?"

"들었던 것과는 완전히 딴판이로군. 아니면 실력을 숨겼던 건가?"

흉터의 사내는 꽤나 흥미롭다는 듯이 말했다. 적대감과는 사뭇 달랐다. 같은 패거리인 복면인들조차 의아하다는 눈빛으로 그를 쳐다보았다. 나 또한 그를 빤히 쳐다보다 물었다.

"그쪽은 나를 아는데 나는 그쪽을 모르오."

"알려줄 생각이었다면 이렇게 복면을 쓰고 움직일 리가 없지."

"그쪽은 복면을 쓰지 않았는데 말이오?"

그런 나의 말에 흉터가 있는 사내의 입꼬리가 비릿하게 올라갔다. 그런데 그 미소가 어찌나 살벌한지 주변 사람들이 긴장한 나머지 침을 꿀꺽 삼킬 정도였다.

"죽은 자는 입을 열 수 없지."

"자신만만하군."

팔을 뻗자 손바닥으로 남천철검이 빨려 들어왔다. 무력시위를 보여주기 위해서였다. 어차피 길게 대화를 나눌 상황이 아니었다.

그때 입가에 흉터가 있는 사내가 내게 말했다.

"진기로 검을 다루는 이기어검술만큼 효율성이 떨어지는 것도 없지."

"효율성?"

"한 수 한 수에 목숨이 오가는 벽을 넘은 자들의 싸움에서 집중력을 요하는 이기어검을 쓸 수 있을 것 같나? 그딴 기술은 하수들에게 위세를 보이기 위한 용도이지."

자신과 싸울 경우 이기어검이 통하지 않는다고 말하고 싶은 건가? 나는 그에게 콧방귀를 뀌며 말했다.

"무슨 말을 하고 싶은 거요?"

"기회를 주지."

"기회?"

"네놈 정도 되는 인재를 죽이기는 아깝군."

그 말에 주위 사람들이 술렁였다. 지금 저자가 하는 말은 흡사 나를 섭외하려는 것과 같았다. 불안감을 느꼈는지 부상당한 종남파의 장문인 도욱 진인이 소리쳤다.

"쿨럭쿨럭… 저들의 말을 들으면 안 되네, 소 소협!"

"안 됩니다! 소 대협!"

혹여나 내가 넘어갈까 봐 불안해진 일부 사람들도 나를 불렀다. 하긴 이 상황에서 내가 저자와 손을 잡는다면 절망 그 자체일 것이다. 입가에 흉터가 난 사내가 내게 손을 내밀며 말했다.

"이쪽으로 와라. 그럼 여기 있는 자들의 목숨을 보장하지."

역시나 나를 섭외하려 들었다. 하지만 이제까지와는 달리 여기 있는 자들을 살려준다고 하자, 일부 사람들이 흔들렸다. 대부분 표사들이었다. 어쩌면 싸움을 끝낼 수 있지 않을까 기대감이 들어서일 것이다. 그러나 어리석은 판단이었다.

나는 빙그레 웃으며 그에게 말했다.

"딱 세 가지만 대답해주시오."

"세 가지?"

그런 나의 말에 입가에 흉터가 난 사내가 의아해하며 되물었다. 나는 이를 개의치 않고 할 말을 했다.

"복면을 쓴 자들은 그렇다 치고 당신 얼굴은 모두가 보았는데 목숨을 어찌 보장한다는 거요? 죽은 자는 말이 없다고 하지 않았소?"

그런 나의 말에 잠시 흔들렸던 사람들도 진실을 깨달았는지 흠칫하는 기색을 보였다. 사내의 입꼬리가 비릿하게 올라갔다.

"…보기보다 영리하군."

"속는 사람이 바보지."

"그럼 말을 바꾸지. 그 목숨이라도 건지고 싶다면 이쪽으로 오는 게 어떻겠나?"

"꼭 싸우면 무조건 이길 것처럼 이야기하는군."

"잘 알아듣는군. 네놈과 내가 싸우는 사이 어차피 배 위에 있는 자들은 전부 죽는다. 그리고 네놈이 죽는 것도 시간문제지."

놈은 강한 자신감을 보였다. 어떤 식으로든 자신이 이길 듯이 말이다.

"현명한 선택을 해라. 이런 기회는 다시 오지 않는다, 소운휘."

이에 나는 피식 웃으며 말했다.

"두 번째로 묻겠소. 맥네 존주가 쓸 만해 보이는 자라면 섭외하라고 시켰소?"

'…?!'

그 말에 사내의 표정이 굳었다. 지금까지는 별다른 반응을 보이지 않았는데, 감정의 동요가 확연히 보였다. 심지어 복면인들조차도 놀란 기색이 역력했다. 잠시 동요하던 그가 말했다.

"…네놈이 어떻게?"

"한쪽 눈이 금안인 사내가 어째서 존주라 불리는지 아느냐고?"

'…!!'

그 말에 입가에 흉터가 난 사내가 허리에 차고 있던 도집에서 도를 뽑았다. 스릉! 그의 전신에서 강렬한 살기가 뿜어져 나왔다. 사내가 내게 도를 겨냥하며 말했다.

"네놈 대체 어디까지 알고 있는 것이냐?"

"그걸 이제 당신 입으로 이야기해줘야지."

"뭐?"

쾅! 말이 끝나기가 무섭게 나는 바닥을 향해 강하게 진각을 밟았다. 커다란 꽝음 소리가 파동처럼 주위로 퍼져 나갔다. 일순간 정적이 감돌았다. 사내가 무슨 짓인가 싶어 의아해하는 순간이었다. 푸푸푸푸푸푸푹!

"컥!"

"크억!"

"끄악!"

내 주위를 둥둥 맴돌던 소담검과 손에 있던 남천철검이 엄청난 속도로 배 위를 날아다니며 복면인들의 가슴을 관통하고 지나갔다.

"이게 대체…."

입가에 흉터가 있는 사내는 이 상황을 전혀 이해할 수 없어 했다. 복면인들이 검을 피하기는커녕 멍한 눈으로 멀뚱히 서서 가슴이 관통당하고 나서야 정신을 차렸는지 비명을 지르며 쓰러졌다. 그 속도가 어찌나 빠른지 갑판 위에 있던 복면인들 절반 가까이가 목숨을 잃었다. 푸푸푸푸푸푹! 배 위를 사방으로 종횡무진하는 남천철검과 소담검이 지나간 자리로 복면인들의 피가 흩날리며 수많은 붉은 궤적이 생겨났다.

"이노오오옴!"

당황한 흉터의 사내가 내게 신형을 날렸다. 합리적인 선택이었다. 날아다니는 검을 막는 것보다 이기어검을 펼치는 자를 막는 게 더욱 빠른 해결책이니 말이다.

슉! 나는 손을 내밀어 바닥에 떨어져 있던 검 한 자루를 허공섭물로 빨아들여 흉터 난 사내의 일 도를 막아냈다. 채앵!

"당장 멈추지 못할까!"

흉터 난 사내가 내게 맹렬히 도초를 펼쳤다. 채채채채채채챙! 집중력을 흐트러뜨리기 위해서였다. 나 역시 성명검법의 검초를 펼치며 그가 펼치는 도초를 막아냈다. 그런데도 멈추지 않고 복면인들을 노리는 남천철검과 소담검의 모습에 흉터 난 사내의 눈동자가 흔들렸다.

"나와 겨루고 있는데 대체 어떻게 검들을?"

내가 움직이는 게 아니니까 가능하지.

그걸 모르는 흉터의 사내에게 나는 괴물처럼 보였을 것이다. 검과 도를 맞댄 상태로 나는 의미심장하게 말했다.

"세 번째 질문을 하지."

"뭐?"

"목이 잘리면 죽을 텐데 회복 능력을 너무 과신하는 거 아닌가?"

'…!!'

흉터 난 사내의 눈동자가 떨리고 있었다. 감정의 동요를 넘어서 나를 바라보는 시선이 마치 미지의 무언가를 대하는 듯했다. 알지 못하는 적을 상대할 때 사람은 경계심 이상의 두려움을 느끼곤 한다. 이런 반응을 통해서 나는 한 가지 사실을 알 수 있었다.

'역시 이자도 회복 능력이 있군.'

금안의 사내와 관련된 이 조직의 일부 고수들은 인간을 초월하는 회복 능력을 지녔다. 이런 자들은 치명상이라 불릴 만한 요혈이나 취약 부위를 당해도 죽지 않는다. 크게는 팔다리가 잘려도 재생하는 것 같다. 그래서인지 스스로를 과신하게 된다.

"…네놈, 대체 뭐야?"

놈의 물음에 나는 빙그레 웃으며 말했다.

"소운휘다."

"지금 그걸 말이라고…."

놈의 말이 미처 끝나기도 전에 주변에서 웅성거리는 소리가 들려왔다.

"이, 이게 무슨 일이야?"

"대체 무슨 일이 있었던 거야?"

이런 반응을 보이는 자들은 표사들과 개방의 방도들, 종남파의 제자들이었다. 그들 입장에서는 깜짝 놀랄 일일 것이다. 잠시 넋이 나갔다 정신을 차리고 보니 복면인들이 절반 넘게 죽어 있었으니 말이다.

"이 많은 자들이 어떻게?"

"저, 저길 봐! 이기어검이야!"

"소 대협이었어!"

날아다니며 복면인들을 노리는 남천철검과 소담검에 그들이 환호성을 질렀다. 반면 살아남은 복면인들은 당혹감에 휩싸였다. 이들 입장에서는 잠시 눈을 깜빡거렸는데 동료들 태반이 죽은 것이나 다름없었다.

"어찌 이런 일이…."

"대, 대체 뭐야?"

방금 전의 진각을 통해 나는 소리로 이 배에 있던 모든 자들에게 암시를 걸었다. 즉, 아군이고 적군이고 할 것 없이 대부분이 걸려든 것이다. 정신력이 강하거나 적어도 어느 정도 경지에 이른 고수들은 이 암시에 걸려들지 않겠지만 이들은 장시간의 싸움으로 지쳐 있는 상태였다. 심지어 종남파의 장문인 도욱 진인조차 큰 내상을 입었으니 말이다. 그 역시 어리둥절한 기색이 역력했다. 입술을 질끈 깨물던 흉터의 사내가 다급히 소리쳤다.

"놈의 검을 잡아!"

"하, 하지만 무슨 수로?"

"잡으라고!"

이런 다그침에도 달라질 건 없었다. 복면인들 대다수가 눈 깜짝할 사이에 죽은 동료들로 인해 두려움에 젖어들었다. 귀신이 곡할 노릇처럼 느껴질 것이다. 그래서인지 아직도 배 위를 종횡무진하는 남천철검과 소담검을 피해 도망치기에만 급급했다.

"지금이 기회입니다! 모두 소 대협을 도와 배를 사수합시다!"

눈치 빠른 조성원이 사람들에게 외쳤다. 그러자 다른 무림인들도 이에 호응하며 소리쳤다.

"맞소이다! 배를 사수합시다!"

"적들을 쓰러뜨리자!"

"소 대협을 따르라!"

순식간에 배 위의 분위기가 반전되었다. 내가 나타나기 전만 해도 꽤나 암울했던 배 위였다. 그러나 이제는 확연하게 줄어든 적들과 절세고수인 나라는 존재로 인해 모두의 전의가 되살아났다.

"이놈…."

달라진 분위기를 읽었는지 흉터의 사내가 분을 감추지 못했다.

나는 놈을 보며 말했다.

"나도 기회를 주지. 항복하고서 모든 정보를 넘긴다면 목숨을 살려주겠다."

그런 나의 말에 흉터의 사내가 심기가 뒤틀렸는지 인상이 무섭게 일그러졌다. 놈이 공력을 끌어올리며 내게 소리쳤다.

"목숨을 살려줘? 하! 네까짓 놈이 감히 이 몸을 능멸해!"

챙! 그러더니 나와 맞부딪치던 것을 멈추고서 반탄력을 일으키며 거리를 벌렸다. 놈이 주변에 있는 복면인들에게 소리쳤다.

"호각을 불어라!"

그 말에 복면인들 일부가 깜짝 놀라서 답했다.

"배에 아군들이 있습니다!"

"시키는 대로 해!"

"큭!"

당혹스러워하던 복면인들이 품에서 뭔가를 꺼내 들었다. 그것은 작은 호각이었다.

'막아!'

—알았어!

나의 외침에 배 위를 종횡무진하던 소담검과 남천철검이 동시에 사람들 사이를 가로지르며 호각을 불려고 하는 복면인들을 노렸다.

"어딜!"

그러나 그런 소담검과 남천철검을 흉터의 사내가 도초로 도망(刀網)을 만들어내, 복면인들을 공격하지 못하게 막아냈다. 아무리 당황했어도 벽을 넘은 초인다운 무위였다.

뿌우우우우우우!! 그사이 복면인들의 호각 소리가 사방을 울렸다. 대체 뭘 하려고 하기에 복면인들이 아군을 운운한 거지? 바로 그때 뭔가가 날아오는 소리가 들렸다. 위를 쳐다보니 절벽에서 일반 궁도 아닌 쇠뇌가 배를 향해 날아오고 있었다.

'이런!'

나는 위로 뛰어올라 날아오는 쇠뇌를 쳐냈다. 챙! 그러나 일반적인 화살과는 차원이 다른 힘에 검이 부서지고 말았다. 평범한 검으로는 쇠뇌와 같은 강궁의 힘을 견디기 어려웠다. 슈슈슈슈슈슈! 그때 귓가를 울리는 소리들. 수많은 쇠뇌와 화살들이 빗발치며 배를 향해 날아들고 있었다.

"화살이 날아온다!"

나의 외침에 복면인들과 정신없이 싸우던 사람들이 다급히 이를 막기 위해 검을 위로 휘둘렀다. 채채채채채챙! 갑자기 전장의 양상이 달라졌다. 화살까지는 어찌 막아내는데, 무공이 약한 이들은 쇠뇌를 막지 못해 당하는 상황이 발생했다. 푹!

"아악!"

참으로 어처구니없는 전법이었다. 화살에 눈이 있을 리가 없기에 이 무차별적인 공격에 복면인들도 당하고 있었다. 다만 복면인들은 애초에 이를 감수하기라도 한 건지 자신들도 당하는 와중에 우리 쪽을 공격해댔다. 한순간에 난전으로 바뀌어가고 있었다.

'그렇다면…'

배로 다시 착지한 나는 남천철검과 소담검을 불렀다. 거리가 꽤나 멀어서 저기까지 가능할지는 모르겠지만 녀석들을 보내 절벽 위에서 화살을 난사하고 있는 자들을 막아야 할 것 같았다.

'남천, 소담, 절벽 위…'

그런데 미처 부탁하기도 전이었다. 갑자기 빗발치던 화살 비가 멈췄다. 무슨 일인지 영문을 알 수 없어 아군이나 복면인이나 모두 의아해하며 절벽 쪽을 쳐다보았다. 그때 절벽 쪽에서 갑자기 비명 소리가 들렸다.

"끄악!"

"컥!"

화살과 쇠뇌를 쏘던 복면인들이 절벽 어딘가를 향해 방향을 틀어 공격하고 있었다. 왜 저러는가 싶었는데, 절벽 위에서 한 인영이 쌍검을 들고서 적들을 베는 모습이 보였다.

"낭왕이다!"

"혁 대협이 살아 계신다!"

사람들이 기쁨의 환호성을 질렀다. 그렇지 않아도 보이지 않아 의아해했는데, 낭왕 혁천만이 절벽 위로 나타나 쌍검으로 적진을 휩쓸고 있었던 것이다.

—절묘한데!

소담검이 신이 나서 재잘거렸다. 제때 나타나준 덕분에 절벽이라는 고지를 점했던 적들도 화살을 쏠 수 없게 되었다.

"낭왕 저놈이!"

흉터의 사내 역시도 당혹스러워하는 기색이 역력했다. 뭔가 수작을 부렸었는데 그것이 통하지 않았던 모양이다. 결과적으로 낭왕 혁천만이 나타남으로써 다시 분위기가 이쪽으로 돌아섰다. 척! 내게로 돌아온 남천철검의 검병을 쥐고서 놈에게 겨냥하며 말했다.

"원하는 대로 되지 않아서 안타깝군."

비아냥거리는 나의 말에 흉터 난 사내의 얼굴이 달아올랐다. 제대로 분노한 것 같았다. 아무리 그래도 초인의 영역에 이른 고수였다. 어떻게 나올지 모르기에 방심할 수 없었다.

"흥!"

팟! 갑자기 흉터의 사내가 발을 박차며 위로 뛰어올랐다. 이에 나는 공력을 끌어올리며 방비했다. 혹시나 아군을 노릴지도 모르기 때문이었다. 그런데 그게 아니었다.

'응?'

무슨 수작인가 싶었는데, 놈이 몸을 회전하더니 절벽에서 배로 연결된 밧줄들을 향해 날카로운 예기를 날렸다. 촤촤촤촥! 허공을 가로지른 예기로 인해 밧줄들이 잘려버렸다. 이에 배가 흔들거렸다. 끼이이이이!

"배, 배가 움직인다!"

밧줄이 끊긴 바람에 고정되어 있던 배가 기우뚱거리더니, 이내 거친 물살에 의해 다시 움직였다. 놈이 왜 저런 수작을 부렸는지 알 것 같았다. 혹시나 절벽 위에 있는 낭왕 혁천만이 배 위로 합류하는 것을 막기 위함인 듯했다. 적도 바보는 아니니 그 정도 계산이야 당연히 하겠지.

팟! 나는 놈을 향해 신형을 날렸다. 더 이상 놈이 수작을 부리지 못하게 승부를 봐야겠다. 그 순간 흉터의 사내가 바닥을 향해 도를 꽂았다. 푹! 날카로운 예기에 의해 놈의 도를 중심으로 갑판의 일부가 갈라졌다.

"멈춰라."

놈이 내게 소리쳤다. 그런 수작에 넘어갈 것 같은가. 나는 흉터의 사내를 향해 신로성명검법 일초식 호아세검(虎牙勢劍)을 펼치려 했다. 그때 놈이 내게 외쳤다.

"배를 작살내버리기 전에 멈추는 게 좋을 거다!"

초식을 펼치려던 나는 도중에 멈췄다. 초인의 영역에 이른 흉터의 사내가 마음먹는다면 배를 부수는 것은 일도 아니었다. 나무로 만들어진 배가 튼튼해봐야 얼마나 튼튼하겠는가. 나는 녀석에게 소리쳤다.

"내가 그렇게 둘 것 같나."

"흥! 막으려고 해도 이 몸이 작정하고 부수려 한다면 불가능한 것도 아니라는 걸 잘 알 텐데?"

이판사판으로 가자는 건가. 불리해지니 이젠 배를 부수겠다고 위협을 했다. 그런데 어차피 저런 협박을 하든 안 하든 불리해지면 어떤 식으로든 수작을 부릴 놈이었다. 그때 놈이 손으로 어딘가를 가리키며 소리쳤다.

"보이나?"

놈이 가리킨 곳에는 수로의 내려가는 우측 편에 남아 있는 검은 돛의 배가 있었다. 왼편에 있던 배는 나를 죽이기 위해 화약을 터뜨려 자폭했다. 저 배도 그렇지 않으리란 보장이 없었다. 놈이 자신의 품에서 호각을 꺼냈다.

"내가 이 호각을 불기만 하면 저 배가 신호에 맞춰 폭발을 일으킬 거다."

'…!!'

그 말에 싸우고 있던 모든 이들이 화들짝 놀라 멈춰 섰다.

놈이 비릿하게 웃으며 말했다.

"이제야 상황 판단을 하는군."

어지간히도 준비했다. 정말 작정하고 온 모양이었다. 득의양양해 하는 놈에게 나는 외쳤다.

"내가 먼저 가서 저 배를 폭발시킬 거라고는 생각해본 적이 없나 보지?"

그 말에 순간 불안해하던 사람들의 표정에 안도감이 생겨났다. 그러나 그것도 흉터 난 사내의 외침으로 다시 변했다.

"그사이에 이 배를 전복시키거나 나머지 사람들도 전부 죽일 거라는 생각은 하지 않는 모양이군."

'…!!'

오가는 말에 모두가 시시각각 표정이 바뀌었다. 놈의 말이 허세는 아니었다. 내가 배를 벗어나는 순간 놈은 충분히 이곳에 있는 자들을 학살할 역량을 가지고 있었다. 놈이 피식 웃더니 내게 말했다.

"하지만 나도 무사로서 자존심이란 게 있다."

"자존심?"

"승부를 보자꾸나."

"…무슨 수작이지?"

놈이 내게 고갯짓으로 검은 돛의 배를 가리키며 말했다.

"네놈과 나 둘이서 승부를 보자는 거다."

명백히 함정이었다. 저곳으로 나를 끌어들이기 위함이었다.

"공자님! 함정이에요! 놈의 말에 귀 기울이지 마세요!"

사마영이 내게 소리쳤다.

"맞습니다! 살아도 같이 살고 죽어도 같이 죽으면 됩니다!"

"놈의 말에 넘어가지 마십쇼!"

개방의 방도들도 그렇고 종남파의 검수들도 옳다며 놈의 수작에 넘어가지 말라고 외쳤다. 정파인들의 강점 중에 하나다. 이럴 때만큼은 한마음으로 서로를 위한다. 한데 제안을 따르지 않으면 놈의 말대로 저 배가 이 배를 들이받아서 폭발을 일으키든, 아니면 어떤 식으로든 놈의 손에 전복될 것이다. 흉터의 사내가 내게 말했다.

"정파의 신성, 아니 새로운 팔대 고수가 될 자가 그 정도 배짱도 없는 것이냐?"

일부러 도발하고 있었다. 사실 저런 명예를 가지고 도발하는 건 내게 의미가 없다. 내가 최우선으로 생각하는 것은 내 목숨과 내가 아끼는 사람들만 보호하는 것이니까. 여차하면….

"좋다. 그럼 이렇게 하지. 네놈이 나와 일대일로 자웅을 겨뤄서 이긴다면 원하는 정보를 주도록 하마."

"원하는 정보?"

"내 명예를 걸고 맹세하지."

"이름도 정체도 모르는데 무슨 명예?"

그 말에 놈이 콧방귀를 뀌더니 갑자기 자신의 귀와 턱밑 쪽을 붙잡았다. 그러고는 허물을 벗듯 살점을 벗겨냈다. 흉터가 있어서 미처 몰랐는데 놈의 얼굴은 다름 아닌 인피면구였다. 인피면구 속에서 찢어진 눈매에 창백하면서도 오싹할 만큼 흉악한 인상의 얼굴이 드러났다. 그 얼굴을 보는 순간 도욱 진인이 놀라서 소리쳤다.

"귀, 귀살권마!"

'…!!'

'귀살권마'라는 외침에 배 위에 있던 모두가 경악을 금치 못했다. 그것은 나 역시 마찬가지였다.

—왜 그러는 거야?

'사대 악인이야.'

—사대 악인?

귀살권마(鬼殺拳魔) 장문량. 사대 악인의 일인으로 두 주먹만으로 복건성에서 닷새 동안 수백 명의 민간인과 무림인을 학살한 희대의 살인마였다. 그는 주먹으로 죽인 자들을 으깨고 짓이겨 산처럼 쌓아두는 것으로 악명이 높았는데, 살흉 절심이 나타나기 전만 해도 살인과 횡포로는 그를 따라갈 자가 없었다.

'…사대 악인까지 섭외하다니.'

어쩐지 그의 강함이 예사롭지 않았다. 참으로 공교로웠다. 장강수로십팔채를 만나러 가는 길에 팔대 고수 중 하나인 낭왕 혁천만과 엮인 것으로도 모자라 사대 악인 중 한 명인 귀살권마가 나를 죽이려고 하다니.

"이 몸이 누군지 잘 안다니 더는 설명할 필요가 없겠군. 네놈만큼은 이 주먹으로 짓이겨주마."

놈이 내게 강한 전의를 보였다. 수작을 떠나서 나와 제대로 겨루고 싶은 모양이었다. 지금까지 도로 보여준 것은 제 실력이 아니라는 것이기도 하겠다. 모두가 내가 어떻게 받아들일지 쳐다보고 있었다. 상대가 사대 악인이라면 그 급이 완전히 달라지기 때문에 우려감으로 가득했다. 점점 배가 가까워지고 있었다. 나는 숨을 깊게 들이쉬었다가 내뱉고는 고개를 끄덕였다.

"공자님!"

"너 미쳤어!"

사마영 이외에도 송좌백이 소리쳤다. 사대 악인과 화약으로 가득한 배 위에서 단둘이 겨룬다고 하니 걱정이 안 되는 게 더 이상한 일이기도 했다.

"내게 맡겨."

나는 그 말과 함께 가까워지는 검은 돛의 배를 고갯짓으로 놈에게 가리켰다. 놈이 피식 웃으며 말했다.

"배짱이 없진 않군. 따라와라."

팟! 배가 옆으로 나란히 검은 돛의 배를 지나려 하자, 놈이 뛰어난 경공술을 자랑이라도 하듯 한 번에 그 사이를 뛰어넘었다. 나 역시도 경공을 펼쳐 놈을 따라서 검은 돛의 갑판 위로 올랐다. 그러자 복면인들이 나를 둘러싸려 했지만, 놈의 손짓 한 번에 전부 물러났다.

"네놈이 어떻게 우리에 대해 알고 있는지는 모르겠다만, 그 입으로 직접 불게 해주마."

퍅! 놈이 갑판 바닥에 도를 꽂고 품속에서 은빛 망으로 만들어진 장갑을 꺼내 양손에 끼며 내게 이죽거리듯이 말했다.

"이 몸이 권을 쓰게 한 걸 후회하게 될 거다."

확실히 지금까지와는 달랐다. 두 주먹을 쥐고서 놈이 제대로 기수식을 취하자, 도를 쥐고 있을 때와는 위압감 자체가 완전히 달랐다. 나는 빠른 물살에 멀어져 가는 우리 쪽 배를 슬쩍 쳐다보았다. 놈이 비릿하게 웃으며 말했다.

"네놈이 그 배로 돌아갈 일은 없을 거다."

이에 나도 빙그레 웃으며 말했다.

"아니, 갈 건데."

"뭐?"

그 순간 나는 위로 슬쩍 뛰어올랐다. 그러자 손안에 있던 남천철 검이 빠져나와 공중을 날면서 나를 태웠다. 내가 어검비행술을 펼치자, 내 진의를 파악했다는 듯이 놈이 소리치며 내게 신형을 날렸다.

"이놈이 어딜!"

그러거나 말거나 나는 위로 날아올랐다. 배에서 벗어나 높이 오른 나를 보면서 놈이 분노하여 소리쳤다.

"어딜 내빼려고 하느냐!"

내빼기는. 그냥 가진 않는다. 나는 목갑을 열어 사련검을 꺼냈다. 그리고 동시에 소담검과 함께 사련검을 배 쪽으로 날렸다. 그러자 두 검이 밑으로 날아들며 이내 배 갑판을 뚫고 안으로 들어갔다.

"철과 철이 세차게 부딪치면 어떻게 될까?"

귀살권마 장문량의 두 눈이 커졌다.

"네놈 설마…."

그 순간 커다란 굉음과 함께 배에서 붉은빛이 쏟아져 나왔다. 콰아아아아아아앙!

장강수로십팔채

콰아아아아아앙!

꽤 떨어져 있어서 괜찮을 거라 여겼는데, 폭발의 위력은 굉장했다. 그 풍압에 튕겨 나가듯이 밀려나면서 순간 남천철검에서 떨어질뻔했다. 아무리 강한 회복력을 지녔어도 이 정도 폭발 속에서 살아남을 수 있을까?

─그보다 사련검과 소담검은 괜찮겠나, 운휘?

사련검을 먼저 걱정하다니.

─그, 그런 게 아니다.

아니긴. 뭐라고 하는 거 아니니까 걱정 마라. 어쨌거나 둘 다 무사하다.

머릿속에 녀석들의 시야가 보였다. 둘이 화약고에 맞부딪치자마자 바로 배 밑을 뚫고 강물로 들어갔다.

─사련검이야 그 전설적인 명장이라는 구야자가 만들었다니 괜찮겠지만 소담검이 걱정되기는 한다.

소담검도 과거 무림연맹에서 장인이 만들어준 한철 섞인 검신을 씌우고 나서 작지만 그 강도나 날카로움이 명검의 반열에 들었다. 게다가 한철은 열에 강하다고 하니 괜찮을 거라 생각….

—으아아아악!

그때 머릿속으로 익숙한 외침 소리가 들렸다. 소담검이었다. 거친 강물에서 녀석이 튀어나왔다. 손잡이인 검병이 다 타서 재가 되어 있었다.

'어… 음… 미안.'

—다시는 이딴 거 시키지 마!

괜찮으리라 여겼는데, 검병이 손상되었구나. 소담검이 계속 구시렁댔는데 입이 열 개라도 할 말이 없었다. 죄인이 무슨 변명을 하리. 나는 옷자락의 일부를 찢어서 소담검의 손잡이 부근을 둘둘 말아 주었다.

—병 주고 약 주니?

흠흠. 그래도 없는 것보단 낫잖아.

—깔깔깔!

반면 사련검은 약간 그을린 티가 났지만 검병까지도 멀쩡했다. 구야자가 정말 대단한 장인이기는 한가 보다. 검병까지도 저리 튼튼하게 만든 것을 보면 말이다.

—너무 좋아.

사련검이 내 주위를 빙빙 돌면서 자유롭게 날아다녔다. 내심 남천철검이나 소담검처럼 오랫동안 함께해온 것이 아니라 교감이 적어서 옥형의 능력이 통하지 않을까 걱정했는데, 의외로 쉽게 됐다. 말은 노예니 어쩌니 했는데 주인으로 인정하기는 했나 보다.

―역시 너랑 있으면 너무 좋은 것 같아. 언제 이런 걸 해보겠어. 깔깔깔.

날아다니면서 신이 난 사련검의 목소리에 혈마검이 구시렁댔다.

―망할 것들. 제 놈들만 신이 났군.

다른 녀석들만 날아다니는 것에 불만이 많은가 보다. 충분히 이해는 됐다. 하지만 네 모습을 보고 알아보는 자가 있으면 곤란하니 조금만 참아. 만약의 상황에는 대비해야지.

'소담, 사련, 혹시 물속에서 귀살권마를 봤어?'

비록 폭발에 휘말렸다고는 하나 명색이 사대 악인의 일인이다. 만약을 위해 확인해보는 거였다.

―그 뜨거운 열기에 도망치기 바빠서 물속 깊은 곳까지 내려갔었는데 그걸 어떻게 봐.

―봤으면 진즉에 얘기해줬겠지, 자기야.

…자기라니. 노예도 모자라서 이상한 말 갖다 붙이지 마라.

어쨌거나 녀석들도 물속에서 놈을 보지 못한 것 같다. 나야 남천철검의 도움도 받았고 그 즉시 날아올랐기에 살아남은 것이었으니 천운이 따랐다고 할 수 있었다. 지금으로서는 죽었다고 볼 수밖에 없을 것 같다. 나는 뒤돌아 절벽 위쪽을 바라보았다. 낭왕 혁천만으로 보이는 작은 인영이 수십 명이나 되는 검은 인영들과 여전히 싸우고 있었다.

―가서 도울 거야?

아니, 그럴 바에야 배로 돌아가서 돕는 게 낫지. 낭왕 정도 되는 괴물이 저자들을 상대로 질 리가 없잖아.

더 높이 올라가서 수로를 따라가자. 지금쯤이면 배도 훨씬 나아갔을 테니 말이다.

―알았다.

사련검, 너도 돌아와.

―흐응. 좀 더 돌아다니고 싶은데.

옥형의 능력을 거두면 날고 싶어도 못 날 텐데.

그런 나의 말에 사련검이 아쉽다는 듯이 중얼거리며 목갑으로 돌아왔다. 나를 태운 남천철검이 더 높이 오르며 수로를 따라 이동했다. 확실히 위에서 보니 강줄기가 훤하게 보였다.

―저기 강줄기가 더 큰 강으로 연결되나 봐.

소담검의 말대로 강줄기는 더욱 큰 강으로 이어지고 있었다. 그곳으로 연결되면서 물살이 빨라졌던 것 같다. 아직 밤이라서 그런지 배가 어디까지 갔는지는 잘 보이지 않았다. 아무리 물살이 빨라도 그리 먼 곳까진 못 갔을 텐데.

―저기 있네.

'아!'

밑을 보니 빠르게 앞으로 나아가는 배가 보였다. 배 위로 내려가야겠다.

―운휘.

그때 남천철검이 나를 불렀다.

왜 그러는 거야?

―강줄기가 모이는 쪽에 수풀 뒤로 작은 불빛들이 보이나?

불빛?

녀석의 말에 나는 선천진기를 집중해 안력을 끌어올렸다. 워낙 거리가 멀어서 손가락보다도 작게 보이는 강줄기가 연결되는 지점에 남천철검의 말대로 수풀이 우거진 뒤쪽으로 교묘하게 아주 작은 불빛들이 밀집되어 있었다. 그 수가 굉장히 많았다. 아무래도 저 모양만 보면 배 같은데 불빛이 떨어진 간격만 봐도 어림잡아 스무 척가량은 되는 것 같았다.

'설마….'

숨겨둔 함정이 더 있었던 건가? 만약 저들이 매복해 있는 거라면 배는 사지로 향하는 것이나 마찬가지였다. 잠깐만, 그리고 보니까 배 한 척이 더 빨리 갔잖아.

—저거 아냐?

저기가 어딘데?

—수로에서 이 리 정도 떨어진 곳을 봐.

소담검의 말대로 수로에 배 한 척이 나아가는 것이 보였다. 생김새를 보아하니 우리가 탔던 배와 흡사한 것이 살아남은 세 번째 배가 맞는 것 같다. 이대로라면 저들은 얼마 있지 않아 매복해 있는 배들과 맞닥뜨릴 것 같았다.

—어떻게 할 거야? 가서 멈추라고 할 거야?

'흠.'

사실 냉정하게 말해서 저 배는 어찌 되어도 상관없었다. 일행들이 타고 있는 배만 보호하면 되니까. 일단 내려가서 배에 있는 적들을 처리하고서 어떻게든 정박하도록 해야겠다. 이쪽이 우선이다.

'가자.'

—알겠다.

남천철검이 빠르게 배로 내려갔다. 그곳에서는 여전히 전투가 벌어지고 있었다. 아까 전과 다르게 워낙 복면인들의 수가 줄어들었기에 이제는 남은 자들을 거의 소탕하는 수준에 가까웠다. 탁! 배 위로 뛰어오르자 싸우고 있던 사람들이 환호성을 질렀다.

"와아아아아아아아아!!"

"소 대협이 돌아왔다!"

"소 대협이 귀살권마를 물리쳤다!"

반면, 고작 열 명도 채 남지 않은 복면인들은 당혹스러운 기색이 역력했다. 사대 악인인 자신들의 우두머리를 믿고 있었는데, 얼마 지나지 않아 내가 나타났으니 놀라는 것도 당연했다. 그렇지 않아도 패색이 짙은 전장이었기에 전의가 떨어지는 것이 보였다.

"공자님!!"

적들과 싸우고 있던 사마영이 만사를 제쳐두고 내가 있는 곳으로 뛰어왔다.

그녀가 안도의 숨을 내쉬며 내게 허겁지겁 말했다.

"어떻게 된 거예요? 멀리서 폭발이 보여서 공자님이 잘못된 건 아닌가 걱정했다고요."

나는 그녀에게 전음으로 말했다.

[배에 오르자마자 화약을 터뜨리고 탈출했습니다.]

'…?!'

그 말에 그녀의 눈이 휘둥그레졌다. 그러더니 이내 빵 터졌는지 자신도 모르게 깔깔거리며 웃어댔다.

[아니, 저는 아버지와 같은 명성을 지닌 고수와 싸운다기에 걱정했는데, 대체 어떻게 그런 생각을 한 거예요?]

그런 그녀의 말에 나는 빙그레 웃었다. 굳이 목숨을 걸어가며 싸울 필요를 못 느꼈다고 말하기엔 좀 그렇지 않나.

"소 소협!"

그때 개방의 장로 의구생이 종남파의 장문인 도욱 진인을 부축하고서 다가왔다. 부상으로 안색이 좋지 않은데도 나를 보며 반갑다는 듯이 말했다.

"천만다행이네."

"걱정해주셔서 감사합니다. 운이 좋았습니다."

"이걸 어찌 운이라고 하나. 사대 악인인 귀살권마와 싸워서 살아 돌아올 자가 몇이나 되겠는가? 자네는 진정으로 팔대 고수의 반열에 들었군."

그의 입에서 극찬이 나왔다.

"맞습니다. 이리 젊은 나이에 그런 경지에 이르다니, 우리 정도 무림의 홍복입니다."

의구생이 맞장구를 치며 나를 띄웠다. 이들의 반응을 보니 내가 살아 돌아와서 진심으로 기쁜 모양이었다. 이거 싸우지도 않고 그냥 배를 폭발시켰다고 말하기가 민망한데.

─그냥 입 닫고 있어.

안 그래도 그러려고 했다. 어차피 귀살권마의 말마따나 죽은 자는 말이 없을 테니 말이다. 그보다 더 시급한 사실을 말해줘야겠다.

"아직 기뻐하기엔 이릅니다."

"그게 무슨 소리인가?"

"이곳으로 날아오면서 보았는데, 강의 물줄기가 연결되는 곳에 많은 배들이 매복하고 있었습니다."

"매복!"

나의 말에 모두가 당혹감을 감추지 못했다.

이제 겨우 적들을 물리치고 평화가 찾아오나 했는데, 절망스러울 것이다.

"얼마나 되는가?"

"어두워서 잘 보이지 않지만 어림잡아 스무 척가량은 되어 보였습니다."

"스무 척이라니?"

많은 수의 배에 모두가 놀랐다. 다들 지쳐 있는 상황이었고 그 정도 수의 배와 맞닥뜨리게 되면 승산이 없었다. 설사 내가 있다고 해도 이들 모두를 보호하는 것은 불가능했다. 이들도 그것을 알기에 심각해하는 것이었다.

"배를 어떻게든 정박시켜야 합니다."

"그건…."

나의 말에 도욱 진인이 망설였다. 수로채를 괴멸하려고 했던 원래의 임무 때문일 것이다. 마침 잘됐다. 개방의 방주도 없고 낭왕도 아직 합류하지 못했으니 지금 이 배의 통수권자는 도욱 진인이었다. 나는 설득조로 그에게 말했다.

"진인, 어차피 부상자들도 많고 이 전력으로 수로채를 토벌하는 것은 무리입니다. 아시지 않습니까?"

"허어…."

"애초의 계획이 표물선으로 위장하고 잠입하는 겁니다. 지금 누가 저희 배를 보고서 표물선이라고 여기겠습니까?"

복면인들과의 전쟁으로 사실 배의 꼴이 말이 아니었다. 물살이 아직 빠르다고 하나, 더 이상의 강행을 포기하고서 억지로 방향을 틀어 뭍으로 옮긴다면 파손이 있을지언정 목숨은 구제할 수 있다.

도욱 진인이 주위를 둘러보았다. 배 위의 수많은 시신과 부상자를 보며 이내 짙은 탄식과 함께 고개를 끄덕였다.

"자네의 말이 맞네. 물러날 때를 아는 것은 병법의 기본이지."

나는 속으로 쾌재를 불렀지만 이를 내색하지 않고 안타깝다는 듯이 말했다.

"옳은 결정을 하셨습니다."

그런 내게 도욱 진인이 깜박했다는 듯 말했다.

"이보게, 소 소협. 이제 겨우 돌아왔지만 자네에게 무거운 부탁 하나만 해도 되겠나?"

"부탁이라면?"

"오직 자네밖에 할 수 없어서 그렇네."

나밖에 할 수 없다고? 무슨 부탁을 하려고 그러는 거지? 주위에 보는 눈도 많고 거절하기도 애매해서 괜히 호탕한 척하며 흔쾌히 말했다.

"생사고락을 함께했는데, 어찌 그리 말씀하십니까?"

이에 도욱 진인이 활짝 웃으며 말했다.

"자네야말로 새로운 시대의 영웅이네그려."

부탁하면서 띄워주지 마라. 이 말을 입 밖으로 내뱉고 싶었으나 그냥 삼켰다.

"우리보다 앞서 나간 표물선이 있지 않나. 만약 자네 말대로 매복이 있다면 그들도 위험할 터이니, 어검비행으로 날아가 정박하라고 해줄 수 있겠나?"

'아….'

그 와중에 앞의 배를 걱정한 건가. 제 욕심을 차리기에 급급했던 개방 방주 따위에 비하면 정말 참된 정파인이었다. 그런데 그 배가 괜찮으려나 모르겠다. 지금쯤이면 거의 교차점에 도달했을 텐데.

"알겠습니다. 서둘러 가보겠습니다."

"부탁하네."

간곡한 도욱 진인의 부탁에 나는 남천철검을 타고서 날아올랐다.

─결국 도와줘야 하네.

별수 있나. 매복이 있는 곳에 도달하지 않았다면 서둘러 정박하라고 이르고, 만약 매복한 자들과 맞닥뜨렸다면 철수하면 그만이다.

남천철검이 높이 날아올랐다. 어디쯤 도달했을까? 한참 수로를 따라 올라가며 안력을 집중하는데, 안타까운 현실이 보였다. 매복해 있던 배들이 배 한 척을 포위하고 있었다.

─어쩔 수 없겠네.

이런 상황에서는 저 배를 구원할 방법이 없다.

─그럼 다시 돌아가나, 운휘?

곧바로 돌아가면 너무 빠르니까 일단 가까이 날아가서 저들의 동향이나 살펴보고 가야겠다.

─알겠다.

남천철검이 고도를 유지한 채 배들이 밀집한 곳으로 날아갔다. 시야가 확보되며 광경이 제대로 눈에 들어왔다. 배들이 표물선을 포위하여 갈퀴 밧줄을 던져 고정해서 움직이지 못하도록 만들었다. 그리고는 표물선 위로 수많은 인영이 우르르 넘어가고 있었다.

'엇?'

그런데 가까이 다가가면서 다른 점을 발견했다. 당연히 금안의 조직일 거라 여겼는데, 배 위에 복면이 아닌 각양각색의 복장을 한 사내들이 보였다. 그러고 보니 배에 깃발들도 달려 있었다. 커다란 글씨로 호맹채, 벽양채, 각웅채 등의 글자가 새겨진 깃발이었다.

—걔네 맞아?

아니야. 이들은 금안의 조직이 아니다.

—그럼?

진짜 장강수로십팔채다.

—쟤네가 그 수적들이라고?

내 눈이 틀리지 않다면 확실하다. 그것도 거의 대다수의 전력이 집결해 있는 것 같다. 스무 척의 배마다 전부 다른 깃발을 걸고 있는 것을 보면 각기 다른 수로채들이었다. 나는 이들이 금안의 조직에게 괴멸당했을지도 모른다고 추측했었다. 그런데 예상이 빗나갔다.

—그놈들이랑 손을 잡은 거면 어떡하려고? 매복한 것만 봐도 알 수 있잖아.

소담검이 예리하게 지적했다. 그 말도 맞다. 만약 저들이 금안의 조직과 손을 잡은 것이라면 상황이 크게 다를 바가 없었다.

—좀 이상하지 않아?

뭐가 이상하다는 거야?

—저기 배 갑판에서 싸우는 게 아니라 대화를 나누고 있는 것 같은데?

응? 정말이었다. 소담검의 말대로 표물선 위로 넘어간 수적들이 표사들을 포위하고 있었고, 그들의 우두머리로 보이는 호피 가죽을 입은 자가 표두들과 대화하고 있었다. 금안의 조직이 보였던 행동과는 사뭇 달랐다. 그 와중에 눈에 띄는 자들이 있었으니, 개방의 방주 홍구가와 홍걸개였다. 배에서 보이지 않아 죽었나 싶었는데, 언제 저 배로 옮겨 탄 거지? 의아해하던 차였다.

—어? 쟤네 물 위로 뛰어내리는데?

일부 표사들과 선원들이 갑자기 병장기를 버리고 강으로 뛰어내렸다. 수적들은 검과 도를 흔들며 배 위의 사람들을 위협하고 있었다. 그 때문에 나머지 사람들이 머뭇거리며 망설였다.

—살려주는 것 같은데?

그런 것 같다. 아무래도 내가 우려했던 것처럼 저들과 손을 잡은 게 아닌 것 같다.

—그럼 어떡할 거야?

'그럼 이야기가 달라지지.'

나는 등에 지고 있던 목갑을 열어서 무언가를 꺼내 들었다. 바로 악귀 가면이었다. 이런 일에 대비해서 늘 악귀 가면을 목갑 안에 넣어두었었다. 입고 있던 겉옷도 벗어 뒤집자, 회색 면 안쪽에 있던 붉은 면이 드러났다. 거꾸로 입으면 전혀 다른 옷처럼 보인다. 언제든지 혈마로서의 역할도 할 수 있게 미리 준비해둔 것이었다. 그럼 정파인이 아닌 혈마로서 본연의 목적을 이뤄볼까나.

슥! 나는 목갑 안에서 혈마검을 꺼냈다.

* * *

표물선의 상갑판 위. 턱수염을 기른 근육질의 사내가 도를 겨냥하며 소리쳤다.

"어이, 거지 노친네. 우리가 호의를 베풀었을 때 받아들여라."

그런 그의 외침에 거지 차림의 노인 인상이 무섭게 굳었다. 그는 개방의 방주인 홍구가였다.

'천하의 홍구가가 어찌 이런 굴욕을 당한단 말인가!'

명색이 구파일방 중 하나인 개방의 방주이자 무림연맹의 장로였다. 평소의 그라면 수로채가 쳐들어와도 겁은커녕 거들떠보지도 않았을 것이다. 이들이 아무리 강맹하다 해도 고작 수적에 불과하니까. 이런 곳만 아니라면 언제든지 쳐부술 수 있는 것들이 포위를 하고서 목숨만은 살려줄 테니 배를 버리고 물에 뛰어내리라 하고 있었다. 으득! 절로 이가 갈렸다.

[조부님, 저들이 호의를 베풀 때 가는 게 좋을 것 같습니다.]

손주인 홍걸개가 그에게 전음을 보내왔다.

'멍청한 녀석.'

그런 그를 보며 혀를 찼다. 손주라고는 하나 정말 한심하기 짝이 없었다.

'하나는 알고 둘은 모르는구나.'

앞서 배에서 뛰어내렸을 때와는 상황이 완전히 달랐다. 그때는 정황상 답이 없었다. 낭왕 혁천만조차 적에게 당해서 강물에 빠져 생사를 알 수 없는 상황이었고, 적들은 자비조차 보이지 않고 배 위의 모든 자들을 죽이려 들었다. 애초에 승기는커녕 희망조차 없었다. 그렇기에 목숨을 보전하기 위해 뛰어내린 것이다. 그러나 지금은 아니었다. 자신 뒤에 금화평상단의 세 상단주 중 한 명인 호진각이 있었다. 그는 총상단주인 호진웅 노사의 셋째 아들이다. 수적들의 배가 나타나자 이 셋째 아들 호진각이 어떻게든 표물을 지켜달라고 부탁했다. 이런 상황에서 수적들과 맞서기는커녕 협상조차 하지 않고 도망친다면 무림에서 우스꽝스러운 처지가 될 것이다. 홍구가가 턱수염의 사내에게 말했다.

"벽양채의 곽 채주라고 하셨소?"

"그렇다, 늙은이."

사파에 강도짓이나 하는 수적이 아니랄까 봐 말이 거칠기 짝이 없었다. 예라고는 눈곱만큼도 찾아볼 수 없었으니 말이다. 방주 홍구가는 평정심을 유지하고 말했다.

"노부가 알기로 수로채의 호걸들은 표물선에서 일정 상납금을 주면 배를 보내준다고 들었소. 한데 어찌 이렇게 표물선을 통째로 내놓으라는 것이오."

"그건 늙은이 네놈이 알 바가 아니다."

도통 말이 통하지 않았다. 결국 홍구가는 좀 더 강하게 나갔다.

"이 배는 본 방에서 보호하고 있소. 그것은 곧 무림연맹과도 관계 있다는 것이오. 귀하들이 기어코 이 배의 모든 것을 앗으려 든다면 그 뒷감당을 하셔야 할 것이외다."

일종의 협박이었다. 그런 홍구가의 말에 곽 채주라는 자가 갑자기 미친 듯이 웃어댔다.

"크하하하하하핫."

주위 수적들도 그를 따라 웃었다. 명백한 비웃음이었다. 한참을 웃어대던 곽 채주가 정색하며 말했다.

"할 수 있다면 해보거라. 이번에도 물고기 밥으로 만들어줄 터이니 말이다."

애초에 그런 협박이 통할 리가 없었다. 이미 과거에도 토벌하러 왔던 무림연맹의 전력을 이긴 적이 있었다. 강 위에서만큼은 누구와 상대해도 이길 자신이 있는 그들이었다.

'조금도 겁을 먹지 않는구나.'

이래서야 방법이 없었다. 그러다 홍구가는 문득 저들이 배를 덮쳐올 때 했던 말이 떠올랐다.

"채주, 그 배가 아닌 것 같습니다."

"빌어먹을 놈들, 대체 어디에 숨었단 말이냐!"

아무래도 이들이 노리는 배가 있는 것 같았다. 생각해보면 장강 위에서 검은 돛을 달고 다니는 배들은 오직 수적뿐이었다. 그런데 자신들을 노렸던 자들은 수적의 배를 가지고 있었다. 어쩌면 그들과 원한 관계가 있을 수도 있겠다는 생각이 들었다.

'좋아.'

홍구가가 밑져야 본전이라는 듯이 던졌다.

"하면 쓸 만한 정보를 주는 것이 어떻소이까?"

"정보?"

"가령 그대들의 배를 탈취한 자들에 관한 것이라든지."

"뭣!"

뜻밖에도 곽 채주를 비롯한 수적들이 반응을 보였다. 혹시나 하는 마음에 던진 것인데, 그것을 물자 신이 난 홍구가가 말했다.

"정체불명의 복면인들이 타고 있던 그 배가 맞나 보구려."

그 말에 곽 채주가 성큼성큼 다가와 도를 겨냥하며 말했다.

"당장 말하거라! 놈들을 어디서 보았느냐?"

이에 홍구가가 재빨리 허리춤에서 타구봉을 뽑았다. 그러고는 전광석화처럼 발구조천(撥狗朝天)의 초식을 펼쳤다. 봉을 뻗어 도나 검의 끝을 쳐내서 날려 보내는 초식이다. 챙!

"헛!"

방심하고 있던 곽 채주의 도를 쳐낸 홍구가가 금나수의 수법으로 그의 팔을 꺾은 뒤에 안구저두(按狗低頭)의 초식을 펼쳐 앞으로 고꾸라뜨려서 타구봉으로 목을 짓눌렀다.

"이 거지 놈이!"

"어허, 가만히 있어라. 안 그러면 목이 부러진다."

성이 난 수적들을 상대로 홍구가가 소리쳤다. 목이 짓눌려서 끅끅거리는 채주의 모습에 수적들이 어쩔 줄 몰라 했다.

'강 위의 강도 놈들이 꼴에 동료애를 아는 것이더냐.'

방주 홍구가가 속으로 그들을 비웃었다. 그러고는 수적들에게 소리쳤다.

"맨 위 우두머리와 교섭하고 싶소!"

이렇게 많은 채의 수적들이 모였다면 분명 총채주가 왔을 것이다. 다른 것은 몰라도 수적들이 총채주의 명에는 죽고 못 산다는 이야기를 들은 적이 있었다. 하면 그와 교섭만 한다면 이 위기를 타파할 수 있을지도 몰랐다. 수적들이 주위를 포위하고서 서로를 쳐다보며 아무 말도 않자 방주 홍구가가 다시 한 번 외쳤다.

"총채주와 교섭하고 싶소! 이곳에 없는 것이오?"

바로 그때였다. 표물선으로 연결된 밧줄로 경공을 펼치며 넘어오는 세 인영이 있었다. 그들의 몸놀림은 여느 수적들과는 차원이 달랐다.

'이럴 수가…'

방주 홍구가는 속으로 당혹감을 감추지 못했다. 척 봐도 한 사람 한 사람이 초절정의 경지에 이르렀음을 알 수 있었다. 자신과 비교해도 결코 떨어지지 않았다.

'수적들 중에 이런 고수들이 있었단 말인가?'

수로채의 우두머리라 불리는 장강사객에 대해 들어본 적은 있었다. 그들이 합공에 능하다는 이야기를 들었지만 이렇게 각각이 뛰어난 무공을 지녔을 줄은 전혀 예상하지 못했던 그였다.

'한데 세 명이었나?'

장강사객은 사 형제라 들었다. 그런데 지금 그 앞에 나타난 자들은 세 명에 불과했다. 물론 이 세 명만으로도 꽤나 난감한 상황이긴 했다.

'저놈이 총채주인 갈용인가?'

세 명 중 한가운데에 서 있는 장신에 휘어진 갈고리 형태의 도를 들고 있는 근육질의 중년인이 보였다. 기세가 남다른 것이 누가 봐도 우두머리 같았다. 이에 홍구가 그에게 말했다.

"귀하가 수로채의 총채주인 갈용이오?"

"흥! 본좌가 갈용이다."

'응?'

뜻밖에도 전혀 다른 자가 자신이 갈용이라고 밝혔다. 그는 세 형제 중에서도 가장 작은 체구를 가진 자로 고작해야 네 척 반 정도밖에 되지 않는 대머리 사내였다. 두 손에 짐승의 발톱처럼 생긴 장갑을 끼고 있는 것으로 보아 조법의 달인인 듯했다.

'참으로 괴이한 자들이로구나.'

다른 한 명은 상당한 거구였다. 쇠사슬에 묶여 있는 가시 달린 쇠구 덩어리를 들고 있었는데, 저걸 휘두르면 머리가 박살날 것만 같았다. 스스로를 갈용이라 밝힌 자가 소리쳤다.

"늙은 거지 놈이 겁대가리를 상실했구나. 감히 본좌를 오라 가라

하다니."

"노부가 이래 보여도 십만 방도를 이끄는 방주이외다. 격이 맞는 자와 대화를 나누는 것은 당연한 일이 아니오."

"격이라. 거지 주제에 별걸 다 따지는군."

갈용이 콧방귀를 뀌었다. 그러더니 그에게 날카로운 발톱들을 겨냥하며 말했다.

"당장 그 망할 막대기를 치우지 않는다면 이 배에 있는 자들을 하나도 남김없이 죽여버릴 테다."

갈용의 그 말에 수적들이 표사들과 선원들에게 도를 들이댔다. 당장에라도 휘두를 기세였다.

"목숨에 위협을 가할 생각은 없었소. 가랏!"

이에 홍구가 곽 채주의 목에서 타구봉을 뗐다. 그러자 곽 채주가 얼른 그에게서 벗어나 갈용이 있는 곳으로 뛰어갔다. 홍구가 갈용을 보며 말했다.

"노부가 원하는 교섭은 간단하오. 정보를 넘기면 배를 무사히 보내주시오."

"배를 보내달라고?"

"이렇게 장강의 호걸분들이 전부 모였다는 것은 귀하들에게도 심상치 않은 일이 벌어져서 그런 것이 아니오? 평범한 표물선을 상대로 시간을 낭비해서야 되겠소이까?"

그런 홍구가의 말에 갈용의 표정이 묘해졌다. 어림짐작으로 한 말이지만 이들에게는 정말 심각한 일인가 보았다. 삼 형제가 전음까지 해가며 대화를 나누고 있었다. 그러더니 이내 갈용이 입을 열었다.

"배를 보내줬는데 네놈의 말이 거짓이면 어쩔 테냐?"

홍구가가 속으로 쾌재를 불렀다. 관심을 보이는 것으로 봐서 잘하면 교섭에 성공할 수 있을 것 같았다. 홍구가가 대범한 척 소리쳤다.

"본 방의 명예를 걸고 맹세하겠소. 노부의 말에 일절 거짓은…."

바로 그때였다. 홍구가의 말이 미처 끝나기도 전에 사방에서 목소리가 울려 퍼졌다.

[갈 총채주, 그대가 찾는 배들은 이미 폭발하여 없다.]

모두가 그 목소리에 주변을 둘러보았다. 어디에도 모습이 보이지 않았다.

"지금 그건 뭐야?"

"소리가 어디서 난 거야?"

"사방에서 울렸어!"

수적들부터 표사들, 선원들 할 것 없이 모두가 이 기이한 현상에 당혹스러워했다.

'육합전성(六合傳聲)?'

육합전성. 그것은 전음 중에서도 상위 수법으로 소리가 사방에 울려 퍼져 자신의 종적을 찾을 수 없게 만드는 기술이다. 방주 홍구가가 인상을 찡그렸다. 육합전성도 당혹스러웠지만 그보다 더 난처한 것은 다른 데 있었다.

"거짓말이외다. 귀하들이 찾는 배는…."

[폭발했다.]

또다시 들리는 육합전성에 홍구가의 얼굴이 붉게 달아올랐다. 누군지는 모르겠지만 자신을 제대로 방해하고 있었다.

"누구냐! 감히 누가 총채주와 본 방주가 나누는 대화를 방해하는 것이냐!"

홍구가가 내공을 실어 쩌렁쩌렁한 목소리로 소리쳤다. 그럼에도 불구하고 그자는 모습을 드러내지 않았다. 홍구가가 입술을 질끈 깨물다 갈용에게 말했다.

"총채주, 본 방주를 믿으시오. 이 배에 옮겨 타기 전까지 노부가 다른 배에서 직접 보았소이다. 총채주가 찾는 그 배는….."

[폭발했다.]

"으아아아아!"

홍구가가 화가 머리끝까지 치밀어서 소리쳤다.

"당장 모습을 드러내라! 어디에 숨어 이간질을 하는 것이냐!"

이런 그와 달리 총채주 갈용의 생각은 달랐다. 그는 육합전성의 진원지를 찾기 위해 기감을 집중하여 사방을 둘러보았다. 그러나 어디에도 그 모습이 보이지 않았다.

[보이느냐?]

[저도 보이지 않수다, 형님.]

그들 형제 중 누구도 종적을 찾을 수가 없었다.

'…엄청난 고수다. 이 강 한복판에서 누가 모습까지 숨겨가며 육합전성을 펼친단 말인가?'

자신들의 배에 타고 있던 자일 리는 없었다. 그렇다면 이 소리의 진원지는 당연히 한 곳밖에 없었다. 총채주 갈용이 날카로운 눈빛으로 홍구가를 노려보며 말했다.

"네놈 대체 뭘 데리고 온 것이냐?"

홍구가가 억울하다는 듯이 말했다.

"무슨 소리를 하는 거요. 총채주, 보면 모르겠소? 노부도 지금 이 육합전성을 펼치는 자가 누군지 알 수 없소이다."

답답해서 미칠 노릇이었다. 교섭이 진행되려던 찰나, 이게 무슨 봉변인지 모르겠다.

"네놈 배가 아니면 이 강 한복판에서 누가 이런 육합전성을 펼친단 말이더냐?"

"아니, 말하지 않았소. 노부도 전혀… 아!"

"왜 그러는 것이냐?"

"알 것 같소이다! 이 표물선 역시도 귀하들이 찾고 있는 그 배와 마주쳤었소이다. 다른 배들과 달리 무사히 탈출했지만 아무래도 이 배에 우릴 습격했던 그 정체불명의…."

홍구가의 말이 미처 끝나기도 전이었다. 또다시 육합전성이 울려 퍼졌다.

[거지 두목 놈과 무림연맹에서 표물함 안에 무인들을 숨겨두고서 수로채를 섬멸하려 했는데, 알고 있으려나 모르겠군.]

'…!!'

이죽거리듯이 들려오는 육합전성에 화를 내던 홍구가의 표정이 굳었다. 무림연맹의 일급 기밀이나 다름없는 정보였다. 그것이 육합전성으로 사방에 울려 퍼진 것이다. 토벌하려 했던 당사자인 수로채의 모든 수적들이 모인 곳에서 말이다.

'빌어먹을!'

변명이고 뭐고 할 상황이 아니었다.

[걸개야! 뛰어내리거라!]

홍구가는 다급히 손자에게 전음을 보냈다. 그러고는 재빨리 몸을 틀어 경공을 펼치며 갑판을 넘어 강물로 뛰어내리려 했다. 바로 그 순간이었다. 푹!

"헉!"

경공을 펼치려던 그의 앞으로 날카로운 무언가가 떨어지며 갑판 위에 박혔다.

'이, 이게 대체…. 아닛?'

그것은 다름 아닌 검이었다. 그런데 평범한 검이 아니라는 게 문제였다.

"혀, 혈마검!"

홍구가의 입에서 튀어나온 그 말에 배 전체가 술렁였다.

"혈마검이라니?"

"대체 그게 무슨 말이야?"

"저 검이 설마…."

표물선의 상갑판이 떠들썩해졌다. 방주 홍구가의 입에서 나온 혈마검이라는 말 때문이었다. 무림인들 중에서 그 검의 위명과 악명을 모르는 이가 과연 몇이나 있겠는가.

'대체 이게 어찌 된 일인가?'

자신의 앞을 가로막은 혈마검에 홍구가는 당혹스럽기 짝이 없었다. 너무 뜬금없이 벌어진 일이었다. 장강의 한복판. 그것도 장강수로십팔채에게 포위된 상황으로도 모자라, 느닷없는 혈마검의 등장은 그를 혼란스럽기 만들기에 충분했다.

'이러고 있을 때가 아니야.'

놀라기는 했지만 지금 이곳에 남아 있다가는 수적들에게 몰매를 맞을 판국이었다. 잠시 머뭇거리던 홍구가가 검을 지나가려 했다. 그러나 갑판에 박혀 있던 검이 떠오르며 그를 가로막았다.

"아닛!!"

당황한 홍구가 저절로 떠올라서 자신을 가로막는 혈마검에 타구봉을 휘둘렀다. 그러자 누군가가 검법을 펼치는 것처럼 혈마검이 독특한 궤적을 그리며 타구봉을 피해 그의 요혈을 찔러왔다.

'이런!'

타타타타탁!! 홍구가 취팔선보의 보법을 펼치며 다급히 이를 피해냈다.

'검이 저 혼자 검초를 펼치다니… 이, 이건!'

"이기어검!"

틀림없는 이기어검술이었다. 혈마검은 홍구가를 놓칠 생각이 없는지, 보법을 펼치는 그에게로 날아와 고수가 검을 휘두르듯이 화려한 검의 궤적을 그렸다. 바닥을 걷는 그보다 날아오는 검이 빠르다 보니 홍구가로서는 봉법을 펼쳐 이를 막을 수밖에 없었다.

"이기어검이라니!"

"형님, 지금 내가 보고 있는 것이 실제 상황이 맞수?"

"하!"

장강사객 삼 형제도 놀라움을 금치 못했다. 그들 역시도 실질적으로 이기어검을 보는 것은 난생처음이었다. 초절정의 경지에 올랐기에 방대한 내공으로 사물을 들어 올린 적이 있다고는 하나 그것만으로도 상당한 집중력을 요한다. 하물며 저렇게 검이 검객의 손에 쥐어진 것처럼 초식을 펼치려면 얼마큼의 집중력과 내공이 소모될지 짐작조차 가지 않았다.

"조, 조부님!"

강물로 뛰어내리려던 홍걸개가 소리쳤다. 그 외침에 정신없이 검을 막으며 홍구가가 외쳤다.

"뛰어내리래도!"

손주라도 보내야겠다는 일념이었다. 이에 입술을 질끈 깨물며 망설이던 홍걸개가 갑판 밑으로 뛰어내리려 했다. 그러나 이를 수적들이 가만히 내버려둘 리가 없었다.

"어딜 도망치려고!"

세 명의 수적들이 앞을 가로막자 홍걸개가 항룡십팔장을 펼치며 소리쳤다.

"비켜!"

용이 울부짖는 듯한 형태의 쌍룡취수(雙龍取水)의 양장이 앞으로 쇄도했다. 그러나 그런 그의 장법은 누군가에 의해 막혀버리고 말았다. 촥!

"헛!"

장강사객 삼 형제 중에 갈고리 형태의 도를 가진 근육질의 중년인이었다. 그가 휘두른 갈고리 도에 홍걸개는 다급히 물러날 수밖에 없었다. 조금만 늦었어도 저 갈고리에 낚여 양팔이 잘려 나갔을 것이다.

"누가 네놈을 보내준다고 하더냐?"

'빌어먹을!'

홍걸개는 난처하기 짝이 없었다. 아무리 정도 최고의 장법 중 하나라 일컬어지는 항룡십팔장을 익혔다고는 하나 상대는 초절정의 고수였다. 항룡십팔장의 정수는 외공과 강한 내공이 바탕이 되는데, 상대보다 내공이 부족하다면 위력이 제대로 발휘될 리가 만무했다. 차차차창!

'크윽!'

고작 세 초식가량을 부딪쳤는데, 홍걸개는 내공에서 밀려 속이 울컥거렸다. 갈고리 형태의 무기는 일반 병장기들과는 궤를 달리하여 상대하기도 까다로웠기에 경험이 적은 그로서는 도저히 상대할 방법이 없었다.

"애송이로구나. 하핫!"

중년인은 홍걸개가 방심한 틈을 타서 목에 갈고리 형태의 도를 씌워 움직이지 못하도록 만들었다.

"앗!"

"얌전히 있거라."

중년인은 이도 저도 못 하는 홍걸개를 단숨에 제압해버렸다. 손자가 붙잡힌 것을 발견한 홍구가가 안절부절못하며 소리쳤다.

"그 아이를 놓아주시오!"

자신을 노리는 혈마검만 아니라면 당장에라도 뛰어가고 싶은 심경이었다. 장강사객의 우두머리인 갈용이 그에게 말했다.

"흥! 그보다 왜 도망치려 했는지 그것부터 해명해라!"

변명거리를 생각할 겨를이라도 있었으면 어떤 식으로든 말했을 것이다. 그러나 혈마검 때문에 정신이 없었다. 검에 담겨 있는 진기가 자신보다 약하기에 어떻게 상대는 할 수 있지만, 사람이 직접 휘두를 때보다 그 움직임이 자유로워서 검의 궤적이 신출귀몰했다.

'이러다 사달이 나겠구나.'

홍구가는 진심으로 고민했다. 여기서 계속 혈마검을 상대하느라 고전하고 있다가는 검에 당하거나 수적들에게 당하거나 둘 중 하나였다. 손주마저 잡힌 상황이었기에 절망적이기 짝이 없었다.

'개똥밭이어도 이승이 낫다고 하지 않았나.'

머릿속에서 손주도 사라져 갔다. 자신이 살아남아야 복수라도 할 수 있지 않겠냐며 스스로를 정당화하고 있었다. 결국 그는 도망치기로 마음먹었다. 바로 그 순간이었다. 슉!

"엇?"

갑자기 느닷없이 혈마검이 하늘 높이 날아가 사라져버렸다.

'그렇다면….'

홍구가가 돛대 위를 쳐다보았다. 한밤중이었기에 불을 밝히지 않은 위는 잘 보이지 않았다. 그런데 날카로운 무언가가 느껴졌다. 어느새 자신의 목으로 총채주 갈용의 날카로운 발톱이 닿아 있었다.

'언제?'

처음에는 갈용이 소리 없이 다가왔다고 생각했다. 그런데 주변을 보면서 그는 알 수 있었다. 어느새 자신이 이들 가까이로 왔음을 말이다. 갈용이 살기 어린 눈빛으로 매섭게 노려보며 홍구가에게 말했다.

"노거지, 표물함 속에 무림인은 대체 무슨 소리지?"

목에서 느껴지는 날카로운 손톱에 홍구가가 식은땀을 흘리며 침을 꿀꺽 삼켰다. 이를 피하거나 쳐내기에는 너무 정확하게 겨냥하고 있었다.

"…총채주, 정말 그 말을 믿는 것이오?"

"네놈보다는 더 믿을 만한 것 같은데."

홍구가가 호흡을 가다듬으며 말했다. 여기서 조금이라도 말실수를 하면 자신의 목숨이 날아갈 수 있었다.

"지금 이 배에 혈마일지도 모를 자가 들어와서 총채주 노부를 이간질하고 있소. 만약 그 말이 사실이 아니라면 총채주는 괜한 오해로 본 방과 무림연맹의 분노를 사게 될 것이오."

"본좌가 무림연맹 따위를 두려워할 것 같나!"

"두려워하란 말이 아니오. 아무리 장강 위에서 총채주와 호걸분들이 날고 긴다고 해도 본 맹의 전력은 그대들의 수배에 달하오. 작정하고 수로채를 토벌하는 데 전력을 집중한다면 하루가 멀다 하며 전쟁만 벌여야 할 터인데, 입에 풀칠하기가 쉽겠소이까?"

그런 홍구가의 말에 갈용의 표정이 묘해졌다. 사실 일리가 없지는 않았다. 무림연맹이 모든 전력을 자신들에게 집중한다면 그때는 정말 피곤한 상황이 된다. 그런 흔들림을 발견했는지 홍구가가 타이르듯이 말했다.

"…우리를 놓아주시오. 하면 이 배에 있는 표물을 포기하도록 하겠소."

최후의 수단이었다. 수적들의 진노를 달랠 방법은 오직 재화뿐이었기 때문이다. 그런 방주 홍구가의 말에 여태껏 두려움에 떨면서 상황을 지켜보고만 있던 상단주 호진각이 당황해서 소리쳤다.

"홍 방주님! 그게 무슨 소리입니까? 배 두 척이 반파되어 이제 남은 표물은 이것밖에 없습니다. 이마저 빼앗긴다면…."

"이보게, 진각. 일단은 살아남아야 하지 않겠나."

"방주님, 이건 아버님께서 평생을 바쳐 일궈내신 겁니다. 이를 전부 잃으면 저희 상단은 어찌 재기를 하라는 말씀입니까? 귀 맹의 맹주님과의 친분 때문에 이렇게 위험을 무릅쓰고 지원까지 했는데 어찌…."

"닥치게!"

홍구가가 그를 다그쳤다. 미칠 노릇이었다. 적당히 구슬려서 목숨을 보존하려 했는데, 예상치 못하게 상단주가 맹주까지 들먹이고 말았다. 더 말이 나오기 전에 끊기는 했는데, 걱정이었다. 홍구가가 실실 웃으며 말했다.

"총채주, 아직 저 친구가 젊어서 재화에 미련이 있어 그런 것이니 너무 깊이…."

푹!

"컥!"

그의 말이 미처 끝나기도 전에 날카로운 발톱이 목을 파고들었다. 방주 홍구가의 얼굴이 순식간에 새하얗게 질렸다. 일부만 파고들었지만 여기서 조금만 움직인다면 그대로 절명하게 될 것이다.

"초, 총채주…."

"노거지, 가만히 있어라. 어이, 네놈."

갈용이 호진각을 바라보며 그를 불렀다. 그러고는 물었다.

"무림연맹에서 뭘 부탁한 거냐? 그걸 알려주면 이 배에 있는 것들을 아무것도 건들지 않고 보내주마."

그런 갈용의 말에 상단주 호진각의 눈동자가 떨려왔다. 갈등하는 것이 확연하게 보였다. 의리를 지키기에는 이 배에 있는 것이 상단의 모든 것이었다. 그런 그의 귓가로 전음성이 들려왔다.

[자신의 목숨을 구제하고자 상단의 재화를 탕진하려 하는 자의 눈치를 왜 보지?]

그것은 육합전성의 목소리와 같았다. 이에 호진각의 갈등이 더욱 커졌다. 목소리의 말대로 먼저 자신들을 배신한 것은 개방의 방주였다. 생각해보면 이들을 돕지만 않았어도 앞의 배에 타고 있던 자신의 두 형이 목숨을 잃지 않았을 것이다. 으득! 분노를 이기지 못한 호진각이 결국 사실을 폭로했다.

"총채주, 들으시오. 본 상단에서는 무림연맹의 부탁으로 표물선이 네 척인 척했소. 마지막 한 척의 표물함 안에 무림연맹의 무인들이 들어 있는 것을 함구해달라고 부탁받았소이다."

"네, 네놈!"

홍구가의 두 눈이 커졌다. 기어코 사실을 밝힐 줄은 몰랐다.

"이런데도 네놈이 살기를 바랐더냐?"

"초, 총채주… 이것은…."

"닥쳐!"

갈용이 살기 어린 목소리로 다그치더니 이내 손에다 힘을 줬다.

푸욱!

"컥!"

그의 발톱이 홍구가의 목을 완전히 관통해버리고 말았다. 그래도 분이 가시지 않는지 갈용은 손톱에 힘을 주어 홍구가의 목을 그대로 뜯어내 버렸다. 구파일방 중 하나인 개방 방주의 죽음치고는 허무하기 짝이 없는 최후였다.

"형님, 이놈은 어찌할까요?"

홍걸개를 제압하고 있던 그의 아우 갈호가 물었다. 이에 갈용이 냉정하게 말했다.

"죽여라."

그 말에 홍걸개가 화들짝 놀라서 애원했다.

"제, 제발 살려주십쇼! 목숨만 살려주신다면 어르신들이 원하는 것은 무엇이든…."

"거지 새끼가 뭘 준다고 나불거려."

촥!

"켁!"

갈호가 그의 목에 씌워져 있던 갈고리 도를 회전시켰다. 이에 홍
걸개의 목이 찢겨 나가며 고통스러운지 캑캑거리던 그가 이내 고개
를 떨궜다. 이로써 개방의 방주와 후개가 한날한시에 목숨을 잃게
되었다. 배 위에 있는 표두들과 표사들이 차마 그들의 죽음을 볼 수
없었기에 시선을 회피했다.

상단주 호진각이 용기를 내서 말했다.

"야… 약조를 지키시오."

그런 그의 말에 갈용이 미친 듯이 웃어댔다.

"크하하하하하핫!"

불길한 웃음소리에 호진각과 배 위에 있는 모든 사람들이 불안
함을 감추지 못했다. 한참을 웃어대던 갈용이 입을 열었다.

"약조야 지켜야지. 한데 생각해보니까 말이야, 네놈들도 무림연맹
이 우리를 치는 데 한 손 거들지 않았느냐?"

그 말에 호진각을 비롯한 모든 이들의 표정이 굳었다. 뭐라고 반
박할 수 없는 사실이었기 때문이다. 하지만 이대로 목숨을 잃을 수
는 없기에 표두들 중 한 사람이 나서서 말했다.

"하, 하나 약조하지 않으셨소? 장강의 호걸들 우두머리인 총채주
께서 직접 말씀하셨는데 이를 어길 참이시오?"

"어기진 않을 거다. 한데 본좌는 이 배를 무사히 보내준다고는 했
어도 네놈들을 죽이지 않겠다고 약조한 적은 없다."

'…?!'

기가 막혔다. 물론 그런 말을 한 적은 없었다. 배에 있는 것들을

아무것도 건들지 않고 보내준다는 말밖에 한 적이 없다.

'아아아… 내가 어리석었다. 다른 사람도 아니고 이딴 수적들의 말을 믿다니.'

호진각은 그제야 자신의 어리석음을 탓했다. 차라리 재물을 주고 목숨을 보전했어야 했다는 생각마저 들었다. 바로 그때 사방에서 목소리가 울려 퍼졌다.

[총채주.]

예의 육합전성이었다. 분노를 토해내느라 미처 그 존재를 깜빡했던 갈용이 위를 쳐다보며 소리쳤다.

"귀하 덕분에 연맹에게 뒤통수를 맞을 뻔한 것을 벗어날 수 있었소이다. 이제 그만 모습을 드러내시오."

혈마검이 날아갔던 방향은 분명 위쪽이었다. 갈용은 틀림없이 '그'가 돛대 위에 있을 거라고 확신했다. 그때 육합전성이 다시 들려왔다.

[총채주, 이들을 풀어줘라.]

그 말에 표물선 위에 있던 표사들과 선원들의 눈이 휘둥그레졌다. 분명 그 검의 주인이 맞다면 자신들이 알고 있는 그자가 틀림없을 것이다. 최근 위명이 드높아진 오대 악인의 일인. 그런데 그자가 자신들을 보내주라고 총채주 갈용에게 말하고 있었다.

갈용이 인상을 찌푸리더니 소리쳤다.

"이보시오. 도움을 받은 것은 사실이나 이들은 무림연맹과 결탁한 죄가 있소. 우리 일에 너무 깊게 관여치 마시오."

[그대의 입으로 약조하지 않았나?]

"약조는 무슨. 본좌는 이놈들을 죽이지 않겠다고 약조한 적이…"

[배에 있는 것들을 아무것도 건들지 않겠다고 했는데, 건드리지 않고 무슨 수로 죽이겠다는 거지?]

그 말에 갈용의 말문이 막히고 말았다. 설마 이런 식으로 말꼬리를 물고 늘어질 줄은 몰랐다. 한데 이것을 가지고 뭐라고 하기에는 자신조차도 상단주와 표사들을 상대로 말로써 희롱을 했다. 그때 장강사객의 둘째인 갈호가 소리쳤다.

"혈교의 우두머리이시면 나름 우리와 같은 길을 가는 동도라 하실 수 있는데, 왜 이들을 풀어주라는 거요?"

[격이 떨어지는군.]

"뭐요?"

[스스로 내뱉었던 말조차 지키지 못할 만큼 격이 떨어진다면 이곳에 찾아온 보람이 없군.]

그 말에 장강사객 삼 형제의 표정이 심상치 않아졌다. 이 배에 혈교의 교주가 어떻게 타고 있었는지는 모르지만, 그의 목적이 자신들이라는 의미이기 때문이었다. 총채주 갈용이 굳은 인상으로 입을 열었다.

"우리를 찾아오신 것이구려."

[그렇다.]

"이거 지나가다 만나는 인연인 줄 알았더니, 의외올시다. 하면 무슨 연유로 우리를 찾은 것인지 물어봐도 되겠소이까?"

과연 혈교 교주의 목적이 무엇일까? 사실 짐작 가는 부분이 하나 있었다.

'뻔하지. 우리와 손을 잡자는 것이겠지.'

혈교는 과거의 혈교가 아니었다. 지금의 무림연맹을 상대하기 위해서는 사파에서 세 손가락 안에 꼽히는 세력인 자신들의 협조가 필요할 것이다. 그런데 뜻밖의 목소리가 울려 퍼졌다.

[장강수로십팔채는 내게 복속해라.]

'…!!'

그 말에 갈용을 비롯한 그 형제들, 아니 수적들 모두가 어안이 벙벙해졌다. 이렇게 오만한 말이 나올 거라고는 누구도 예상하지 못했다. 인상이 험악해진 갈용이 언성을 높였다.

"지금 무슨…."

바로 그때였다. 갈용의 말이 끝나기가 무섭게 허공에서 검이 날아와 표물선을 회전하며 이를 고정하고 있던 밧줄들을 모조리 끊어버렸다. 이에 배가 흔들리며 물살에 다시 움직이려 했다.

"이런!"

갈용이 다급히 소리쳐서 다시 밧줄을 던져 배를 고정시키라고 하려 했다. 그 순간 그의 앞으로 누군가 떨어졌다. 쾅! 배의 갑판 정 중앙 부근이 밑으로 우그러지며 선단 전체가 심하게 흔들려 모든 사람들이 균형을 잡지 못하고 비틀거렸다. 유일하게 멀쩡한 이들은 장강사객인 삼 형제뿐이었다.

'엄청난 공력이다.'

'…벽을 넘은 고수가 틀림없구나.'

이기어검을 보았을 때부터 어느 정도 짐작하고 있었지만 탄성이 절로 나올 정도였다. 갈용의 시선이 배 위로 떨어진 누군가에게로 향했다. 악귀 가면을 쓰고 있는 존재가 보였다. 그의 주변에 혈마검이 호위무사처럼 둥둥 떠다니고 있었다. 악귀 가면 속에서 변조된 묵직한 목소리가 들려왔다.

"내게 복종해라."

일존 파혈검제 단위강이 내게 말했었다.

"수로십팔채와 녹림은 여타의 문파들과 다릅니다. 그들은 사파의 본질에 가장 가깝습니다. 철저하게 자신들의 이익과 힘의 논리로만 움직입니다."

그의 말이 맞았다. 이들의 성향은 여느 무림 문파와는 완전히 궤를 달리한다. 이들은 무(武)를 갈고닦기 위해 뭉친 것이 아니라, 자신들의 목적을 위해 무를 익힌 집단에 가깝다. 그리고 그 목적은 쉽게 말해 강도짓이다. 남의 것을 강제로 빼앗으며 생계를 이어나가는 집단인 것이다. 사실상 말로 협상할 수 있는 집단과는 관계가 멀다는 의미가 되기도 한다.

"하면 어떻게 그들을 본교의 산하로 끌어들입니까?"

재화를 준다? 그것은 산하로 거두는 것과는 거리가 멀다. 지금까지도 잘 버텨왔는데 무림연맹을 상대하기 위해 손을 잡자는 설득? 이것도 과연 먹힐지 의문이었다. 이에 단위강은 간단한 결론을 이야기했다.

"때로는 가장 단순한 게 답이 될 때가 있습니다."

"단순하다는 것은?"

"압도적인 힘입니다."

과연 그 방법이 먹힐지 이제 곧 알게 될 것이다. 수로채의 수적들이 나를 괴물처럼 쳐다보고 있었다. 배가 흔들릴 만큼 강한 충격을 가해서 그런지 누구 하나 입을 떼지 못했다. 경계심이 가득한 얼굴이었다.

"하!"

물론 모두가 그런 것은 아니었다. 수로채의 우두머리인 장강사객의 맏형 갈용이 입을 열었다.

"복종? 지금 우리더러 복종하라고 했소?"

"그렇다."

나는 짧게 답했다. 정파에서의 나는 예로써 상대를 대했다. 그러나 지금은 확실하게 사파의 법칙을 따르기로 했다. 오만하면서 위압적인 혈교주로 말이다.

갈용이 나를 쳐다보며 한숨을 팍 내쉬었다. 파파파파파팍! 그때 사방에서 갈고리 밧줄이 날아와 물살에 움직이려 하는 표물선을 붙잡았다. 확실히 노련한 수적들다웠다. 파파파파팟! 밧줄을 뛰어넘으며 수많은 수적이 이곳으로 넘어왔다. 그들 중에는 절정의 고수도 더러 있었는데, 아무래도 채주나 부채주급 인사들인 것 같았다. 표물선 위에서 심상치 않은 일이 벌어진다고 느꼈는지 수로채의 전력들이 이곳으로 집결하고 있는 것이었다. 이렇게 많은 무리가 있으니 기가 죽지 않은 모양이었다. 아니면 우두머리로서의 체면인가.

총채주 갈용이 건들거리며 내게 말했다.

"아니, 우리 혈교주께서 늦은 밤에 뭘 잘못 잡수셨나. 지금 여기가 어디라고 복종을 들먹이시나. 혹시 여기를 뭍으로 착각한 거 아니요?"

반발심이 엿보였다. 늘어나는 수적들에 표사들과 선원들이 두려웠는지 구석으로 점점 몰려들었다. 수적인 우세를 이용해보겠다는 거로군. 나는 피식 웃으며 말했다.

"개방의 방주가 죽었으니 무림연맹이 본격적으로 수로채에도 손을 뻗을 터인데, 그들을 감당하는 것도 모자라 본교와도 척을 지고 싶나?"

그런 나의 말에 갈용의 눈매가 가늘어졌다. 그러더니 어처구니없다는 듯이 언성을 높였다.

"연맹에서 먼저 수작을 부린 거지, 우리가 뭍으로 넘어가 이놈을 죽였나?"

팍! 갈용이 바닥에 있던 방주 홍구가의 머리통을 걷어찼다. 죽어서도 편치 않은 운명의 홍구가였다.

"장강에서 죽었으니 좋은 명분이지. 각 문파들의 전력을 끌어내기도 좋고."

"뭐, 그래서 혈교주 그대의 밑으로 들어가라고? 그런 게 두려웠다면 정사 대전이 끝났을 때 해체를 했겠지."

"지금까지처럼 지리적 이점이 꼭 통하지 않는다는 게 증명되었을 텐데?"

"증명?"

나는 그들 삼 형제를 훑어보며 말했다.

"한 명이 보이지 않는군. 역시 그 배의 주인인가?"

장강사객 중 한 명을 의미하는 것이었다. 그런 나의 말에 갈용이 굳은 인상으로 내게 소리쳤다.

"놈들을 봤지? 어디에 있는지 불어!"

역시 예상이 맞는 것 같았다. 하긴 장강 전체에 퍼져 있을 수로채의 배들이 이곳에 집결했다. 그만큼 적들에게 강한 경계심을 가지고 있다는 것을 의미했다. 그렇다면 이를 거론하는 것도 좋은 방법인 듯했다.

"배후에서 정사를 막론하고 각 세력들이 서로 부딪치게 만들고 움직이려는 정체 모를 세력이 있다. 그대들도 그 세력에 당한 것 같은데."

"누가 당했다는 거냐!"

장강사객의 삼 형제 중 가장 덩치가 큰 갈용이라는 자가 소리쳤다. 얼굴이 달아오른 것이 분노로 가득했다.

"형제의 죽음은 피로 응징할 것이다!"

갈용의 외침에 배 위에 있는 수적들이 복창하며 소리쳤다.

"피로 응징한다!!"

"와아아아아아아아!!"

파도가 퍼지듯이 각 배에서 우레와 같은 함성 소리가 들려왔다. 사천에 이르는 수적들의 전의가 들끓다 못해 장강 전체를 집어삼킬 듯했다. 수적에 불과해도 장강사객이 헛된 삶을 살진 않았나 보다. 수하들이 이렇게 따르는 것을 보면 말이다. 총채주 갈용이 내게 소리쳤다.

"놈들이 어디에 있는지 말해라!"

"명령을 하는 것인가."

그런 나의 말에 갈용이 비릿하게 웃으며 말했다.

"아무리 벽을 넘은 고수라고 해도 혼자서 수천에 이르는 자들을 감당할 수 있을 것 같나?"

챙! 챙! 놈의 말에 표물선으로 넘어온 수적들이 병장기를 뽑고서 나를 포위했다. 갈용이 내게 날카로운 손톱을 겨냥하며 소리쳤다.

"혈교주, 놈들이 어디 있는지만 불어라. 여기서 싸워봐야 서로 좋을 것도 없지 않느냐."

놈이 내게 아량을 베푼다는 듯이 제안했다. 아무리 수적으로 우세해도 싸우면 피해를 입는다는 걸 인지해서일 것이다. 이에 나는 피식 웃었다. 그리고 놈에게 말했다.

"직접 입을 열게 해봐라."

"혈교주, 상냥한 배려는 오직 한 번…."

슉! 놈의 말이 끝나기도 전에 주위를 둥둥 떠다니던 혈마검이 놈에게로 쇄도했다. 당황한 갈용이 두 손을 교차하며 발톱으로 혈마검을 막아냈다. 채애애앵!

"정녕 해보자는 것이냐!"

"이참에 우위를 확실히 해두는 것이 좋을 것 같군."

"뭐?"

반문하는 놈의 말을 무시하고서 나는 강하게 진각을 밟았다. 쾅! 진각 소리가 진동을 일으키며 사방으로 울려 퍼졌다. 대체 무슨 짓을 한 거냐는 듯이 놈이 쳐다보았다. 그 순간 나를 포위하고 있던 수적들의 대다수가 눈이 뒤집혀서는 그대로 바닥에 쓰러지고 말았다. 쿵! 쿵! 쿵! 그것은 표사들과 선원들도 마찬가지였다. 자그마치 그 수가 이백 명에 이르렀다. 이 배에서 유일하게 서 있는 자들은 장강사객 삼 형제들과 채주, 부채주급으로 보이는 절정의 고수들 스무 명 정도를 제외하곤 없었다. 이에 갈용이 당혹스러운 눈빛으로 주위를 둘러보았다.

"대체 이게…."

소리를 통한 환의안의 암시. 쓰면 쓸수록 익숙해져 간다. 적어도 일류 고수까지는 대부분이 걸려드는 것 같다. 선천진기가 일부 소모되었지만 이 정도는 크게 문제 될 것이 없었다. 좀 더 강해진다면 절정의 고수들까지 가능할지도 모르겠다.

"머릿수를 채우는 건 내게 의미 없다."

나는 놈을 향해 한 발짝 걸어갔다. 수로채의 채주들 표정이 아주 가관이었다. 나라도 그럴 것 같다. 배 위에 자그마치 이백여 명이나 되던 자들이 진각 한 번에 정신을 잃고 말았다. 누구라도 두려움이 생기는 것은 당연한 일이었다.

"무슨 사술을 벌인 것이냐?"

장강사객 삼 형제 중 갈호가 내게 소리쳤다. 부딪침도 없이 그저 쓰러지는 것에 의문을 가진 모양이다.

"알 것 없다."

나는 그 말과 함께 갈용을 향해 계속 걸어갔다.

"쳐랏!"

갈용이 다급히 외쳤다. 그러자 이 사태에 당황해하던 수로채의 채주, 부채주급 고수들이 우물쭈물하다 내게 신형을 날렸다. 겁을 먹을 줄 알았는데 그래도 두목의 명은 따른다라…. 웬만하면 이 전력을 고스란히 받아들이고 싶지만 어느 정도 본보기는 필요할 것 같다. 합공에 능숙한지 두 명이 내게 동시에 도초를 펼쳤다. 이에 그들의 도를 검지와 중지 두 손가락으로 가볍게 잡아냈다. 창!

"도, 도를….

"손가락으로 잡아내다니….

댕강! 놈들이 놀란 틈에 나는 손가락에 공력을 일으켜 놈들의 도를 부러뜨렸다. 그러고는 동시에 두 명을 향해 권을 날렸다. 퍼퍽!

"크헉!"

"어억!"

권을 맞은 두 명의 신형이 포탄이라도 맞은 것처럼 튕겨 나갔다.

한 명은 운 좋게도 갑판 난간에 걸렸고 또 다른 한 명은 강물에 떨어지고 말았다.

"이럴 수가…."

"가, 강 채주와 오 채주가 고작 일 권에?"

내게 덤벼들던 채주와 부채주 들이 당혹감을 감추지 못했다. 삼성 공력으로만 가했는데 위력이 조금 과했나. 나 스스로도 예전과 달라진 나의 역량에 놀랄 정도였다.

"뭐 하는 거야! 계속 공격해!"

갈용의 외침에 머뭇거리던 그들이 내게 합공을 가해왔다. 그들의 병장기가 수많은 궤적을 만들어내며 내 몸을 어떻게든 베려 들었다. 그러나….

'흠. 그동안 너무 강한 적만 상대해왔던 건가.'

절정의 고수도 내게는 일류 고수들과 큰 차이가 없어 보였다. 움직임 하나하나가 느리게 보였다. 이러니 벽을 넘은 고수를 배출하거나 영입하려고 난리를 치는 거구나. 완전히 격이 달라졌다. 촤촤촤촤촤촥!

"빌어먹을!"

"가만히 서서 어떻게 합공을!"

"젠장, 좀 맞아라!"

놈들이 무차별적으로 도검을 휘둘렀지만 나는 가만히 서서 상체만 움직여 전부 피했다. 그러자 하반신을 노리는 놈들도 있었다. 그런 놈들은 하반신에 닿기도 전에 요혈을 찌르거나 목젖이나 복부를 걷어찼다. 퍼퍽!

"크헉!"

고작 일 수에 불과했지만 하나같이 그 자리에서 기절했다. 벌써 여섯 명이나 앞에 쓰러져 있었다. 그때 갈용의 외침이 들려왔다.

"그만!"

그 명에 나를 공격하던 수적들이 일사불란하게 뒤로 물러났다.

"총채주!"

"너희들로는 무리다."

그걸 이제야 깨달은 건가. 갈용이 주위를 둥둥 떠다니며 자신을 겨냥하고 있는 혈마검을 눈짓으로 가리키며 말했다.

"대체 어떻게 한 거지?"

"뭐가 말이지?"

"아무리 벽을 넘은 고수라도 다른 행동을 하면서 이기어검을 다룬다는 얘기는 듣도 보도 못했다."

"벽을 넘은 자들을 상대해본 것처럼 말하는군."

"상대해본 적이 없을 것 같나."

'흠.'

허세는 아니다. 생각보다 경험이 많은 녀석인 것 같다. 하긴 일존 단위강이 십여 년 전에 이들 장강사객의 합공과 겨뤄 동수를 이뤘었다고 했다. 벽을 넘어섰음에도 불구하고 이들과의 재승부에 관한 승패를 확답하지 않고서 전의를 불태울 정도라면 보통 합공이 아닐 것이다. 하지만 문제가 있었다.

"지금도 상대할 수 있겠나?"

"뭐?"

"넷 중에 한 명이 빠졌으니 자부심이 가득하던 합공에도 빈틈이 생겼겠군."

그런 나의 말에 갈용과 그 형제가 묘한 표정을 지었다. 무슨 의미지? 갈용이 콧방귀를 뀌며 말했다.

"우리의 합공은 삼인 일조로 이루어졌다. 그딴 걱정은 집어치워라, 혈교주."

삼인 일조. 그렇다면 합공에 문제가 없다는 의미였다. 장강사객삼 형제가 기수식을 취했다. 당장에라도 신형을 날릴 기세였다. 갈용이 내게 소리쳤다.

"혈교주, 무림의 법도대로 하자."

"법도?"

"무림에선 강자의 말이 곧 법이지. 혈교주 그대가 우리의 합공을 이겨낸다면, 우리 장강수로십팔채가 혈교와 손을 잡을지 고려해보겠다."

"고려해보겠다라."

"대신 그대가 진다면 놈들에 관한 정보를 넘기고 떠나라."

무리한 요구는 하지 않았다. 그런데 한 가지 잘못된 것을 바로잡아야겠다.

"뭔가 착각하는 것 같군."

"착각?"

"손을 잡는 게 아니다. 내게 복종하라는 거다."

그런 나의 말에 갈용의 인상이 무섭게 일그러졌다.

"어지간히 우리를 우습게 여기는군."

"총채주, 네 입으로 말했다. 무림에선 강자가 곧 법이라고."

"핫!"

놈이 기가 막힌다는 듯이 코웃음을 쳤다. 그러더니 내게 말했다.

"좋다. 받아들이겠다, 혈교주. 그대가 이긴다면 혈교의 밑으로 들어가겠다. 단, 조건의 수지가 맞지 않는군. 만약 우리가 이긴다면 정보는 물론이거니와 반대로 혈교 역시 우리 장강수로십팔채의 산하로 들어와 줘야겠다."

과감하게 나왔다. 산하로 들어오라는 말에 자존심에 금이 갔나 보다. 그러니 혈교가 자신들 밑으로 들어오라는 말을 이리 던질 수 있겠지. 뭐 이 정도 배짱은 있어야지. 무조건 굽히는 것보다야….

"그러도록 하지."

"화통하시군. 호야, 용아."

"알겠수다!"

"우리의 실력을 보여줍시다!"

그의 부름에 두 동생이 기수식을 취했다. 갈호가 갈고리 형태의 도를 이리저리 휘두르고 갈융이 가시 박힌 커다란 쇠구를 위로 붕붕 돌렸다. 나는 손으로 옆의 배를 가리키며 말했다.

"장소를 옮기지."

"장소를?"

"기절한 녀석들이 전부 죽어도 괜찮은 건 아니겠지?"

아직까지 암시에 걸려 기절한 자들이 깨어나지 않고 있었다. 확실히 예전보다 효과가 강해졌다. 처음 환의안을 배웠을 때는 고작 열 정도 세거나 혹은 충격만 가해도 깨어났는데, 지금은 다들 깊은 숙면에 빠진 듯이 잠들어 있다. 그러나 나와 녀석들이 싸운다면 이 배는 곧 쑥대밭이 될 것이다.

"좋다."

그들을 쳐다본 갈용이 고개를 끄덕이고는 밧줄을 통해 옆의 배로 넘어갔다. 옆의 배에는 수적들이 거의 없었다. 거의 대다수가 표물선으로 넘어간 것을 알았기에 이곳으로 옮긴 것이었다. 장강사객삼 형제가 기수식을 취했다. 그런 그들에게 말했다.

"배 하나 정도는 잃어도 상관없지?"

"뭐?"

놈의 반문이 끝나기가 무섭게 나는 상단전을 개방하고서 혈마화를 했다. 그것이 끝이 아니었다. 그 상태로 진혈금체까지 펼쳤다. 슈우우우우!! 전신에서 뿜어져 나오는 수증기에 놈들의 표정이 굳었다. 기운을 숨기지 않고 드러내서 그런 것 같다. 벽을 넘어선 상태로 혈마화와 진혈금체를 펼쳤을 때 어느 정도 무위를 발휘할 수 있을지, 그렇지 않아도 궁금하던 차였다.

'압도적인 무위를 보이라 했지.'

손을 뻗고서 혈마검을 부르자 녀석이 내 손 안으로 들어왔다. 혈마검의 검신이 피처럼 붉어지며 붉은빛을 냈다.

'그럼 시험 삼아서… 혈천대라검 일련파획!'

나는 십성 공력으로 전력을 다해 일련파획의 검초를 펼쳤다. 검을 들어서 장강사객 삼 형제를 향해 내려치는 순간 날카로운 붉은 예기가 넘실거리는 파도처럼 허공을 가로질렀다.

"빌어먹을!"

"피햇!"

기겁한 삼 형제가 동시에 좌우로 흩어졌다. 콰아아아아아앙! 그들 사이로 붉은 예기가 상갑판을 가르며 지나갔다. 위력은 그게 끝이 아니었다. 예기는 갑판을 가른 것으로도 모자라 강물의 일부까지 흡사 천을 찢어놓듯이 갈라버렸다.

"이런 미친…."

그 광경에 총채주 갈용이 어처구니없어했다. 주변 배에서 이를 지켜보던 수적들이 어찌나 놀랐는지 입을 다물지 못했다. 그때 배가 흔들거렸다. 끼이이이이! 쿠크크크크!

"어엇!"

갈라진 상갑판이 반 장가량 벌어지며 양옆으로 기울었다. 절반 정도가 붙어 있어 이 정도에서 끝났지만, 마음만 먹는다면 배를 통째로 반 토막 내는 것도 가능할 것 같았다. 나도 전력을 다했을 때 이 정도일 줄은 처음 알았다. 이런 굉장한 위력에 전의가 위축되었는지, 안색이 어두워진 두 아우에게 총채주 갈용이 다그쳤다.

"위축되지 마랏! 근접전으로 합공하면 우리가 유리하다!"

어떻게든 사기를 북돋우려고 했다. 그런 형의 바람이 통했을까? 그들이 각자의 독문 병기를 꽉 쥐고서 결의가 담긴 눈빛으로 내게 신형을 날리려 했다.

"합공이라."

슉! 그때 내 손에 있던 혈마검이 날아가 둘째 갈호의 앞을 가로막았다.

"아닛?"

그게 끝이 아니었다. 허공에서 무언가 날아와 셋째 갈융의 앞을 가로막았다. 그것은 바로 사련검이었다.

'…!!'

"삼 대 삼이니 비겁하단 얘기는 못 하겠지?"

그런 나의 말에 맏형 갈용이 당혹스러운 기색으로 중얼거렸다.

"…이런 씨발."

장강수로십팔채의 총채주 갈용의 얼굴이 당혹스러움으로 가득했다. 욕이 튀어나오는 것도 당연한 일이었다. 저들 장강사객 삼 형제의 역량은 합공에서 비롯되는데, 그것을 끊어놨으니 전력이 제대로 분산된 셈이었다. 사실 합공이 아니라면 저들 한 명 한 명이 내 상대가 될 리 만무했다.

—크하핫, 쪼끄마한 녀석의 눈이 돌아가는군.

혈마검이 신이 나서 떠들어댔다.

너도 어째 점점 소담검이랑 비슷해지는 것 같다.

혈마검의 말대로 갈용은 총채주로서의 위신 때문인지 다른 배에서 지켜보는 수적들의 눈치를 보고 있었다. 난감할 것이다. 비겁하다고 하자니 애초에 삼 대 일로 겨루는 것이었고, 이기어검을 거론하자니 진실이 어찌 되었든 간에 다른 사람들 눈에는 나 혼자서 이 모든 것을 펼치는 것이나 다름없었다. 어떻게든 상황을 극복하려고 머리를 팽팽 굴리는 것이 보이지만 내버려둘 수야 있나. 정파라면 좀 더 군자답게 대했겠지만 이들은 사파 중의 사파. 그에 걸맞게 대우해줘야 굴복시킬 수 있겠지. 확실하게 밀어붙여야 한다.

내가 앞으로 한 발짝 내딛자 놈이 소리쳤다.

"잠깐…."

잠깐은 무슨. 팟! 신형을 날린 나는 곧바로 갈용을 향해 뻗어 나갔다.

"칫!"

순식간에 거리를 좁혀오자 당황한 갈용이 날카로운 발톱으로 조법을 펼쳤다. 범이 연거푸 앞발을 휘두르는 것만 같았다. 이에 나는 상체를 가볍게 움직여 놈의 공격을 피해냈다. 확실히 절정의 고수들 보다는 움직임이 비교도 안 되게 빠르고 현란했다.

"이노오오옴!"

촤촤촤촤촥! 놈이 삼 초식가량을 밀어붙여도 통하지 않자 변초를 썼다. 나름 초식에 변화를 줬지만 이렇게 하체를 공략하면…. 팍!

"억!"

쉴 새 없이 움직이던 놈의 한쪽 다리를 걸어차자, 신형이 앞으로 고꾸라지려 했다. 그러나 용케도 균형을 잡고 뒤로 허리를 젖혔다.

'빈틈!'

찰나에 그것이 눈에 들어왔다. 둘째 손가락으로 전광석화처럼 놈의 팔꿈치의 혈도를 찔러 올렸다. 푹!

"큭!"

왼쪽 팔이 위로 튕겨 올라갔다. 그 틈에 놈의 가슴을 향해 회전하며 발차기를 날렸다. 억 소리와 함께 놈의 신형이 뒤로 열 보 넘게 밀려났다. 촤르르르르!

"끄웩!"

가슴을 정통으로 맞아 내상을 입었는지 갈용이 피를 한 움큼 게워냈다. 혈마화와 진혈금체를 펼친 상태다 보니, 삼성 공력으로 적당히 했는데도 그 위력이 더 강해져서 그런지 갈용이 정신을 차리지 못했다.

"혀, 형님!"

"빌어먹을!"

갈용의 두 아우가 동시에 소리쳤다. 그들은 당장에라도 갈용이 있는 곳으로 달려가고 싶었지만, 혈마검과 사련검에 막혀서 싸우기에 바빴다.

'선천진기 소모가 커졌어.'

옥형으로 다루는 검의 자루 수가 많아질수록 선천진기가 닳는 속도가 빨라진다. 그런데 검들이 무공 초식까지 펼치니, 마치 그 무공을 내가 펼치는 것처럼 진기의 소모가 더욱 빨라졌다. 이 정도라면 반 시진도 채 버티지 못할 것이다. 되도록 여러 검을 다룰 경우에는 검초까지 자유자재로 펼치게 하는 건 피해야 할 것 같다.

"하아… 하아….."

갈용이 입가에 흐르는 피를 닦았다. 나를 노려보다 이내 놈이 몸을 돌려 어딘가로 신형을 날렸다. 그곳은 장강사객 삼 형제 중 둘째인 갈호가 있는 곳이었다. 놈이 갈호가 상대하고 있는 혈마검의 뒤를 노렸다. 슉!

―흥! 어딜!

혈마검이 갈용이 휘두르는 발톱을 피해서 위로 날아올랐다. 검들의 시야는 인간과는 다르게 사방을 전부 다 볼 수 있다고 해도 과언이 아니었다. 단지 녀석들이 주로 보는 곳으로 초점이 맞춰진다고 해야 할까.

"이때다! 호야!"

그 찰나에 갈용과 갈호가 막내인 갈융이 있는 곳으로 신형을 날렸다. 어떻게든 한곳으로 모이려는 모양이었다. 일대일로는 도저히 안 된다고 판단했을 테니 옳은 선택이긴 했다. 다만 그걸 내가 그냥 지켜볼 거라고 생각하진 않겠지.

'혈마검 돌아와.'

―명령질 하지 마라.

부를 때마다 삐딱하게 구는 것 좀 봐라. 말은 그래놓고도 잘 오긴 한다. 혈마검의 검병을 잡은 나는 배의 갑판을 향해 세차게 검을 꽂았다.

'혈정검세(血征劍勢).'

혈천대라검 칠초식 혈정검세. 월악검 사마착과 장강에서 겨뤘을 때 펼쳤던 초식이다. 그때는 한계를 뛰어넘어서 펼쳤었는데, 벽을 넘은 지금이라면 과연 어떨까? 촤촤촤촤촤촤촤! 그 순간 검을 꽂은 곳을 중심으로 선홍빛 예기가 갑판 바닥에서 파도가 범람하여 해일이 일어나듯이 부채꼴 형태로 솟구쳤다. 예기와 함께 부서지며 튀어 오르는 갑판 파편들에 한곳으로 모이던 장강사객 삼 형제의 표정이 굳어버렸다.

"이게 대체…."

"형님들!"

"닥치고 막앗!"

장강사객 삼 형제가 멈춰 서서 다급히 파도처럼 퍼져 나가는 붉은 예기를 향해 각자의 절초를 펼쳤다. 비기라고 할 만큼 그 기세들이 강했으나…. 파파파파팍!

"으헉!"

"무, 무슨 예기가!"

그들이 펼치는 절초가 혈정검세의 붉은 예기의 파도와 부딪치는 순간, 그들의 신형이 이에 휩쓸리며 동시에 뒤로 튕겨 나갔다. 그 위력이 어느 정도냐 묻는다면 셋 모두가 배 바깥까지 튕겨 나갈 정도였다. 갈용, 갈호 형제는 맞은편에 있던 배로, 막내 갈웅은 북동쪽 방향에 있던 배의 갑판까지 튕겨 나갔다. 쾅! 콰지직! 둘째 갈호의 경우 배의 돛대마저 부러뜨렸다. 주위 배 위에서 이를 지켜보던 모든 수적들이 경악을 금치 못했다.

"괴… 괴물이야."

"이게 검초라고?"

"총채주님과 채주님들이 상대가 되지 않아."

이들의 술렁대는 소리가 들려왔다. 이 정도면 충분히 압도적인 무위가 증명되었을까? 끼이이이이! 쿠르르르르! 그때 배가 심하게 흔들거리더니 서 있던 곳이 위로 솟구쳤다. 안 그래도 일련파획으로 상갑판을 양단 냈는데, 그것도 모자라 혈정검세로 배 내부와 갑판을 쑥대밭으로 만들었더니, 배가 이를 버티지 못했다. 무게중심을 이기지 못한 배가 뒤에서부터 천천히 가라앉으려 했다. 배를 옮겨 타야 할 것 같았다.

그때 누군가 소리쳤다.

"쏴라! 저 괴물이 넘어오게 하면 안 된다!"

"포든 화살이든 전부 쏴라!"

배 위에 있는 수적들이 이에 동조했는지 활의 시위를 겨냥하고 포에 불을 붙이려고 이리저리 뛰어다니는 모습이 보였다. 쉽게 굴복하지 않겠다는 건가. 그렇다면 별수 없군.

'혈마검, 사련검, 배에다 구멍을 내.'

─재밌겠군.

─깔깔깔! 좋아!

내 말에 두 검이 신이 나서 동시에 우측 편과 뒤편에 있던 배를 향해 쇄도했다.

"배, 배로 검이 날아오고 있어!"

"막아랏! 검들을 막아!"

수적들이 자신들의 배로 날아오는 혈마검과 사련검에 놀라서 이들을 잡으려고 했다. 화살을 쏘고 그물망을 던지고 난리도 아니었다. 그러나 하늘 높이 날아 움직이는 검들을 무슨 수로 잡는단 말인가. 슉! 푹! 검들이 높이 날아올랐다가 그대로 배의 갑판을 뚫고 파고들었다.

"배 안으로 들어갔어!"

"밑으로 내려가서 막아랏!"

쿠르르르!

"헉!"

"배, 배가….."

그러나 수적들이 뛰어 내려가기 전에 배가 심하게 흔들거렸다. 그들은 모르겠지만 난 검들의 시야가 보인다. 천천히 가라앉힐 정도로 해도 되는데, 아주 배 밑창을 작살내고 있는 혈마검과 사련검이었다.

"배 안에 물이 차오르고 있습니다!"

"가라앉을 겁니다!"

이곳이 장강 한복판의 배 위라는 게 오히려 내게는 득이 되었고, 정작 수적인 녀석들에게는 사지로 몰리기 좋은 여건이 되었다. 두 검이 잠시 움직였을 뿐인데 배 두 척이 가라앉으려 했다.

"배가 가라앉는다! 당장 넘어가랏!"

"옆의 배로 넘어가라고!"

그 외침 소리에 수적들이 우왕좌왕 누구 할 것 없이 다른 배로 넘어가려고 했다. 아수라장 그 자체였다. 그런 수적들을 기겁하게 만드는 광경이 벌어졌다. 팍! 팍! 배에 구멍을 낸 두 검이 갑판을 뚫고 나와 다른 배를 향해 날아갔다. 재미가 들렸는지 이번에는 낮게 강물 위로 날아가며 곧장 배의 밑창을 뚫고 들어가려 했다.

"검이 이쪽으로 온다!"

"막아라! 막아야 한다!"

이를 본 배의 수적들이 아연실색하여 막으라고 소리를 고래고래 질러댔다. 배로 날아오는 검들이 아주 무섭게 느껴질 것이다. 저승 사자라도 되는 것처럼 말이다. 바로 그때였다.

"그만! 그만하시오!"

내공이 실린 커다란 외침 소리가 들려왔다. 그것은 총채주 갈용의 목소리였다. 내상을 입어서 창백해진 안색의 갈용이 갑판까지 걸어와 가라앉은 배 위에 서 있는 내게 소리쳤다.

"졌소! 혈교주, 우리가 졌으니 제발 그 정도만 하시오!"

그의 입에서 항복 선언이 들려왔다. 목소리에서 다급함이 느껴졌다. 여차하면 배들을 전부 가라앉힐 수도 있겠다는 생각에 조급해졌나 보다.

"총채주!"

"어찌 그런!"

수적들이 그를 만류하기 위해 외쳤지만 소용없었다.

"그럼 배들을 이곳에서 전부 잃을 참이더냐!"

그런 그의 외침에 총채주를 외치던 수적들의 입이 다물어졌다. 확실히 수장으로서 통솔권은 제대로 가지고 있었다. 더 이상 누구 하나 불만을 제기하지 않는 걸 보니 말이다.

'그만해.'

―벌써? 아쉬운데, 흐응.

—피도 보지 않고 끝났군.

요검들이 아니랄까 봐 사상자가 없다고 아쉬워하고 있었다. 어쨌거나 날아가던 혈마검과 사련검이 멈추고서 다시 내게로 돌아오자, 주위의 수적들이 안도하는 모습이 보였다. 하나같이 십년감수했다는 얼굴들이었다. 그러는 사이에 내가 있던 배가 곧 가라앉을 것 같았다. 나는 훌쩍 뛰어서 총채주 갈용이 있는 맞은편 배로 넘어갔다. 갈용이 질린다는 얼굴로 나를 쳐다보고 있었다.

"납득할 수 없다면 더 해도 된다만?"

그런 나의 말에 놈이 고개를 절레절레 흔들었다. 그러고는 말했다.

"…정말 할 말이 없게 만드는군. 전대 혈마도 괴물 같다는 이야기를 들었지만 그대는 그보다도 더하구려."

전대 혈마와 비교까지 당하다니. 이걸 영광이라고 해야 하나. 옥형의 능력에 감사해야 할 것 같다. 여태껏 얻었던 능력들 중에서 이렇게 적들에게 위압감을 주기에 좋은 능력은 없었다.

"이제 내게 복종하겠나?"

그 물음에 놈이 입술을 질끈 깨물었다. 자존심이 상하겠지. 하나 패배를 인정한 이상 답은 오직 하나였다. 나는 놈을 내려다보며 오만한 목소리로 말했다.

"꿇어라."

"하아…."

볼살까지 파르르 떨며 분해하던 총채주 갈용이 모든 것을 체념한 사람처럼 긴 탄식을 내뱉더니, 이윽고 내게 한쪽 무릎을 꿇었다. 갈용이 그 상태로 내게 물었다.

"귀교는 다시 사파를 통합할 것이오?"

"그렇다."

나는 놈의 말에 부정하지 않았다.

"…하면 그 장대한 걸음에 우리 수로채가 첫 번째이겠구려?"

놈이 무슨 말을 하는지 알 것 같았다. 이 와중에 챙길 건 챙기려고 하다니 수적다운 발상이었다. 채찍도 충분히 먹였으니 이제 당근을 줄 차례인가. 나는 피식 웃으며 말했다.

"가장 먼저 들어온 만큼 대우는 섭섭하지 않게 해주지."

팍! 그런 나의 말에 갈용이 두 손을 모아 강하게 포권을 취하며 외쳤다.

"장강수로십팔채는 사파의 우두머리이신 혈마께 충성을 맹세하겠소."

사파 통합의 첫 번째 목표인 장강수로십팔채가 내 손에 들어오는 순간이었다.

* * *

시간이 많지 않기에 나는 장강수로십팔채에다 나중에 따로 찾아가 금안의 조직에 관해 이야기해주기로 하고 그들을 보냈다. 처음에는 배의 표물, 즉 금화평상단의 재화를 전부 가져가게 해달라고 허락을 구하기에 빈손으로 보내기는 그래서 이 할가량을 챙겨줬다. 그 정도만으로도 충분할 것이다.

그런 와중에 총채주 갈용이 내게 승전품을 양보한다는 듯이 타구봉을 넘겼다. 어차피 본인들에게 쓸모없는 물건이기에 준 것이나 다름없었다. 자신들이 그것을 가지고 있으면 개방 사람들이 필사적

으로 개방의 신물을 탈환하려 들 거라는 우려도 있기에 그랬을 것
이다.

'소득이 크군.'

장강수로십팔채를 얻은 것도 모자라 개방의 방주와 후개를 처리
했다. 이렇게 되면 자연스럽게 조성원을 방주로 추대할 수 있을 것
같다. 아쉬운 것은 방주의 두 절기라 할 수 있는 타구봉법을 모른다
는 것이지만, 그거야 방주가 죽어서 대가 끊긴 거나 다름없으니 문
제없었다.

―우린 언제까지 이 위에 있어야 하냐?

소담검의 목소리가 들려왔다. 표물선의 돛대 위에 남천철검과 함
께 두고 내려온 참이었다.

그런데 아직 할 일이 더 있어.

―할 일?

일인이역의 연기를 해야 한다고나 할까?

―…?!

＊　＊　＊

표물선에 있는 표사들과 선원들이 한두 명씩 깨어나기 시작했다.
그들은 일어나서 주변을 둘러보더니 놀라움을 금치 못했다. 자신들
을 포위했던 장강수로십팔채의 배들이 사라져 있었기 때문이다. 그
런데 그런 그들의 귓가로 위에서 병장기가 부딪치는 소리들이 들려
왔다. 표사들 중 누군가 외쳤다.

"저 위를 봐!"

"위에서 누가 싸우고 있나 봐."

그들이 가리킨 어두운 하늘 위로 손톱보다도 작게 보이는 두 인영이 싸우는 모습이 보였다.

"대체 뭐야?"

"누구지?"

배의 등불도 전부 꺼져서 희미하게 보일 뿐이었다. 검과 검이 부딪치는 소리가 나는 것으로 봐서는 격렬하게 싸우는 것 같았다. 그때 하늘 위에서 외침 소리가 들려왔다.

"혈마, 이 자리에서 끝장을 보자!"

외침 소리를 들은 표사들 중 한 사람이 눈이 휘둥그레져서 소리쳤다.

"소, 소운휘 대협이다! 소운휘 대협이 혈마와 싸우고 있나 봐!"

퍼지는 명성

"저길 봐!"

"아니, 저쪽이야!"

채채채채채채챙! 밤하늘에 울려 퍼지는 쇠가 부딪치는 소리. 그
들이 바라보던 곳에서 어느새 다른 쪽의 허공으로 푸른 불꽃들이
튀겼다. 희미하게 보였지만 얼마나 격렬하게 싸우는지 짐작할 수 있
었다. 그 광경에 표사들이 함성을 내질렀다.

"와아아아아아아!!"

"소운휘 대협이 혈마와 싸우고 있다!"

물론 선원들도 덩달아 소리치며 기뻐했다.

"저, 저분이 수적들도 물리쳤나 보오!"

그들은 수적들이 물러간 것이 지금 보고 있는 광경 때문이라 믿
었다. 사실 그것까지는 알 수 없지만, 분위기상 소운휘가 뭔가를 했
다고 믿을 수밖에 없기에 표사들도 신이 나서 외쳐댔다. 그야말로
영웅이나 다름없었다.

"앗! 위를 봐!"

그때 돛대 부근으로 은빛 섬광처럼 무언가가 떨어졌다. 그냥 떨어지는 것이 아니라 무섭게 배로 돌진해오고 있었다.

"우왓!"

"피햇!"

표사들과 선원들이 다급히 은빛 섬광이 떨어지는 곳에서 피하려고 했는데, 또 다른 무언가가 날아와 그것을 막아냈다. 채애애앵! 배에서 고작 사 장 정도 떨어진 거리에서 부딪치며 대치 중인 두 검. 그것은 혈마검과 남천철검이었다. 표사들 중에 제법 무공이 고강한 자가 이를 알아보고서 소리쳤다.

"남천철검이야!"

"설마 혈마검을 막은 건가?"

누가 봐도 남천철검이 혈마검으로부터 표물선을 보호한 것처럼 보였다. 그 때문에 그런지 들뜬 표사들이 감격에 겨워 소리쳤다.

"소운휘 대협이 우리를 보호하고 있다!"

"힘내십쇼, 대협!"

"소운휘! 소운휘!"

어느새 표사들과 선원들이 한마음이 되어 소운휘를 응원하고 있었다. 그가 혈마를 물리쳐야 자신들이 위기에서 벗어날 수 있다고 믿었으니까. 생각해보면 혈마가 아무런 피해를 준 적이 없음에도 말이다. 혈교를 넘어서 그것이 사파에 대한 편견일지도 몰랐다.

채채채채채챙! 배 위에서 격렬하게 부딪치던 혈마검과 남천철검이 다시 쏜살같이 하늘 위로 날아올랐다. 한참 동안 사람들은 하늘에서 튀기는 푸른 불꽃에서 눈을 떼지 못했다. 그때 희미하게 들려오는 비명 소리.

"큭! 혈마 이놈!"

이어서 작게 목소리가 들렸다.

"소운휘, 네놈은 내 상대가 되지 못한다. 꺼지거라."

선원들은 몰라도 무공을 익힌 표사들이 들을 수 있을 정도의 소리는 되었다. 표사들의 얼굴이 사색이 되었다. 이 소리만 들으면 소운휘가 밀리거나 패배한 것 같았기 때문이다. 그때 한 표사가 소리쳤다.

"앗! 저길 봐!"

그가 가리킨 곳에서 누군가가 떨어지고 있었다. 점점 모습이 크게 보이며 누구인지 확연하게 알 수 있었다.

"소 대협!"

그것은 소운휘였다. 떨어진 소운휘는 운이 좋게도 살짝 기울어서 펼쳐져 있던 돛에 부딪혔고, 넓적한 돛의 천이 충격을 완화해주었는지 그것을 뚫고 배 위로 속도가 줄어들어서 떨어졌다. 이를 표사 몇 명이 다급히 받아 들었다. 입가에 피를 흘리며 안색이 창백해 보이는 소운휘를 보며 표사들이 물었다.

"소, 소 대협 괜찮습니까?"

"부상이 많이 심각한 겁니까?"

소운휘가 기침을 하며 말했다.

"쿨럭… 쿨럭… 모두 무사하십니까?"

그 자신도 부상을 입었을 터인데, 자신들을 걱정하는 모습에 표사들이 또다시 감격하며 말했다.

"저희는 무사합니다!"

"전부 소 대협 덕분입니다."

물론 모두가 그러는 것은 아니었다. 몇몇 표사들이 걱정스러운 듯이 소운휘에게 물었다.

"혈마는 어찌 된 것입니까?"

"그에게 부상을 입은 겁니까?"

소운휘가 패해서 혹여나 혈마에게 당할까 봐 두려워하는 눈치였다. 그런 그들에게 소운휘가 피가 섞인 기침을 하며 말했다.

"쿨럭쿨럭… 정말 대단한 무공의 소유자였습니다. 제 실력으로는 어찌해볼 도리가 없더군요. 제게 내상을 입히고는 사라졌습니다."

"사라졌다고요?"

"모르겠습니다. 저도 그자의 일격에 당할 때, 운 좋게도 가슴에 일 권을 먹였는데 어쩌면 그도 내상을 입어서 그런 걸지도 모르겠습니다."

그런 소운휘의 말에 표사들의 얼굴이 환해졌다. 그 말이 사실이라면 혈마도 부상을 입고 황급히 사라진 것이 되니 말이다. 사람들이 환호성을 치며 좋아했다. 그런 그들 사이로 금화평상단의 상단주 호진각이 비집고 들어와 포권을 취하며 말했다.

"소 대협! 덕분에 모두 무사할 수 있었습니다. 감사합니다."

"객원 표사로서 할 일을 했을 뿐입니다."

"아닙니다. 소 대협이 수적들을 물리치고 혈마와 싸우기까지 하지 않았더라면 이 중에 누가 살아 있겠습니까?"

"상단주의 말씀이 맞습니다. 전부 대협 덕분입니다. 안 그렇소?"

"옳습니다! 소 대협 덕분입니다."

"와아아아아아!!"

치켜세워주는 그들의 모습에 소운휘가 힘겹게 손사래를 치며 말했다.

"뭔가 오해가 있으신 것 같습니다. 수적들을 물리친 건 제가 아닙니다."

"그게 무슨 말씀이신지?"

"제가 도착했을 때는 수적들이 급히 배를 몰아 퇴각하고 있었습니다."

그 말에 모두의 어안이 벙벙해졌다. 상단주 호진각이 의아해하며 물었다.

"그게 무슨 말씀입니까?"

"저는 배에 도착하여 쓰러져 있는 여러분과 죽은 방주 어르신과 홍걸개 형을 발견했습니다. 때마침 혈마가 이 배에 나타나기에 그가 범인이라 생각하여 싸웠습니다. 한데 혈마가 저더러 쓸데없는 오해를 하지 말라고 하더군요. 대체 어찌 된 영문인지 물어봐도 되겠습니까?"

그런 소운휘의 말에 모두의 얼굴이 묘해졌다. 뭔가를 짐작한 사람들처럼 말이다.

"왜들 그러십니까?"

한참 동안 말이 없던 호진각이 조심스럽게 말문을 뗐다.

"실은 소 대협⋯."

자신들이 기절하기 전에 있었던 일을 이야기하는 상단주 호진각을 바라보는 소운휘의 눈빛이 의미심장하게 빛났다.

* * *

배에서 벗어난 나는 남천철검을 타고서 돌아가고 있었다. 머릿속으로 소담검의 목소리가 울려 퍼졌다.

—어떻게 그런 생각을 한 거냐?

녀석은 감탄했다는 듯이 혀를 내둘렀다. 그도 그럴 것이 일인이역으로 싸우는 척한 것이 제대로 먹혀들었다. 참 별별 방법을 다 써먹었다. 풍영팔류로 만들어낸 잔상들로 서로 싸우게 하고, 그것으로도 모자라 사련검으로 깨어난 이들에게 환각까지 일으켜 더욱 실감 나게 보이도록 했다.

—심지어 우리끼리 싸우게 했잖소.

—합을 맞췄기에 망정이지, 제대로 했으면 네놈은 부러지고도 남았을 거다, 남천.

—그건 해봐야 아는 것이 아니오.

보이기용으로 남천철검과 혈마검이 배 위에서 경합을 벌이게 했다. 그런데 이 녀석들 자유자재로 움직일 수 있게 했더니, 은근히 서로의 검술에 경쟁심이 불붙은 것 같았다. 전 주인에 관한 자부심이 강한 남천철검이기에 평소에는 허허, 하고 넘어가도 검술에서만큼은 남다른 자부심을 보였다.

—이래서 남정네들은 평생을 가도 유치하다고 말하는 거야. 깔깔깔.

—천한 것이 뭐라고 하는 거냐?

—어머, 내가 무슨 말을 했다고. 안 그래, 자기?

여기다 사련검이 기름을 부어서 활활 태우고 있었다. 다 좋은데 나까지 끼워 넣지 말라고. 아무튼 이렇게 일인이역으로 연기를 한 덕분에 수많은 증인들을 확보할 수 있었다. 그 많은 표사들과 선원들이 봤는데 누가 혈마와 소운휘가 동일 인물이라고 생각할 수 있겠는가.

—네 입으로 소운휘 어쩌고 하니까 낯부끄럽진 않았고.

'크흠. 그 얘기는 그만하자.'

아무리 첩자 활동을 오래 했어도 이런 짓은 나도 처음 해본다. 마치 자아가 분열되어 싸우는 느낌이라고 해야 할까? 어쨌거나 마무리도 잘했다. 이로써 혈마는 도리어 표물선을 구해내고 홀연히 떠난 것이 되었고, 나는 오해가 있었지만 혈마로부터 배를 보호하려 했던 인식까지 심어줬으니 말이다.

—하여간 사기로는 너를 따라잡을 사람이 없을 거야.

사기라니? 뛰어난 계책이라고 하는 거지. 물론 결과적으로 저들을 제대로 속인 셈이긴 하지만. 그나저나 어디에다 배를 정박한 거지?

—우측 아래쪽을 봐.

—불빛들이 보이오.

녀석들의 말에 그곳을 보니 작게 횃불을 들고 있는 자들이 있었다. 그리고 앞부분이 부서져서 정박되어 있는 표물선이 보였다. 억지로 뭍에 정박한 결과였다. 배에 있던 그 많은 사람들은 보이지 않고 몇몇 횃불들만 남아 있는 것을 보면 나를 기다리는 사람들 같았다. 아마도 사마영과 그 일행들이겠지. 나는 그곳으로 날아갔다.

"소 대협이다!"

"소 대협이 돌아왔다!"

"공자님!"

내가 가까이로 가자 외침 소리들이 들렸다. 당연히 일행들만 있을 줄 알았는데, 여덟 명 정도 되는 개방 방도들이 보였다. 주머니

결을 보니 한 명은 개방의 장로인 것 같았다. 아무래도 후개로 인정해서 조성원의 곁을 지킨 모양이다.

"공자님, 무사해서 다행이에요!"

사마영이 제일 먼저 부리나케 내게 달려왔다.

"다들 보이지 않는데요?"

"적들이 매복해 있다는 말에 부상자도 많아서 모두 남서쪽으로 먼저 이동했어요."

하긴 그게 옳긴 하다. 그래서 이 인원만 남아 있었구나.

"공자님은 잘 해결하신 거예요?"

사마영이 궁금하다는 듯이 물었다. 개방 방도들만 아니라면 그냥 허심탄회하게 전부 이야기할 텐데, 나중에 알려주든지 아니면 전음으로 상세히 알려줘야겠다. 나는 간략하게만 그곳에서 벌어졌던 일들을 이야기했다. 그 말에 몇몇 개방 방도들이 망연자실한 얼굴로 털썩 무릎을 꿇고 말았다.

"바, 방주님께서 돌아가셨다니…."

"어찌 이런 일이…."

"방주님!"

슬퍼하는 모습을 보였다. 방주 홍구가가 인생을 헛살지는 않았나 보다. 저렇게 세상 잃은 얼굴들을 하는 걸 보면 말이다. 그런데 몇몇은 그저 착잡한 얼굴을 보이며 그냥 서 있었다. 왜 그런지 알 수가 없었다.

[개방 방주랑 그 홍결개라는 거지 놈이 배를 버리고 저들만 살겠다고 도망쳤었거든요. 그래서 저러는 거예요.]

사마영이 전음으로 나의 의구심을 풀어줬다. 아, 그래서 저쪽 배에 타고 있었던 거구나. 결과적으로는 잘된 일이었다.

"하아…."

탄식을 내뱉던 개방의 장로가 내게 말했다.

"개방의 장로인 의구생이라고 하오. 소 대협… 하면 두 분의 시신
은 어찌…."

"일단 문정표국에서 두 분의 시신을 수습해서 개방의 본타로 옮
겨주기로 했습니다. 귀방의 비보에 애도를 표합니다."

나는 안타깝다는 듯이 말했다. 말은 이렇게 했지만 그가 죽은 것
에 일조한 사람으로서 그렇게 안타깝지는 않았다. 어차피 방주 홍
구가와 홍결개는 자신들의 안위만 생각하다 그런 최후를 맞이한 것
이었다. 애초에 원래 있던 배를 벗어나지 않았다면 죽을 일도 없었
을 것이다. 그런데….

[조성원.]

나는 조성원을 전음으로 불렀다. 다른 개방의 방도들과 달리 녀
석은 후련하다는 얼굴을 하고 있었다. 멍청하기는.

[표정 관리해라.]

[그게 무슨?]

[우는 건 안 되더라도 슬퍼하는 시늉이라도 해야 할 거 아니야?]

그런 나의 말에 녀석이 다급히 표정을 바꾸었다. 고개를 밑으로
떨구고서 일부러 탄식을 계속 내뱉었다. 다행히 개방 방도들의 시선
이 내게 쏠려 있었기에 망정이지 조성원의 얼굴을 봤다면 피도 눈
물도 없다고 했을 것이다. 실망할 대로 실망했고, 버림받은 것에 대
한 복수를 했기에 어떤 마음일지는 이해하지만 녀석은 지금 후개였
다. 방도들의 시선도 어느 정도 감안해야 했다. 이런 기본도 안 되어

있는 녀석이 어떻게 혈교에 첩자 노릇을 하겠다고 들어왔을까?

─네가 유독 특출나다는 생각은 안 해봤냐?

혈마검 녀석이 혀를 차며 내게 말했다. 넌 조용히 하고 있어.

'아!'

지금 주면 되겠구나. 나는 목갑을 열어 무언가를 꺼냈다. 그것을 본 개방의 장로 의구생과 방도들이 곧바로 무엇인지 알아보았다.

"타구봉!"

바로 타구봉이었다. 시신은 문정표국에서 수습해주기로 했지만, 다른 배에 개방의 장로들이 있다고 이야기하여 타구봉을 챙겨온 참이었다. 나는 이를 조성원에게 넘기지 않고 장로 의구생에게 주었다.

"방주 어른의 유품입니다."

타구봉을 받아 드는 장로 의구생이 착잡해하며 중얼거렸다.

"그러게 배에 남아 있지 무슨 장수를 누릴 거라고…"

진심으로 안타깝게 여기는 듯했다. 연배만 본다면 두 사람이 비슷할 터이니, 방주와 나름 가까운 사이였을 것이다. 그래서 더욱 그런 것 같았다. 그때 의구생이 뒤돌아서 조성원에게 두 손으로 공손히 타구봉을 넘겼다.

"받으십쇼."

나의 꾸지람을 듣고 슬퍼하는 연기를 하던 조성원이 괜히 놀라는 척했다.

"장로님, 어찌 이것을…"

─어색하네.

그러게. 다행히 개방 방도들은 이를 의심치 않았다. 방주가 죽고 새로운 방주를 선임하려는 와중에 그런 세밀한 감정까지 신경 쓰는 게 더 이상한 일이기는 했다. 의구생이 말했다.

"후개가 방주의 뒤를 잇는 것은 당연한 일입니다. 받으십쇼."

그의 말을 개방 방도들이 복창했다.

"받으십쇼!"

이에 조성원이 못 이기는 척 타구봉을 손에 쥐었다.

—약조를 지켰네.

그런 것 같다. 조성원은 복수도 하고 자신의 원래 자리도 되찾았다. 아니, 그 이상을 얻었다고 해야 하나. 녀석이 개방의 방주가 되었으니, 나는 정파 무림의 최대 정보 단체를 손에 넣은 셈이었다. 속에서 웃음이 나왔지만 내색하진 않았다.

"방도들은 이리 오라."

장로 의구생의 명에 개방의 방도들이 주변으로 몰려들어 두 손을 교차하고 가슴에 갖다 대더니, 한 사람씩 조성원에게 침을 뱉었다.

"퉷!"

—엥? 왜 침을 뱉고 난리야.

아… 들어본 것 같다. 개방의 방도들은 새로운 방주가 선임될 때 그에게 침을 뱉는 관습이 있다고 들었다. 거지들의 우두머리로서 가장 더러워야 한다는 의미에서 비롯되었다고 했던가. 아무튼 거지답기는 한데 좀 그렇다.

"카아아악!"

그 와중에 가래를 끌어모으는 저놈은 뭐냐? 절로 인상이 찌푸려지려 하는데, 사마영이 내게 전음을 보냈다.

[공자님, 잠시만 와보실래요?]

이에 나는 개방의 방도들을 쳐다보았다. 침을 뱉고 나서 한 명씩 호국 어쩌고저쩌고 중얼거리며 절 같은 것을 하는데, 나름 방주 임명에 대한 절차가 있어 보였다. 시간이 걸릴 듯하니 그녀를 따라가 봐야겠다. 뭍을 따라가는데, 그곳에 그렇지 않아도 안 보이던 송좌백과 송우현이 있었다. 나를 기다리지 않고 그새 황영표국의 표두 황혜주를 따라갔나 싶었는데, 그건 아닌 듯했다.

'응?'

그런데 그들 앞에 한 인영이 누워 있는 게 보였다. 안력을 집중하니 전신이 반쯤 그을리고 화상을 입은 사람이었는데, 바로 사대 악인의 일인인 귀살권마 장문량이었다.

"이자를 어찌?"

나의 물음에 송좌백이 답했다.

"배에서 내린 후 주변에 다른 매복이 없나 살피러 돌아다녔는데, 뭍으로 기어 나와서 쓰러져 있는 걸 발견했어."

하… 정말 대단한 자이다. 그런 폭발에 휘말리고도 자력으로 여기까지 온 건가.

사마영이 놀랍다는 듯이 내게 말했다.

"그런데 이 사람 아직 안 죽었어요."

그 말에 나는 시체처럼 누워 있는 장문량에게로 다가갔다. 상태가 보기보다 심각했다. 그런데 내게는 살아남은 것보다 이것이 더 특이하게 보였다.

'회복 능력이 없었나?'

놈의 반응을 보면 분명 회복 능력을 가진 것으로 보였다. 한데 화상이 낫지 않았다는 게 이상했다.

'어?'

아니다. 나는 몸을 숙여 놈을 자세히 살펴보았다. 화상이 낫지 않는 것이 아니라 아주 천천히 회복되어가는 것이 보였다. 눈에 띌 정도로 빠른 속도가 아니라서 티가 나지 않았던 건가?

"어라. 이 녀석 몸이 낫고 있는 것 같은데?"

송좌백도 이제야 이를 발견했는지 내게 말했다. 꼭 말투가 지금까지는 전혀 회복되지 않았던 것처럼 들렸다. 파스슥! 파스슥! 불에 그을렸던 피부가 조금씩 떨어져 나가고 있었다. 회복이 점점 빠르게 이뤄지는 것 같았다. 사마영이 검집에서 검을 뽑으며 말했다.

"낫고 있는 거라면 목을 벨까요?"

"아니, 잠깐만."

만약 낫고 있는 거라면 단전에 금제를 가하고 심문해보는 것도 좋을 것 같다. 그 정도 무위라면 금안의 조직에서 뭔가 한자리를 맡았을 것이다.

"우현이는 두 팔을 잡고 너는 두 다리를 잡고 있어봐."

"금제하려고?"

"그래."

그런 나의 말에 송우현과 송좌백이 장문량의 두 팔과 두 다리를 붙잡았다. 이에 나는 녀석의 단전에 손을 얹었다. 회복 능력 때문에 단전이 부서져도 혹여 나을 수 있으니, 내공으로 금제를 시켜놓는 편이 나았다. 단전에 진기를 흘려보내려던 찰나였다. 갑자기 장문량이 발버둥을 쳤다. 그러다 놈의 발차기에 두 다리를 잡고 있던 송좌백이 국부를 맞고 말았다. 퍽!

"끄억!"

녀석의 눈, 코, 입이 한곳으로 모여들었다. 아아아… 보기만 해도 내가 다 아플 지경이다.

"이런 개색!"

그곳의 고통에 눈이 뒤집힐 정도로 화가 난 송좌백이 놈을 향해 달려들어 마구 짓밟았다. 말릴 틈도 없었다. 그런데 송좌백의 발길질에 가격을 당하고 있는 장문량이 새우처럼 몸을 움츠리면서 소리쳤다.

"때, 때리지 마세요. 문량이는 때리면 아파요."

'…?!'

귀살권마 장문량. 사대 악인의 일인이자 이름만 들어도 벌벌 떨 만큼 악명이 자자한 자이다. 그런 그의 입에서 나온 말에 나를 비롯한 일행들은 순간 당황했다. 내가 잘못 들었나 싶기도 했다. 그러나….

"아파요. 문량이 아파요."

마치 어린아이 같은 말투를 내뱉고 있었다. 어이가 없다는 표정을 짓던 송좌백이 더욱 뿔이 나서 놈을 발로 짓밟았다.

"무슨 개수작을 부리는 거야!"

퍽!

"악! 악!"

새우처럼 몸을 움츠린 장문량은 반격조차 하지 않았다. 설마 연기를 하는 건가? 하지만 굳이 맞고 있을 이유가 없었다. 그 정도 무위라면 이렇게 굴욕을 당해가면서 맞는 게 더 이상한 일이었다.

'응?'

그런데 문득 무언가가 눈에 띄었다. 움츠린 장문량의 머리 뒤쪽으로 보이는 은빛 무언가. 그것은 부러진 날붙이 같은 것이었다.

"수작 부리지 말라고! 이 색…."

"그만해."

"나 하마터면 대가 끊길 뻔했거든?"

"…일단 참아."

나는 분노를 토해내는 송좌백을 만류했다. 일단 떨어지기는 했는데, 소중한 그곳을 당한 것이 분했는지 계속 씩씩거렸다. 한순간에 아이가 된 장문량은 몸을 오들오들 떨면서 계속 움츠리고 있었다. 더 때릴까 봐 두려워하는 것처럼 말이다.

'칼날인가?'

역시 놈의 뒷머리로 부러진 칼날이 박혀 있었다. 부러진 부위의 두께나 면적을 미루어 짐작하건대 아주 깊숙이 머리에 박힌 것 같았다. 회복 능력이 없었다면 죽었어야 할 상태였다.

—설마 저게 머리에 박혀서 저런 거라고?

아무래도 그런 것 같다. 머릿속까지 파고든 부러진 칼날 부분이 회복하지 못하는 데 영향을 끼친 듯하다. 그렇지 않고는 이런 퇴행을 보일 리가 없었다.

"장문량."

놈을 불러보았다. 그러자 장문량이 눈물을 글썽거리며 고개를 빼꼼 들어 올렸다. 아… 진짜 어울리지 않는 모습이었다.

"풋."

옆에서 웃음소리가 들려왔다. 사마영이었다. 내가 쳐다보자 그녀가 가볍게 한 손으로 손사래를 치며 말했다.

"아뇨. 그냥 하는 행동이 너무 아이 같아서."

뭐 그렇기야 하지. 행동만 이런 건가? 아니면 다른 부분에도 영향을 미친 건지 알아봐야겠다.

"장문량."

"때, 때리지 않을 거예요?"

녀석의 뭔가 아이 같은 말투에 송좌백이 열불을 토해냈다.

"으아아아! 미친 새끼, 저 얼굴로 어떻게…."

닭살이 돋을 만큼 동감이지만 그만해라. 방해되니까.

"안 때릴 거다. 너 내가 누군지 알겠나?"

그런 나의 물음에 장문량이 눈물이 글썽이는 눈으로 나를 뚫어
져라 쳐다보았다. 그러더니 고개를 도리도리 저었다. 이 흉악한 얼굴
로 귀여운 척하는 것 같아서 짜증이 울컥 치밀어 올랐다. 나도 모르
게 손이 올라가려다 참았다.

―기억에도 이상이 있는 것 같은데?

소담검의 말대로 그런 것 같았다. 녀석의 입장에서는 자신을 속
인 것으로도 모자라 폭발에 휘말리게 했기에 절대로 내 얼굴을 잊
을 수 있을 리가 만무했다.

"너 나 정말 모르겠어?"

놈이 고개를 도리도리 흔들었다. 송좌백이 발을 동동 구르며 그
냥 죽이자는 말까지 했다.

조금만 참자. 참을 인. 참을 인.

"네가 누군지는 알고 있지?"

"문량이에요, 장문량!"

"사대 악인인 건 알고 있지?"

"그게 모예요?"

장문량이 고개를 갸웃거렸다. 말투가 거슬렸지만 그것보다 설마

자신이 누군지도 모르는 건가?

"네 이름 말고 알고 있는 게 뭐야?"

"몰라요."

"한쪽 눈이 금안인 남자를 알고 있나?"

"몰라요."

녀석이 일관되게 같은 말을 하면서 고개를 도리도리 흔들었다. 답답해지고 있었다. 정말 아이가 된 것처럼 행동하니 감정을 읽기가 힘들었다. 아니, 오히려 너무 직관적이라고 해야 할까?

그때 사마영이 내게 말했다.

"공자님, 머리에 박힌 거 혹시 부러진 날붙이예요?"

"맞아요."

"세상에… 저런 게 머리에 박혔는데 어떻게 살아 있는 거예요?"

나도 이 회복 능력의 한계가 궁금하다. 목이 베이는 것만 아니라면 정말 모든 상처를 회복할 수 있는 걸까?

"혹시 저게 박혀 있어서 아이처럼 행동하는 거 아니에요?"

사마영도 나와 같은 추측을 했다.

"그런 것 같군요."

"그럼 머리에 있는 저걸 뽑으면 다시 원래대로 돌아오지 않을까요? 이래서야 아무것도 알아내기가 힘들 것 같은데요."

동의한다. 그녀의 말대로 뽑아야겠다. 이래서야 아이를 상대하는 것과 별반 다를 바가 없었다. 그 전에 단전부터 금제하고서 뽑아야겠지.

그때 송좌백이 가까이 다가왔다. 또 장문량에게 화풀이라도 하려나 싶었는데, 어느 정도 감정을 추슬렀는지 평소처럼 고개를 삐딱하게 취하더니 품속에서 뭔가를 꺼내 들었다.

"너 이거 줄까?"

송좌백이 꺼낸 것은 다름 아닌 당과였다. 동생인 우현의 식탐을 잠재우기 위한 용도로 녀석은 당과나 육포 같은 것을 들고 다니곤 했다. 그런데 아무리 뇌에 이상이 생겨 아이처럼 행동한다고 해도 저런 당과에 넘어갈 리가….

"그거 모예요?"

…뭐지? 장문량이 눈을 반짝였다. 송좌백의 손바닥 위에 있는 당과에서 눈을 떼지 못했다.

이에 송좌백 녀석이 당과를 쪼개서 작은 조각을 입에 넣고는 아그작거리며 씹는 모습을 보여줬다.

"크. 달달하니 맛나네."

그 모습에 장문량의 호기심이 커졌다. 그런 녀석에게 송좌백이 말했다.

"먹고 싶냐? 그럼 알고 있는 걸 뭐라도 얘기해봐."

"그럼 정말 줄 거예요?"

아니, 당과 하나에 저런 모습을 보이다니. 장문량도 장문량이지만 송좌백의 새로운 모습을 보았다. 약간은 모자란 동생을 챙기는 것이 익숙해서 그런지, 이 녀석 은근히 이런 데 재능이 있었다.

"뭐, 하는 거 봐서 줄 수도 있고 안 줄 수도 있고."

"주세요!"

"싫은데."

보채는 장문량이 보는 앞에서 녀석이 입에 당과 조각의 반을 집어넣었다. 반이나 줄어든 당과 조각에 장문량의 눈에 눈물이 글썽였다. 정말 아이들이 할 법한 행동을 그대로 하고 있었다.

"다 먹지 마요! 다 먹으면 문량이 울 거예요!"

이런 씨…. 인상만으로도 사람 기절시킬 만한 험악한 얼굴로 애 같은 말 좀 하지 마라, 제발.

반면 사마영은 키득거리며 뭔가 귀엽다는 식으로 말했다.

"저게 귀여워요?"

"귀엽지 않나요?"

취향도 참…. 나처럼 인상을 찡그리던 송좌백이 정신을 가다듬고 서 흥정하듯이 말했다.

"세상 물정을 모르네. 너 등가교환이라는 말 아냐?"

"그, 그게 모예요?"

"뭔가를 얻고 싶으면 그에 상응하는 대가를 지급해야 한다는 거 야. 근데 넌 내게 아무것도 안 줬잖아. 고로 망할 늙은 아이야, 이건 내가 다 먹는다."

송좌백이 입 안에 당과를 전부 털어넣으려는 시늉을 했다.

"안 돼! 안 돼! 으아아아앙."

이에 장문량이 떼를 쓰듯이 소리를 치다 울려고 했다. 송좌백이 입 안에 넣으려던 당과를 쥐고서 다시 손바닥을 폈다. 그대로 남아 있는 당과에 장문량이 울음을 뚝 그쳤다.

[와… 보모 시키면 엄청 잘하겠는데요.]

사마영이 혀를 내두르며 내게 전음을 보냈다. 내 생각도 그랬다. 아주 장문량을 가지고 놀고 있었다.

"그럼 뭐라도 줘봐. 네가 알고 있는 게 뭐라도 있을 거 아냐?"

"…아무것도 없어요."

다 타버린 옷을 만지작거리던 장문량이 말했다. 이에 송좌백이 남은 당과 조각을 천천히 자신의 입으로 가져갔다.

"별수 없지. 당과랑 안녕해라. 어서 인사해. 안녕, 당과!"

"안 돼욧!"

"뭐가 안 돼. 자, 달달하고 맛있는 당과가 내 입으로 슈우웅 들어간다."

아주 약을 올리는 데 도가 텄다. 그때 장문량이 뭔가를 떠올렸는지 다급하게 말했다.

"호, 혹시 이런 것도 되나요?"

"이런 게 뭔데?"

"그냥 머릿속에 계속 떠오르는 게 있어요."

녀석의 말에 송좌백이 나를 슬쩍 쳐다보았다. 잘하면 녀석에게 뭔가 정보를 알아낼 수 있을 것 같았다. 고개를 끄덕이자 송좌백이 능청스레 말했다.

"한번 말해봐. 보고서 쓸 만하면 줄게."

"약속했어요!"

"아, 일단 듣고 알려준대도."

"자형무권절… 도정지사절… 영악절개형… 주정무추결…."

'…!!'

녀석의 입에서 나오는 말에 순간 모두가 놀라움을 금치 못했다. 뭔가 기억나는 것을 이야기하라 했더니 무공 구결을 나열하고 있었다. 그것도 보통 무공 구결이 아니었다.

'구결만 들어도 이건 초상승의 무학이다.'

얼핏 중간에 권(拳)을 이야기하는 것을 보니 주먹을 쓰는 권법의 구결이다. 송좌백이 어안이 벙벙해져서 내게 말했다.

"이거….."

나는 손을 내밀고 조용히 하라는 시늉을 했다. 그리고 전음으로 녀석에게 말했다.

[지금 불러주는 구결들 받아 적어. 아니면 머릿속으로 외우든가.]

[아, 알겠어!]

이런 기회는 흔치 않았다. 팔대 고수, 사대 악인을 통틀어 단 두 명만이 맨손 무공으로 명성을 날렸다. 한 사람이 팔대 고수의 일인 이자 장법의 달인인 만박자였고, 또 다른 한 사람이 바로 사대 악인 의 일인인 귀살권마 장문량이었다. 벽을 넘어선 그의 권법 구결을 익힐 수 있는 좋은 기회였다.

―너도 외워.

이미 그러고 있다.

"폭풍이 격랑을 일으키듯 기운을 운문에서 공최로….."

장문량은 권법의 구결과 함께 운기인 심결까지 이어서 이야기했 다. 그런데 듣다 보니 이상했다. 사대 악인이라 하여 사공이나 마공 을 익혔을 거라 생각했는데, 듣다 보니 오히려 정종의 심결에 가까 웠다. 심결의 구결까지 마친 장문량이 호흡을 골랐다. 한 번으로 외 우기 힘들었는지 송좌백이 녀석에게 말했다.

"그렇게 빨리 말하면 어떻게 외우라는 거야?"

"….."

그 말에 장문량이 아무 말도 없이 자리에서 벌떡 일어났다. 그러 더니 일어난 상태로 다시 아까 전의 구결을 입으로 나열하기 시작 했다. 그런데 이번에는 그저 입으로만 말하는 것이 아니었다. 파팍!

구결에 관련된 식(式)을 직접 펼치고 있었다. 이에 송좌백이 뒤로 물러났다.

"도정지사절… 영악절개형…"

구결과 함께 식을 펼치니 더욱 이해하기가 쉬웠다. 역시 예상대로 보통 권법이 아니었다. 심지어 스승님이 전수해준 권법보다도 더 뛰어난 절기들을 갖추고 있었다. 이를 모두가 넋을 놓고 바라보았다.

"아…."

권법을 주로 배운 송좌백이다 보니 연신 고개를 끄덕이고 있었다. 누구보다 깨달음이 큰 것 같았다. 식이 끝나고 초식까지 연이어 펼친 장문량이 마지막 동작을 취했다.

"이런 권법이 있었구나. 하…하하하핫."

송좌백의 입에서 웃음이 터져 나왔다. 큰 행운을 얻은 것에 진심으로 기뻐하고 있었다.

나는 그런 녀석에게 말했다.

"당과 더 있냐?"

"하나 더 있어."

"그럼 손에 있는 건 지금 줘라."

당과 조각 하나에 분이 넘친 것을 얻었다. 채찍과 당근이라고 한번 맛을 보여주면 구슬려서 쓸 만한 것을 더 얻을 수 있을지도 모른다. 내 말이 옳다고 여겼는지 송좌백이 녀석에게 다가가 당과를 주려고 손을 내밀었다.

"자…."

그런데 장문량이 눈을 감고서 뭔가에 홀린 것처럼 입을 열었다.

"문량아, 만가영공을 극성으로 익히고 싶다면 이 스승님처럼 공력을 후인에게 물려줘야 한다. 그렇지 않으면 운기의 순환이 빨라져 양기가 골수까지 뻗어 폭주해서 미치게 될 것이다. 구성에 이른다면 반드시 명심하도록 하거라."

무슨 말이지? 이 신공의 이름이 만가영공인 건가? 한데 장문량의 말투가 방금 전과 완전히 달랐다. 정신을 차린 것 같지는 않았다. 그렇지 않고서야 자기 입으로 자신의 이름을 부르겠는가. 바로 그때였다. 팟! 장문량이 바로 앞에 있던 송좌백을 향해 달려들었다.

"헛!"

송좌백이 놀라서 권초를 펼쳐 녀석을 막으려고 했는데, 단 한 수만에 그것을 저지하더니 이내 송좌백의 두 어깨의 혈을 붙잡고는 거꾸로 올려 들었다. 저 덩치를 이리 쉽게 들어 올리다니 대단한 신력이었다.

"으아아아악! 야, 이 새끼! 뭐, 뭐 하는 거야?"

역시 정신을 차린 건가?

"멈춰!"

나는 다급히 남천철검을 뽑아서 장문량을 제압하려 했다. 그런데 송좌백을 거꾸로 들어 올렸던 장문량이 서로의 머리를 맞부딪쳤다. 장문량의 입에서 입김이 흘러나오며 뜨거운 열기가 몸 밖으로 배출되었다.

"끄거거거거거."

그러자 송좌백이 갑자기 온몸에 경련을 일으켰다. 눈까지 뒤집혔다. 상태가 좋지 않아 당장에 장문량의 팔을 잘라버리려고 했는데, 녀석이 뭔가를 말했다.

"천령혈의 기문을 열고 기운을 제문혈로 받아들여라!"

설마? 나는 급히 중단전을 개방했다. 금안이 개안되면서 눈앞에 믿기지 않는 것이 보였다. 장문량의 몸에 있던 심후한 진기가 머리를 맞대고 있는 송좌백에게로 올라가고 있었다.

"안 막을 거예요?"

사마영의 외침에 나는 어처구니없다는 듯이 말했다.

"…내공을 넘겨주고 있어요."

"네엣?"

해를 입히는 것이 아니었다. 내공을 전수하는 과정이었다. 여기서 잘못 건드리면 두 사람 모두 위험해진다.

"하…."

송좌백 저 녀석 엄청난 기연을 맞았다. 사대 악인의 무공을 알게 된 것으로도 모자라, 어찌 된 영문인지 놈의 내공까지 전수받고 있었다. 이게 등가교환이라고? 고작 당과 반 조각의 가치가 엄청났다.

'흠.'

나는 두 사람을 번갈아 쳐다보았다. 한 사람은 바닥에 새우처럼 움츠리고서 잠들어 있는 귀살권마 장문량이었고, 또 다른 한 사람은 가부좌를 틀고서 운기하고 있는 송좌백이었다. 천령혈을 맞대고서 내공을 전이한 지 벌써 반 시진가량이 지났다. 사마영은 잠시 자리를 비웠다. 더럽게 침을 뱉어가며 하던 방주 취임식이 끝나면 개방 방도들이 이곳으로 올 것 같아서 그녀에게 조성원더러 개방 방도들을 보내놓으라고 부탁했다.

―조성원 걔는 좀 씻어야겠다.

그래. 거지들 입 냄새가 장난이 아니었다.

그사이 나는 본의 아니게 이렇게 송우현과 함께 호법을 서고 있었다. 장문량은 가지고 있던 내공의 거의 대부분을 송좌백에게 넘겼다. 벽을 넘은 초인이 가진 내공 수위는 적어도 수백 년에 이를 것이다. 그야말로 기연이었다. 그러나 이런 엄청난 내공을 감당하기 위해 송좌백의 몸은 변화를 맞이했다. 첫 변화는 체내 노폐물의 배출이었다. 피부를 뚫고서 검은 액체 같은 것이 흘러나왔다. 두 번째 변화는 임독양맥을 타통했다. 저 엄청난 기운으로 인해 막혀 있던 모든 임맥과 독맥이 통하게 되었다.

'이 녀석도 운이 타고났군.'

생각해보니 스승님인 해악천을 만난 것부터 은근히 운수가 좋았다. 하긴 그러니까 회귀 전에 그렇게 명성을 날렸겠지.

—아직 멀었어?

그리 오래 걸릴 것 같진 않았다. 녀석의 몸에서 겉돌던 진기가 점점 단전에 안착되어가고 있었다. 다만 그 과정에서 절반가량의 기운을 잃었다.

—아깝네.

아까워할 필요는 없다. 어차피 그 기운들은 몸에 맞지 않아 배출되는 것뿐이다. 내공이 다 똑같아 보여도 사람마다 각각 자신에게 맞게 기운이 형성된다. 한데 타인의 것을 받아들이게 되면 당연히 자신에게 맞지 않는 기운을 배출할 수밖에 없다.

—그럼 절반도 굉장히 큰 거네?

당연하지. 어쩌면 저 녀석의 체질 때문에 그럴지도 모른다. 피의 순환이 빠른 특수한 체질, 스승님이 평생에 걸쳐 찾으려고 했던 체질이었다. 이 체질로 인해 송좌백은 운기가 보통 사람들과는 궤를 달리할 만큼 빠르다. 그래서 거의 절반이나 되는 저 엄청난 기운을 자신의 것으로 만드는 데 성공했을지도 모른다.

—아직 멀었으면 한 번 더 할래?

그럴까나. 그렇지 않아도 반 시진 동안 그냥 가만히 있던 것만은 아니었다. 천기(天璣)의 능력으로 소담검의 기억을 되짚어 장문량이 펼쳤던 만가파령권의 초식들을 수차례 반복해서 보았다. 거기서 그치지 않고 직접 초식을 펼친 후에 이를 천기로 반복했다.

'내가 생각해도 사기적이야.'

천기는 단시간에 무공을 숙달시켜준다. 환영 속의 시간과 실제 시간의 흐름이 다르기 때문이다. 물론 그에 따르는 정신적 부담감이 컸지만 벽을 넘은 후로 수십 회를 반복해도 거뜬했다. 한 번 더 천기로 수련을 하려 할 때였다.

"후우."

운기를 하던 송좌백이 눈을 떴다. 녀석의 눈에서 밝고 뚜렷한 정광이 흘러나왔다.

"푸… 푸하하하하핫!"

송좌백이 어찌나 좋았는지 광소를 터뜨렸다. 나라도 그럴 것 같다. 초절정의 경지에 오른 것으로도 모자라 내공만 친다면 거의 벽을 앞둔 상태였다. 당과 하나에 혈교의 존자급 고수가 된 것이다. 녀석이 자리에서 일어나더니, 호법을 서고 있던 동생 송우현에게 말했다.

"야, 너 전력으로 나한테 박치기해봐라."

"바… 박치기?"

아주 자신감이 넘친다. 절정의 경지에 올랐어도 우현에게는 상대가 되지 못했던 좌백이다. 그간 자존심이 많이 상했던 모양이다.

"전력으로?"

"그래. 전력으로!"

"알았다."

송우현의 피부가 갈색빛으로 변하며 수증기가 피어올랐다. 전력으로 하라니까 진혈금체까지 펼치고 있었다. 거기서 비기인 적혈금신까지 펼치려고 하기에 송좌백이 다급히 이를 만류했다.

"아니, 그것까진 너무 갔잖아."

"아… 알았다."

적혈금신까지는 펼치지 않은 상태에서 송우현이 송좌백에게 박치기를 날렸다. 맹렬히 달리는 황소처럼 날아오는 박치기에 송좌백이 마보를 하듯이 두 다리를 벌려 자세를 잡고서 복부에 힘을 줬다. 픽!

"흡!"

날아오다시피 한 송우현의 박치기에 송좌백의 얼굴이 약간 붉어졌다. 워낙 위력이 강하다 보니 두 보가량 뒤로 밀려났다. 그러다 송좌백의 복부에서 강한 반탄력이 일어나며 박치기를 했던 송우현의 몸이 도리어 뒤로 팅겨 나갔다. 팍! 우현이 휘둥그레진 눈으로 말했다.

"혀… 형 몸이 단단해졌다."

평소의 녀석이라면 기절했어야 하지만, 초절정의 경지에 오르면서 역량이 워낙 강해지다 보니 진혈금체를 펼치지 않아도 이 위력을 견딜 수 있게 되었다.

"하하하하핫. 당연하지. 이제 이 형님이 너보다 훨씬 강하니까 그렇지."

그동안 기를 못 펴고 살더니 아주 신이 났다. 그러다 녀석이 나를 쳐다보았다.

"나 어느 정도 수준에 이르렀는지 한 번만 겨뤄봐 주라."

자신감이 가득 차다 못해 전의가 최고조로 올랐다. 나한테 자신과 겨뤄달라고 부탁까지 하는 것을 보면 말이다.

—아주 기고만장해졌는데.

뭐 이해는 간다. 저렇게 강해졌으니 어느 정도인지 시험해보고 싶다는 생각도 들겠지.

녀석이 나를 바라보며 기수식을 취했다. 이에 나는 말했다.

"어느 정도 수준으로 해줄까?"

"봐주지 말고 해봐. 그래야 내가 얼마나 강해졌는지 알 것 아냐."

"그래?"

그럼 안 봐주고 해도 되겠네? 그렇지 않아도 나도 네가 어느 정도 수준인지 궁금했다.

"나보다 고수니까 선수는 양보하겠지?"

"마음대로."

그 말에 녀석이 곧바로 내게 신형을 날렸다. 겨뤄달라고 말하고서 한번 제대로 해보겠다는 듯이 절초를 펼치고 있었다. 파파파파 파파파팍! 녀석의 권영이 내 앞을 한가득 메웠다. 과연 초절정의 고수가 펼치는 권초라고 할 만했다. 그런데 자세히 보면 이 권초들은 전부 허초였고 그 속에 진초가 보였다.

—그냥 겨뤄달라는 게 아니라 한 수 먹이고 싶은 것 같은데.

그렇네. 한데 문제는 그게 나한테 보인다는 거지.

권영들 틈바구니에서 녀석의 주먹이 아래에서 포탄처럼 내 가슴으로 쇄도해왔다. 이에 나는 녀석의 주먹을 한 손바닥으로 그냥 잡아냈다. 팍!

'…?!'

"단순하네?"

"어…"

녀석의 얼굴에 당혹감이 피어났다. 이게 아닌데, 하는 표정이었다.

아무리 초절정의 경지에 올랐다고 해도 나는 벽을 넘어섰는데, 이런 단순한 변초가 내게 통할 거라고 생각했던 건 아니겠지? 파르르르! 공력을 십성까지 끌어올려서 벗어나 보려 했지만, 꿈쩍할 리가 없었다.

"젠장."

안 되겠다 싶었는지 녀석이 내 머리를 향해 발차기를 날렸다. 그 순간, 나는 그대로 오른발을 뒤로 뺀 후에 잡고 있던 녀석의 주먹을 당겨 몸을 회전시켜버렸다. 팍!

"으헉!"

한 바퀴 돈 녀석의 몸이 바닥에 나동그라졌다. 쾅!

"끄으으으으."

허파에 바람 빠지는 듯한 소리가 입에서 흘러나왔다. 송좌백이 눈을 깜빡거리며 내게 말했다.

"이, 이거 만가파령권의 영악절개형이랑 비슷한 것 같은데?"

"맞아. 권결로 펼친 거야."

초식의 초의만 이해하면 복잡한 식을 단순한 결(訣)로 펼치는 게 가능하다. 나의 그 말에 송좌백이 어처구니없어했다.

"아니, 고작 한 번밖에 보지 않은 걸 무슨 수로?"

네가 운기하는 동안 천기로 익혔지. 굳이 이야기할 필요는 없기에 그저 여유롭게 미소만 지었다. 송좌백이 황당하다는 듯이 중얼거렸다.

"괴물 같은 자식."

역량이 급증했는데도 상대가 되지 않는 것에 질렸나 보다. 그런 녀석에게 나는 피식 웃으며 말했다.

"열심히 익혀. 그래야 우호법 노릇을 할 거 아냐."

"뭐?"

그 말에 송좌백이 눈이 휘둥그레져서 나를 쳐다보았다. 설마 내가 우호법을 거론할 줄은 몰랐나 보다. 본교는 물론이거니와 무림을 통틀어도 초절정 고수는 소수에 불과하다. 운 좋게 기연으로 올랐다고 해도 그 정도 경지에 올랐는데, 그저 단주의 직위에 머물게 할 수야 있나.

"싫으면 말고."

"누, 누가 싫다고 했어."

"그런 것치고 태도가 영 불순한데."

그런 나의 말에 녀석이 당황해서 황급히 자세를 갖추더니, 이마를 바닥에 찧어가며 절했다.

"우호법 송좌백이 삼가 교주의 명을 받듭니다."

소담검이 혀를 내둘렀다.

─태세 전환 보소.

내버려둬. 등이 들썩거리는 걸 보니까 아주 좋아 죽는다.

우호법 자리를 꿰차서 좋은 건지, 아니면 단둘이만 있을 때는 친우처럼 지낼 수 있는 권한을 얻어서 좋은 건지는 모르겠다.

─후자가 아닐까?

그럴지도. 그나저나 장문량 저자는 제정신을 차리면 기분이 어떨까? 한순간에 모든 내공을 생판 모르는 사람에게 기부한 셈이니 말이다.

* * *

무쌍성 풍영팔류종의 성탑. 팔층 집무실에 무정풍신 진성백과 비월검객 하성운이 있었다. 그들에게 팔층을 도맡고 있는 문형창류의 유파장인 서문극이 중원 곳곳에서 벌어진 외부 일들을 보고하고 있었다. 그러다 중요한 사람의 이름이 거론되었다.

"소운휘, 아니 진 공자의 일입니다."

풍영팔류종의 유파장들은 남천검객의 제자 소운휘가 진운휘라는 사실을 알고 있었다. 물론 아직까지 무쌍성의 내부를 완전히 장악한 것이 아니기에 그의 정체가 혈마라는 것은 진성백과 하성운만 알았다. 진 공자의 일이라는 말에 외조부 하성운이 큰 관심을 보였다.

"오오. 그래, 그 아이는 잘 지내고 있는가?"

이들이 마지막으로 들었던 소식은 귀주성 여경현 지부에 들러 진성백의 종주패로 노잣돈을 찾아갔다는 것이었다. 물론 노잣돈의 액수가 꽤나 컸다. 그 이후로 소식이 없었던 차에 반가운 일이었다.

"호남성 북부 안항현의 오현 포구에서 진 공자의 소식이 들려왔습니다."

"포구?"

뜬금없이 포구라는 말에 하성운이 의아해했다. 서문극이 계속 말을 이었다.

"무슨 연유에서인지 모르겠으나, 진 공자께서 황영표국이라는 작은 표국의 객원 표사로 표물 입찰에 참가했습니다."

하성운이 인상을 찡그리며 진성백을 쳐다보았다. 도통 무슨 일을 하는 건지 이해할 수 없었기 때문이다. 들리는 소문만으로는 분명 혈교를 장악한 것 같은데, 왜 갑자기 남천검객의 제자라는 신분으로 표물 입찰에 참가했는지 알 수 없었다. 턱수염을 쓰다듬던 진성백이 전음을 보냈다.

[장강에 있는 포구로 갔다면 알 것 같군요.]

[그게 무슨 소리인가, 사위?]

[아마도 사파 통합을 본격적으로 하려는 모양입니다.]

[사파 통합?]

[장강수로십팔채가 그 첫 번째이겠지요.]

[허어… 그 아이가 본격적으로 혈마로서의 행보를 시작했군.]

[그런 것 같군요.]

[한데 수장이 되어서 밑에 있는 사람들을 부리지 않고 직접 움직이다니, 위험할 터인데.]

[무림연맹이 현재 광서성을 포위하지 않았습니까? 그래서 남천검객의 제자라는 신분을 이용한 것 같습니다.]

무쌍성에 상주하고 있지만 진성백의 통찰력은 보통이 아니었다. 진운휘의 정체들을 알고 있기에 들려오는 소문만으로 정보를 조합해서 그 목적을 제대로 추측해 나가고 있었다. 그런 그들에게 서문극이 말했다.

"지금부터 보고드리는 내용에 두 분께선 놀라지 마십시오."

"무슨 일이라도 있는 겐가?"

하성운이 걱정스러운 듯이 물었다.

"공자께서 낭왕과 비무를 한 것 같습니다."

"뭣?"

"낭왕과?"

그 말에 두 사람이 동시에 놀랐다. 그도 그럴 것이….

"낭왕 혁천만은 팔대 고수가 아닌가?"

"맞습니다, 장인어른."

"아니, 그 아이가 왜 낭왕과 비무를 했다는 게야?"

그 물음에 서문극이 답했다.

"낭왕 혁천만이 공자께서 참가하는 표물 입찰의 심사를 맡은 모양입니다."

"그래서 어찌 되었는가? 그 아이는 무사한가?"

그 말에 서문극이 입술을 실룩거리더니 활짝 웃으며 말했다.

"경하드립니다."

"경하? 그게 무슨 소리인가?"

"공자께서 낭왕 혁천만과 맞먹는 신위를 보이셨습니다."

"아니, 그게 정말인가?"

"낭왕이 많은 사람들이 보는 앞에서 공자의 무위를 인정했다고 합니다."

"낭왕이 인정해?"

하성운이 놀라움을 감추지 못했다. 외손주 진운휘가 혈마라는 것은 알았지만 그 정도로 강하다는 생각은 해본 적이 없던 그였다. 그러나 진운휘의 무력을 어느 정도 알고 있던 부친 진성백은 고개를 끄덕거렸다.

"그 아이라면 충분히 낭왕을 상대할 만한 무위를 지녔습니다."

"그게 정말인가?"

진성백이 자부심 넘치는 목소리로 답했다.

"아비인 제가 보장합니다."

"허어…"

그러나 진성백조차 모르는 것이 있었다. 낭왕 혁천만이 그가 아는 것처럼 팔대 고수 중 가장 약세에 속하는 무인이 아니라는 사실을 말이다. 그것과 상관없이 아들의 활약에 흡족해하지 않을 아비가 어디 있겠는가. 무정풍신이라는 별호답지 않게 입꼬리가 슬그머니 올라갔다. 그런 그들에게 서문극이 말했다.

"이게 끝이 아닙니다."

"끝이 아니라니?"

"공자께서 타신 표물선이 정체 모를 괴집단의 습격을 당했다고 합니다."

"아니, 그게 무슨 소리인가? 정체 모를 집단이라니?"

"들려오는 정보로는 아직까진 그 집단의 정체를 알 수가 없습니다. 다만 그 집단을 이끌고 습격한 자가 사대 악인의 일인인 귀살권마 장문량이라고 합니다."

"자, 장문량!"

팔대 고수에 이어서 사대 악인까지 거론되자 하성운이 당혹감을 감추지 못했다. 낭왕이야 표물 입찰 심사를 위해 비무를 한 것이라지만 그들을 습격한 집단을 이끈 것이 사대 악인 중 일인이라면 상황이 완전히 달랐다. 적으로 만난 것이 아닌가. 불안해하고 있는데 서문극이 또다시 입술을 실룩거렸다. 웃음을 참고 있는 것처럼 말이다.

"아니, 무슨 일이 있었던 건가? 왜 웃는 게야?"

"놀라지 마십쇼. 진 공자께서 그 사대 악인의 일인인 장문량을 물리쳤다고 합니다."

'…!!'

그 말에 무정풍신 진성백조차 어찌나 놀랐는지 두 눈이 커졌다. 그가 알기로 아직 아들 진운휘의 역량은 벽을 넘어선 초인들과 겨루기에는 부족함이 있었다.

"아니, 그게 정말인가?"

"정말입니다. 지금 무림 전체에 난리가 났습니다."

"난리가 나?"

난리가 나는 게 당연했다. 진운휘는 고작 이십 대 초반에 불과했고 이신성이라 불렸다. 그것만으로도 충분히 대단한 일이었다. 한데 그런 젊은 신성이 사대 악인을 물리쳤다고 하니 무림인이라면 놀라지 않는 게 이상한 일이었다.

"소문을 듣고서 제 귀를 의심했습니다."

"당연히 그렇지. 그 아이의 나이에 누가 사대 악인을 상대한단 말인가?"

"과정이 더 놀랍습니다."

"과정?"

"듣기로는 진 공자께서 전설로만 들려오는 어검비행을 펼치면서 이기어검술로 장문량과 그 괴집단을 쓸어버렸다고 합니다."

신이 나서 말하는 서문극을 보며 하성운과 진성백은 어안이 벙벙했다. 장문량을 물리친 것 이상으로 어검비행과 이기어검술은 꽤나 충격적인 이야기였다.

'이기어검술이라니? 정말 그 아이가 벽을 넘었다고?'

아무래도 거짓이 아닌 듯했다. 벽을 넘어 초인의 영역에 이르지 않으면 이기어검술은 꿈도 꾸지 못한다. 한데 그것을 실전에 도입했다는 것도 충격적이었다. 난전에서 이기어검술만큼 비효율적인 수법도 없기 때문이다.

'하… 고작 얼마나 흘렀다고.'

진성백이 주먹을 꽉 쥐었다. 손에 힘이 들어갈 수밖에 없었다. 아무리 아들이라지만 정말 놀라운 무재라고밖에 생각되지 않았다. 절로 웃음이 나오려고 했다.

"사대 악인도 그렇고 어검비행에… 이게 꿈인지 생시인지 모르겠구먼. 그 아이는 대체…."

하성운은 연신 탄성을 내뱉으며 중얼거렸다. 그런 그들에게 서문극이 신이 나서 계속 이야기했다.

"그뿐만이 아닙니다. 근래 들어서 오대 악인이라 불리는 혈마와도 겨뤄서 패퇴시켰다는 소문이 들리고 있습니다."

'…?!'

흥분을 감추지 못하며 소식을 듣던 진성백과 하성운이 동시에 인상을 찡그리며 고개를 갸웃거렸다. 서로를 바라보며 어리둥절해하는 무정풍신 진성백과 하성운. 기뻐할 줄 알았는데 기대와는 전혀 다른 반응을 보이는 두 사람을 바라보며 서문극은 의아해할 수밖에 없었다.

"무슨… 문제라도?"

그러고 있는데 하성운이 사위인 진성백에게 전음을 보냈다.

[풍영팔류종의 정보 체계에 문제가 있는 겐가? 아니면 운휘 그 아이가 이상한 짓을 벌인 겐가?]

[···아무래도 후자 같습니다.]

전자라면 정보부를 전부 갈아엎어야 한다. 그런데 그런 것 같지는 않았다.

'···설마 풍영팔류로?'

순간 진성백은 골이 아파왔다. 풍영팔류종의 비기가 이런 용도로 쓰일 거라 누가 알았겠는가. 그런 그의 속내를 모르는 하성운은 계속 어처구니없다는 듯이 전음을 보냈다.

[동일인이 서로 겨룬다니 이게 말이 되는 일인가?]

혈마도 운휘였고, 남천검객의 제자도 운휘였다. 이건 무림 전체를 상대로 사기를 치는 것이나 다름없었다.

[···그 어려운 걸 해내는군요.]

차마 자신이 아들의 그런 행보에 일조한 것 같다는 말이 나오지 않는 진성백이었다.

* * *

늦은 밤, 정파 무림의 성지 호북성 무한시.

무림연맹 본단 건물의 맹주 집무실에서도 한창 보고가 진행 중이었다. 보고를 듣는 내내 맹주인 무한제일검 백향묵의 표정이 좋지 않았다. 그도 그럴 것이 이번 보고는 무림연맹에 있어서 크나큰 손실들이 이어졌기 때문이다.

"제이군사의 행적이 묘연하다니?"

"말씀드린 대로입니다. 제이군사께서는 마지막으로 들렀던 귀주성 무림연맹 지부에서부터 행적이 완전히 끊겼습니다."

제이군사 사마중현, 그의 행방이 묘연해졌다. 이상한 일이었다. 귀주성 무림연맹 지부에 따르면 혈마로 위장하려 했던 전대 고수 섬뢰검 자균의 시신을 방부 처리해서 보냈다고 했다. 그런데 아무런 보고도 없었고 심지어 보냈다는 시신마저 사라졌다. 이 석연치 않은 사건의 실마리를 알고 있는 유일한 자가 제이군사 사마중현일 텐데 갑자기 자취를 감췄다.

"전진교의 교주는 어찌 되었나?"

"마찬가지로 여전히 행방을 찾을 수가 없습니다. 전진교의 장로들과 수색하고 있지만 아무런 흔적도 찾지 못했습니다."

전진교의 교주이자 무림연맹의 제육장로 만종 진인. 그 역시도 갑자기 사라졌다. 우군도독부 근방에서 벌어진 혈사로 죽은 제자들 시신을 자파로 수습해간 것으로 알고 있었다. 그러나 어느 날 갑자기 사라졌다고 한다. 그만 사라진 것이 아니었다. 전진교 내의 중앙전 내외곽에 있던 자들까지도 사라졌다.

"맹주, 아무래도 이건 혈마, 아니 혈교에서 벌인 짓이 틀림없는 듯합니다."

제삼군사인 백위향이 진범으로 혈마를 지목했다. 딱히 정황상 어떠한 증거도 없었지만 심증으로만 확신하는 듯했다. 이에 맹주 백향묵이 신음성을 흘리며 수염을 쓰다듬었다.

"맹주?"

"심증으로는 그러나 이해가 되지 않는군."

"어인 말씀입니까?"

"우리 쪽에서 파놓은 함정에도 불구하고 혈마는 당장의 전면전을 피하기 위해 자신으로 위장했던 섬뢰검 자균과 싸웠었네. 한데 자기 손으로 지켰던 자들을 납치했다고?"

앞뒤가 맞지 않았다. 만약 그럴 거였다면 처음부터 도와줄 이유가 없었다.

'시신이 없어진 것이 마음에 걸린다.'

입 밖으로 내뱉지는 않았지만 맹주 백향묵은 시신이 사라진 게 마음에 걸렸다. 혈마를 사칭했다는 섬뢰검 자균의 시신. 그것을 굳이 혈마가 회수해간다는 것도 이상했다. 자신의 무고를 증명할 수 있는 증거품인데 말이다.

'…제삼의 세력이 개입한 건가?'

끊임없이 돌아가던 맹주 백향묵의 사고는 거기에까지 닿게 되었다. 그런 그에게 총군사 방덕현이 말했다.

"백 군사의 말에 일리가 없진 않소이다, 맹주."

"총군사!"

간만에 자기 편을 들어주는 총군사 방덕현에게 백위향이 감사의 눈빛을 보냈다. 그러거나 말거나 방덕현은 자신의 말을 이어갔다.

"만약 그 모든 게 혈마가 꾸민 짓이라 가정한다면 있을 수 있는 일이오."

"그게 무슨 말씀입니까, 노사?"

"이번 일로 인해 본 맹은 오히려 혈마에게 빚을 졌다는 오명까지 썼소이다. 모든 것이 혈마가 의도한 대로 되었다는 것을 눈여겨볼 필요가 있소이다, 맹주."

"흠…."

총군사까지 그리 말하니 이를 가볍게 넘길 수가 없었다. 한데 뭔가 찝찝한 기분은 무엇일까? 맹주 백향묵은 마치 누군가 자신의 눈을 가리고 있다는 기분이 들었다. 사실 이것은 그날부터 비롯되었다. 혈마를 사칭한 섬뢰검 자균은 꼭 자신들의 정보를 훤히 들여다보는 것처럼 매복해 있는 연맹 지부의 무사들과 전진교의 제자들을 습격했다. 그 정보는 맹주인 자신과 군사부, 그리고 현장에 있던 자들밖에 몰랐었다. 백향묵의 시선이 총군사 방덕현에게로 향했다.

'…아니다, 그럴 리가.'

방덕현을 오랫동안 알아왔다. 그가 적과 내통한다는 것은 도무지 상상할 수 없는 일이었다.

'하나 만약이라는 것이 있으니 따로 조사하는 편이 좋을까?'

그러던 차에 급보가 들어왔다.

"맹주! 장강에서 소식이 들어왔습니다!"

비밀리에 동시 진행된 일들 중 하나가 바로 장강수로십팔채 급습 작전이었다. 혈교가 장강 이남권을 수복하는 것을 막기 위한 중장기적인 대책으로, 이것의 성패 여부에 따라 앞으로 많은 것들이 달라질 수 있었다.

"어찌 되었나?"

그 물음에 무사가 장강에서 있었던 소식의 결과부터 전달했다.

"작전이 실패로 돌아갔습니다."

결과는 누구도 예측하지 못한 방향이었다.

"이런!"

백향묵이 난감함을 금치 못했다. 이렇게 되면 총군사 방덕현이 복귀한 후 구상한 작전들이 전부 실패한 셈이었다. 한데 방덕현은 조금도 당혹스러워 보이지 않았다.

'…어째서 조금도 감정의 동요가 없는 거지?'

백향묵은 의구심이 들었다. 그러나 내색하지 않았다. 찰나에 자신과 눈이 마주쳤는데도 방덕현은 아무렇지 않게 침착한 어조로 물었다.

"실패 요인은?"

"도중에 정체 모를 집단의 습격이 있었습니다."

"정체 모를 집단?"

"네, 개방에서 보내온 정보에 따르면 금안의 눈을 가진 자와 관련 있는 것 같다고 합니다."

"금안!"

무림연맹의 수뇌부들만 아는 정보 중 하나가 바로 금안이었다. 여러 전도유망한 고수들을 습격했던 괴한이 아니던가. 그런데 처음으로 방덕현의 눈동자가 떨리는 것이 백향묵의 눈에 띄었다.

'이제야 놀란 건가?'

금안이라는 말이 나오고 나서 반응을 보였다. 감정적으로 동요한 기색을 보이던 총군사 방덕현이 입을 열었다.

"그렇다면 습격당한 배는 어찌 되었는가?"

방덕현은 금안보다도 습격당한 배를 더 궁금해하고 있었다.

"배는 무사합니다."

그 말에 방덕현의 미간에 주름이 잡혔다. 배가 무사하다면 기뻐해야 할 텐데 오히려 인상을 쓰는 모습에 맹주 백향묵은 눈을 가늘게 뜨고서 시선을 떼지 못했다. 무사가 계속해서 그곳에서 있었던 일을 보고했다.

"더욱 놀라운 소식은 습격한 무리에 오대 악인 귀살권마 장문량도 포함되어 있었다고 합니다."

오대 악인 중 한 사람의 이름이 거론되자 백향묵의 관심이 다시 급보로 향했다. 백향묵이 반문하며 물었다.

"귀살권마가? 한데 배가 무사하다고? 하면 낭왕이 그를 물리친 건가?"

"아닙니다."

"아니라니?"

"귀살권마를 물리친 것은 남천검객의 제자 소운휘입니다."

"소운휘?"

소운휘라는 이름을 모를 리가 있겠나. 자신의 공동 제자인 이정겸과 더불어 무림연맹의 새로운 신성으로 밀려고 하는 자였다. 제삼 군사 백위향이 이해할 수 없다는 듯이 물었다.

"아니, 아무리 이신성이라 불린다고 해도 귀살권마라면 벽을 넘어선 괴물이 아닌가. 그런 자를 소운휘라는 후기지수 따위가 무슨 수로 상대한다는 건가?"

"…그건 노부도 이해하기 힘들군."

총군사 방덕현도 인상을 찌푸리면서 되물었다. 이에 무사가 보고했다.

"저도 참 이게 믿기지 않아서…."

"무슨 소리인가? 믿기지 않다니, 무슨 일이기에 그러나?"

"남천검객의 제자 소운휘가 어검비행과 이기어검술을 펼치며 습격한 자들과 귀살권마 장문량을 물리쳤다고 합니다."

"뭣?"

제삼군사 백위향이 어처구니없어했다. 어검비행이나 이기어검술이라면 무림인들, 아니 검수들에게 꿈이라고 불리는 경지가 아닌가.

그것을 고작 이십 대 초반에 불과한 소운휘가 펼쳤다는데, 쉽게 믿어지지 않았다.

"아니, 그게 무슨 얼토당토않은 소리야?"

"배에 타고 있던 선원들과 표사들, 종남파의 무사들까지 전부 봤다고 합니다."

"그런 말도 안 되는 일이 어찌…."

맹주인 백향묵의 반응도 그와 다를 바가 없었다.

'고작 반년도 채 지나지 않았다. 한데 그 아이가 벽을 넘어섰다고?'

백향묵은 성 밖의 대장간에서 소운휘의 무위를 직접 시험한 적이 있었다. 그때도 여느 후기지수들과는 비견하기 힘든 무위를 지니고 있었다. 하나 그렇다고 해도 자신의 제자인 이정겸에 비하면 부족하다고 여겼었다. 그런데 고작 이 짧은 기간에 벽을 넘어섰다는 것은 상식적으로 있을 수 없는 일이었다.

'…정겸이를 능가하는 천부적인 무재를 지녔다는 건가?'

성장이 빨라도 너무 빨랐다. 열두 초인들 중 괴물이라 불렸던 살흉 절심도 이렇게 빠르진 않았다. 정파로서는 기쁜 일일지 모르나 한편으로는 이 무서울 정도의 천재성에 두려움마저 느껴질 정도였다.

"저… 한데 아직 끝이 아닙니다."

"끝이 아니라니?"

"저희 쪽에서 위장시킨 배가 아닌 진짜 표물선이 수로채에 습격당했던 것 같습니다."

"수로채?"

이렇게 맞지 않을 수가 있나. 정작 작전을 수행할 배는 엉뚱한 적에게 습격당하고, 도리어 표물선이 수로채의 습격을 당해버렸다.

"한데 그곳에 혈마가 나타났던 것 같습니다."

"역시 움직였군."

이것은 어느 정도 예상했던 바였다. 물론 짐작한 것과 다르게 우두머리인 그가 홀로 직접 움직일 줄은 몰랐다. 제삼군사 백위향이 난감하다는 목소리로 말했다.

"최악의 상황이 되었습니다, 맹주. 이렇게 되면 작전이 실패한 것도 모자라 혈마와 수로채가 접촉까지 해버린 사태가…."

"저기… 꼭 그런 것 같지만도 않습니다."

중간에 급보를 전하던 무사가 끼어들었다. 백위향이 의아해하며 물었다.

"그게 무슨 소리지?"

"혈마가 오히려 수적들로부터 표물선을 보호해줬다고 합니다."

"이건 또 대체 무슨 소리야?"

혈마와 장강수로십팔채는 같은 사파였다. 혈교의 입장에서는 분명 사파 통합을 위해 그들에게 우호적으로 나올 거라 여겼다. 그런데 혈마가 표물선을 보호했다는 보고는 황당하기 그지없었다.

'대체 뭐지?'

맹주 백향묵은 이를 이해하기 힘들었다. 그가 알고 있던 혈교의 행보와는 완전히 달랐다. 관에 우호적인 태도를 취하지 않나, 위기에 봉착했던 연맹의 사람들을 구해주지 않나. 이제는 심지어 표물선마저 수적들로부터 구해줬다고 한다.

'무슨 수작인 것이냐, 당대 혈마여.'

계속 이런 일이 벌어진다면 자신들 명분이 약해질 것이다. 악을 향해 정의를 행해야 하는데, 당대 혈마의 행보가 점점 그들의 명분을 쇠약하게 만들고 있었다.

'설마 정말로 그걸 노리는 것이냐?'

만약 그런 것이라면 이는 가볍게 넘길 일이 아니었다. 지금까지 혈교는 피로 세상을 씻는다는 등 만인의 공적으로서의 역할에 충실했다. 조금이라도 마찰이 생기면 무력으로만 해결하려고 하지 않았던가.

'다르다. 너무 달라.'

맹주 백향묵은 처음으로 혈교에 큰 경각심이 생겼다. 어쩌면 당금의 혈교는 지금까지 자신들 정파에서 경험하지 못했던 최악의 적이 될지도 모른다는 생각이 들었다.

"한데 다행스러운 일이 있습니다."

"다행?"

"그 혈마마저도 어검비행으로 날아온 소운휘가 패퇴시켰다고 합니다."

'…!!'

그 말에 모두가 어안이 벙벙했다. 사대 악인인 귀살권마를 물리쳤다는 것도 믿기지 않는 판국에 혈마까지 패퇴시켰다니 이건 대체 무슨 소리인가.

"이 역시도 표물선에 있던 표사들이 모두 직접 보았다고 합니다."

"대체 이게 무슨…"

급보라 해서 들었는데 유독 한 사람의 활약상만 듣는 기분이었다. 제삼군사 백위향은 더는 할 말이 없는지, 연신 기가 찬다는 듯이 콧방귀만 뀌었다. 전형적으로 시기가 많은 인물이었다.

맹주 백향묵은 혀를 내두르며 중얼거렸다.

"이미 신성의 영역을 넘어섰군."

"그렇지 않아도 세간에서는 죽은 무천검제를 대신하여 그를 이신성이 아닌 팔대 고수의 일인이라고 부른다고 합니다."

"하, 팔대 고수? 고작 이십 대 초반의 애송이를 말인가?"

제삼군사 백위향이 황당하다는 듯이 되물었다. 쉽게 납득이 가지 않는 모양이었다.

'애송이라…'

그런 반응에 맹주 백향묵은 내심 코웃음이 나왔다.

"낭왕 혁천만까지 그의 실력을 인정했고, 이미 그 활약상은 신성이라 칭할 수 있는 수준이 아닙니다."

부정하기에는 그 위명이 너무 높아졌다. 이미 후기지수가 아니라 무림의 수위권에 드는 절세고수라 봐도 무방했다. 맹주 백향묵이 보고하는 무사에게 말했다.

"그 정도면 제대로 된 별호도 생겼겠군."

"그렇지 않아도 소남천검, 어검대협 등 여러 별호로 불립니다만, 많은 사람들이 그를 두고 검선의 재래라 하여 소검선(小劍仙)이라 부르고 있습니다."

소검선이라는 말에 백향묵의 눈에 이채가 띠었다.

"과연… 그렇군."

이해가 갔다. 여태껏 무림사에 있어서 검으로 검선보다 위명이 높은 자가 있을까? 어검비행과 이기어검술을 펼치며 적을 물리쳤다는 소운휘의 활약을 들어보면 자연스럽게 검선이 떠올려졌다. 이런 그와 달리 총군사 방덕현의 눈빛은 기묘하기 짝이 없었다.

***

어둡고 우거진 한 숲. 따닥거리며 불씨가 튀어 오르는 모닥불 앞에 앉아서 명상을 취하듯이 눈을 감고 있는 한 사내가 있었다. 그런 사내의 맞은편으로 한 검은 인영이 나타났다. 복면을 쓴 정체 모를 자의 등장에도 사내는 미동 없이 눈을 뜨지 않았다.

"존주께 보고드립니다. 뇌주(腦主)에게서 전서구가 날아왔습니다."

사내가 눈을 감은 상태로 입을 열었다.

"말하라."

"그자의 후예로 짐작되는 자가 나타났다고 합니다."

그 말이 떨어지기가 무섭게 감고 있던 눈이 부릅떠졌다. 모닥불의 불꽃에 한쪽 눈동자의 동공이 황금빛으로 일렁였다. 그런 그의 모습에 복면인이 다급히 고개를 숙였다.

한쪽 눈동자가 금안인 사내가 말했다.

"서둘러야겠군."

"나머지 세 자루도 어서 회수하도록… 헉!"

말이 미처 끝나기도 전에 복면인의 몸이 허공으로 떠올랐다. 경이로울 정도의 내공이었다. 꼭두각시라도 된 듯 몸을 꼼짝할 수 없게 된 복면인의 눈동자가 떨려왔다. 그런 그에게 금안의 사내가 말했다.

"어느 세월에?"

"사, 살흉의 흔적을 찾았습니다. 곧 좋은 소식…"

"나머지 검들을 전부 찾는 것보다 도망간 그놈의 입을 열게 하는 게 빠르겠군."

"도망간…?!"

160

금안의 사내가 손을 휙 휘젓자 복면인의 몸이 밑으로 떨어졌다.

재빨리 일어나 한쪽 무릎을 꿇는 그에게 금안의 사내가 명했다.

"군방을 찾아라."

소검선

　장강에서 벌어졌던 여러 사건 후 닷새가량이 지났다. 그사이 나는 혼자서 혈마가 되어 장강수로십팔채의 근거지로 갔다. 정확하게는 총채주의 수로채에 갔다고 하는 편이 옳을 것이다.

　수로채의 배들은 장강 전역으로 흩어져 각자의 구역에서 활동하는데, 이번에 집결했던 배들은 절반에 불과했다고 한다. 총채주가 머무는 수로채는 놀랍게도 감리현 부근에 있었다. 무림연맹의 성이 있는 무한시와 그리 멀지 않은 곳이다.

　그들과 향후의 일을 의논하고 금안의 조직에 관해서도 의견을 나누기 위해 방문하는 동안 조성원은 전 방주인 홍구가의 장례를 치르고 정식으로 개방의 방주로 취임식을 치르기 위해 하북성으로 향했다. 녀석이 빨리 개방을 장악하는 것이 내게도 이득이었다. 나머지 사마영과 송좌백, 송우현 등은 홍호현에서 만나기로 했다.

　―그 녀석도 지금쯤이면 깨어났겠지?

　아마 그렇지 않을까?

소담검이 물은 그 녀석은 귀살권마 장문량이었다. 송좌백에게 모든 내공을 전수한 후로 녀석은 가사 상태에 빠진 것처럼 옅은 호흡만 내뱉고는 깨어나질 않았다.

―속은 괜찮아?

따뜻한 국물 같은 게 먹고 싶다. 닷새 내내 수적들이랑 술판을 벌인 덕분에 속이 허했다. 두통 등의 숙취야 내공으로 어찌할 수 있다지만 이 허함만큼은 어쩔 수가 없었다.

―뭍이다!

드디어 포구에 도착했다. 사람들이 북적거리는 것이 보였다. 홍호현 같은 경우 장강에서 멀지 않은 곳에 꽤 커다란 호수가 있다. 그래서인지 인근에 많은 사람들이 밀집해 있다.

―근데 얘네도 참 대단하다. 아니면 낯짝이 두꺼운 건가?

왜? 상단의 배를 운영하는 게?

하긴 나 역시도 수로채에서 상단 배를 운영하고 있다는 말에 꽤 놀랐다. 이들은 그저 수적질만 하는 것이 아니었다. 평소에는 상단이나 뱃사람으로 활동하며 자신들의 신분을 숨겨왔다. 나름의 살아가는 수단을 갖추고 있었다.

―오래 살아남는 비결이 있었네.

어찌 되었든 내가 타고 온 이 배는 표면적으로 대산상단의 것으로 되어 있었다. 돛도 수적들의 상징인 검은색이 아니라 평범한 흰색이었다. 그렇기에 이리 아무렇지 않게 포구로 오게 된 것이다.

―야, 운휘야. 저기 쭈그리고 앉아 있는 거 사마영 아냐?

어디?

―저기 누런 차양막이 있는 쪽을 봐.

소담검의 말대로 한 노점상 끄트머리에 쭈그리고 앉아서 강가 쪽을 바라보며 꾸벅꾸벅 졸고 있는 모습이 보였다. 아무것도 하지 않고 계속 기다리느라 지루했던 모양이다.

'귀엽네.'

─별게 다 귀엽다.

'너야말로 별것도 아닌 거 가지고 따지고 들지 마.'

─나 참.

녀석과 아웅다웅하는 사이에 배가 포구에 정박했다. 상단 사람들로 분장한 수적들이 내게 인사하며 다음을 기약했다. 그들과 헤어진 나는 이목이 없는 곳으로 가서 인피면구를 벗고 옷을 갈아입은 후에 사마영에게 몰래 다가갔다.

─뭐 하려고?

놀래줄까 해서.

그녀의 뒤로 다가간 나는 꾸벅꾸벅 졸고 있는 어깨 오른쪽에 조심스럽게 검지만 펴서 올렸다. 당연히 고개를 돌리겠지 싶었는데, 어깨에 손을 올리는 순간 사마영이 앞으로 몸을 구르며 내게 발차기를 날렸다. 팍! 이를 다급히 잡아냈다.

"엇? 공자님?"

'…실수했네.'

그래. 무공을 익힌 사람을 놀라게 하면 이게 당연한 결과지. 잡았던 발을 놓자 그녀가 좋다고 활짝 웃으며 내게 포옹하려 했다.

"흠흠."

헛기침 소리에 주변을 인지했는지 그녀가 안으려던 것을 멈췄다. 나야 알고 있지만 인피면구를 쓰고 내게 안기면 주위 사람들이 어

164

찌 보겠는가. 사마영이 배시시 웃으며 내게 말했다.

"이야기가 잘 되었나요?"

"그럭저럭요."

"대답하는 것도 그렇고 표정이 썩 좋아 보이진 않는데요?"

그녀도 이제 나에 대해 꽤 많이 알게 된 것 같다. 대답하는 어투
나 표정만으로 이를 짐작하는 것을 보면 말이다. 사실 근래 들어 닷
새 동안 수로채의 수적들을 겪으면서 한 가지 확신한 것이 있다.

─상종할 놈들이 아니지.

그래. 확실히 근간이 좀 다르다.

혈교와 마찬가지로 사파라고 하나 이들은 뿌리가 도적들이다. 기
본적으로 신뢰성이 굉장히 떨어졌다. 말이 좀 더 앞서는 경향이 있
는데, 장강삼객 형제들도 그들과 크게 다를 바가 없었다. 나는 속삭
이듯이 그녀에게 말했다.

"불리해지면 언제든 뒤통수를 칠 놈들입니다."

"어느 정도 예상했잖아요."

"그렇긴 하지요."

"괜히 수적들이 아니잖아요. 서로 원하는 것만 얻으면 됐죠."

그녀의 말에 나는 피식 웃었다. 그 말이 정답이었다. 어차피 그들
에게 바라는 것은 하나였다. 장강을 건너서 남하하려 하는 무림연
맹의 발목을 잡아주는 것이다. 그리고 명목상이라 해도 그들이 본
교의 산하 전력으로만 있어줘도 허장성세의 패로 활용할 수 있다.

'그보다 이 패가 더 쓸모 있을까?'

품속에는 낭왕 혁천만이 준 각패가 있었다. 십여 년 만에 처음으
로 임무에 실패했다고 한 그는 약조받은 의뢰비의 절반마저도 반납

하고 고향인 산서성으로 돌아간다고 하였다. 내게 이 각패를 주고
서 필요할 때 찾으라는 말과 함께.

—다시 만날 때는 진짜로 어검비행을 하게 되는 거 아냐?

그럴지도. 내게 호언장담을 하고 갔다. 다음에 볼 때는 내가 보였
던 것 이상의 검의 경지를 보여주겠다고 말이다. 천부적인 재능을
지녔으니 모를 일이었다.

"좌백이랑 우현이는요?"

"청문 객잔이란 곳에서 기다리고 있어요. 아, 맞다."

사마영이 전음으로 바꾸었다.

[장문량이 어제 깨어났어요.]

[깨어났다고요? 정신은 멀쩡해졌나요?]

어차피 내공을 전부 송좌백에게 넘겼기에 머리에 박혀 있던 부
러진 날붙이도 뽑았다. 날붙이 때문에 어린아이처럼 굴었으니 다시
원상태로 돌아왔을지도 모른다.

[정신은 멀쩡해진 것 같아요.]

그럼 잘됐다. 녀석을 심문하고 싶었던 차였다. 계속해서 금안의
조직과 엮이는 것이 뭔가 심상치가 않았다. 이제는 대놓고 나를 노
렸기에 나름의 방비가 필요했다.

[한데 상태가 조금 이상해요.]

[이상하다고?]

[깨어나서 막 혼자 대성통곡을 하더니 객잔의 기물들을 전부 부
수려고 해서 일단 점혈로 다시 기절시켰어요.]

응? 왜 대성통곡을 한 거지?

—너 무림인한테 단전은 생명이라며?

아아… 평생을 쌓았던 내공을 전부 잃어서 그런 건가. 그렇다면 충분히 이해는 갔다. 어쨌거나 소란을 피우지 못하도록 제압한 것은 잘한 행동이었다.

[잘했어요.]

[헷. 공자님, 장강수로십팔채의 일도 마무리되었으니까 본교로 돌아가실 거예요?]

[그 전에 들를 데가 있어요.]

[어디를요?]

이걸 뭐라고 해야 하나. 그냥 있는 그대로 이야기해야 할까?

[확인해볼 게 있습니다.]

[그게 뭔데요?]

[무덤 안에 좀 들어가 봐야 할 것 같아요.]

[…?!]

사마영은 도통 이해가 안 된다는 표정을 지었다. 당연히 그럴 것이다. 보통 무덤이라고 하면 사람의 관을 묻고 작게 풀 언덕을 쌓는다. 그런데 왕의 무덤은 그 규모가 차원을 달리한다. 당시 대국이었던 초나라 평왕 역시도 무려 수백 평에 이르는 규모의 작은 산과 같은 능(陵)을 만들었다고 들었다. 다만 걸리는 것이 하나 있었다.

―그게 뭔데?

명장 구야자가 만든 다섯 요검의 암호가 가리키는 곳이 평왕의 무덤임은 틀림없다. 한데 망국의 왕의 무덤은 사실상 다른 누군가에 의해 파헤쳐질 확률이 지극히 높다. 왜냐하면 그 안에 생전 왕에게 귀속된 보물 등이 묻혔기 때문이다.

―시간 낭비하는 꼴이 되는 거 아냐?

그거야 가봐야 알겠지.

이렇게 용의주도하게 검면에 문양을 새겨서 뭔가를 숨겼다면 쉽게 들통나지 않게 조치를 취해놨을 것이다. 아무튼 요검과 구야자에 대해 설명하기가 애매하니 일단 대충 둘러대야겠다.

"가보면 알게 될 거예요. 일단 객잔으로 가죠. 안 그래도 닷새 동안 내내 술만 마셨더니 속이 허하네요."

"닷새 동안이요? 속 다 버리겠어요. 안 그래도 저희가 잡은 객잔에서 국수 육수를 돼지 뼈랑 닭 뼈로 우리거든요. 한 그릇 드시고 나면 속이 편해질 거예요."

그것참 구미가 당긴다. 이동하려는데 사마영이 아차, 하며 말했다.

"하마터면 깜빡할 뻔했네요."

"네?"

"공자님 누이동생분이랑 만났어요."

"영영이를요?"

무림연맹이나 형산파에 있을 거라고 생각했었다. 그런데 이 마을에 있다고?

"네. 무림연맹의 무슨 당이라고 하던데, 아, 봉황당의 당원으로 임무를 마치고 복귀 중이라고 했는데 공자님을 기다리고 있다니까 저희가 머무는 객잔 근처에 있는 다른 객잔에 있겠다고 하던데요."

"걔가요?"

나를 기다린다고 여기서 머물렀다고?

아무리 관계가 회복되었다고 해도 그 정도로 친화력 있는 애는 아닌데.

"벌써 이틀째 머물고 있는걸요. 중간중간 저희 객실로 불쑥 찾아와서 얼마나 놀랐는데요."

장문량을 구금해놓고 있으니 놀랄 만도 하다. 나는 사마영을 빤히 쳐다보았다. 아무래도 나 때문에 그러는 게 아닌 것 같은데. 이참에 그 아이의 환상을 깨기는 그렇지만, 더 깊이 빠져들기 전에 사마영이 여자라는 사실을 이야기해두는 게 좋을 것 같다.

* * *

홍호현 동쪽 포목점 거리 뒤편에 있는 용명 객잔. 그곳에서 세 명의 여인들이 차를 마시며 왁자지껄 담소를 나누고 있었다. 세 여인 모두가 하나같이 병장기를 소지한 것을 보면 누가 봐도 무가나 무림인이라는 것을 알 수 있었다. 그중 살짝 처진 눈매에 두꺼운 입술의 여인이 두 손을 뺨에 포개며 말했다.

"언니, 언니, 대체 오라버니분은 언제 오시는 거예요?"

그녀의 이름은 언영인. 하북성의 명가라 불리는 진주 언가의 차녀이자, 무림연맹에서 새롭게 창설한 봉황당의 당원이다. 그녀가 수줍은 듯이 말을 거는 대상은 귀여운 이목구비에 도복을 입은 소영영이었다.

소영영이 손사래를 치면서 말했다.

"나도 몰라. 얼마나 바쁜지 코빼기도 보기 힘든걸."

"어머, 영 매는 그런 대단한 오라버니를 두고서 여태껏 자랑 한 번 안 했던 거야?"

백색과 청색이 어우러진 옷을 입은 단아한 미녀. 그녀는 남궁 세가의 장녀인 남궁가희이다. 정파 무림의 삼봉 중 백도화(白桃華)라 불리는 그녀는 뛰어난 검술 실력으로 봉황당의 당주를 역임하고 있었다.

"아이참 언니도."

소영영이 부끄럽다는 듯이 계속 손사래를 쳤다. 사실 이런 태도를 보이면서도 지금 그녀는 어깨가 으쓱한 상황이었다. 무림연맹의 임무를 마치고 복귀하는 과정에 그녀는 이 마을에 들르게 되었고 놀라운 소식을 접했다. 그것은 오라버니인 소운휘에 관한 소식이었다.

'오라버니가 오대 악인인 귀살권마를 물리쳤다니?'

그녀도 이 소식을 처음 듣고는 쉽게 믿을 수가 없었다. 익양 소가에서 보았을 때를 기억했다. 그때 소운휘는 단전이 파훼됐던 과거가 무색할 만큼 뛰어난 무위를 보였었다. 그러나 그것은 어디까지나 후기지수의 영역에서였다. 사백인 형산일검 조청운과 잠시 겨뤘을 때 그에게조차 밀렸던 오라버니가 무림의 최고수 중 한 사람을 꺾었다는 게 믿기지 않았다.

'진짜 오라버니가 맞아?'

모든 게 현실처럼 느껴지지 않았다. 하지만 유일한 혈육이 이렇게 위명을 떨치니 내심 가슴이 뿌듯했다.

"너 은근히 즐기는 것 같다."

남궁가희가 게슴츠레 쳐다보며 하는 말에 소영영이 손사래를 치며 말했다.

"아이, 아니래도요."

"뭐가 아니야. 나라도 오대 악인 두 사람을 물리친 영웅이 내 오라버니라면 어깨가 으쓱하다 못해서 뼈가 위로 탈골될걸. 이렇게!"

그녀가 자신의 양쪽 어깨 부위의 옷을 위로 들어 올렸다.

"깔깔깔. 언니는 탈골이 뭐예요, 탈골이."

그녀의 농담에 언영인이 자지러져라 웃어댔다. 남궁가희는 명문 오대 세가의 여식임에도 털털한 성격에 입 재담으로 남녀노소 누구에게나 인기가 좋았다.

"저 놀리시는 거죠?"

"그걸 이제 아셨어요? 호호호호."

그렇게 세 사람이 즐겁게 떠들고 있을 때였다. 그들이 있는 탁자로 한 무리의 사내들이 다가왔다. 자연스럽게 시선이 그들에게 갈 수밖에 없었다.

"즐거우신 와중에 송구합니다."

짙은 눈썹에 비단옷을 입은 한 청년이 말했다. 허리에 차고 있는 옥을 박아 넣은 도집만 봐도 무가의 사람임을 알 수 있었다. 언영인이 대표로 입을 열었다.

"무슨 일이시죠?"

언영인을 쳐다보며 살짝 인상을 찡그린 청년이 남궁가희와 소영영을 번갈아 쳐다보더니 포권을 취하며 말했다.

"지나가는 길에 여기 아름다운 소저분들이 있다고 하여 이렇게 실례를 무릅쓰고 찾아뵙게 되었습니다."

그의 말에 남궁가희가 옅은 한숨을 내쉬었다. 아름다운 외모를 가진 그녀는 이런 일을 늘 겪어왔기에 익숙했다.

"누구신지 모르겠지만 저희는 얼마 있지 않아 이 마을을 떠날 거니까 가시던 길을 계속 가시면 될 것 같네요."

그녀의 말에 청년이 씨익 웃으며 말했다.

"그거 잘됐군요. 저희도 이곳 사람들이 아닙니다. 이런 만남도 인연인데, 저희들과 같이 식사라도 하시며 이야기하는 것이 어떻겠습니까?"

그런 청년의 말에 소영영이 딱 잘라서 답했다.

"사양할게요."

그러자 뒤에 있던 청년들 중 한 명이 나서며 말했다.

"그렇게 차갑게 거절하지 마시고 같이 식사라도 하시죠. 소생은 감숙성 배도산장에서 온 배현각이라고 합니다. 이 친구는 현무정문의 소문주인 신길립입니다."

'현무정문?'

현무정문이라는 말에 언영인의 눈에 이채가 띠었다. 그곳은 감숙성 북부에서 최고 명문가라 불리는 무가였다. 현무정문의 문주 신길황은 공동파의 장문인인 정양 진인과 맞먹는 고수라고 명성이 자자했다. 이들 무리는 나름 명문 무가 출신들인 것이다. 그렇기에 자신감을 보이며 그녀들에게 접근한 것이기도 했다.

'흠?'

평소라면 이렇게 자신들의 신분을 밝히면 무가의 여성들이 관심을 보였으나, 이 여자들의 반응은 생각보다 시큰둥했다.

'명문가의 자제들인가?'

그렇지 않고는 이런 반응이 나올 리가 없었다. 이에 신길립이 다시 나서서 말했다.

"혹시 우리 소저분들의 이름을 여쭤봐도 괜찮겠습니까?"

소영영이 자리에서 일어나 정중히 포권을 취하며 말했다.

"죄송합니다. 저희는 무림연맹 봉황당의 무인들로 임무 때문에 이름을 밝히기가 어렵습니다. 그냥 저희끼리 조용히 있다가 가고 싶군요."

적절한 대처였다. 상대가 기분 나쁘지 않게 잘 둘러댔다. 무림연
맹까지 이야기했으니 더는 치근덕거리지 않을 거라 여겼다. 하나 예
상 밖이었다.

"이야, 그럼 더 잘됐군요. 안 그래도 저희도 무림연맹에서 새로운
당을 창설한다고 해서 가던 참입니다. 저희와 동행하면 되겠군요."

아뿔싸. 이들의 목적지도 무림연맹이었다. 이것은 예상치 못했기
에 소영영이 난처하다는 듯이 남궁가희를 쳐다보았다. 그녀 역시도
이들이 이렇게 끈질기게 치근덕거릴 줄은 몰랐다. 봉황당까지 거론
해도 달라붙을 정도라면 자신들의 신분을 밝혀도 마찬가지일 듯했
다. 그러다 남궁가희가 좋은 생각을 떠올렸다.

"저희가 계속 정중히 거절하는데도 계속 이러시면 이 소저의 오
라버니분께서 많이 언짢아하실 겁니다."

그 말에 신길립이 의아한 표정을 지었다. 그러고는 물었다.

"오라버니분이 누구시길래 언짢아하신다는 겁니까?"

"요즘 최고로 위명이 높으신 분이죠. 소검선이라고 들어보셨는지
모르겠네요."

남궁가희의 말에 객잔 안이 술렁거렸다. 그녀들끼리 대화할 때는
웃을 때나 농담할 때만 큰 소리로 말했기에 아무도 듣지 못했지만,
지금은 시선이 집중된 상황이었다. 그런 와중에 소검선이라는 말이
나오자 놀란 이들이 꽤나 많았다.

[언니!]

[뭐 어때? 이럴 때 오라버니 위명도 빌리고 하는 거지.]

전음으로 들어오는 소영영의 타박에 남궁가희가 빙그레 웃으며

말했다. 사실 이렇게까지 이야기하면 한발 물러설 거라 여겼다. 그런데 예상을 벗어난 반응이 나왔다.

"아아, 소저의 오라버니께서 그 유명하신 소검선 소운휘 대협이시군요. 이렇게 유명하신 분의 누이동생을 뵙게 되다니 영광입니다."

신길립의 목소리에는 장난기가 섞여 있었다. 그의 일행들도 피식거리며 웃고 있는데, 마치 비웃음 같았다. 소영영이 기분 나빴는지 물었다.

"지금 그 웃음은 뭐죠?"

"아니, 아닙니다. 기분 나쁘셨다면 사죄드리겠습니다. 무림에는 워낙 과장된 소문이 많아서 저도 모르게 웃음이 나왔군요."

"…과장된 소문?"

"뭐 그렇지 않습니까? 고작 이십 대 초반에 불과한 친구가 어검비행에 이기어검술이라니? 그게 말이 된다고 생각하시는지?"

신길립이 키득거리며 웃음을 주체하지 못했다. 그는 이 소문이 허황된 것이라고 확신하는 모양이었다. 그의 동료들 또한 마찬가지였다. 그렇게 웃어대던 신길립이 다시 정중함을 갖춰서 말했다.

"죄송합니다, 소저. 농담은 여기까지 하죠. 서로의 가문이나 혈육이 뭐가 중요합니까? 아… 많이 언짢으신 모양이군요. 하면 저희가 그 대가로 저녁 식사를 대접하는 게 어떻겠습니까?"

"바쁘시면 저희가 연맹까지 호위라도 해드리겠습니다."

끝까지 치근덕댔다. 이들의 태도에 결국 남궁가희가 자신의 신분을 밝히고 적당히 하라고 말하려 했다. 그때 소영영이 그녀를 붙잡았다. 그리고 신길립과 그의 일행들을 쳐다보며 말했다.

"허황된 소문 같다니, 오라버니한테 직접 얘기하시죠."

"직접?"

이들은 소영영이 쳐다보는 곳으로 고개를 돌렸다. 그들 뒤에 목갑을 등에 지고 있는 훤칠한 청년이 서 있었다. 그는 바로 진운휘였다. 뭔가 범상치 않은 모습에 신길립이 자신도 모르게 당혹스러워하며 말했다.

"당신이 이신성 소운⋯."

그의 말을 끊고서 진운휘가 싸늘한 목소리로 말했다.

"지금 내 누이동생에게 치근덕대는 거요?"

"뭔가 오해가 있으신 것 같은데, 나는 현무정문의 신길립이라고 합⋯."

"됐고 셋 셀 동안 조용히 가면 그냥 넘어가겠소."

그런 진운휘의 경고에 신길립은 기가 찼다. 그의 동료들도 마찬가지였다. 그 유명한 당사자가 갑자기 나타나서 당혹스럽긴 했으나, 자신들더러 축객령을 내리는 것이 불쾌하기 짝이 없었다.

그런 그들에게 진운휘가 먼저 입을 열었다.

"셋."

"이보시오, 소 형. 지금 우리를 마치 여자나 밝히는 파락호⋯."

"둘."

"이 사람이 정말⋯."

그의 말이 미처 끝나기도 전이었다. 진운휘가 손가락을 들어서 그의 이마로 가볍게 튕겼다. 딱!

"억!"

그와 동시에 신길립이 단말마의 비명과 함께 그 자리에서 눈을 뒤집으며 쓰러졌다. 그 광경에 모두가 입을 다물지 못했다. 호북성 최고의 후기지수가 고작 손가락을 한 번 튕기는 것으로 기절했으니 말이다. 남궁가희가 전음으로 소영영에게 호들갑스럽게 말했다.

[영 매, 네 오라버니 너무 멋진데?]

소영영은 입술을 실룩거리며 입꼬리가 올라가려는 것을 억지로 참았다.

별것도 아닌 녀석이 남의 누이동생에게 치근덕거려? 새삼 혈육의 일이 되니까 나도 모르게 흥분해버렸다. 정파의 소운휘로서는 늘 말로써 먼저 해결을 했는데, 화가 나서 본의 아니게 손이 먼저 나갔다.

─잘했구먼, 뭘. 이 정도는 해줘야 안 까불지.

꽤 힘 조절을 했는데 기절했다. 확실히 강해진 것 같다.

나는 기절한 신길럽이라는 녀석의 일행들을 쳐다보았다. 경악한 듯이 입을 벌리고 있는데, 이내 정신을 차린 녀석들 중 한 명이 내게 말했다.

"이, 이게 무슨 짓이오? 명색이 이신성이라 불리는 자가 다짜고짜 같은 정파의, 아니 그것도 명문가의 후계자를 이리…."

"요새는 개들이 많이 짖어대네요. 자기들이 한 짓은 생각도 않고."

놈들의 말을 끊고 뒤에서 누군가 나타났다. 그녀는 바로 사마영이었다. 그녀를 보자마자 영영이가 얼굴을 붉혔다.

"공자님."

아… 머리가 아파온다. 내가 나타났을 때도 그런 반응을 보여주지 그랬니.

"뭐야, 이놈!"

"기생오라비 같은 놈이 지금 누구더러 감히 개라고!"

말 한마디로 자신들을 개 취급한 사마영에게 화가 났는지 이들의 반 이상이 허리춤에 있는 병장기의 손잡이로 손이 갔다. 이에 나는 슬며시 기운을 드러냈다.

"분명히 경고했소. 그리고 그 경고는 이자에게만 속하는 것이 아니오."

그러자 그들의 얼굴이 하나같이 창백해졌다. 누이동생에게 치근덕댔으니 하나같이 대가를 치르게 해주고 싶었으나, 그리된다면 이들 가문과 귀찮게 엮이겠지. 어느 정도 역량을 파악했을 텐데 눈알을 굴리는 게 보였다.

―도망가질 않네.

정파의 명문가 자제들은 이래서 피곤했다. 사파나 어지간한 무림인들은 상대가 강하다 싶으면 물러날 줄 아는데, 이들은 자존심과 명예 때문에 쉽게 물러나지 않는다. 지금도 주변의 눈치를 보는 게 그런 이유에서일 것이다. 그럼 계기를 만들어줘야 할 것 같다.

―내가 할게.

소담검이 키득거리고는 검집에서 빠져나왔다.

'…!!'

그 광경에 이들의 눈이 휘둥그레졌다. 소담검이 위협하듯이 녀석들의 주변을 빙글빙글 돌자 겁을 먹은 기색이 역력했다. 옥형의 능력은 정말 위압감을 주기에 딱 좋았다. 한데 이 덕분에 주변이 술렁거렸다.

"다, 단검이 날고 있어."

"소문이 사실이었어.

"이기어검이다! 이기어검이야!"

"소검선!"

그들의 외침 소리에 밖에서도 웅성거리는 소리들이 들려왔다. 사람들이 더 몰려들고 있었다.

"큭."

"가, 가자."

이에 자신들의 자존심 때문에 억지로 발을 붙이던 이들이 서둘러 기절한 신길립이라는 자를 데리고 얼굴을 가리며 객잔을 빠져나갔다. 쪽팔리는 줄은 아나 보다. 나는 영영이에게 웃으며 다가갔다.

"영영아, 오랜…."

그때 영영이와 같이 있던 두 여자 중 한 사람이 내게 쪼르르 달려왔다. 그러고는 호들갑스럽게 말했다.

"어머머머, 소검선 대협이시죠. 너무 멋지세요. 뵙게 되어서 너무 영광이에요. 언니한테 이렇게 멋진 오라버니가 있는 줄 알았다면…."

─무슨 말이 이렇게 빨라.

그리고 많다. 이 여자의 얼굴을 기억한다. 회귀 전에 봉황당의 일원인 진주 언가의 언영인이라고 했던가. 그때는 이렇게 수다쟁이인 줄은 몰랐다. 애초에 그때의 나는 무림연맹의 후기지수들에게 사람 취급조차 받지 못했으니까 그녀에 대해서 잘 알 리도 만무했지만 말이다.

"소검선?"

그런데 소검선은 대체 무슨 말이지? 의아해하고 있는데, 사마영이 내게 말했다.

"아, 맞다. 공자님은 모르겠네요. 요새 소문이 자자해요."

"소문이 자자하다니?"

"공자님더러 사람들이 검선처럼 어검비행을 펼친다고 해서 소검선이라고 부른대요. 심지어 새로운 팔대 고수라고 하던걸요."

사마영 본인이 더 기분 좋아서 자랑스럽다는 듯이 말했다.

한데 금시초문이었다. 닷새 동안 수적들의 수로채에 있었으니 소문을 들었을 리가 있겠나. 소검선이라니 이신성보다도 더 튀는 별호였다.

―말은 그렇게 하면서 좋은가 봐? 입꼬리가 실룩거리는데?

실룩거리기는. 그냥 별호가 그럴듯해서 그런 거지. 살면서 이렇게 휘황찬란한 별호를 달아본 적이 있어야 말이지.

언영인이 내게 달라붙어서 조잘대는 모습에 영영이가 괜히 삐로통한 얼굴로 말했다.

"대체 밖에서 뭘 하고 다니는 거야?"

"뭘 하다니?"

왜 심통을 내는 거지? 도통 왜 저러는지 알 수가 없었다.

그런 영영이를 보며 피식 웃는 한 여인이 보였다.

'아….'

그녀는 바로 남궁 세가의 금지옥엽이라 불리는 남궁가희였다. 회귀 전에 뭇 남성들의 연심을 사로잡은 삼봉 중 한 사람인 백도화를 이렇게 가까이서 보다니 감회가 남달랐다.

―사마영만큼 예쁜 애는 처음인데?

당연하지. 정도 무림에서 제일 예쁘기로 소문난 세 사람 중 한 사람이다. 그저 예쁘기만 한 것이 아니라 여자 후기지수들 중에서 가장 뛰어난 검술 실력을 지닌 것으로도 유명하다. 예전에는 언감생

심 넘보지 못한 나무였는데 추억처럼 새록새록 떠오르네. 그 당시 무림연맹에서 없는 사람으로 취급받던 나에게 꽤나 친절했던 기억이 난다.

—네가 칭찬을 다 하는 걸 보니 괜찮은 사람인가 보네.

얼굴만 그런 게 아니라 성격도 괜찮은 여자였다. 그때 남궁가희가 내게 말했다.

"원래 여심이라는 게 어려운 법이죠. 하물며 누이동생이라고 해도 말이에요."

누이동생의 여심을 헤아려야 하나.

—넌 여심 따윈 모르잖아.

모를 수도 있지. 그리고 그렇게 따지면 여자도 남심을 모르잖아.

그런 나의 말에 남천철검의 목소리가 머릿속을 울렸다.

—전 주인께서 늘 말씀하셨지. 다른 것은 알아도 여심만큼은 평생을 가도 모르겠다고.

왜 그렇게 씁쓸하게 이야기하냐.

남궁가희가 아차 하며 내게 포권을 취하고는 말했다.

"소개가 늦었네요. 저는 남궁 세가의 장녀 남궁가희라고 해요. 이번에 무림연맹에서 신설된 봉황당의 당주를 맡고 있어요."

그런 그녀의 말이 끝나자 내게 수다스럽게 떠들던 언영인도 포권을 취하며 말했다.

"제 소개도 할게요. 진주 언가의 언영인이에요. 저도 봉황당의 당원이랍니다."

'봉황당?'

결국 생긴 건가?

사실 봉황당이 생길 줄은 몰랐다. 지난번에 무림대회가 혈마검 사태로 흐지부지 끝났기에 역사가 뒤바뀌었다고 생각했다. 그런데 봉황당이 생겼다니 어떤 식으로든 비슷하게 흘러가는 걸까? 참 기이한 일이다. 당주 역시도 남궁가희 그대로였다. 나는 팔짱을 끼고서 내게 흥흥거리는 영영이에게 말했다.

"부당주가 되었겠구나?"

그 말에 소영영이 놀라서 눈이 휘둥그레졌다.

"오라버니가 그걸 어떻게 아는 거야?"

어라. 예상이 들어맞았다. 후기지수 논무가 제대로 끝나지 않았는데 영영이가 부당주가 되다니. 어떤 식으로든 인정받을 인재는 인정받게 되나 보다.

"어떻게 안 거야? 봉황당의 인적 사항은 아직 무림연맹에서 공표하지 않았는데?"

남궁가희와 언영인도 꽤 놀라고 있었다. 이거 말실수를 한 건가. 일단 둘러대야겠다.

"여기 남궁 소저께서 당주라고 하고 언영인 소저는 당원이라고 하길래 혹시나 해서 이야기한 거야. 너 정도 실력이라면 한자리 맡지 않았을까 싶어서. 아무튼 축하한다, 내 동생."

그런 나의 말에 영영이가 괜히 얼굴을 붉히며 고개를 돌렸다.

"축하까지야. 고… 고마워."

이 녀석, 원래 이렇게 부끄러움이 많았나. 평소와는 다른 모습을 제대로 보여주네.

"너무 멋지다. 언니는 어떻게 이런 오라버니를 두고서 마음에 드는 구석이 없다고 그리 투덜댔던 거예요? 나는 이런 오라버니가 있으면 좋겠구면."

언영인이 영영의 팔을 팔꿈치로 툭툭 치며 말했다. 그러자 영영이
가 괜히 헛기침을 하며 손사래를 쳤다.

"무슨 소리야. 내가 언제 투덜댔다고. 그냥 코빼기도 안 보이니까
한 소리지."

이 말을 들으니 뭔가 미안해진다. 그래도 어머니의 피를 이은 하
나뿐인 혈육인데 신경을 덜 쓴 것 같다. 괜히 마음이 무거워지는데
남궁가희가 영영이의 팔짱을 끼고서 눈을 찡긋하며 말했다.

"영 매, 이렇게 오라버니분도 오셨는데 같이 저녁이라도 먹으면서
회포를 풀면 어떨까? 안 그래도 홍호에 선상 객잔으로 유명한 데가
있잖아. 거기 가보자."

"네? 언니 바쁘다고 하지… 읍."

남궁가희가 영영이의 입을 틀어막고서 말했다.

"어머, 애는 내가 언제 그런 말을 했니? 오랜만에 오라버니를 봤
는데, 당주로서 어떻게 빨리 복귀하자고 재촉하겠어."

"읍읍!"

아무래도 많이들 친한 것 같다. 격의가 없는 걸 보면 말이다. 남궁
가희가 털털한 성격 때문에 인기가 있다고는 들었는데, 보기보다 사
람이 좋은 듯했다. 영영이도 이런 장난스러운 태도를 받아주는 걸
보니….

―운휘, 뒤를 봐라.

뒤? 남천철검의 말에 뒤로 슬며시 고개를 돌렸다. 뭔가 따끔거린
다 싶었는데 사마영이 나를 보며 웃고 있는 모습이 보였다. 그런데
눈이 웃고 있지 않았다. 아주 뜨거운 눈초리가 내게 꽂혀 있었다.

'…나 뭐 잘못했냐?'

─전 주인께서 말씀하셨다. 임자가 있는 남자일수록 자고로 다른 여인들과 말을 오래 섞지도, 시선을 오래 두지도 말라고.

─네가 여자들 보면서 웃고 있으니까 그렇지.

둘이 갑자기 합을 맞춘 것처럼 뭐라 한다. 아니, 그냥 영영이에게 좋은 친구들이 있는 것 같아서 오라버니의 마음으로 그런 건데, 내가 뭐 헤픈 것처럼 그러는 거냐?

─그걸 쟤가 알 길이 있겠냐? 보이는 모습 그대로를 보고 판단하는 거지.

아, 머리가 또 지끈거리려고 한다. 그때 사마영이 입을 열었다.

"잘됐네요, 공자님. 약혼녀인 제 누이동생도 홍호를 구경하고 싶다니, 이따 회포를 푸실 때 같이 데려갔다가 오세요."

'…?!'

약혼녀라는 말에 언영인과 남궁가희의 눈이 휘둥그레졌다. 나 역시도 당혹스럽기는 마찬가지였다. 갑자기 없는 누이동생을 만들어서 약혼녀라고 이야기하다니 말이다. 폭탄을 제대로 터뜨려놨다. 소영영이 놀란 눈으로 내게 말했다.

"그게 무슨 소리야? 약혼녀라니? 오라버니가 대체 언제 약혼을 한 거야?"

"어… 영영아, 그게 말이지."

이걸 뭐라고 이야기해야 하나. 이 자리에서 사실을 말하는 것도 곤란한 일이었다. 그런데 아까보다 사람들이 더 많이 몰려들어서 이쪽을 주목하고 있었다.

"소검선한테 약혼자가 있대?"

"약혼자가 대체 누구야?"

아니, 왜들 이렇게 관심을 가지는 거야? 살면서 이렇게까지 사람들이 내 일거수일투족에 관심을 보이는 건 처음이다. 내 명성이 그 정도로 유명해진 건가?

그때 남궁가희가 말했다.

"아무래도 자리를 옮겨야겠어, 영 매. 유명하신 오라버니분 덕분에 여기서 머물기는 그른 것 같다."

내 귀가 이상한 게 아니라면 꽤 식은 목소리였다. 방금 전엔 장난스러우면서 살근거리는 목소리였다면 흥미가 식은 느낌이랄까? 진주 언가의 언영인도 실망스러운 기색으로 입맛을 다시고 있었다. 아니, 왜들 이러는 거야?

* * *

나는 영영이를 데리고 인적이 드문 골목으로 왔다. 남궁가희와 언영인은 다른 객잔에 숙소를 잡겠다고 갔고, 사마영도 영영이와 이야기를 하고 오라며 먼저 돌아갔다. 약혼자가 있다고 폭탄을 터뜨리고 이렇게 가버리다니. 골머리가 아파온다. 주위를 둘러보던 영영이가 내게 따지듯이 말했다.

"뭐야? 빨리 말해! 약혼자라니 그게 무슨 소리야?"

어지간히 궁금했던 모양이다. 기감으로 주위를 살펴보니 반경 내에 확실히 인적은 없었다. 나는 숨을 깊게 들이쉬었다가 내쉬며 말했다.

"흥분 가라앉히고 말해."

"흥분 안 하게 생겼어? 하나뿐인 동생이 오라버니에게 약혼자가 생겼다는 사실도 모르는 게 말이 돼? 안 그래도 언 매가 나보고 귀가 따갑게 오라버니를 소개…."

"…소개?"

"아니야. 이건 그냥 한 귀로 넘겨도 돼."

한 귀로 넘기라니? 그럼 언영인 소저가 영영이에게 나를 소개해 달라고 말했었나?

—사마영 안 데려오길 잘했네.

…그렇네. 괜히 더 사달이 났을 것 같다.

영영이가 내게 뾰로통한 목소리로 말했다.

"아무리 아버지 그 인간이 싫다고 해도 적어도 누이동생인 나한테는 소개시켜주고 약혼을 할지 말지 결정해야 할 거 아냐?"

본인한테 소개해주지 않았다고 화가 난 건가? 아니면 유일한 가족과 상의하지 않았다고 화가 난 건가? 도통 모르겠지만 거의 비슷한 얘기인 것 같다. 한데 이 녀석 이렇게 얘기하는 거 보니까 괜히 귀엽네. 나는 영영이의 머리를 쓰다듬어주었다.

"한소리 하고 있는데 왜 남의 머리를 만지작거리는 거야!"

"누이동생이 귀여워서 그런다."

"귀, 귀엽다니!"

얼굴이 새빨개졌다. 새삼 우리도 여느 오누이와 다를 바가 없다는 생각이 들었다. 영영이가 내게 눈을 새초롬하게 치켜올리며 말했다.

"누구야?"

"누구냐니?"

"오빠가 약혼한 사람이 누구냐고?"

후우. 아무래도 이참에 모든 것을 밝혀야 할 것 같다. 이 아이도 우리 핏줄에 숨겨진 비밀들을 알아야 할 권리가 있다. 이런 순간이 올 줄은 알았지만 막상 눈앞으로 다가오니 괜히 침이 바짝 말랐다. 나 역시도 큰 충격을 받았었으니까.

"왜 그런 표정을 짓는 거야?"

"영영아, 지금부터 내가 하는 말에 놀라지 않을 자신 있어?"

"놀라지 않다니? 무슨 얘기가 하고 싶은 거야?"

"네가 많이 놀랄까 봐 그런다."

"약혼한 사람을 알려주는 게 뭐가 놀랄 일이라고? 그게 그리 놀랄 일이야?"

대수롭지 않게 말하는 영영이었다. 그때 영영이가 두 눈이 커져서 내게 물었다.

"혹시 황실의 황녀라도 만난 거야?"

나는 인상을 찡그리며 고개를 저었다.

"무슨 소리야? 황실의 황녀라니?"

그 말에 영영이가 김이 샜다는 것처럼 한숨을 내쉬며 말했다.

"그런 거 아니면 놀랄 일 없으니까 말해."

황실 사람이 아니면 놀랄 일이 없다는 거냐? 정말 놀라지 않을지 모르겠다. 나는 숨을 깊게 내쉬며 영영이에게 말했다.

"사실 너도 만난 적이 있어."

"뭐?"

"만난 적이 있다고. 그것도 꽤 자주."

"누구야? 설마 호남 무림지회에 있는 애들 중 한 명이야? 그 계집 애들이 오라버니를 얼마나 무시했는데 그런 여우 같은 애들을 만나는 거야?"

"…무슨 소리를 하는 거야?"

나도 게네는 안 만난다.

"그럼 대체 누구를 말하는 거야?"

얘가 알고 있는 가명을 말해야겠지? 영영이는 사마영의 가명을 마영으로 알고 있다. 원래 성인 사마에서 사 자만 뗀 성과 이름이다.

"너도 아까 같이 봤잖아. 먼저 숙소가 있는 객잔으로 돌아간 마영…."

"미쳤어!"

말이 끝나기도 전에 영영이가 손으로 자신의 입을 막듯이 가리고서 소리쳤다. 큰 충격을 받았다는 얼굴을 하고 있었다. 내가 더 미치겠다. 이 녀석 사마영이 여자라는 걸 몰라서 그런지 나를 바라보는 눈빛이 아주 가관이었다.

"그래서 말하지 않았던 거야? 남자를 좋…."

"무슨 소리야! 그래서 그런 게 아니라 실은…."

"마영 공자님도 설마 오라버니를 좋아하는 거야? 정말 그런 거야?"

영영이가 눈물까지 글썽이며 내게 말했다. 정말 남장한 사마영한테 꽤 호감을 가지고 있었나 보다. 영영이가 입술마저 실룩거리며 울음이라도 터뜨릴 것처럼 얼굴이 상기되어갔다. 울기 전에 빨리 말해야겠다.

"…영영아, 개 여자야."

'…?!'

영영이의 눈이 휘둥그레졌다.

"…여자라고? 그게 무슨 소리야?"

"얼굴에 쓰고 있는 거 인피면구야."

"그, 그게 무슨 말이야? 인피면구라니? 그럼 남자로 분장하고 있었다는 거야?"

영영이가 굳은 표정으로 내게 빠른 말로 따져댔다. 호감을 가진 남자가 사실은 여자라고 밝혔으니 충분히 혼란스러울 것이다.

"…거짓말이지? 지금 나 놀리려고 그러는 거지?"

그럴 리가 있나. 현실을 부정하고 있었다.

"진짜 여자야."

"여, 여잔데 어째서?"

"사정이 있어. 정체도 그렇고 외모도 시선이 많이 모이기도 하고."

"정체?"

영영이가 고개를 갸웃거리다 숨을 고르며 내게 말했다.

"정체가 뭐길래 인피면구까지 하고 다닌다는 거야? 똑바로 말해. 속일 생각은 조금도 하지 말고!"

내가 자신을 속였다고 생각해서 섭섭했나 보다. 아니면 사마영이 자신을 속였다고 생각해서 화가 난 건지도 모르겠다. 그래도 이왕 얘기를 꺼냈으니 확실하게 말해야겠지.

"마영의 진짜 이름은 사마영, 월악검 사마착의 여식이야."

"월…악검? 월악검… 월악거어어엄!"

영영이의 표정이 말로 형용하기 어렵게 일그러졌다. 소리가 높아지기에 진기로 주변을 통제했다. 경악한 얼굴로 나를 뚫어지게 쳐다보던 영영이가 작은 목소리로 말했다.

"내가 아는 그 월악검 맞지?"

"맞아."

"사대 악인?"

"맞아."

영영이가 어처구니없어하더니 내게 말했다.

"…이 인간이 진짜로 미쳤네."

아주 격한 반응이 튀어나왔다.

ㅡ이제 시작인데 어떡하냐? 다른 이야기까지 들으면 아주 난리가 나겠는데.

그러게 말이다.

"거짓말이지? 사대 악인의 여식이라니?"

역시 쉽게 믿지 못하고 있었다. 영영이는 황당하다는 듯이 나를 쳐다보며 같은 말을 중얼거렸다. 나라고 해도 영영이와 비슷한 반응을 보일 것 같다. 하긴 외조부도 그렇고 아버지 진성백도 별반 다를 바가 없었다. 어쨌거나 이건 시작에 불과한데 벌써부터 이렇게 격한 반응을 보이면 어떡하니?

"많이 놀란 것 같은데 진짜야."

"아니야. 그럴 리가 없어."

"내가 세간에 팔대 고수로 언급되는 건 믿을 수 있고?"

그 말에 영영이가 가늘어진 눈매로 나를 위에서부터 아래로 훑어내렸다.

"정말 내가 아는 오라버니가 맞아?"

"그럼 남일까?"

"…그런 의도로 물은 게 아닌 거 알잖아."

영영이가 고개를 절레절레 흔들었다. 그러고는 숨을 푹 내쉬더니 내게 다시 말했다.

"어떻게 만난 거야?"

"우연히 만났어. 단지 얽히고설켜서 이렇게 되었다고 해야겠지."

"아니, 만나도 하필 사대 악인, 아니 이제 오대 악인이지, 아무튼 간에 대체 왜 오대 악인의 여식을 만난 거야? 오라버니, 이건 웃고 넘길 일이 아니야."

반응이 확실히 격했다. 무림에서도 중립이라 할 수 있는 무쌍성 출신인 아버지나 외조부와는 달랐다. 아무래도 영영이는 정파인 익양 소가 소생에 사문도 도가인 형산파라서 그런 듯했다.

─아니면 하나뿐인 오라버니라서 더 그럴 수도 있지.

그 말도 맞는 것 같다. 영영이가 내게 계속 말했다.

"생각해봐. 오라버니는 정파의 이신성, 아니 이제는 신성을 넘어서 팔대 고수라고도 불리는데… 월악검이면 사파를 넘어서는 악인이라 불리는 존재잖아."

뭐 그건 부정할 수 없다. 만약 이 사실이 알려진다면 모두가 경악할 일이다. 물론 정파 소운휘로서 말이다. 답답하다는 듯이 가슴까지 쿵쿵 처대던 영영이가 목소리를 낮추며 속삭이듯이 진지하게 말했다.

"무를 수 있으면 물러."

"뭐?"

"두 사람이서 결정한 거면 무르라고. 오라버니 평생 무림의 공적으로 살고 싶은 거야? 악인의 사위라고 하면 똑같은 취급을 당할지도 몰라."

이것 참 어떡하지.

"영영아, 걱정해주는 건 고마운데, 이미 장인어른을 만났어."

"장인어른…? 하아."

나의 그 말에 영영이의 말문이 막혔다. 나를 바라보는 시선이 마치 되돌릴 수 없는 강을 건넌 사람을 보는 듯했다. 소담검이 그런 반응에 자지러져라 웃어댔다. 웃지 마라. 영영이한테는 진지한 일이니까. 가족이 아니라 남 일이라면 그냥 놀라는 것으로 끝날 일이다. 하지만 영영이는 하나뿐인 혈육이기에 더욱 진지하게 이 얘기를 받아들이는 것이다.

"오라버니…."

"그래."

"익양 소가야 그래, 피차간에 정이 없다고 쳐도… 나는 어떡하라는 거야?"

"응?"

"오라버니가 월악검의 사위가 되었다고 소문이 나면 그자를 증오하는 수많은 적들이 오라버니한테 악감정을 가지고 해코지하려 할거 아냐?"

'…그건 그렇네.'

무작정 반대만 하는 게 아니라 앞으로 벌어질 일을 염려하고 있었다.

"영영아, 그건…."

"내 말부터 들어!"

"…그래."

"오라버니야 그래, 팔대 고수라고 불릴 만큼 명성을 떨치고 강해졌다지만, 그럼 나는 어쩌라는 거야? 월악검에게 한을 가진 자가 월악검이나 오라버니가 아니라 나를 노리면 무슨 수로 감당하라고?"

"…."

"게다가 만약 나를 노리느라 내 사문인 형산파가 피해를 입으면 어떡해? 오라버니야 좋아서 만났다고 해도 그 뒷감당은 오라버니의 친동생인 나도 같이 져야 하잖아."

영영이는 앞으로 벌어질 일을 우려하고 있었다. 그 심경이 충분히 이해됐다. 나 역시도 그렇기에 지금까지 영영이에게 모든 것을 숨기지 않았던가. 하지만 이제 어느 정도 힘을 갖췄고 숨기는 것만이 능사가 아니었다. 이 아이도 진실을 알아야 어떤 상황이 일어나더라도 능동적으로 대처할 수 있게 된다. 나는 얼굴이 붉게 상기된 영영이의 어깨를 붙잡았다.

"이제 그것들을 감당할 수 있기에 네게 이야기하는 거야."

"감당할 수 있어?"

"언제까지고 진실들을 숨길 수가 없기에 이제라도 이렇게 알리는 거야. 그 점은 정말 미안하다."

영영이가 나와 눈을 마주했다. 눈동자가 파르르 떨리고 있었다. 그러다 고운 미간을 찡그리며 되물었다.

"진실들?"

"…사마영에 관한 건 그저 빙산의 일각에 불과해."

"또 뭘 숨기고 있는 건데?"

영영이가 불안한 얼굴로 내게 물었다. 시작부터 월악검 사마착의 사위가 되었다는 이야기여서 그런지 벌써부터 긴장하고 있었다. 아버지 진성백과는 사뭇 다른 반응이었다. 나는 호흡을 길게 내쉬며 조심스럽게 말문을 뗐다.

"꼭 월악검의 사위가 아니라 해도 너나 나나 정파인들에게는 좋게 보일 수가 없어."

"…그건 또 무슨 말이야?"

"우리 출생, 아니 어머니에 관한 진실 때문이야."

"어머니?"

그 말에 영영이가 급격하게 관심을 보였다. 나도 그랬지만 이 아이도 어머니를 그저 천한 시종 출신으로만 알았다. 그렇기에 어렸을 적부터 우리 둘 다 어머니를 사랑하는 것과는 별개로 알게 모르게 출생에 관해 열등감을 가지고 있었다.

"어, 어머니가 어쨌다는 건데? 대체 뭘 알고 있는 거야?"

나는 주변을 기감으로 살폈다. 마을의 외진 골목으로 와서인지 인적은 여전히 없었다. 진기로 소리까지 차단했으니 괜찮겠지만….

"그 전에 잠시만 따라와 봐."

"뭐?"

나는 영영이를 데리고 어딘가로 향했다. 근방에 비어 있는 폐가가 있었다. 인기척이 없기에 일단 그곳으로 데려갔다. 영영이가 이해할 수 없다는 듯이 말했다.

"아니, 뭘 얘기하려고 이런 곳까지 온 거야?"

늘 조심할 필요가 있으니까 그렇지. 나는 진기로 다시 소리를 차단하고서 말했다.

"이야기할 것도 많고 네가 듣고 계속 놀랄 것 같아서 그래."

"불안하게 자꾸 왜 그러는 거야?"

"말했잖아. 네가 엄청 놀랄 것 같으니까 그렇다고."

그런 나의 말에 영영이가 답답하다는 듯이 재촉했다.

"답답하니까 그런 소리 하지 말고 전부 말해."

"전부?"

"그래. 하나씩 찔끔찔끔 이야기하지 말고 숨기는 게 있으면 전부 말하라고!"

주의를 기울이는 것이 어지간히 답답했나 보다. 그냥 확 얘기하는 편이 나을 것 같다.

"…감당할 수 있겠어?"

"감당이고 자시고 전부 얘기해. 무슨 양파 껍질 까듯이 하나하나 이야기하지 말고."

"알았어. 네 뜻이 정녕 그렇다면 그래야지."

─괜찮겠어?

영영이의 말도 일리가 있다. 하나씩 이야기하면 말도 길어지고 놀라고 또 놀라게 될 테니 말이다. 차라리 이 아이 말대로 한 번에 모든 걸 다 이야기하면 나도 편할 것 같다.

"그럼 전부 이야기한다."

그런 나의 말에 영영이가 숨을 길게 들이마셨다가 내쉬었다. 그리고 결의가 담긴 목소리로 말했다.

"솔직히 월악검의 사위가 되었다는 것보다 더 놀랄 일이 있을까 싶은데, 그래도 하나하나 밝히면서 감질나게 하는 것보다 나아."

"알았다."

네가 감당할 수 있다면 그래야지. 숨을 가다듬고서 나는 이야기를 시작했다.

"어머니는 사실 시종이 아니라 무쌍성에서 축출된 비월영종 출신이야. 비월영종이 축출된 것은 혈마의 직계이기 때문이고. 당시 어머니는 비월영종에서 살아남은 두 사람 중 한 사람이었는데, 신분을 숨기고 익양 소가주와 재혼했던 거야. 그리고 너와 나 모두 어머니의 배 속에서 태어났지. 고로 너와 나는 혈마의 피를 이었다고 할 수 있어."

'…!!'

그 말에 영영이의 얼굴이 굳어지다 못해 동공에서 지진이 일어났다. 놀라지 않는 게 더 이상한 일이었다.

"혀, 혈마의 피라니? 지금 대체…."

"이제 시작이야. 아직 안 끝났어."

"뭐?"

"어릴 적에 집에서 쫓겨난 후 나는 혈교에 납치되었었어. 그렇게 혈교에 납치되어 훈련 생도로…."

말이 진행되는 족족 영영이의 입이 조금씩 벌어졌다. 진실이 밝혀질 때마다 경악스러운 모양이다. 최대한 짧고 간결하게 진실만 요약해서 이야기하는데도 감당이 안 되나 보다.

"…그렇게 혈마검의 선택을 받아 혈교의 내전을 이겨내고 내가 당대 혈마가 됐어."

이와 동시에 나는 왼쪽 눈을 감고서 상단전을 개방했다. 염을 일으키자 혈마화가 진행되었다.

'…!!'

"머, 머리카락이 붉게…."

변화하는 내 모습에 영영이는 입을 다물지 못했다. 믿기지 않는지 눈을 계속 깜빡거렸다.

"혈…마!"

백 번 이야기하는 것보다 한 번 보여주는 게 효과적이다.

"…하아."

숨을 계속 참고 있었는지 가쁜 호흡을 내뱉었다. 나를 바라보는 시선이 복잡하다 못해 뭐라고 말을 꺼내야 할지 모르는 듯했다. 망연자실한 얼굴로 호흡을 내뱉던 영영이가 중얼거렸다.

"오… 오라버니가… 혈마라고? 하… 하… 자, 잠깐만 그럼 오라버니가 혈마를 패퇴시켰다는 소문은 대체 뭐야?"

영영이가 이해할 수 없다는 듯이 내게 물었다.

"그건… 아니다, 직접 보여줄게."

이에 나는 운기를 하며 천천히 풍영보를 펼치고는 풍영팔류의 비기를 보였다. 분신술을 펼치듯이 둘로 나뉘는 잔영에 영영이의 표정이 가관이었다.

"의심받지 않기 위해 이렇게 했던… 영영아, 괜찮아?"

"하아… 하아…."

영영이의 얼굴에서 식은땀까지 흐르고 있었다. 놀라움이나 경악을 넘어서 충격을 받은 것 같았다. 아버지 진성백이나 외조부 하성운은 각자가 인고의 세월을 보내왔기에 이 모든 일을 놀라워하면서도 결국 어렵지 않게 받아들였었다. 그러나 영영이는 나이가 어려서인지 그렇지 않은 듯했다.

"영영아, 힘들면 나머지는 나중에 이야기하자."

"나머지?"

영영이의 눈이 튀어나올 만큼 커졌다.

"또 뭐가 있다는 거야?"

"지금은… 조금 진정했다가 말하는 게 좋을 것 같다."

"하아… 아냐, 아냐. 지금 말해."

"괜찮겠어?"

"하아… 괜찮다고!"

쥐어짜듯이 말하는 게 억지로 무리하는 느낌이다. 워낙 강경한 눈빛으로 쳐다보기에 결국 말을 이어갔다.

"어머니의 아버지, 즉 외조부께서 살아 계셔."

"외… 외할아버지가 살아 계신다고?"

가까운 친척이 살아 있다는 말에 영영이가 놀라움을 금치 못했다. 지금까지 놀란 것과는 다소 다른 반응이었다.

"그래. 지금 무쌍성에서 아버지, 아니 익양 소가의 소익헌이 아니라 내 친부께서 돌보고 계셔."

"친부…? 그게 누군데?"

왠지 못 버틸 것 같은데. 나는 조심스럽게 입술을 뗐다.

"무쌍성 사대 무종 중 하나인 풍영팔류종의 진성백이야."

"…무정풍신?"

"맞아. 네가 알고 있는 그 무정풍신이야."

"어머니의 전남편이… 아니, 오라버니의 친부가 팔대 고수 중 한 사람인 무정풍신이라고?"

"그래."

나는 담담하게 답했다. 그런 나를 영영이가 떨리는 눈으로 쳐다보았다. 용케 버티고 있는 느낌이었다. 나를 뚫어져라 쳐다보던 영영이가 중얼거리듯이 말했다.

"…오라버니의 장인어른이 오대 악인 중 한 사람인 월악검이고… 친부는 팔대 고수 중 한 사람인 무정풍신이고… 오라버니는 오대 악인인 혈마이면서 팔대 고수인 소검선이라고?"

음… 이렇게 들으니까 확실히 무림사에서 전무후무한 일인 것 같다. 이런 얘길 듣고 경악하지 않을 사람은 아마 없을 것 같기는 했다.

"거짓말이야… 지금 꿈을 꾸고 있는 걸 거야. 이런 말도 안 되는 일이 세상에 어디 있다는 거야?"

미안하다만 여기 있다. 역시 하나씩 천천히 이야기할 걸 그랬나. 한 번에 너무 많은 걸 밝힌 것 같다.

"내가… 내가 무림의 공적인 혈마의 피를 이었다니… 무슨 이런 말도 안 되는 일이…."

현실을 받아들일 수가 없나 보다. 계속 부정하고 있었다. 본인이 혈마의 피를 이었다는 것도 믿기지 않나 보았다. 이에 나는 등에 지고 있던 목갑을 열어 혈마검을 꺼냈다. 영영이가 의아해하며 검을 쳐다보았다. 그런 영영이에게 말했다.

"…혈마검 만져볼래?"

"이런 미친… 흐으으으."

털썩!

"영영아! 영영아!"

영영이가 결국 눈이 뒤집혀서 기절하고 말았다. 놀라다 못해 기절하는 건 난생처음 본다. 그만큼 충격이 컸던 듯하다.

—검선의 진전까지 이은 걸 얘기하면 아예 숨이 넘어가겠는데.

…그건 그냥 이야기하지 않는 게 좋을 것 같다.

* * *

나는 기절한 영영이를 심후한 진기로 치료했다. 확실히 마음의 충격이라는 것이 몸에 미치는 영향을 무시할 수는 없는 듯했다. 심지어 내상까지 입은 상태였다. 아직 어린 영영이가 받아들이기에 진실은 꽤나 충격적이었나 보다. 저녁 무렵이 되어서야 진기로 어루만져 줘서 내상은 그럭저럭 치료하였다. 하지만 그때까지도 깨어나지 않기에 일단 내가 있는 숙소로 데려가려 했는데, 마을 광장에서 기다리고 있던 진주 언가의 언영인과 마주치면서 그 아이를 맡길 수밖에 없었다.

　─깨어나서도 못 받아들이면 어떡해? 얘는 정파로 자라왔잖아.

　만약 그렇다면 곤란한데. 어쨌거나 다시 깨어나서 이야기해보면 알게 되겠지. 어쩌면 스스로 마음을 가다듬을 시간이 필요할지도 모른다. 그러는 사이 나는 일행들이 있는 청문 객잔에 도착했다. 숙소를 잡아놓았다는 곳으로 들어갔는데, 순간 깜짝 놀랄 수밖에 없었다.

　"아…."

　객실의 탁자 의자에 사마영이 다소곳하게 앉아 검신을 닦고 있었다. 그런데 평소와 달리 인피면구를 벗고 남장을 풀었다. 심지어 화려한 비단옷과 장신구를 착용하고 화장까지 정성껏 해서 한껏 꾸민 모습으로 있었다. 여느 남자라도 넋이 나갈 만큼 아름다웠다.

　사마영이 나를 보자마자 자리에서 벌떡 일어나더니 결의에 찬 목소리로 말했다.

　"이제 선상 객잔으로 아가씨를 보러 가는 건가요?"

　"…."

　그래서 힘을 준 거구나. 저녁이 되면 홍호에 있는 선상 객잔으로 회포를 풀러 가는 줄 알았나 보다.

─꼭 시누이한테 인정받으러 가는 분위기인데.

그러게. 그래서 이렇게 작정하고 꾸민 것 같다.

"저 어때요?"

사마영이 빙그르르 몸을 돌려 고운 치맛자락을 휘날리며 말했다.
그 모습이 선계의 선녀를 보는 듯했다. 탄성이 절로 나왔다.

"너무 아름다워요."

"그럼 됐어요. 이제 출발해요!"

사마영이 내 옆으로 와서 팔짱을 꼈다. 한데 이것 참 어떡하지.

"어… 음… 그게 영영이가 너무 놀랐는지 기절해서 힘들 것 같습
니다."

'…?!'

지금까지 한껏 준비했던 것이 헛수고가 된 걸 알게 된 사마영의
표정이 급격히 시무룩해졌다.

그날 늦은 밤, 양평 객잔의 숙소 객실.

정신적인 충격으로 내상을 입고서 한참을 기절해 있던 소영영이
눈을 떴다. 멍한 얼굴로 있는 그녀를 누군가가 불렀다.

"영 매, 정신이 좀 들었어?"

"언니?"

그녀를 부른 것은 봉황당의 당주인 남궁가희였다. 한참 동안 간호
라도 했는지 그녀의 손에는 따뜻한 물로 적신 수건이 들려 있었다.

"제가… 왜… 이곳에 있는 거죠?"

그런 소영영의 물음에 진주 언가의 언영인이 다가와 말했다.

"언니 괜찮아요? 기절한 언니를 오라버니분께서 업고 와서 제가 객실로 데려온 거예요."

"오라버니가?"

곧바로 오라버니를 떠올린 소영영.

"영영아, 너도 혈마의 피를 이었어."

그 순간 오한이라도 들었는지 몸을 파르르 떨었다. 이에 놀란 남궁가희가 그녀를 붙들었다.

"영 매? 괜찮아? 왜 이렇게 떠는 거야?"

호흡마저 거칠어졌다. 마치 큰 충격을 받은 사람처럼 혼란스러워하는 그녀의 모습에 남궁가희가 다시 소영영을 침상에 눕히려고 했다. 이에 소영영이 손사래를 치며 거부했다.

"괘, 괜찮아요."

"괜찮기는. 식은땀까지 흘리는데? 이것 봐, 입술도 바짝 말라서 갈라지려 하잖아. 언 매, 가서 객잔주에게 따뜻한 차라도 받아와 줄래?"

"알겠어요. 언니, 잠시만 기다려요."

언영인이 차를 가지러 객실 밖으로 나갔다. 남궁가희의 말대로 소영영은 식은땀도 났지만 입술도 입속도 바짝 말랐다. 몸살이라도 난 것처럼 말이다. 남궁가희가 파르르 떠는 소영영의 손을 꼭 잡고서 말했다.

"떨지 마, 영 매. 무슨 안 좋은 얘기라도 들은 거야?"

"언니…"

소영영의 눈시울이 붉어졌다.

"어머. 얘!"

그런 그녀를 남궁가희가 엄마처럼 꽉 껴안았다. 무슨 사정이 있는
지는 모르지만 심적으로 힘들어하는 것이 보였기 때문이다. 남궁가
희의 품속 온기에 소영영의 뺨으로 눈물 한 방울이 흘러내렸다.

'내가… 내가 혈마의 피를 이었다니….'

소영영의 모든 가치관을 부수는 진실이었다. 오라버니인 소운휘
와 마찬가지로 힘든 유년기를 보내왔다. 그런 그녀를 지탱해준 것이
형산파 무인으로서의 삶이었다. 불운했던 유년기를 극복하고 스승
인 형산여협 조일혜와 같은 정파의 여고수로 명성을 떨치는 것이 그
녀의 삶의 목적이었다.

토닥토닥!

"영 매, 무슨 일인지 모르겠지만 힘들어하지 마."

남궁가희가 그녀의 등을 매만져주며 달랬다.

"언니?"

눈물을 글썽이던 소영영이 꺼이꺼이 울었다. 눈물로 적시는 옷을
보며 난처해하면서도 남궁가희는 그녀를 안아주고 보듬어주었다.
한참이 지나서야 소영영은 진정되었다. 한바탕 눈물을 흘리고 나니
떨리던 것까지 가라앉았다. 그런 소영영의 뺨에 흐른 자국을 닦아
주며 남궁가희가 장난스럽게 말했다.

"소문이 틀렸나 보네."

"네?"

"우리 착하고 다부진 영 매를 울린 걸 보니까 오라버니분이 나쁜
사람인가 보네. 내가 당장 달려가서 혼내줄까? 볼기짝을 그냥!"

그런 그녀의 말에 소영영이 풋 하고 웃었다.

"울다가 웃으면 엉덩이에 뿔이 날걸?"

"나라죠, 뭐."

그런 소영영의 답에 남궁가희의 입꼬리가 올라갔다.

"이제야 내가 알던 영 매답네."

"…고마워요, 언니."

"고맙기는."

"가끔은 언니가 내 친언니였으면 좋겠다는 생각이 들어요."

오목조목한 얼굴로 눈을 반짝이며 자신을 올려다보는 귀여운 소영영의 모습에 남궁가희가 그녀를 꽉 끌어안으며 호들갑을 떨었다.

"꺄아. 우리 영 매 내가 평생 끼고 살아야겠다. 시집가지 말고 언니랑 살자."

"언니… 수… 숨 막혀요."

남궁가희의 가슴에 눌린 소영영이 두 팔을 파닥거렸다.

"어머!"

남궁가희가 끌어안았던 것을 얼른 풀었다. 새빨개진 얼굴의 소영영이 그녀를 보며 깔깔 웃어댔다. 그리고 눈꼬리에 맺힌 눈물을 손등으로 훔치며 말했다.

"언니… 언니한테 뭐 하나만 물어봐도 될까요?"

"우리 사이에 안 될 게 뭐가 있니?"

"고마워요."

"고맙기는."

호흡을 가다듬은 소영영이 그녀에게 조심스럽게 운을 뗐다.

"언니… 만약 언니가 여태껏 알고 있던 모든 것이 거짓이고 믿을 수 없는 진실이 현실이라면 어떻게 받아들이겠어요?"

"…웅?"

어려운 질문에 남궁가희가 고개를 갸웃거렸다. 이를 의식했는지 소영영이 손사래를 치며 말했다.

"아니, 아니, 제가 말을 이상하게 한 것 같아요. 그냥 저는… 정파인으로서 자격이 없는 것 같아요. 스승님께도 죄송스러워요."

"그게 무슨 말이야? 정파인으로서 자격이 없다니."

"…그냥 모든 게 다요."

자신감이 없는 목소리에 남궁가희가 그녀의 손등을 꽉 잡았다.

"영 매같이 강하고 맑은 사람이 정파인이 아니라면 누가 정파인이라는 거야?"

"그냥… 저한테는 자격이 없는 것 같아요."

그런 그녀의 말에 남궁가희가 씁쓸하게 웃으며 말했다.

"무엇 때문에 그러는지는 모르지만 영 매도 스스로 정사의 괴리에 부딪힌 것 같구나?"

"괴리?"

"나도 예전에 그런 생각을 해본 적이 있거든."

"그게 무슨 소리예요? 언니가 저와 같은 생각을 했다니요?"

"우리 백부가 집을 나가 사파로 전향한 것은 영 매도 알고 있지?"

"아!"

그녀와 친해지고 나서 언젠가 들은 적이 있었다. 오대 세가이자 정파의 명문가인 남궁 세가의 이탈자, 조혈검 남궁인. 어렸을 적 그녀는 자신의 백부를 따르고 좋아했다고 한다.

"나 사실 어릴 적에 매일 무등을 태워줬던 백부의 변절을 보고서 정사에 관해 머리에 쥐가 나도록 고민한 적이 있거든."

"정말요?"

"당연하지. 내가 알던 백부는 누구보다도 의협심이 높고 좋은 사람이었거든. 그런 분이 수십 명의 정파인들을 죽이고 가문을 나갔을 때 얼마나 배신감이 컸는데."

자신과는 상황이 조금 다르지만 결이 비슷하다는 생각에 소영영은 그녀의 이야기에 빠져들었다.

"사실 그때 남궁 세가에서 자체적으로 별동대를 만들어 백부를 잡아오려고 했어."

"잡았나요?"

그것에 관해서는 들은 적이 없었다. 그런 영영의 물음에 남궁가희가 말했다.

"있지, 영 매… 사실 우리 가문 사람들은 모르지만 아버지와 내가 가장 먼저 백부를 발견했어."

"정말요?"

"응."

"그럼… 가주님과 언니가 직접….."

"무슨 소리야? 아무리 사파로 전향했어도 가족이잖아."

"아….."

"그때 외지의 시골에 은거한 백부가 아이들을 무등 태우고서 웃고 있는 모습을 보았어."

남궁가희가 아련한 얼굴로 말했다. 그 모습에는 어떠한 분노도 실망감도 보이지 않았다. 남궁가희가 소영영의 손을 꼭 붙잡고 말했다.

"해 질 녘 감나무 언덕 위에서 아이들을 보며 환하게 웃는 백부의 모습에 그냥 웃음이 나왔어. 있잖아, 영 매, 나는 변했다고 생각했지만 백부는 여전히 그대로였던 거야."

보지는 않았지만 그 순간을 공유한 것처럼 아련함이 그대로 전해졌다. 소영영은 왠지 모르게 가슴이 뭉클했다. 답답했던 속이 풀리는 기분이었다.

"…그렇네요."

남궁가희가 눈을 찡긋하면서 말했다.

"정사에 너무 얽매이지 마. 영 매가 스스로에게 부끄럽지 않고 만족스러운 삶을 산다는 게 중요한 거 아니겠어?"

"맞아요!"

영영이가 고개를 끄덕이며 힘이 들어간 목소리로 답했다. 사실을 밝힐 수는 없지만 남궁가희가 겪었던 이야기를 들으니 자신이 너무 스스로에게 얽매여 괴로워했다는 생각이 들었다. 조상이 누구든 어머니의 과거가 어떻든 오라버니가 어떻든 간에 자신은 자신이었다. 그리고 오라버니는 여전히 자신의 하나뿐인 오라버니였다.

"저 내일 일찍 가서 오라버니랑 더 얘기해봐야 할 것 같아요. 내일 오후에 출발해도 괜찮을까요?"

"그러렴. 하루 더 늦어진다고 무슨 큰일이 있겠어."

"고마워요, 언니."

"아니, 그런데 언 매 얘는 왜 이렇게 늦는 거야? 차 좀 받아오라니까 차밭에 찻잎이라도 따러 간 거 아냐?"

"풋! 언니는 무슨 그런 말을."

"하도 늦으니까 그렇지. 있어봐, 내가 내려갔다 올게."

"같이 가요."

"뭘 같이 가. 너는 좀 더 쉬고 있어."

남궁가희가 객실 문을 열고 밖으로 나갔다.

그녀의 말대로 침상에 누워서 쉬려 했던 소영영의 귓가에 뭔가 우당탕거리는 소리가 들려왔다. 그 소리에 놀란 소영영이 자리에서 벌떡 일어났다. 그리고 침상 옆에 세워뒀던 검집을 들고 객실 밖으로 뛰쳐나갔다. 그녀는 아래층을 보고서 당혹감을 감추지 못했다.

"언니!"

그곳에 한 거구의 사내가 남궁가희의 다리를 붙잡고 거꾸로 들어 올리고 있었다. 사내의 우악스러운 손에 붙잡혀 대롱대롱 매달려 있는 남궁가희의 머리에서 피가 흘러내렸다.

'어떻게 언니가?'

봉황당의 당주를 맡을 만큼 남궁가희는 강한 여자였다. 절정의 고수인 그녀가 저렇게 무력하게 당하는 모습은 처음 본다.

'저자는 대체…'

—오싹!

거구의 사내 얼굴을 보는 순간 온몸에 소름이 돋았다. 두 눈과 입을 바느질한 것처럼 실밥으로 닫혀 있는 괴이한 모습을 하고 있었다. 하지만 이를 두려워할 겨를이 없었다. 남궁가희를 구해야 했다. 챙! 소영영이 검을 뽑고서 단번에 아래층으로 뛰어내리려 했다. 그런 그녀에게 남궁가희가 힘겹게 소리쳤다.

"아… 안 돼! 영 매… 이, 인악면이야."

"인악면?"

그 말에 소영영의 두 눈이 커졌다. 몇 달 전부터 사천성 동쪽 파중과 평창, 달주 부근에서 젊은 여자들이 사라지는 사건이 일어났다. 흔적도 없이 사라지다시피 하는 이 사건은 처음에 주목받지 못했지만, 평창 무중문의 장문인 여식이 사라지면서 주목을 받게 되었다. 범인에 관한 어떠한 정보도 없었지만 유일한 목격자가 악마의 얼굴을 하고 있었다는 말에 사람들은 이자를 두고 인악면(人惡面)이라고 불렀다.

처음에 사천성 동부 무림지회는 무림연맹에 도움을 요청했고, 이에 연맹에서는 처음 창설한 봉황당을 파견했다. 여자 당원들을 미끼로 범인을 끌어내기 위해서였다. 그녀들이 파견되고 사천성 무림연맹 지부까지 움직이자 마치 눈치라도 챈 것처럼 실종 사건은 멎었다. 아무런 성과가 없는 것은 아니었다. 평창현 가까이에 있는 산골짜기에서 죽은 여인들의 시신 여섯 구를 찾았다. 한 달가량 머물며 범인을 찾으려 했으나 더 이상의 성과를 내기 힘들었기에 결국 봉황당은 철수를 결정했다. 그런데 남궁가희가 저 거구의 괴인을 두고 인악면이라 한 것이다.

'저자가 인악면이라고? 한데 이렇게 소란이 일어났는데 어째서 객잔에서는 누구도 나와보지 않는 거지?'

이상한 일이었다. 그때 남궁가희가 소리쳤다.

"영 매, 도망쳐!"

그럴 순 없었다. 어떻게 동료를 두고 도망간단 말인가. 여기서 자신이 도망친다면 남궁가희도 죽은 여인들과 같은 신세가 될지 모른다. 고민하고 있는데 누군가의 목소리가 들려왔다.

"누가 보내준다고 하더냐?"

촥! 허공을 가르는 소리에 소영영이 옆으로 몸을 굴렀다. 누가 자신을 공격했나 싶었는데 웬 복면인이 있었다.

끼이익!

'…?!'

이층 객실 문들이 열리며 복면인들이 우르르 걸어 나왔다. 그 수만 열 명이 넘었다. 게다가 미처 몰랐는데 밑에서도 숨어 있던 복면인들이 모습을 드러냈다. 그들은 스무 명가량이나 되었다.

"곱게 잡혀라. 상처가 나기 싫으면."

복면인이 검을 겨냥하며 다가왔다. 복면인과 남궁가희를 번갈아 쳐다보던 소영영은 이내 아래층으로 뛰어내렸다.

'언니를 구해서 도망가야 해.'

혼자서 이들을 쓰러뜨리는 것은 무리였다. 아래로 뛰어내린 그녀는 공중에서 단박에 인악면으로 짐작되는 괴인을 향해 검초를 펼쳤다. 남궁가희를 놓게 하기 위해서였다. 그런데 괴인이 거꾸로 들고 있던 남궁가희를 둔기라도 되는 것처럼 갑자기 거칠게 부웅 하고 휘둘러댔다.

"앗!"

이에 당황한 그녀가 펼치던 검초를 멈추고서 공중에서 몸을 틀었다. 이렇게 비겁하게 굴 줄은 몰랐다. 그러는 사이 아래층에 있던 복면인들이 그녀를 둘러싸며 포위했다. 복면인들 중 한 명이 중얼거리며 말했다.

"그분의 말대로 최상등급과 상등급이로군."

'그분?'

소영영이 인상을 찡그렸다.

"네놈들 대체 뭐야?"

"귀찮게 우리 일을 방해했으니 네년들이 그 수는 채워야지."

'젠장.'

다른 것은 모르겠지만 두 가지는 알 수 있었다. 인악면은 단순히

한 사람을 지칭하는 말이 아니라 단체인 것 같다. 그리고 악의를 가지고 자신들을 납치하려 하고 있었다. 복면인이 괴인에게 말했다.

"그 계집은 넘기고 저 계집도 제압해라."

그 말에 괴인이 복면인들 중 한 사람에게 짐짝 던지듯이 남궁가희를 넘겼다.

"언니!"

소영영이 그녀를 구하려고 신형을 날리려 했지만, 그녀의 앞을 거구의 괴인이 가로막았다. 인질이 없다면 검초를 펼치는 데 망설일 필요가 없었다. 소영영은 형산파 청풍검법 삼초식인 비차영경을 펼쳤다. 촤촤촤촤촥! 검로가 경쾌하게 궤적을 그리며 괴인을 향해 쇄도했다.

한데 괴인이 이를 피하는 것이 아니라 두 팔을 교차하며 방어 자세를 취했다.

'뭐지?'

소영영의 검초가 괴인을 난도질했다. 그런데 검이 괴인을 베기는커녕 오히려 단단한 것을 내려친 것처럼 튕겨 나가고 말았다.

'몸이 단단해!'

당황해하는 찰나, 그녀의 복부를 괴인이 걷어찼다. 퍽!

"아악!"

복부를 얻어맞은 소영영이 오장육부가 뒤틀리는 고통과 함께 피를 뿜으며 뒤로 튕겨 나갔다. 탁자를 두 개나 부수었다. 바닥에 엎어져 피를 토하는 그녀를 보며 복면인이 짜증을 냈다.

"멍청아! 누가 그렇게 세게 걷어차래!"

"으으으으."

입이 바늘로 꿰매진 괴인이 괴이한 신음성을 냈다. 복면인이 고개를 절레절레 흔들더니 다른 복면인들에게 손짓했다. 그러자 복면인들이 피를 토하는 소영영을 구속하기 위해 다가왔다. 이에 그녀가 검을 휘두르며 소리쳤다.

"누가 네놈들에게 끌려간대? 쿨럭쿨럭."

"더 이상 피를 보고 싶지 않으면 조용히 따라오는 게 좋을 거다, 계집."

"닥쳐."

소영영이 이를 악물고 자리에서 일어났다. 그런 그녀의 근성 있는 모습을 보며 복면인의 눈에 이채가 띠었다.

"계집 주제에 제법이군."

소영영이 검으로 복면인들을 견제하며 말했다.

"너희들 실수했어."

"실수?"

소영영이 복면인들의 우두머리로 보이는 자를 노려보며 말했다.

"내가 누군지 알아?"

그런 그녀의 말에 복면인의 우두머리가 어처구니없다는 듯이 쳐다보다 광소를 터뜨렸다.

"크하하하하핫. 이 계집이 상황 파악이 안 되나 보군."

"상황 파악이 안 되는 건 너희들이야."

비릿하게 웃어 보인 소영영이 호흡을 깊게 들이켜더니 이내 큰 소리로 소리쳤다.

"오라버니이이이이이이이!"

그런 그녀의 외침에 복면인의 우두머리가 광소를 터뜨리며 비웃었다.

"크하하하핫! 이것 참 멍청한 계집일세. 우리가 소리를 바깥으로 나갈 수 있도록 해놨을 것 같으냐? 그리고 오라버니? 푸하하하핫."

복면인의 그 말에 소영영의 얼굴이 굳었다. 그 말인즉슨, 저 복면인의 무위가 절정의 극에 이르거나 초절정에 이른 고수임을 의미했다. 그렇지 않고는 진기로 소리를 차단할 수가 없다.

'오라버니….'

소영영은 입술을 질끈 깨물었다. 그리고 옷자락을 찢어 검병과 자신의 손을 둘둘 감았다.

'오라버니도… 살아남기 위해 할 수 있는 모든 걸 다했다고 했어.'

이 자리에서 죽는 한이 있더라도 이들의 손에 곱게 잡혀갈 생각 따윈 없었다.

그런 그녀의 모습에 복면인이 코웃음을 쳤다.

"포기를 모르는 계집이군. 제압해라."

우두머리 복면인의 그 말에 복면인들이 소영영을 향해 거리를 좁혀 들어왔다. 소영영은 이를 악물고 검을 치켜올렸다. 그때 그녀의 눈에 뭔가가 보였다.

'…?!'

눈앞에 나타난 작은 단검. 그것은 매우 눈에 익은 것이었다. 그런데 이것을 그녀만 본 것이 아니었다. 복면인들도 갑자기 나타나 허공을 둥둥 떠다니며 소영영의 주변을 맴도는 단검에 당혹감을 감추지 못했다.

"단검이 떠다니고 있어."

"이건 서, 설마…."

당혹스러워하는 그들에게 소영영이 비릿하게 입꼬리를 올리며
말했다.

"니들 뒈졌어."

"뭐?"

바로 그 순간이었다. 쩌저저저저적!

모두가 위를 쳐다보았다. 객잔의 천장이 우그러지며 내려앉고 있
었다. 그런 천장을 뚫고 뭔가가 객잔 한가운데의 바닥을 유성처럼
내려쳤다. 콰아아아아앙! 누구도 예상치 못한 일이 벌어졌다. 엄청
난 공력에 의해 객잔 바닥에 있던 모든 것들이 공중으로 떠올랐다.
탁자와 의자, 부서진 목판의 잔해. 심지어 소영영을 포위하고 있던
복면인들조차 충격에 의해 위로 튕겨 나가듯이 떠올랐다.

'…!!'

마치 이 자리에 있는 모든 것의 통제권을 앗아간 것처럼 튕겨 나
간 복면인들의 행동이 멈췄다. 그 짧은 찰나가 길게 느껴질 정도였다.

'이, 이게 대체….'

마찬가지로 위로 튕겨 나간 복면인들 우두머리의 눈동자에 누군
가가 보였다. 충격에 튕겨 오른 소영영을 안고 있는 한 훤칠한 청년.
그자의 검집에서 저절로 검이 빠져나왔다. 그러고는 허공에 떠오른
검이 복면인들의 몸을 엄청난 속도로 관통했다. 푸푸푸푸푸푸푸
푹! 그와 동시에 거미줄처럼 만들어지는 수많은 피의 궤적. 이를 본
복면인들 우두머리의 머릿속에 뭔가가 스쳐 지나갔다.

'소, 소검선!'

배후

혹시나 하는 마음에 소담검을 보낸 것이 신의 한 수였다. 명상을 하며 운기를 하는 도중에 보통 사람들과는 다른 묘하게 이질적인 기운이 근방에서 느껴졌다. 이를 무시하기에는 뭔가 마음에 걸렸다. 그래서 소담검을 보내 살펴보게 했는데, 이런 상황이 벌어지고 있었다. 이들의 정체가 뭔지는 모르겠지만 내 누이동생을 납치하려 했다고 생각하니 속에서부터 깊은 분노가 끓어올랐다. 푸푸푸푸푹! 순식간에 남천철검이 허공을 누비며 충격에 의해 떠오른 복면인들의 몸을 꿰뚫었다.

"오라버니!"

영영이가 나를 꽉 끌어안았다.

소담검을 통해 중간부터 지켜봤지만 악바리같이 포기하지 않던 모습과 다르게 몸이 심하게 떨리고 있었다. 두려움을 억지로 이겨내며 적들을 상대하고 있었던 것이다.

'이런 아이를 납치하려고 해?'

절대로 용서할 수 없다. 이 대가는 목숨으로 받아야겠다.

―운휘야! 앞을 봐!

소담검의 외침 소리가 머릿속에 울려 퍼졌다. 녀석의 말대로 충격에 의해 모두가 위로 팅겨 오른 상황에서 유일하게 바닥을 쿵쿵거리며 내게 신형을 날리는 자가 있었다.

'그놈이군.'

소담검의 시선으로 보았던 그 괴인이었다. 두 눈과 입을 바느질로 꿰맨 모습이 섬뜩하기 그지없었다.

"오라버니 조심해야 해. 몸이 돌덩이처럼 단단했어."

영영이가 내게 경고했다.

단단한지 아닌지는 확인해보면 알겠지. 나는 놈에게 검지와 중지를 모은 검결지를 뻗었다. 착! 그러자 허공이 일렁이며 날카로운 예기가 놈에게로 쇄도했다. 앞을 보지 못했지만 기감은 민감했는지 놈이 두 팔을 교차하며 계속 앞으로 내달렸다. 예기를 정면에서 버티려는 것 같았다.

착! 예기가 놈의 두 팔에 부딪쳤다. 상흔이 생겨난 놈의 팔에서 피가 솟구치며 뒤로 팅겨 나갔다.

"어?"

영영이의 눈이 휘둥그레졌다.

저 괴인이 외공을 익혔다고 해도 내가 날린 예기는 어지간한 절정의 고수들조차 막기 힘들 만큼 위력이 강하다. 영영이와 다른 결과가 나오는 것이 당연한 일일 것이다.

쾅! 예기에 팅겨 나간 놈이 위층으로 올라가는 계단에 처박혔다. 더는 일어나지 못할 것 같았다.

―아니, 저놈은 앞을 못 보는 건 둘째 치고 밥은 어찌 먹는대?

그 와중에 그게 먼저 보였냐? 음식도 먹지 않으면서 별걸 다 걱정하네.

쿠쿠쿠쿠쿵! 그런 와중에 몸이 꿰뚫린 복면인들이 차례로 바닥에 떨어졌다. 객잔 내부가 아수라장이 되었다. 주인장한테 좀 미안하네. 문으로 들어와서 영영이를 구하는 것보다 위에서 덮치는 게 가장 효과적인 상황이었다.

―주인장도 죽었을 것 같은데.

아마도 입막음을 위해서 죽였을 것이다.

품에 안겨 있는 영영이가 빨개진 얼굴로 쑥스러워하며 말했다.

"내, 내려줘."

"무서웠지?"

"무섭기는! 하나도 안 무서웠거든."

눈가에 맺힌 눈물이나 닦고서 그런 소리를 해라. 나는 내색하지 않고 살짝 미소를 지으며 영영이를 내려줬다.

영영이가 다급한 목소리로 한 복면인에게 소리쳤다.

"언니를 어디로 데려간 거야?"

입구 쪽에 서 있는 복면인이었다. 다른 복면인들보다 훨씬 강한 자였는데, 절정의 극에 이른 무위를 지녔다. 운이 좋게도 암시에 걸리지 않았다.

"빌어먹을! 네년… 소검선과 혈육 관계였구나?"

그걸 이제 알다니. 영영이가 누군지도 몰랐나 보다. 그런데 납치하려고 들다니, 정말 우연히 벌어진 일인가? 나로서는 영문을 알 수가 없었다.

"그것도 모르고 날 납치하려고 했어? 난 또 간이 부은 줄 알았지."

―크. 누구 동생 아니랄까 봐 말하는 거 봐라.

영영이가 빈정거리며 적을 약 올리는 모습에 소담검이 혀를 내둘렀다. 나도 잘 몰랐는데 은근히 날 닮은 것 같기도 하다. 복면인의 눈동자를 보니 꽤나 심경이 복잡해 보였다. 정말 몰랐었나 보다.

"죽기 싫으면 빨리 언니와 언 매를 어디로 데려갔는지 불어!"

영영이가 놈에게 다그쳤다. 남궁가희뿐만이 아니라 진주 언가의 언영인도 납치되었나 보다. 하지만 저런 놈들이 그냥 입을 열 리가 만무했다. 강제로 입을 열게 해야지.

그때 복면인이 무너져 내린 계단 쪽을 쳐다보며 소리쳤다.

"엄살 부리지 말고 일어나!"

괴인더러 하는 소리인가 보다. 기운이 느껴졌지만 그 정도 충격이라면 내상이 심해서 쉽게 일어날 수가 없을 것이다. 그런데 예상과 다르게 무너져 내린 파편들이 들썩거리더니 이내 괴인이 몸을 일으켜 세웠다.

'지혈이 된 건가?'

팔의 상처가 나은 것은 아닌데, 피가 멎어 있었다. 저 정도 상태라면 팔이 떨릴 텐데 조금도 떨고 있지 않았다.

'고통을 느끼지 못하는 건가?'

그렇지 않고는 저렇게 태연자약하게 다시 일어설 수 있을 리가 만무했다.

"…오라버니, 저놈 이상해."

영영이가 당혹스러운 듯이 놈을 쳐다보며 중얼거렸다. 그 모습에 복면인이 이죽거리며 소리쳤다.

"암시귀가 그렇게 쉽게 당할 것 같으냐! 일어났으면 당장 저놈을 막앗!"

'암시귀?'

그게 뭐지? 저 눈과 입을 바느질한 괴인을 말하는 건가?

일단 그게 중요한 게 아니었다. 괴인에게 나를 막으라고 명을 내린 복면인이 객잔 밖으로 도망치려 했다. 시간이 지체될수록 내 상대가 되지 않는 걸 아니까 놈을 희생시켜서 살아남으려는 모양이다. 그러나 도망치려 하는 놈의 앞을 남천철검이 가로막았다.

"헛?"

복면인이 이를 뿌리치고서 도망치려 했지만 남천철검이 검초를 펼치는 바람에 이를 막기 급급했다.

"오라버니!"

영영이가 내게 외쳤다. 암시귀라 불렸던 괴인이 나를 향해 또다시 달려들고 있었다. 눈과 입을 꿰맨 저 얼굴로 황소처럼 저돌적으로 달려드니 괴기스럽기 짝이 없었다.

"물러나!"

영영이를 뒤로 보낸 나는 패도적인 일 권을 날리는 놈의 주먹을 잡아냈다. 그리고 단번에 놈의 가슴을 향해 역으로 일 권을 먹였다. 퍽! 우드드득! 오성 공력을 실어서인지 뼈 부러지는 소리가 선명하게 들려왔다. 한데 공력에 의한 여파로 뒤로 밀려 나가야 할 녀석이 이를 버텨내고서 내 얼굴을 우악스러운 손으로 움켜잡으려 했다.

'이놈…'

확실했다. 고통을 전혀 느끼지 못했다.

나는 고개를 뒤로 살짝 젖혀 아슬아슬하게 놈의 손을 피해냈다.

그리고 그대로 놈의 머리에 발차기를 먹였다. 우두둑! 심후한 공력이 실린 발차기에 놈의 머리가 옆으로 꺾였다. 목뼈가 부러진 게 선명하게 보일 정도였다. 한데 놈이 그 상태에서 내게 앞발차기를 날리며 가슴을 걷어찼다. 그 모습에 영영이가 경악을 금치 못했다.

"모, 목이 꺾였는데 어떻게?"

괴물 같은 모습에 많이 놀랐나 보다.

그러나 나는 조금도 당황하지 않고 놈이 날린 앞발차기를 살짝 몸을 틀어서 피한 후에 팔꿈치로 찍어버렸다. 투툭! 놈의 종아리뼈가 부러져서 튀어나오며 신형이 무너져 내리려 했다. 나는 그 순간을 놓치지 않고 왼손으로 암시귀라 불렸던 괴인의 머리채를 붙잡았다. 슉! 검집에 있던 소담검이 나의 오른손으로 빨려 들어왔다. 나는 조금도 망설이지 않고 괴인의 머리에 소담검을 박아 넣고서 풍차처럼 그대로 목으로 회전시켜버렸다. 콰드드드득! 목뼈가 갈리는 소리와 함께 괴인의 머리가 뜯겼고, 그 부위에서 피가 솟구치려 하기에 곧장 놈의 몸을 걷어차 버렸다. 팍! 발차기에 밀린 괴인의 몸이 실이 끊어진 인형처럼 혼자서 획획 주먹을 휘두르다가 이내 바닥에 쓰러졌다. 역시 회복이 빠르든 고통을 느끼지 못하든 머리와 몸을 분리하면 죽는 건 매한가지였다.

"아닛?"

남천철검을 상대하던 복면인이 어처구니없어했다. 내가 이놈을 이렇게 쉽게 제압하리라고는 전혀 예측하지 못했나 보다. 영영이도 놀라서 휘둥그레진 얼굴로 내게 말했다.

"오라버니… 이런 괴물이랑 싸워본 적이 있어?"

이 정도면 무난한 축이다. 죽을 상처에도 말도 안 되는 회복 능력으로 낫는 괴물들도 있으니까 말이다. 하지만 이러고 있을 틈이 없었다. 나는 남천철검을 상대하고 있는 복면인에게로 신형을 날려 단숨에 놈을 제압해버렸다. 절정의 극에 이르렀다고 해도 나와 격의 차이가 컸다. 초식을 펼치는 검을 단번에 날려버리고서 팔을 잡고 비틀어서 꺾어버렸다. 우두둑!

"끄악!"

이놈은 고통을 느꼈다. 하긴 이질적인 느낌을 가진 것은 저 눈과 입에 바느질을 한 놈뿐이었다.

"이, 이 괴물 같은 놈."

자신보다 강하면 괴물인가. 웃긴 녀석이네.

나는 팔이 꺾여서 꼼짝 못 하는 놈의 복면을 거칠게 벗겼다. 꽤 평범한 인상의 얼굴이 드러났다. 그때 영영이가 놈의 목에 검을 겨냥하고서 다그쳤다.

"우릴 어떻게 쫓아온 거야?"

영영이의 물음에 놈이 고통의 신음성을 흘리며 말했다.

"처, 천리추향을 따라왔다."

천리추향(千里追香). 말 그대로 향성이 강해 천 리까지 퍼져나가는 분진 가루이다. 이것을 뿌리면 특수한 기구나 훈련된 추적견을 통해서 위치를 추적할 수 있다. 그럼 꽤나 먼 곳에서부터 추적해왔다는 이야기가 된다. 그래서 내가 이곳에 있다는 사실을 미처 파악하지 못했을 수도 있겠다. 영영이가 입술을 질끈 깨무는 모습이 보였다. 반응을 보면 아무래도 영영이가 봉황당에서 맡은 임무와 관련 있는 것으로 짐작됐다.

푹!

"큭!"

영영이가 놈의 목에 검 끝을 밀어 넣으며 위협적으로 말했다.

"당장 말해! 언 매와 언니를 어디로 데려간 거야? 말하지 않으면 죽어."

그런 영영이의 말에 놈이 눈알을 이리저리 굴리더니, 나를 쳐다보며 말했다.

"소검선… 먼저 나를 살려주겠다고 약조해라. 그럼 그들을 풀어주겠다."

자신의 목숨을 두고 흥정하려는 놈이었다.

"뭐야!"

화가 난 영영이가 놈의 따귀를 때렸다. 소중한 동료들이 납치되어서 이성을 유지하기 힘들었나 보다. 다시 손을 들어 올리자 그가 영영이를 노려보며 말했다.

"날 이런 식으로 대하면 그 언니와 언 매라는 계집을 평생 볼 수 없을 텐데?"

그런 놈의 말에 영영이의 얼굴이 붉으락푸르락해졌다.

겨우 화를 가라앉힌 영영이가 내게 고개를 돌리더니 이내 전음을 보냈다.

[오라버니… 아무래도 흥정에 응해야 할 것 같아.]

동료들이 어떻게 되기라도 할까 봐 불안해하는 영영이의 모습에 가슴이 아렸다.

'후우….'

나는 놈을 위압적으로 내려다보았다. 눈빛에 실린 살기를 감지했는지 놈이 다급히 내게 말했다.

"서, 서두르지 않으면 그 여자들을 살아서 못 볼 수도 있소. 잘 선택…."

놈의 말이 끝나기도 전에 나는 손을 위로 치켜올렸다. 그리고 놈에게 따귀를 날렸다. 짜아아악!

"으억!"

영영이가 때린 것과는 비교도 안 되는 소리와 함께 놈의 비명이 울려 퍼졌다. 고개가 돌아간 놈의 입에서 핏물과 함께 부러진 이빨들이 후두둑 떨어졌다.

"오라버니!"

영영이가 놀라서 나를 불렀다. 흥정을 포기하나 싶어서 당황했나 보다. 이빨이 털린 놈도 어처구니없다는 듯이 내게 소리쳤다.

"그, 그 계집들이 전부 죽어도 좋다는…."

짜아아악!

"끄악!"

공력이 실린 따귀에 놈의 뺨 살점이 뜯겨 나갔다. 영영이가 내 팔목 옷자락을 붙잡고 소리쳤다.

"미쳤어! 오라버니, 언니랑 언 매가 죽어도 좋다는 거야!"

그런 영영이를 바라보며 나는 차분한 목소리로 달래듯이 말했다.

"영영아, 오라버니 믿지?"

그런 나의 말에 영영이가 인상을 쓰며 나를 쳐다보았다. 그러다 이내 옷자락을 놓으며 말했다.

"…믿어."

그때 고통의 신음을 흘리던 놈이 떨리는 눈으로 나를 쳐다보며 말했다.

"소, 소검선… 저, 정파의 영웅으로 각광받고 있는 자가 사람 구할 생각은 하지도 않고 이렇게 감정적으로 굴다니…."

"정파는 개뿔."

픽! 우드드득!

"끄아아아악."

갈비뼈를 걷어찼더니 부러지는 소리가 경쾌하게 들려왔다. 얼마나 고통스러운지 놈이 이젠 바닥을 데굴데굴 구르며 자지러졌다.

나는 놈을 싸늘한 눈초리로 내려다보며 말했다.

"내 누이동생을 건드리려 한 버러지 새끼가 어디서 흥정을 하고 있어."

"쿨럭… 쿨럭…."

놈이 피 기침을 하며 나를 노려보았다. 그래도 강단이 있는 놈이었다. 이렇게 맞아대도 기가 죽지 않는 걸 보면 말이다.

"소검선… 기어코… 그 여자들을… 버리는군. 전부 네놈이… 선택한 거다. 퉷."

나는 놈을 내려다보며 빙그레 웃고는 말했다.

"그렇게 강하게 나오면 내가 한발 물러서서 그래, 네 목숨은 살려줄 테니까 그 여자들이 어디 있는지 제발 알려줘, 하고 말할 것 같았지?"

"…."

그런 나의 말에 놈이 인상을 찡그렸다.

자신의 의도와 전혀 다른 반응이 나와서 당혹스러운 모양이었다. 놈이 이해할 수 없다는 듯이 말했다.

"아니, 정말 그 계집들이 어찌 되어도 상관없다는 거…."

쾅! 그때 객잔의 문을 누군가 거칠게 박차고 들어왔다. 근육질에 털가죽 옷을 입은 심술궂은 인상의 청년이었는데, 바로 송좌백이었다. 녀석이 영영이를 쳐다보며 손을 들어 올렸다.

"여어, 오랜만이다."

영영이의 눈이 커졌다. 어릴 적부터 알아왔던 고향 오라버니가 반가워서가 아니라, 녀석의 어깨에 걸쳐진 남궁가희를 발견했기 때문이다.

"어, 언니!"

영영이가 환해진 얼굴로 부리나케 좌백이에게 뛰어갔다. 인사는 받지 않고 남궁가희에게만 관심을 보이는 영영이를 보며 좌백이 뻘쭘했는지 입을 쩝쩝거렸다.

"흠흠."

반면 복면인들의 우두머리 놈은 무사히 구출된 남궁가희의 모습에 당혹스러운지 침을 꿀꺽 삼키며 내게 말했다.

"도, 동료가 있었구나…. 운이 좋군. 하나 다른 계집은 절대로…."

저벅저벅! 그때 발걸음 소리와 함께 한 인영이 객잔 안으로 들어왔다. 놈의 시선이 그곳으로 향했다. 그런데 그 인영은 다름 아닌 웬 복면인이었다. 복면인은 한쪽 어깨에 여인을 들쳐 메고 있었는데 그녀는 다름 아닌 진주 언가의 언영인이었다.

"언 매!"

영영이가 놀라움을 금치 못했다.

복면인은 분명 놈의 동료였다. 그런데 납치했던 그녀를 다시 이곳에 데려온 연유를 알 수 없었다. 그때 놈들의 우두머리가 복장이 터지는 듯 잔뜩 상기된 얼굴로 복면인에게 소리쳤다.

"네, 네놈 미친 거냐! 어째서 그 계집을 이리로 다시 데려온 거야?"

그 외침에 언영인을 들쳐 메고 있던 복면인이 몸을 배배 꼬더니, 갑자기 어울리지 않는 웃음을 터뜨렸다.

"깔깔깔깔!"

흡사 여자처럼 웃고 있었다.

"너 이 새끼가 돌은 거…."

"깔깔깔. 이 남자는 이 몸의 충실한 노예란다."

복면인의 한 손에는 사련검이 들려 있었다.

'…?!'

우두머리 놈은 도대체 이게 무슨 상황인가 어처구니없어했다.

"이게 대체…."

황당해하는 것은 다른 이들도 마찬가지였다. 갑자기 복면인이 여자 말투로 노예 어쩌고 하는데 이걸 이상하게 생각지 않을 이가 어디 있겠는가.

—여자로서도 평범하지 않은데.

그러게 말이다.

지금 저 복면인은 사련검에게 조종당하는 상태였다. 인질을 구하는 것으로 그쳤으면 좋았을 텐데, 사련검이 신이 나서 저런 말까지 해댈 줄은 몰랐다.

"네, 네놈 미치기라도 한 거냐!"

복면인들의 우두머리가 다그치자, 사련검에게 사로잡힌 복면인이 웃으면서 말했다.

"내가 네 부하로 보이니?"

"뭐?"

모르는 사람이 들으면 소름이 끼칠 말이었다. 귀신에 홀린 줄 알 것이다.

'그만해.'

"흐으응."

사련검에게 사로잡힌 복면인이 아쉽다는 듯이 야릇한 콧소리를 내면서 몸을 꼬았다.

'…아.'

골이 아파온다. 상황이 너무 급하다 보니 미리 주의를 주지 않은 내 잘못이다. 아니, 애초에 저렇게 사람 몸을 멋대로 조종하는 것을 넘어서 말까지 할 수 있으리라고 누가 알았겠는가.

"아쉽네. 더 놀고 싶은데."

이마를 손으로 짚고 있는 나를 보며 눈웃음을 짓던 복면인이 바닥에 진주 언가의 언영인을 내려놓고는 이내 자신의 목으로 사련검을 가져갔다.

"머, 멈춰!"

촥! 자결을 한 것이었다.

그러고는 복면인의 손에서 벗어난 사련검이 내게로 돌아왔다. 그 광경에 소름이 돋았는지 복면인들의 우두머리가 입을 벌리고서 순간 말문을 잃고 말았다.

"하…."

영영이가 나를 보며 혀를 내두르는 모습이 보였다.

[오빠, 무슨 짓을 한 거야?]

아무래도 내가 무슨 사술 같은 것을 벌였다고 생각하는 모양이다. 쓸데없는 오해를 하지 않게 말해두는 편이 나을 것 같다.

[…내가 한 거 아냐.]

[오빠가 한 게 아니라고?]

[사련검이라고 혈마검처럼 요검이야. 손에 쥐면 검의 요기에 사로 잡혀서 자신의 의지와 상관없이 움직이게 돼.]

[요검!]

영영이의 두 눈이 휘둥그레졌다. 악명이 자자한 요검들이 있으니 이 정도만 말해도 이해할 거라 생각된다. 대표적인 것이 혈마검이기도 하고 말이다.

나는 사련검을 께름칙하게 쳐다보는 영영이에게 장난기를 담아 말했다.

[만져볼래?]

[돼, 됐거든.]

경기를 일으키듯이 기겁하는 모습에 나는 피식 웃었다. 고개를 절레절레 흔든 영영이가 남궁가희의 상태를 살피더니 이내 송좌백에게 말했다.

"좌백… 오라버니."

"오라버니?"

그 말에 송좌백이 콧김을 뿜으며 입꼬리가 올라갔다. 고작 오라버니라는 말에 헤벌쭉하다니 정말 단순한 녀석이다.

―저러다 네 동생한테 반하는 거 아냐?

…그건 좀 곤란한데. 녀석이 워낙 금방 이성한테 호감을 가져서 불안하기는 하네.

"오라버니니까 오라버니라고 하죠. 가만히 있지 말고 언니의 점혈 좀 풀어주세요."

"험험. 그, 그래. 풀어야지, 암."

영영이의 부탁에 녀석은 헛기침까지 해대며 남궁가희를 내려놓고서 점혈을 풀었다. 그사이에 나는 복면인들의 우두머리에게 다가갔다. 놈이 나를 괴물처럼 쳐다보고 있었다.

"네, 네놈 대체 무슨 짓을 한 거야? 정파인이 어떻게 이런 괴이한 사술 같은 걸…."

사련검이 복면인을 조종한 것이 사술처럼 느껴졌었나 보다. 뭐 굳이 내가 그걸 일일이 설명할 이유는 없지.

"알 거 없고. 아까 전에 인질 어쩌고저쩌고했던가."

그 말에 놈의 얼굴이 사색으로 바뀌어갔다. 더 이상 살아갈 구멍이 없다는 것 정도는 본인이 더욱 잘 알 것이다.

"내 누이동생을 건드렸으니 곱게 죽을 생각은 하지 마라."

꽈악! 나는 놈의 발목 부근을 지그시 밟았다. 뼈가 으스러지는 소리가 들려왔다.

"끄아아아아!"

놈이 고통을 참지 못하고 비명을 지르는 모습을 보니 한결 속이 풀리는 것 같았다.

놈이 내게 애처로운 목소리로 말했다.

"제, 제발 목숨만 살려주십쇼."

그런 놈의 말에 나는 코웃음을 쳤다.

"그 입에서 제발 그냥 죽여달라는 말이 나오게 해주지."

처음부터 그런 짓을 하지 말았어야지. 내 사람을 건드리고도 무사히 살아 나가길 바라다니. 어딜 부수면 고통스러울까?

그때 영영이의 외침이 들려왔다.

"오라버니! 잠깐만!"

다른 발목을 부러뜨리려던 찰나, 나는 그것을 멈췄다. 그러자 영영이가 달려와 놈에게 말했다.

"그분이 누구야?"

'그분?'

뜬금없는 말에 한 가지를 짐작할 수 있었다. 아무래도 배후가 있는 모양이었다. 대체 무슨 임무를 했던 것이기에 납치까지 당할 뻔한 거지?

"그, 그건…."

놈이 말을 더듬으며 망설였다. 자신의 목숨이 위태로운 상황에서 배후 밝히는 걸 겁내다니 보통 녀석이 아닌 듯했다. 나는 발목에 힘을 가하며 말했다.

"말해!"

놈이 쉽사리 입을 열지 못했다. 이에 나는 발에 힘을 가했다. 고통이 느껴지자 놈이 화들짝 놀라 손사래를 치며 해명하듯이 말했다.

"저, 저는 그저 돈을 받고서 명을 따랐을 뿐입니다."

"돈을 받고 명을 따라?"

"정말입니다. 믿어주십쇼."

푹!

"어억!"

그런 놈의 어깨로 영영이가 검을 찌르며 다그쳤다.

"그러니까 배후를 말하란 말이야!"

"끄으으으…."

"돈을 주고 명을 내린 당사자가 있을 거 아냐!"

나도 화가 났지만, 납치를 당할 뻔한 당사자여서 그런지 영영이가 이렇게 분노하는 모습은 살면서 처음 보는 것 같다. 영영이가 놈에게 고통을 주기 위해 검날을 비틀며 말했다.

"그놈이 인악면이지? 말해!"

인악면? 그 말에 나는 속으로 놀라움을 감추지 못했다.

—왜? 알고 있어?

잊고 있었는데, 회귀 전에 무림연맹에서 주목받았던 몇몇 사건들이 있다. 그중 하나가 바로 인악면 사건이다. 수많은 젊은 여인들이 납치되었는데, 처음에는 민간인만 노리다가 어느새 무림의 여인들마저 무차별적으로 노려서 커졌던 사건이다.

—그럼 네 누이동생이 납치되는 것도 원래 벌어졌을 사건이라는 거야?

그건 아냐.

생각해보니 영영이나 남궁가희는 납치되지 않았다. 당시 인악면 사건이 처음 주목받았을 때 투입되었지만, 특별한 성과도 없이 그냥 돌아왔던 것으로 기억한다. 아마도 원래는 곧바로 무림연맹으로 복귀해서 별일이 없었던 것 같다. 나를 기다리느라 이런 사태가 벌어졌던 것이다.

'…미안해지네.'

회귀 전과 역사가 달라진 셈이었다.

—그럼 인악면은 잡혔어?

결과적으로는 못 잡았어.

—엥? 못 잡았다고? 그럼 해결되지 않은 사건이란 말이야?

속사정이 꽤나 복잡하다. 이 일로 인해 무림연맹의 맹주 백향묵까지 나서는 사태가 빚어졌었다. 그런 걸 생각하면 이 일은 영영이가 엮여서는 안 될 사건이었다. 꽤나 난처한 사건에 휘말린 것 같았다.

─대체 무슨 일이길래….

소담검이 내게 물어보려던 찰나였다.

'뭐지?'

나는 바깥쪽을 쳐다보았다. 영영이가 의아해하며 물었다.

"왜 그래, 오라버니?"

"손님들이 왔네."

"손님?"

혹시나 또 다른 적일까 싶어서인지 영영이의 눈이 경계심으로 물들었다.

"여기다!"

이윽고 나의 예고대로 객잔 안에 열 명 정도 되는 청색 상의에 비슷한 복장을 입은 무사들이 우르르 몰려 들어왔다. 어디 소속인지는 모르겠지만 왼쪽 가슴에 새겨진 표식을 보니, 무림연맹과 관련된 자들임을 알 수 있었다. 가장 선두에 사십 대 초반으로 보이는 훤칠한 중년인이 서 있었다. 그를 보자마자 영영이가 놀라서 포권을 취했다.

"양 문주님!"

"소 부당주!"

서로 안면이 있는 모양이었다. 영영이를 발견한 양 문주라 불린 사내가 주위를 둘러보며 눈이 휘둥그레졌다. 주변에 널려 있는 수많은 복면인들의 시신과 아수라장이 된 객잔 내부에 놀란 모양이었다.

[누구야?]

나의 전음에 영영이가 전음으로 답변해주었다.

[사천성 무림연맹 지부에서 외당주를 맡고 있는 해종문의 양정 문주셔.]

'양정?'

나는 눈을 가늘게 뜨고 그를 물끄러미 쳐다보았다.

양 문주가 우리 쪽으로 다가오며 말했다.

"소 부당주, 무사했구려. 다행이네."

"양 문주께서 어찌 이곳까지?"

"그렇지 않아도 놈들을 찾아내기 위해 유인책을 벌였던 여인들 중에 습격받은 자가 생겨서, 이를 알리고 돕기 위해 급히 자네들을 따라왔던 차일세."

봉황당만 습격당한 것이 아닌 모양이었다.

"아아! 감사합니다!"

영영이가 그에게 고마움을 표했다. 다만 내가 없었다면 이미 납치되었을 테니, 사실상 그냥 체면치레를 해주는 것이었다. 양정이라는 자가 나를 쳐다보더니 의아한 눈초리로 물었다.

"한데 이 젊은이는?"

"아! 문주님, 이분은 제 오라버니예요."

"오라버니?"

그 말에 양정의 눈에 이채가 띠었다.

"소 부당주의 오라버니분이시라면 소검선?"

나는 그에게 포권을 취하며 공손히 인사했다.

"소운휘라고 합니다. 해종문의 문주님을 뵙게 되어 영광입니다."

그런 내게 그가 탄성을 흘리며 말했다.

"어쩐지 범상치 않다고 했소이다. 이곳으로 오면서 귀공의 소문을 귀에 딱지가 앉도록 들었소."

어디까지 소문이 퍼진 거지? 어쨌거나 얼굴에 금칠을 하니 참 낯간지럽다.

"과찬의 말씀입니다."

"아니올시다. 참 다행이오. 오라버니분 같은 절세고수가 이곳에 있어서 봉황당의 당원들이 큰 액을 피할 수 있었던 것이구려."

"아이참."

영영이가 쑥스럽다는 듯이 머리를 긁적였다. 칭찬의 말에 괜히 본인이 더 으쓱했나 보다.

문주 양정이 영영이의 검에 찔려 있는 복면인들의 우두머리를 가리키며 말했다.

"그자만 살아 있는 건가?"

"네. 이자가 저희를 습격했던 자들의 우두머리 같아요, 문주님. 이자의 배후에 인악면이 있는 게 틀림없어요."

문주 양정이 고개를 끄덕이며 동의했다.

"아마도 그럴 걸세. 동시다발적으로 습격한 걸 보면 배후에서 인악면이 이들을 움직인 게 틀림없네."

"네. 피해를 막기 위해서라도 이자에게서 인악면이 누구인지 꼭 알아내야 해요."

영영이가 의지를 불태웠다. 그런 영영이를 보며 문주 양정이 난처하다는 듯이 말했다.

"한데 말일세, 소 부당주. 붙잡은 그자의 신병을 우리가 양도받을 수 있겠나?"

"네?"

영영이가 의아해하며 반문했다. 대뜸 이자를 달라고 할 줄은 몰랐기 때문이다.

"하지만 아직 이자에게서 아무것도…."

"소 부당주, 자네의 심경은 이해하네. 하나 자네들뿐만이 아니라 놈을 잡기 위해 투입했던 여인들이 습격당하고 있네. 서두르지 않으면 더 많은 피해가 일어날 수도 있네."

"아아…."

그 말에 영영이가 입술을 질끈 깨물었다. 자신의 손으로 배후의 범인을 꼭 밝혀내고 싶었나 보다. 그러나 문주 양정은 더욱 간절한 목소리로 말했다.

"부탁하네."

"말씀은 맞지만…."

영영이가 뭔가를 말하려 했지만 나는 그것을 만류했다. 그리고 그에게 포권을 취하며 말했다.

"그렇게 하시죠. 급한 사안이면 당연히 양도해드려야죠."

"오라버니!"

"영영아, 더 많은 사람들을 살려야지. 가서 직접 도울 게 아니라면 무림연맹의 사천성 지부에서 범인을 잡도록 양보하는 게 옳은 일이야."

그런 나의 말에 문주 양정이 포권을 취하며 답했다.

"과연 소검선다운 배포이시오. 양해해줘서 정말 고맙소이다. 내 반드시 범인을 잡도록 하겠소."

"꼭 놈을 붙잡으시길 바랍니다."

"이를 말이오."

그렇게 문주 양정은 급히 복면인들의 우두머리를 데리고 철수했다. 그가 가고 얼마 있지 않아 영영이가 내게 따졌다.

"아니, 그자를 왜 넘긴 거야? 오라버니는 이상하지 않았어? 아무리 급해도 여기서 심문하고 가도 되잖아. 굳이 가면서 심문하겠다는 건…."

"영영아."

"왜?"

"누가 그냥 보낸대."

"뭐?"

* * *

이 리 정도 떨어진 짐마차 안. 복면인들의 우두머리가 상처 부위를 지혈하고서 금창약을 뿌렸다. 촥! 촥!

"끄악!"

"끄으으… 어, 어째서…."

그러는 사이 바깥에서 비명 소리들이 들려왔다. 밖에서 뭔가 심상치 않은 일이 벌어지고 있는데도 복면인들의 우두머리는 여유롭기 짝이 없었다.

끼이이익! 이윽고 마차의 문이 열리며 피로 젖은 누군가가 들어왔다. 그는 다름 아닌 문주 양정이었다. 양정이 혀를 차더니 말했다.

"붙잡혀 있던 주제에 여유롭네? 누구는 이 고생을 하고 있는데 말이야."

"다 죽였나?"

"그래, 이 새끼야."

객잔에서의 모습이나 말투와는 확연하게 달랐다. 사파인들처럼 거칠기 짝이 없었다.

"빌어먹을, 그럼 팔대 고수급의 괴물을 상대로 뭘 어쩌란 거냐? 그 계집의 오라비가 소검선일 줄 누가 알았겠어."

"그건 의외의 복병이더군."

문주 양정이 혀를 차며 말했다.

"암시귀까지 당했더군. 어검비행 어쩌고 하길래 과장된 헛소문에 불과하다고 생각했는데."

"헛소문? 전혀 과장된 게 없었어. 완전 괴물이야."

아직도 그가 나타났을 때가 뇌리에서 지워지지 않았다. 객잔을 초토화한 엄청난 공력과 사방을 누비는 이기어검의 향연. 아수라가 현신한 줄 알았다.

"용케 살아남았군."

정말 천운이었다. 그 시점에 문주 양정이 나타나지 않았다면 꼼짝없이 죽었을 것이다. 놈은 여느 정파인들과는 달랐다. 죽음의 공포를 그리 느껴본 것은 오랜만의 일이었다.

"…그래도 네놈의 임기응변 덕분에 살았다. 자결해야 하나 고민 중이었는데."

"개뿔. 네놈이 자결을 한다고?"

"그럼 내가 어머니를 팔기라도 할까 봐?"

"그러고도 남을 놈이지."

복면인들의 우두머리가 고개를 절레절레 흔들었다. 그리고 진지한 목소리로 말했다.

"아무래도 봉황당의 계집들은 그냥 내버려두는 게 좋을 것 같다."

"노여워하실 텐데?"

"그렇긴 하지만 소검선 그놈은 께름칙한 뭔가가…."

푹!

"컥!"

그 순간 문주 양정의 앞으로 피가 튀었다.

'…?!'

그는 눈앞에서 벌어진 일에 당혹감을 감추지 못했다. 복면인들의 우두머리 복부를 뚫고서 날카로운 검날이 튀어나와 있었다.

"이게 대체…."

무슨 영문인지 알 수가 없었다. 마차도 뚫어 관통한 것 같았다.

"끄으으… 이, 이것 좀 어떻게…."

"빌어먹을! 가만히 있어봐."

문주 양정이 서둘러 그를 돕기 위해 튀어나온 검을 뽑으려고 하는데, 갑자기 복면인들의 우두머리가 경련을 일으키며 눈이 뒤집혔다.

"끄그그그그그!"

"이봐! 왜 그러는 거야? 정신 차…."

타타타탁! 그 순간 복면인들의 우두머리가 그의 혈도를 전광석화처럼 점혈해버리고 말았다. 불시에 당한 문주 양정이 당혹감을 감추지 못했다.

"네, 네놈… 왜?"

그런 그에게 복면인들의 우두머리가 입꼬리를 올리며 색기 넘치는 말투로 말했다.

"흐으응. 네가 인악면이니?"

확연하게 달라진 말투에 문주 양정은 당혹감을 감추지 못했다. 아마도 자신이 알고 있던 '그'가 아닌 다른 존재가 된 것을 어렴풋이 느꼈기 때문일 것이다. 놈의 표정부터 이를 드러내고 있었다.

나는 사련검과 시야를 공유하고 있기 때문에 알 수 있었다. 다만 내가 하는 말을 그대로 전하라고 했더니, 자신의 말투대로 바꿔 말하는 사련검이다.

각색하지 말고 그대로 전달해.

─노예 주제에 까다롭구나, 너.

누가 노예라는 거야. 후우. 제대로 전달이나 해라. 다시 한 번 짧게 '네가 인악면이냐'라고 말해.

─알았어.

"인악면이냐고 물었잖아. 응?"

…젠장, 모르겠다.

그래, 말투야 이런들 어떠하고 저런들 어떠하리.

"…네놈 누구야?"

문주 양정이 경계심 가득한 얼굴로 물었다. 이제 확실하게 복면인들의 우두머리가 아님을 알아차렸나 보다.

"흐으응. 그건 네가 알 바 아니지."

"…무슨 사술을 부린 거지?"

"알 바 아니라고 했잖아."

사련검에게 조종당하고 있는 복면인들의 우두머리가 마차 바깥쪽을 고갯짓하며 문주 양정에게 말했다.

"잘도 저질렀더라?"

바깥에 시신들이 널브러져 있었다. 전부 사천성 무림연맹 지부의 무사들이었다. 입막음을 위해서 죽인 것이었다. 그 말에 문주 양정이 가늘어진 눈매로 콧방귀를 뀌었다.

"흥."

점혈까지 당해서 언제 죽을지도 모를 상황에 배포가 남달랐다. 조금도 위축된 모습을 보이지 않았다. 그래, 일반 여자도 아니고 무림의 여성마저 노릴 정도라면 그 정도 배짱은 보여줘야지.

"당당하시군."

비웃음을 보이던 놈이 입을 열었다.

"보는 눈과 듣는 귀가 많으면 죽이는 것은 당연지사지."

"동료애가 지극하시군. 한데 이를 어쩌지? 이 정도 상처라면 고작 일각도 버티지 못하고 죽을 텐데 말이야."

검이 복부를 관통했다. 치료하지 않고 내버려두면 죽는 것은 당연지사였다. 그런 나의 말에 비웃음을 흘리던 놈의 표정이 무섭게 일그러졌다.

"당장 이걸 풀고 공전에게 건 사술을 푼다면 이번 일은 그냥 넘어가도록 하겠다."

이자의 이름이 공전인가 보다. 동료를 살리려는 마음이 지극한 듯한데, 상황 파악이 아직 안 된 것 같다.

"그럴 거였다면 굳이 이런 짓도 안 했지."

"하!"

놈이 기가 찬 듯 코웃음을 쳤다. 그러더니 날카롭게 노려보며 말했다.

"설마 네놈들이 누군지 모를 거라 생각하느냐?"

응? 이건 전혀 예상치 못한 반응이었다. 일부러 시간 간격을 두고 멀리 떨어진 후에 노린 것이었는데, 설마 내가 개입한 것을 눈치라도 챈 걸까? 하긴 그럴 수도 있겠다. 서로 한패인 게 드러났으니 복면인들의 우두머리가 말해줬을 수도 있다. 그렇다면 필히 이놈을 죽여야⋯ 잠깐 이상한데. 지금 네놈들이라고 했나? 복수를 지칭하고 있었다. 나와 영영이를 통틀어서 한 말치고는 이상했다. 한번 시험해봐야겠다.

"호오. 제법 영리한 구석도 있네."

"⋯서로 간섭하지 않기로 했을 텐데. 이런 식으로 들쑤신다면 어머니께서 가만히 계실 것 같으냐?"

어머니라⋯. 역시 회귀 전에 들었던 소문이 사실이었구나. 한데 서로 간섭하지 않기로 했다는 것은 지금 이놈이 오해하는 자들과 서로 알고 지내던 관계라는 말이 된다. 대체 어떤 자들을 말하는 건지 궁금해진다. 어떻게 말해야 놈의 입에서 그 말이 나올까? 그때 아직 지시를 내리지도 않았는데 사련검이 제멋대로 입을 열었다.

"이쪽에서 찜해둔 것을 노리면 곤란하거든. 흐으응."

⋯제법인데. 생각보다 자연스럽게 이야기했다. 악명 높은 향화열락궁의 궁주 주사련의 검이라서 이런 경험이 많은 건가. 어쨌거나 사련검의 임기응변에 놈이 반응을 보였다.

"찜해뒀다고? 설마 봉황당의 계집들을 말하는 것이냐?"

"글쎄."

무조건 긍정을 표할 필요는 없다. 내가 이자와 안면이 있는데 지금은 껄끄러운 관계라면 내 자신의 모든 것을 밝히지는 않을 테니까 말이다.

"…소검선이로군."

놈의 입에서 내가 거론되었다. 어째서 갑자기 나라고 여긴 거지?
사련검, 잠시 아무 대답도 하지 말고 물끄러미 쳐다만 보고 있어봐.

문주 양정이 피식 웃으며 말했다.

"맞혔나 보군. 하긴 네놈들이 움직일 이유는 만들어놓은 판에 방
해되는 작자들을 처리하는 것일 테니 말이야. 안 그렇나?"

아직 답하지 마. 알아서 뭔가를 더 얘기할 거야.

"…."

예상대로 놈이 계속해서 입을 열었다.

"한데 이를 어쩌나? 귀살권마까지 동원했는데 아무런 성과도 없
이 살려놨으니 네놈들의 존주라는 작자도 아주 노여워했겠군."

'…!!'

순간 나는 놀라움을 금치 못했다. 이들과 안면이 있다는 조직은
다름 아닌 금안의 조직이었다. 내가 직접 마주 보고 있는 것이 아니
라 다행이다. 찰나에 감정이 드러날 뻔했다.

—뭐라고 할까?

잠깐만 있어봐. 처음으로 금안의 조직 자체가 아니라 그들을 알
고 있는 자들과 접선한 셈이었다. 이제야 아귀가 맞아떨어진다. 그
렇지 않아도 그 암시귀라 불리던, 고통을 느끼지 못하는 괴인을 보
고 금안의 조직과 혹여 관련 있지 않을까 의문을 가졌던 참이었다.
어떻게 접근해야 할까? 문제는 이들의 배후 역시도 금안 못지않게
껄끄러운 자라는 게 문제였다.

—껄끄럽다고?

무림연맹주 백향묵이 직접 나서도 어찌해보지 못한 괴물이 이들의 배후였다. 그래서 일부러 멀리 보내고 나서 처리하려 했던 거였고. 그런데 계획을 달리해야 할 것 같다. 최대한 이 상황을 이용해야겠다.

—재밌겠네. 깔깔깔.

사련검 네 역할이 중요해졌다.

—이제 목갑에 안 넣는다고 약조하면 도와줄게, 자기야.

…중요한 순간에 협상질 좀 하지 말라고.

—흐으응. 글쎄에에.

콧소리까지 내는 게 자신은 손해 볼 게 없다는 식이다. 후우. 알았다. 방도를 찾아볼게.

—깔깔깔. 좋아. 우리 자기는 내가 도와줘야지.

그럼 시키는 대로 해라. 사련검이 공전이라는 자의 입을 통해 말문을 뗐다.

"존주를 함부로 입에 담다니, 너나 이자의 목숨이 아깝지 않나 보네?"

"…어머니께서 자식들을 건드리는 걸 좋아하지 않는다는 건 네놈들이 모시는 존주야말로 잘 알 텐데."

오히려 더 강하게 나왔다. 금안의 조직을 알면서도 두려워하지 않다니. 하긴 그러니 그런 악명을 떨칠 수 있었겠지. 오히려 잘됐다. 자극하기에 더 좋으니까 말이다.

"존주께서 네놈들의 어미에게 눈 하나 깜빡이실 것 같아?"

"네놈이!"

그 말에 문주 양정이 분노를 참지 못했다. 혈도를 점했는데 얼굴에 핏줄까지 선 것을 보면 정말 충성심이 강한 것 같다.

사련검, 이렇게 해.

─정말?

그래.

나의 지시에 사련검이 의아해했지만 이를 따랐다. 공전이라는 자의 몸을 움직이더니 문주 양정의 목을 손으로 움켜잡은 것이다. 콱!

"컥!"

"목숨이 간당간당한데 나오는 태도가 썩 마음에 들지 않네. 역시 그냥 죽여야겠어."

사련검이 하는 말에 목이 졸려서 눈동자의 핏줄이 선 문주 양정이 증오심 가득한 눈빛으로 노려보았다.

"네… 네놈이 정녕 선을… 넘으려는… 것이냐?"

"이쪽 일에 먼저 간섭한 것은 네놈들과 네놈의 어미다."

"이노오옴!!"

목을 조르면서도 자극하는 말에 놈의 분노가 극에 치닫고 있었다. 사련검의 목소리가 내 머릿속을 울렸다.

─죽지 않을 만큼 조르고 있긴 한데, 이래도 괜찮아? 뭐 정보 같은 걸 얻어내려고 그러는 거 아니었어? 이러면 정보는커녕….

정보라니. 내 목적은 다른 데 있다. 서로 간섭하지 않기로 했는데, 껄끄러운 사이라면 더 좋은 활용도가 있지 않나. 이들끼리 서로 싸우게 만들면 된다.

─호오. 우리 자기, 제법 머리 좀 굴릴 줄 아는데.

내가 아는 그 어머니라는 작자의 성정이라면 절대로 가만히 있지 않을 것이다. 어떻게든 복수를 하려 들 게 틀림없다. 그렇지 않아도 이제는 나를 대놓고 노려서 어찌할까 고민 중이었는데, 이런 기회를 놓칠 수야 있나.

―언제까지 조르고 있을까?

네가 조종하고 있는 그놈이 죽을 때까지. 이놈은 살아 있어야 하니까.

그때 놈이 입을 열었다.

"컥… 아직… 검…들을… 전부… 회수하지… 못했다는 건… 네놈…들이… 그것을… 극복하지… 못했다는… 걸 텐데?"

응? 이건 무슨 소리야? 생각보다 흥미로운 정보가 놈의 입에서 튀어나왔다. 검을 회수하지 못해 무언가를 극복하지 못했다는 건 대체 무슨 의미지? 사련검, 목에서 손을 떼어봐.

공전이 놈의 목에서 손을 떼자 미친 듯이 기침을 해댔다.

"쿨럭… 쿨럭… 쿨럭…"

"…지금 무슨 소리를 한 거지?"

한참 기침을 해대던 놈이 상기된 얼굴로 이죽거리며 말했다.

"크… 흐흐… 네놈들이 어째서 그 불길한 검들을 찾는지 어머니께서… 모를 거라 생각했나?"

역시 예상대로였다. 놈이 말한 것은 다섯 요검인 것 같다.

"아니, 생각해보니 네놈들의 존주란 작자도 어쩌면 알고 있을지도 모르겠군. 그러니 쉽사리 어머니를 건드리지 못한 거겠지?"

뭔가 엄청난 정보가 있다. 이걸 알면 금안의 조직이 어째서 요검을 노리는지, 그리고 이들이 무엇을 알아냈기에 서로 간섭하지 않기로 맹약을 맺은 건지 알 수 있을 것 같다. 사련검이 공전을 통해 놈에게 말했다.

"너… 뭘 알고 있는 거지?"

그 말에 문주 양정이 눈살을 찌푸렸다. 가늘어진 눈매로 뚫어지게 쳐다보더니 이내 코웃음을 치며 말했다.

"네놈 시술자가 아니로군."

"뭐?"

"그러니 내게 되묻는 게 아니냐? 하긴 예전부터 네놈들의 존주라는 작자는 조심성이 많다 못해 수하들은커녕 누구도 믿지 못했지."

아주 자극을 한다. 나야 화날 게 없다지만 진짜 금안의 조직이었다면 이 자리에서 놈을 죽여버렸을지도 모르겠다. 다행스러운 것은 아직 내가 금안의 조직이 아니라는 사실을 눈치채지 못했다는 것이다. 더 길게 얘기하면 금방 탄로 날 것 같다. 사련검, 이렇게 전해.

"네놈들이 제대로 알고나 하는 소리인지 묻는 거다."

"크하하하하핫."

그 말에 놈이 광소를 터뜨리다 정색하며 말했다.

"알고 있으니 하는 소리가 아니더냐? 아무리 시술을 받지 않았어도 지금 내가 무슨 말을 하는지 정도는 네놈도 분명 알아들었을 터인데."

"…"

"어디서 사술을 펼치는지 모르겠지만 존주나 네놈보다 높은 자가 있을 것이 아니냐? 그럼 전해라. 지금이라도 그만두면 어머니와 존주의 계약은 유효할 거라고 말이다."

…아무래도 여기까지인가 보다. 여기서 더 물어보면 가짜인 게 탄로 날 것이다. 확실한 것은, 요검을 찾는 이유가 무언가를 극복하기 위함이라 했다. 머리를 굴려보자. 시술자라는 것은 아무래도 기

이한 회복 능력을 가진 자들을 의미하는 것 같다. 삼대 금지 중 하나인 봉림곡에서 만났던 그 두 눈이 금안인 자가 내게 금상지체의 시술을 받았냐는 말을 했었다. 그때 이후로 나 역시 회복 능력을 가지게 되지 않았나.

'…극복하지 못했다고 했다.'

그 말은… 목을 베는 것 외에 뭔가 다른 약점이 있는 건가? 아니면 이들에게 넘어서지 못할 무언가가 있다는 건데, 아무리 머리를 굴려도 뚜렷한 답이 나오지 않았다. 그렇다면 계획을 좀 변경해야겠다.

—웅?

사련검, 지금부터 내가 시키는 대로 행동해.

나는 사련검에게 해야 할 것을 알려주었다.

—나 참, 우리 자기는 별걸 다 시키네.

하라는 대로 하기나 해.

—깔깔깔. 뭐 재밌기야 하겠네.

사련검이 공전이라는 자의 입으로 말했다.

"네 말대로 그대로 전했더니 만장일치로 결정이 났다."

문주 양정이 피식 웃으며 말했다.

"그럼 혈도를 풀고 공전에게 건 사술을 풀어라. 빨리!"

"아니, 이제 서로에게 간섭하지 않기로 한 것은 없던 일로 하기로 했다."

"뭣?"

콱!

"커억!!"

사련검이 일어나 놈의 목을 두 손으로 움켜잡았다.

"네… 네놈…."

"이대로 죽어라."

아주 세게 힘을 가하자 문주 양정의 두 눈이 터질 것처럼 붉어졌다. 점혈 때문에 움직일 수도 없으니 죽음의 공포가 드리워졌을 것이다. 바로 그 순간이었다. 촤악! 무언가가 가르는 소리가 마차 안을 울렸다. 문주 양정의 두 눈동자에 비친 공전이라는 자의 목이 사선으로 갈라지는 것이 보였다. 푸슉! 피가 분수처럼 위로 뿜어져 올랐다. 놈의 목을 움켜쥐고 있던 공전의 손아귀에서도 힘이 빠졌다.

"쿨럭… 쿨럭… 이… 이게 대체…."

놈이 기침을 하며 영문을 몰라 했다.

쿠르르르르! 그때 짐마차가 공전이라는 자의 목처럼 사선으로 갈라지며 단면이 밑으로 쏠려 내려갔다. 윗부분이 통으로 갈라진 것이다. 덕분에 바깥이 보이게 되면서 놈의 눈동자에 악귀 가면을 쓴 누군가가 다가오는 것이 아주 선명하게 보였다. 그것은 바로 나였다.

"쿨럭… 쿨럭… 악귀 가면?"

눈살을 찌푸리며 쳐다보던 놈이 화들짝 놀라서 소리쳤다.

"혀, 혈마!"

갑작스럽게 나타난 나를 보며 문주 양정이 동요를 감추지 못했다. 그도 그럴 것이 느닷없이 혈마가 나타나 자신을 구해줬으니 당혹스러운 게 당연했다.

―일인이역에 맛 들였네? 혼자 북 치고 피리 부는 격인데.

소담검이 키득거리며 내게 말했다.

나라고 이게 즐거워서 하는 것 같아? 소운휘로서 구하는 것보다 혈마로서 구하는 게 더 효과적이라서 그런 거지. 어쨌거나 놈을 구해줬으니 적당한 명분은 생긴 셈이다. 나는 놈에게로 다가갔다. 악귀 가면을 보고 나를 알아본 놈이 당혹감에 어쩔 줄 몰라 했다. 아직 혈도가 점해진 상태라서 더욱 그럴 것이다.

내가 먼저 놈에게 말했다.

"그냥 지나치기에는 곤란에 처한 것 같더군."

"…정말 혈마가 맞소?"

반신반의하고 있었다. 하긴 이런 상황에서 덥석 믿기는 힘들겠지. 나는 들고 있던 혈마검을 아무렇지 않게 놈을 향해 날렸다. 푹! 아주 절묘하게 혈마검이 놈의 옆자리로 꽂혔다. 검이 본인한테 맞을까 봐 눈을 감으며 움찔하는 모습이 가관이었다. 눈을 슬며시 뜬 놈이 혈마검을 보고서 눈동자가 흔들렸다. 눈알을 이리저리 굴리던 놈이 이내 입술을 뗐다.

"무림연맹의 사람을 구하다니 대체 무슨 의도요?"

제법이네. 이 와중에 연기를 하고 있다. 내가 못 들었을지도 모른다고 생각한 건지, 무림연맹의 사람인 척하고 있었다. 나는 놈에게 피식 웃으며 말했다.

"무림연맹은 같은 동료를 아무렇지 않게 죽이나 보군."

"…"

"그리고 내 귀가 잘못된 게 아니라면 무림연맹의 사람도 아닌 것 같던데."

그런 나의 말에 놈의 표정이 점점 굳어졌다. 어차피 속이는 것은 불가능한 일이다. 빤히 나를 쳐다보고 있던 놈이 입을 열었다.

"왜 일면식도 없는 나를 구해준 것이오? 귀공과는 상관없는 일이 잖소."

놈의 질문에 나는 뒷짐을 지고서 태연자약하게 말했다.

"상관이 있어졌지. 네 앞에 죽은 그 녀석의 배후에 있는 자 때문에 말이야."

"그게 무슨 소리요?"

끝까지 시치미를 떼기는.

"한쪽 눈이 금안인 자. 그자의 수하들은 존주라고 부르더군."

그런 나의 말에 놈의 두 눈이 또다시 떨려왔다. 문주 양정이 침을 삼키며 말했다.

"그게 어떻다는 거요?"

"놈들에 대해서 잘 아는 것 같더군."

굳이 돌려서 이야기할 필요가 없으니 사실대로 말했다. 어차피 필요한 것은 그 부분이었다.

"…"

"고맙다는 인사는 됐고 살려준 것에 관한 대가로 그 이야기를 듣고 싶은데."

"도통 무슨 말을 하는 건지…"

'혈마검.'

나의 부름에 놈의 옆에 박혀 있던 혈마검이 조금씩 움직였다. 콰드드드! 검이 저절로 움직이며 다가오는 광경에 놈이 당황하며 내게 말했다.

"무, 무슨 짓을 하려는 거요?"

"굳이 입을 계속 다물겠다면 대화할 가치를 못 느끼겠군."

정파인으로서 친절한 모습을 보일 필요도 없다.

가장 혈마다운 모습을 보이는 게 오히려 놈에게 먹혀들 테니까 말이다.

문주 양정이 내게 소리쳤다.

"이보시오. 이럴 필요는 없지 않소. 귀공의 손으로 살려줘 놓고는 왜 또다시….'"

"네놈은 본좌를 보았거든."

다른 이유를 댈 필요도 없었다.

그런 나의 말에 놈이 뭔가를 알아차렸다는 듯이 묘한 표정을 짓더니 이내 내게 소리쳤다.

"호, 혹시 놈 때문에 그런 것이라면 입을 다물겠소."

"입을 다물어?"

"나 역시도 귀하의 손에 놈이 죽길 바라고 있소."

무슨 말을 하는 거지? 의아해하고 있는데 검이 조금씩 마차의 벽을 가르며 다가오자 놈이 황급히 말했다.

"소, 소검선 말이오. 놈을 처리하려고 귀공께서 직접 나선 것이 아니오?"

…아하, 이런 식으로 받아들였구나. 생각해보니 장강에서 소운휘로서의 내가 혈마로서의 나를 물러나게 했다는 소문이 후자의 나에게는 복수를 다짐하게 하는 것처럼 보이게 된다. 참 공교롭다. 굳이 따로 명분을 만들지 않아도 알아서 오인하고 추측해주는 것이 말이다. 나야 그렇게 생각해주는 편이 오히려 편하긴 하다. 슥! 어느새 검날이 자신의 살갗까지 닿자 놈이 화들짝 놀라서 소리쳤다.

"무엇을 알고 싶은 것이오?"

'혈마검.'

나의 부름에 혈마검이 제자리에서 멈췄다. 이에 식은땀까지 흘리고 있던 문주 양정의 입에서 안도의 숨이 흘러나왔다.

"하아…."

"이제 이야기할 마음이 생겼나 보군."

"…그렇지 않으면 몸이 두 동강 나게 생겼으니 어찌하겠소."

솔직하게 답변하는 놈이었다. 나는 단도직입적으로 놈에게 물어보았다.

"존주가 검을 모으는 이유가 뭐지? 그리고 무엇을 극복하지 못했다는 거지?"

그런 나의 질문에 놈이 숨을 깊게 들이쉬었다 내쉬며 물었다.

"…대체 그것은 왜 아시려고 하는 거요?"

"질문은 내가 했다."

"알고 있소. 다만 아무리 내 목숨이 걸렸어도 만약 귀공이 그들과 우호적인 관계라면…."

"우호적이라면 그대가 죽게 내버려뒀겠지."

그 말에 놈이 어느 정도 납득했는지 숨을 천천히 그리고 차분히 내쉬었다. 몸을 움직이지 못하니 숨을 내쉬는 것으로 감정선을 판단해야 했다.

─그게 돼?

당연하지. 첩자 생활의 기본이다. 상대의 감정을 읽어내는 것은 말이다. 물론 상대도 첩자 경력이 길고 감정을 숨기는 데 능숙하다면 알아차리기 어렵겠지만. 혼자 뭔가 고민하는 눈빛을 보이던 놈이 조심스럽게 입을 열었다.

"…정말 그런 것이라면 미안한 얘기지만 나는 귀공께 알려줄 것이 없소."

"알려줄 게 없다고?"

이건 또 무슨 헛소리지? 지금까지 뭐라도 알고 있는 것처럼 이야기하지 않았나. 한데 이제 와서 알려줄 게 없다니?

"스스로 쓸모없음을 증명하고 싶나?"

그런 나의 말에 놈이 눈동자를 좌우로 움직이며 부정했다.

"그게 아니오. 내가 알고 있는 것은 딱 거기까지란 거요."

"그게 무슨 말이지?"

"나는 존주라는 그자가 내가 모시던 분과 예전에 함께했었다는 것 외에는 아는 게 없소. 굳이 안다면 모종의 일로 인해 그 관계가 틀어졌다는 것뿐이오."

"…말이 안 되는 소리를 하는군. 한데 어째서 이자에게는 그런 소리를 지껄인 거지?"

"그, 그건 놈을 속이기 위해 내가 모시는 분께 들었던 것을 이야기한 것이외다."

그러니까 살기 위해서 아는 것처럼 부풀려서 이야기했다는 건가? 아… 순간 짜증이 밀려온다. 그 말인즉, 놈이 정확하게 내막을 모른다는 의미이다. 제 딴에는 살아남기 위해 모든 것을 안다는 듯이 허장성세를 부린 셈이었다. 결국 이자를 통해 존주에 관해 듣는 것은 불가능했다.

"후우."

괜한 헛짓거리를 한 셈이네. 그냥 양측이 맞부딪치게만 유도할 걸 그랬나. 한숨을 내쉬며 실망스러운 기색을 대놓고 보이자 놈이 다급히 내게 말했다.

"공까지 속이려던 것은 아니오."

"결론적으로 속인 셈이 되어버렸군."

"꼭 그런 것만도 아니오. 내가 모시는 그분께서는 알고 계시오."

"…."

그걸 내가 모를 것 같나. 모신다는 그분이 내가 짐작하는 자가 맞다면 접선하기가 껄끄러우니까 그렇지. 고민이 된다. 존주와 그 조직에 대한 비밀을 알기 위해 위험부담을 져야 하는지 말이다.

―얼마나 위험하기에 그러는데?

말했잖아. 무림연맹의 맹주인 무한제일검 백향묵이 직접 나섰는데도 어찌하지 못한 괴물이라고. 그 노괴가 과연 내 의도대로 움직이며 정보를 줄지 확신이 가지 않았다.

―그런데 운휘야, 어차피 위험하든 그렇지 않든 접선하는 편이 낫지 않아?

'어째서?'

―그 노괴의 부하들이 네 여동생을 노렸잖아. 한데 이번에 실패했다고 쉽게 포기할까? 차라리 접선하면 어떻게 대응할 방법을 강구할 수 있지 않을까?

…제법인데?

소담검의 말도 일리가 있다. 이자의 배후에 있는 그 노괴는 안하무인의 괴물이다. 충분히 그렇게 나올 확률이 높았다. 위험부담이 크지만 오히려 상대가 어떻게 나올지 모르는 게 더 위험할 수 있다. 그렇다면 차라리 내 손바닥 위에서 놈들을 움직이게 하는 편이 낫다.

타타타탁! 놈에게 점해져 있던 혈도를 풀어주었다. 이에 놈이 의아해하며 나를 쳐다보았다.

"풀어주는 것이오?"

"그냥 풀어주는 건 아니다."

"그 말은?"

"네가 모시는 분에게 전해라. 혈교에서 동맹을 제의한다고."

'…!!'

놈의 두 눈이 커졌다. 뜻밖의 동맹 제의에 많이 당황한 듯했다. 놈이 내게 진지한 목소리로 말했다.

"나 역시도 귀공께 목숨의 빚이 있기에 어지간하면 다리를 놓고 싶지만 그분께서는 평범한 사람들과는 완전히 다른 사고관을 지녔소. 누구와도 손을…."

"됐고 내 말을 전하기나 해라."

"…혹시 내가 모시는 분이 누군지나 알고 그런 말을 하는 것이오?"

모를 리가 있나.

"악심파파 철수련."

* * *

"뭐어? 아, 악심파파 철수련?"

송좌백이 화들짝 놀라서 반문했다. 녀석만 놀란 것이 아니었다. 사마영 역시도 악심파파 철수련이라는 말에 두 눈이 휘둥그레졌다. 어쩌면 이런 반응도 당연했다.

악심파파(惡心婆婆) 철수련. 사대 악인, 아니 지금은 오대 악인의 일인이다. 단순히 오대 악인이라 하면 이제 나 역시도 오대 악인의 한 자리에 올랐기에 동등한 관계처럼 볼 수 있지만 실상은 전혀 아니다. 이 노괴는 월악검과 더불어 다섯 정점으로 꼽힌다. 게다가 유일하게 여자의 몸으로 초인의 영역에 오른 것도 모자라 가장 오랫동안 악인이라 불렸던 괴물이다.

"아니, 뭐 하자고 그런 괴물이랑 만나자고 한 거야?"

"말했잖아. 그 노괴가 금안의 조직에 관해서 뭔가를 알고 있다고."

심지어 어쩌면 약점을 알고 있을지도 모른다. 수차례나 놈들과 부딪쳤는데, 정작 이쪽은 아는 것이 없다. 단지 놈들이 배후에 숨어 무림 전체를 상대로 일을 꾸미고 있다는 것 외에는 말이다. 그런데 정확히 무엇을 목표로 하는지 알 수가 없었다.

"그들이 대놓고 공자님을 노려서 그런 건가요?"

"그것도 있지요."

겸사겸사다. 우리의 옆옆 객실에 묵고 있는 영영이를 위해서이기도 하다. 옆옆 객실은 무슨 일이 생기지 않도록 송우현에게 호법을 서게 했다. 우리를 습격했던 복면인들의 시신들을 처리하느라 봉황당의 세 여자는 지금 곯아떨어진 상태였다.

"공자님 괜찮겠어요?"

"불안한가요?"

"당연하죠. 누구도 두려워하지 않는 아버지께서도 악인들 중에서 절대로 접촉해서는 안 될 자로 악심파파를 꼽았었거든요."

월악검 사마착조차 그리 말했나. 그 정도면 정말 위험한 존재이기는 했다. 악인 중에 악인이라 불리는 데엔 다 이유가 있었다.

—어째선데?

그 여자가 악인이라 불린 게 언제부터인 것 같아?

—그걸 내가 알 리 없잖아.

자그마치 팔십 년 전이다. 지난 팔십여 년 동안 악인이자 노괴라고 불렸던 존재였다.

—힉! 그럼 대체 얼마나 오래 살았다는 거야?

글쎄. 소문으로는 이백 살의 노괴라는 말도 있다. 그러나 누구도 그녀의 나이에 관해 정확히 아는 자가 없다. 그 노괴와 마주하고서 살아남은 자가 극소수에 불과하기 때문일 것이다.

—그럼 아는 게 뭔데?

다른 악인들보다 악심파파에 관한 괴담은 굉장히 많다.

—가령?

나도 어릴 때 들은 이야기다. 악심파파 철수련은 두 눈이 보이지 않는 장님이라 들었다. 늘 봉두난발로 죽은 아이의 시체를 업고 기분 나쁜 방울 소리가 들리는 철장을 짚고 다닌다고 했다.

—진짜 괴담인데.

소담검이 혀를 내둘렀다.

이것 외에도 여러 소문이 많지만 가장 두드러지는 것은 그녀가 괴이한 술법에 능하다는 이야기이다. 그 술법 실력은 과거 이 방면으로 최고라 불렸던 모산파의 도사들 이상이라는 이야기도 있다. 그래서 중원인들 모두가 그 노괴를 꺼린다.

—그 정도로 위험한데 괜찮겠어?

어차피 부딪쳐야 한다. 악심파파는 영영이를 노렸었다. 소검선으로서 내가 나서 이를 저지했지만, 또다시 나선다면 내가 늘 곁에 붙어서 지켜줄 수도 없는 노릇이었다. 그 전에 먼저 접선하는 게 나았다. 그래야 그 노괴의 동선을 파악할 수 있을 테니까. 사마영이 조심스럽게 내게 말했다.

"그래도 공자님이 직접 나서는 것은 위험할 것 같아요. 차라리 대리인을 보내서 만나게 하는 게 어떨까요? 가령….”

사마영의 시선이 슬그머니 송좌백에게로 향했다. 좌백이 화들짝 놀라 말했다.

“아니, 왜 나를 쳐다보는 겁니까?”

“에이, 아시면서.”

“뭘 알아요?”

어지간히 싫었나 보다. 그렇게 호감을 보이던 사마영에게조차 질색하는 걸 보면 말이다. 시킬 건 아니지만 그렇게 반응하면 장난치고 싶잖아. 나는 녀석에게 말했다.

“어차피 악심파파도 이번 일로 금안의 조직에서 자신을 노릴지도 모른다고 여길 테니, 선뜻 제멋대로 나오진 못할 거야. 걱정 말고….”

“풋.”

그때 코웃음 소리가 들려왔다. 문제는 그 진원지가 사마영도 송좌백도 아니라는 거였다. 나는 고개를 돌려 객실의 구석을 보았다. 그곳에 전신이 밧줄에 묶여 있는 귀살권마 장문량이 보였다.

“뭐야? 너 이 새끼 점혈을 어떻게 푼 거야?”

송좌백이 황당하다는 듯이 놈에게 말했다. 그러고 보니 놈의 훈혈(暈穴)을 점해둬서 기절시켰다고 했었다. 내공도 없을 텐데 자의로 어떻게 푼 거지?

장문량이 나를 쳐다보며 말했다.

“그 미치광이 여자와 동맹을 맺겠다고? 제정신이 아니로군.”

“이 새끼가, 누가 네놈더러 그런….”

송좌백이 화를 내며 놈에게 다가가려 하자 놈이 콧방귀를 뀌면서 말했다.

"스승한테 말하는 본새가 아주 싹퉁머리가 없구나."

"스승?"

"그래. 남이 평생 일궈놓은 것을 그냥 냅다 가져갔으면 고마운 줄을 알아야지, 이 새끼 저 새끼가 무어냐?"

장문량의 다그침에 순간 송좌백은 꿀 먹은 벙어리가 되고 말았다.

"하!"

사마영이 나를 쳐다보며 말했다.

"공자님, 저자…."

나도 동의의 표시로 고개를 끄덕였다. 기억을 되찾았다고 짐작은 하고 있었지만 정말 원래대로 돌아온 것 같다. 이제 그 아이 같은 장문량이 아니었다. 한데 여기서 약간의 문제가 있다. 나는 놈에게 다가갔다. 그리고 상체를 살짝 들어 올린 놈을 걷어차고서, 가슴을 발로 짓누르며 말했다. 퍽!

"큭!"

"어디까지 들었지?"

그런 나의 말에 놈이 어이없다는 듯이 말했다.

"네놈 정말 어처구니없는 녀석이구나. 존주, 아니 중원인들 모두를 속이다니…."

역시 제대로 엿들었다. 놈이 내게 이죽거리며 말했다.

"정파의 신성 소운휘, 아니 혈마라고 부를까?"

"후우…."

그렇다면 정말 살려둘 가치가 없다. 이 자리에서 아는 것을 불지 않는다면 후환거리를 없애기 위해서라도 죽이는 게 답이었다. 그 살기를 감지하기라도 했을까? 그때 놈이 다급히 내게 말했다.

"나는 입이 무겁다."

'…?!'

79화

재회

내 귀가 잘못된 것일까? 방금 귀살권마 장문량의 입에서 나온 말에 잠시 말문이 막혔다.

―어째 살고 싶다는 말로 들리냐?

나도 소담검 녀석과 똑같이 들었다. 진지한 얼굴로 자신의 입이 무겁다고 하는데 꽤나 절실해 보였다. 사실 여태껏 만났던 금안의 사내와 관련된 자들은 조직을 위해 쉽게 자신의 목숨마저 바칠 만큼 충성심이 강했다.

송좌백이 기가 찬다는 목소리로 놈에게 말했다.

"무슨 개수작을 부리는 거야!"

그런 녀석을 보며 장문량이 탄식을 내뱉었다.

"아무리 제정신이 아니었다지만 내가 저딴 녀석에게 무공을 전수하고 내공까지 넘기다니…."

"아니, 누가 네놈더러 내공을 달라고 했어?"

"흥! 어린놈이 꼬박꼬박 반말이나 지껄이는데, 이 몸처럼 반평생을 후회하고 싶지 않다면 잘 보이는 게 좋을 게다."

"뭐가 어쩌고저째?"

한바탕 난리라도 부릴 기세에 나는 좌백에게 손을 들어 나서지 말라는 시늉을 했다. 이에 녀석이 답답한지 가슴을 주먹으로 두드리며 물러섰다. 나는 놈에게 발을 떼지 않고서 말했다.

"내가 잘못 알아들은 게 아니라면 협조적으로 나오겠다는 것으로 들리는데… 맞나?"

"척하면 척이로군. 그래, 맞다."

…참 이상하다. 오히려 이렇게 나오니 믿음이 가지 않는다. 누구의 밑에 있든 간에 그는 오대 악인의 일인이었다. 수많은 무림인 중 가장 정점에 있는 만큼 자존심도 보통이 아닐 텐데, 이렇게 쉽게 협조적으로 나온다? 어불성설에 가까웠다.

스릉! 나는 침상 쪽으로 손을 내밀었다. 그러자 벽에 세워뒀던 남천철검의 검집이 내 손으로 빨려 들어왔다. 척! 송좌백이 그 광경에 혀를 내둘렀다. 굳이 옥형의 능력이 아니더라도 허공섭물로 이 정도는 쉽게 가능하다. 검집에서 검을 뽑아 놈의 목으로 겨냥했다.

"뭔가 수작같이 느껴지는 이유가 뭘까?"

놈이 자신의 목을 쿡쿡 찌르는 검 끝을 쳐다보다 내 얼굴로 고개를 들어 올리며 말했다.

"협조하겠다는데 대우가 왜 이렇느냐?"

"믿음이 안 가서 말이야."

"어차피 이 꼴이 되었는데, 네놈들에게 수작을 부려서 뭘 어쩐다는 거냐?"

"중요한 비밀을 알게 되었지."

내가 소검선이면서 혈마임을 알게 되었다. 만약 장문량이 놈들과 접선해서 그 사실을 알리면 모든 것이 들통나고 만다. 그런 위험부담을 굳이 질 이유는 없다.

"입이 무겁다고 하지 않았느냐."

"무거운지 아닌지 알 길이 있나."

"천지신명께 맹세하마. 그 비밀은 무덤까지 가지고 가겠다."

…이놈 정말. 살고자 하는 욕망이 강해서 나도 모르게 웃음이 나올 것 같다. 이런 흉악해 보이는 얼굴로 절실함을 내비치다니 너무 어울리지 않았다.

"언제부터 천지신명을 찾았다고 개뿔. 괜히 후환거리 만들지 말고 그냥 죽이자."

좌백이 벽에 기대서 목을 긋는 시늉을 했다. 이에 장문량이 놈을 보면서 불쾌했는지 붉으락푸르락해져서는 말했다.

"넌 뭔데 계속 말하는데 끼어드는 거냐?"

"나? 흠흠. 대혈교의 우호법이시다."

"우호법? 네가?"

장문량이 코웃음을 쳤다.

"웃어? 이 새끼가 보자 보자 하니까."

"애송아, 너는 나한테 그런 태도를 보여서 좋을 게 없을 텐데."

"뭔 개소리…."

"만가영공은 스승의 도움이 없으면 대성할 수 없는 무공이다. 팔성에서 구성에 이를 때 전신 불구가 될 수 있고 구성에서 십성에 이를 때도 큰 희생을 치르지 않으면 양기가 골수에 뻗쳐서 미칠 수 있지. 그럼 누구처럼 인생 조지는 거다."

장문량의 목소리는 상당히 씁쓸해 보였다. 누구처럼, 이라고 말하는 게 아무리 봐도 자신의 이야기로 들렸다. 나는 이렇게 들었지만 송좌백은 갑자기 심각해졌다.

─심각하지. 전신 불구에다 미친다는 소리까지 들었는데.

정작 소담검은 남 일이라는 듯이 키득거렸다. 기연으로 인해 초절정의 영역에 들어선 좌백이는 틈틈이 만가영공을 운공하며 연마했다. 게다가 장문량에게 직접 내공을 물려받아서 그런지 단숨에 칠성까지 이르렀다. 그런데 팔성부터 그런 부작용이 있다고 하니, 두렵지 않으면 그게 더 이상한 일이었다.

"거, 거짓말이지?"

"거짓말 같으냐? 네놈의 역량이 어느 정도인지 모르겠지만 칠성 정도만 이르러도 운기를 할 때마다 기해에서 관원, 회음으로 잇는 기경팔맥에서 따끔거리는 게 느껴질 거다."

"…."

송좌백의 얼굴이 딱딱하게 굳었다. 실제로 겪고 있는 문제인가 보다. 그 반응에 장문량이 눈에 이채를 띠며 놀라움을 감추지 못했다.

"…네놈 꽤 재능이 있구나. 아무리 내공을 물려받았다고 해도 많이 빠른데."

사실 송좌백은 절대 둔재가 아니었다. 오히려 어지간한 자들보다도 훨씬 뛰어난 축에 속했다. 심지어 혈액 순환이 빠른 특수한 체질 덕분에 내공을 모으는 것부터 운기 속도가 보통 사람들과는 차원이 다를 만큼 빨랐다.

[이거…]

불안해졌는지 송좌백이 내게 전음을 보냈으나 진정하라고 손짓

했다. 설사 저 말이 사실이라고 한들 상대의 패에 넘어가서 흥분하면 저쪽이 원하는 대로 움직이게 된다. 나는 장문량을 내려다보며 말했다.

"입이 무겁다고 했는데, 죽은 자만큼 무거울 순 없지."

그리고 놈의 살점으로 검을 슬쩍 밀어 넣었다. 그러자 장문량이 다급히 말했다.

"가진 패를 보여주는 게 급선무인 것 같군. 하면 선수금으로 중요한 정보를 알려주마."

"중요한 정보?"

"그래. 네놈이 나를 믿지 못하니 패의 일부는 까는 것이 맞지 않겠느냐."

이제야 대화가 좀 되는 것 같다.

"그 패가 어떠냐에 따라서 네 처우가 달라지겠지."

"존주가 찾고 있는 중요한 것들이 있다."

장문량이 의미심장한 목소리로 말했다.

"중요한 것들?"

"그래. 아주 오래전부터 그것들을 손에 넣으려고 갖은 애를 썼지. 그중 하나가 네 손에 있기에 계속해서 네놈을 노렸던 거다."

이에 나는 혹시나 하는 마음에 물어보았다.

"혈마검을 말하는 거냐?"

그 말에 장문량이 눈살을 찌푸렸다. 내가 이를 몰랐을 거라고 생각했나 보다. 일행들에게 아까 전의 이야기를 할 때 검에 관한 이야기는 하지 않아서 내가 전혀 모르는 정보라 여겼겠지.

"보인 패가 아는 패로군."

내가 그것을 꼬집자 놈이 헛기침을 하며 말했다.

"크흠. 그 정도는 충분히 짐작할 수 있지. 말은 끝까지 들어야 하는 법이다. 나는 검이 한 자루라는 말을 한 적이 없다."

"다섯 자루겠지."

'…?!'

장문량의 눈동자가 흔들렸다. 놈이 잠시 당황하다가 이내 말했다.

"그냥 다섯 자루가 아니라…."

"요검 다섯 자루겠지."

'…!!'

장문량의 눈동자가 떨리다 못해 휘둥그레졌다. 기가 막혔나 보다. 놈이 어처구니없다는 듯이 나를 쳐다보며 말했다.

"아니, 네놈이 그걸 어찌 아는 거냐?"

"그건 알 바 없고. 이미 이쪽에서 알고 있는 패가 무슨 선수금 역할을 할 수 있다는 거지?"

"네놈 대체 뭐야?"

나름 중요한 정보라고 여겼던 모양이다. 그것을 내가 알고 있으니 꽤나 당혹스러운 것 같았다. 나는 코웃음을 치며 말했다.

"반대로 내가 묻지. 그 다섯 자루를 모아서 대체 존주라는 작자는 무엇을 하려는 거지?"

그런 나의 질문에 장문량이 잠시 망설이다 딱 잘라서 대답했다.

"…모른다."

"뭐? 몰라?"

"존주가 왜 다섯 자루의 요검을 찾는지 아는 자는 조직 내에서도 극소수의 심복들뿐인 것으로 알고 있다."

오대 악인이라 불리는 귀살권마에게조차 알려주지 않았다고? 그 정도 악명이나 무위라면 중용이 되어야 마땅했다. 그런 그조차 심복이 아니었다니. 아니면 무위와 상관없이 믿지 못하는 걸까?

"이 조직은 점조직으로 지령에 의해서 움직인다. 그렇기에…."

"완전한 정보를 가진 자가 드물다는 거로군."

"그래."

그렇겠지. 점조직의 장점이 그것이다. 어느 한 곳이 당해도 정보의 유출을 막을 수 있다. 조각 파편처럼 나뉜 정보로는 유추조차 하기 힘들도록 조치를 취해놓았을 것이다. 지금처럼 말이다. 그래도 꽤 높은 위치에 있다고 생각했는데 실망스러웠다.

"그럼 쓸모가 없다는 거로군."

"…."

그런 나의 말에 잠시 말문이 막혔던 장문량이 진지한 얼굴로 말했다.

"이런 말까지는 안 하려고 했는데… 살려다오."

"…."

이놈 정말 귀살권마가 맞나? 아니면 혹시 아직 뇌에 날붙이 파편이 남아 있는 건가? 아주 대놓고 살려달라고 당당하게 말했다. 애원하는 것보다 절실하게 들리는 것도 능력이라면 능력인 것 같다.

─왜 이렇게 목숨에 집착하는 거야? 자존심보다 사는 게 나아서 그런 건가?

뭐 그럴 수도 있다. 나 역시도 자존심보다는 내 목숨을 더 우선시하니까. 그런데 결이 좀 다르다.

"…이렇게까지 하는 이유가 뭐지?"

"살고 싶은데 이유가 있나?"

"그런 이유만으로 네놈을 믿을 수 있을 것 같나?"

그런 나의 물음에 장문량이 진지하게 눈을 마주하며 말했다.

"속죄라고 해두지."

"속죄?"

무엇을 속죄하겠다는 거지?

"이제 와서 새삼 자신이 저질렀던 짓들을 후회한다는 건가?"

"제정신이 아니었다면 믿을 수 있나?"

"뭐?"

귀살권마 장문량의 눈시울이 붉어졌다. 그러고 보니 놈은 정신이 들자마자 오열하다시피 했다고 한다. 의아하게 여겼었는데 지금도 왜 울컥하는지 알 수가 없었다. 놈이 다시 입을 열었다.

"존사께서 늘 당부하셨지. 만가영공을 대성하고 싶으면 집착을 내려놓아야 한다고 말이다. 하나 나는 그것을 내려놓지 못했다. 그 대가로…"

"미쳤었다는 거냐?"

놈이 했던 말이 기억났다. 만가영공을 십성으로 대성하려면 가지고 있던 내공을 버려야 한다고 했다. 그렇지 않으면 양기가 폭주해서 골수까지 영향을 뻗친다고 말이다.

"그래. 미쳤었지. 아주 제대로 미쳤었다."

놈이 자신의 손을 바라보았다. 그리고 갈라지는 목소리로 말했다.

"살성이 되어 무림인이고 평범한 사람이고 할 것 없이 수많은 사람을 죽였다. 심지어 이 손으로 존사마저도 해쳤지."

장문량의 오른쪽 눈에서 눈물 한 방울이 흘러내렸다. 붉어진 눈시울에서 후회가 묻어났다. 무거운 분위기에 그렇게나 죽이라고 난리법석을 떨던 송좌백조차 입을 꾹 다물었다. 자신도 같은 일을 겪을 수 있다는 생각이 들어서일지도 몰랐다. 하지만 나는 신중해야 했다.

"장강에서는 그렇게 미쳤었다는 생각이 들진 않았는데."

그때 장문량은 충분히 이성적이었다. 미친놈이 어찌 머리를 굴려가면서 계략을 꾸밀까?

장문량이 콧방귀를 뀌며 말했다.

"멀쩡하기야 했지. 살심이 폭발하고 그러진 않았으니까."

"그건 무슨 의미지?"

"하나 여전히 내 정신은 온전히 내 것이 아니었다. 그 괴물 같은 자를 만나고 나서부터 줄곧 그랬지."

"…존주를 말하는 거냐?"

장문량이 고개를 끄덕이며 긍정을 표했다. 그 긍정에서 묘한 분노가 느껴졌다.

"어떻게 그자를 만난 거지?"

"만가영공의 부작용으로 미쳐 날뛰고 있을 때 존주 그자가 찾아왔다. 그자와 겨뤄서 패했던 것으로 기억한다."

아무리 미쳤어도 장문량 정도 되는 자를 제압하다니. 역시 금안의 사내도 초인의 영역에 이른 자임이 틀림없었다. 어쩌면 벽 안의 벽을 넘었을지도 모른다.

장문량이 어처구니없다는 듯이 중얼거렸다.

"다시 정신이 들었을 때부터 나는 나도 모르게 놈의 명을 듣고 있었다. 내가 무엇을 하는지 인지하고 있는데도 놈의 명을 따랐다.

왜 따라야 하는지조차 의문을 품지 않고 마치 그것이 내 일상인 것처럼 말이다."

…세뇌를 당한 건가?

—세뇌?

암시나 약물을 통해서 상대의 정신을 조종하는 것을 말한다. 장문량이 저렇게까지 말하는 걸 보면 분명 세뇌를 당한 것 같은데, 꽤나 자연스러운 영역에 이른 것 같다. 마치….

—백련하랑 비슷하네.

그래. 백련하도 자신이 암시에 걸렸다는 것조차 제대로 알지 못했다. 적이 의도하는 대로 움직이면서도 말이다.

[그 정도 되는 고수가 암시나 세뇌를 당했다는 게 믿기지 않네요.]

사마영이 내게 전음을 보내왔다. 나 역시도 의문스럽기는 했다. 초절정의 고수만 되어도 강한 정신력을 가지게 되는데, 하물며 초인의 영역에 이른 절세고수라면 그 정신은 철옹성과도 같다.

—가능성이 없진 않지.

그때 머릿속에 사련검의 목소리가 울렸다.

'가능성이 없지 않다고?'

—원래부터 미쳐 있었다고 했잖아.

'그야 그렇지만.'

—정신이 붕괴된 상태에서 세뇌시키는 것만큼 쉬운 일도 없거든. 나를 처음으로 다뤘던 주사련은 늘 남자들을 극한의 고통으로 몰아서 약해지게 만든 다음 노예로 삼았지.

향화열락궁의 궁주 주사련. 그녀는 사술과 암시에 능한 자였다. 그런 주사련의 곁에 있었던 사련검은 누구보다 이를 잘 알 것이다.

심지어 사련검 자체도 사람의 육신과 정신을 굴복시켜 움직일 수 있지 않은가.

―흐으응. 참 그 시절이 좋았지.

추억 회상은 거기까지만 해라. 어쨌거나 사련검의 말이 맞다면 충분히 가능성은 있었다. 아무리 초인의 영역에 이른 고수라도 처음부터 정신이 망가져 있다면 장시간에 걸쳐 세뇌시킬 수 있을지도 모른다. 나는 놈을 물끄러미 쳐다보았다.

"그럼 지금은 제정신이 들었다는 거냐?"

그런 나의 물음에 놈이 태연자약하게 말했다.

"보면 모르겠느냐?"

"그럼 더 이상 놈을 따르지 않는다는 거로군."

"내 의지로 따른 것이 아니라고 했잖느냐?"

장문량이 노기에 찬 목소리로 이를 갈았다. 연기로 보기에는 그 분노가 전혀 어색함이 없었다. 그러다 놈이 내게 말했다.

"네놈이 얼마나 많은 것을 아는지 모르겠지만 내가 아는 모든 것들을 가르쳐주마. 가령 지령을 받기 위해 접선하는 방법이나 지휘 체계 정도는 알고 있다."

"지휘 체계?"

"존주 밑으로 세 심복이라 불리는 자들이 있다. 그리고 그 밑으로 열두 명의 주(主)의 칭호를 받은 자들이 있다."

그러고 보니 혈사왕 구제양을 혈주(血主)라 불렀던 것이 기억났다. 지휘 체계대로라면 구제양도 꽤나 높은 직위였던 셈이다. 물론 장문량의 말이 맞다면 금안의 사내는 세 심복들 외에는 수하들에게조차 그리 많은 정보를 준 것 같지는 않지만 말이다. 그래도 이제야 좀 쓸모 있는 정보가 나왔다.

"이것도 알고 있나? 시술···."

놈이 나의 말을 끊고서 말했다.

"그 전에 약조부터 해라."

"약조?"

"살려다오."

'···.'

참 절실하다. 어떻게든 내 입에서 살려주겠다는 말이 나오길 바라고 있다.

"어지간히 살고 싶은가 보군."

그 말에 장문량이 송좌백을 힐끔 쳐다보고서 말했다.

"비록 내 의지가 아니었다고 해도 만가영공의 후인이 끊기게 할 수도 없는 노릇이고, 나는··· 존사의 혈육을 찾아야 한다."

존사의 혈육? 그가 말한 속죄가 이것이었나.

자신의 손으로 죽인 존사의 혈육에게 죄를 갚고 싶은가 보다. 마냥 살고 싶다는 의지나 자신을 부려먹은 놈에 대한 복수심으로 그러는가 싶었는데, 정말 의외였다. 나는 허리를 숙여 놈의 복부에 손을 갖다 댔다. 장문량이 의아해하며 물었다.

"무슨 짓을 하는 게냐?"

···이자, 지금 자신의 몸 상태를 모르는 것 같다.

—왜 그러는데?

훈혈을 점했던 게 풀린 것 때문에 혹시나 하는 마음에 장문량의 단전을 살핀 것이었다. 당연히 내공을 송좌백에게 넘겼기에 단전이 텅 비어 있어야 했다. 그런데 운기를 하지 않았는데도 미세하지만 아주 조금씩 내공이 살아나고 있었다. 신기한 일이었다.

　나는 다시 허리를 세운 후에 장문량을 내려다보며 말했다.

　"살고 싶나?"

　"내 입은 무겁다."

　"살려주는 대가로 전에 있던 조직의 정보를 팔면서 뭐가 무겁다
는 거냐?"

　"…내 의지로 있었던 곳이 아니라고 했잖느냐."

　뭐 그야 그렇지.

　"좋아. 그럼 한 가지 제안을 하겠다."

　"제안?"

　나는 놈에게 입꼬리를 씨익 올리며 말했다.

　"본교로 들어와라."

　'…?!'

　나의 제안에 장문량이 휘둥그레진 눈으로 쳐다보았다. 살려주는
것은 둘째치고 설마 혈교로 영입 제안을 할 거라고는 예상하지 못
한 듯했다. 송좌백 역시도 놀랐는지 당황해하며 말했다.

　"보, 본교로 들어오라니? 이런 자를 어찌 믿고서…."

　"믿음의 문제는 아니지."

　장문량은 오대 악인 중의 일인이다. 마주치지 않고 그 위명만 들
어도 두려워하는 자들이 수두룩하다. 그런 그가 본교에 들어온다
면 향후 전세에 미칠 영향은 한둘이 아닐 것이다. 휘둥그레진 눈으
로 놀란 장문량이 내게 말했다.

　"…제정신이 아니었다고 해도 네 목숨을 노렸었다. 한데 나더러
혈교로 들어오라고?"

"당신의 말이 사실이라면 나를 노렸던 것도 본의가 아니지 않나?"

"그야 그렇지만….'

"그렇다면 본교로 들어와라. 어차피 그냥 목숨을 구제받는다고 해도 제정신을 차리고 약해진 그대를 존주란 자가 마냥 내버려둘 것 같나?"

"….'

그런 나의 말에 장문량이 옅은 탄식과 함께 입을 다물었다. 본인도 아마 자각하고 있었을 것이다. 게다가 꼭 존주가 아니더라도 그는 오대 악인의 일인이다. 지금까지 쌓아왔던 업보가 있을 터인데, 내공을 잃은 사실이 알려진다면 얼마나 많은 적들이 노리겠는가.

"고민할 만큼 손해 볼 건 없다고 보는데. 본교로 들어온다면 보호받을 울타리도 생기고, 혼자서 존사의 후손을 찾는 것보다 나을 것이다."

그런 나의 말에 장문량이 혀를 내둘렀다.

"…그릇이 큰 건지 아니면 영악한 건지 알 수가 없군."

"둘 다라고 해두지."

그렇게 말은 했지만 나는 그릇이 크지 않다. 그저 내 이익에 부합했기에 영입을 제안했던 것이다. 그 스스로는 아직 자각하지 못했지만, 내공이 회복되는 속도가 일반적인 영역을 넘어섰다. 만가영공의 효능일지도 몰랐다. 영약을 지원하고 충분히 연마의 시간을 가진다면 오히려 전보다 훨씬 강해질 확률이 높았다. 그렇게 된다면 본교의 전력은 전과 비교도 할 수 없겠지. 속에서 절로 웃음이 나오려했다.

─하여간 너란 녀석은.

소담검이 키득거렸다.

뭐 손해 보는 장사를 할 필요는 없잖아. 다만 결과는 그의 선택에 달려 있기는 하겠지만 말이다.

고민하는지 나를 빤히 쳐다보며 말이 없던 장문량이 이윽고 입을 열었다.

"거절하기에는 더 나은 선택지가 없군."

촥! 나는 결박되어 있던 밧줄을 자르고서 빙그레 웃으며 말했다.

"본교의 식구가 된 걸 환영한다."

* * *

그로부터 사흘이 지났다.

원래 일정은 초나라 평왕의 능으로 곧장 향하는 것이었다. 그러나 여러 변수로 인해 지금은 잠시 이곳 홍호의 포구 마을에 잠시 머물러 있었다. 정확하게는 악심파파 철수련의 회신을 기다리는 중이었다. 양정이라는 자가 닷새 후 다시 그 장소로 그녀의 의중을 전달하기 위해 오겠다고 하였다. 오늘이 바로 그 닷새째가 되는 날이다.

"사람 말귀를 못 알아듣는 게야?"

"아니, 시키는 대로 신궐에서 기해로 넘어갈 때 공력을 분산해도 통증이 나는 걸 나더러 어쩌란 말이야!"

"이놈이 스승한테 말 꼬라지가 그게 뭐야?"

딱!

"아오! 왜 계속 머리를 때리는 거야?"

"머리가 나쁘니까 때리지. 좀 똑똑한 줄 알았더니 이건 무슨 둔재도 아니고."

"둔재! 누구 둔재라는 거야? 본인이 이상하게 가르쳐놓고는 누구
더러 그딴 소리를…."

딱!

"때리지 말라고!"

옆방에서 들리는 두 사람의 소리에 귀가 따가울 지경이다. 사흘
내내 장문량과 송좌백은 저러기를 반복하고 있다. 서로가 원해서
사제 관계가 된 것이 아니라지만 허구한 날 저런다. 그래도 첫날보다
지금은 많이 나아졌다. 처음에는 녀석에게 스승으로 모시라고 했더
니 종일 죽상이었는데, 지금은 그럭저럭 서로를 받아들인 듯하다.

─그래야지. 제 목숨 줄을 쥐고 있는데.

소담검의 말대로 만가영공을 대성하기 위해 송좌백에게 장문량
의 도움은 필수불가결했다. 좋으나 싫으나 그를 스승으로 인정해야
했다.

─그나저나 정말 확인해볼 거야?

해봐야지. 장문량의 말이 사실이라면 이건 꽤 큰 정보다. 나는 미
리 놋쇠 대야에 받아놓은 물을 손목에 묻혔다. 사흘 동안 이곳에
있으면서 장문량은 자신이 알고 있는 여러 정보를 들려줬는데, 그중
하나가 바로 이것이었다. 정말 맞다면 지금까지 장문량이 이야기해
준 것들 중 최고의 정보를 얻은 것이라 할 수 있었다.

─슥!

소담검을 빼낸 나는 검을 왼 손목으로 가져갔다. 그리고 망설이
지 않고 물이 묻어 있던 곳을 소담검의 검날로 살짝 베었다. 따끔거
리며 베인 피부에서 피가 흘러나왔다. 이를 유심히 지켜보았다.

'…?!'

이게 뭐지? 정말 상처 부위가 낫지 않고 있다.

―정말이네?

전보다 회복력이 더 강해졌는데 상처 부위가 낫지 않는다. 원래라면 베인 상처 정도는 금방 나아서 흔적조차 없어지는데, 계속 피가 흘렀다. 이번에는 왼손에 소담검을 쥐고서 오른팔 손목을 그어보았다. 스르르르! 그러자 얼마 있지 않아 상처가 사라졌다. 이게 현재 내 몸의 정상적인 반응인데 기이한 일이었다. 고작 물이 묻었다고 상처가 제대로 낫지 않는다는 게 믿기지 않았다.

스윽! 여전히 낫지 않는 상처 부위를 마른 수건으로 닦았다. 그리고 지켜보았다. 그러자 이윽고 계속 낫지 않던 상처 부위가 천천히 회복되기 시작했다.

'…하!'

장문량의 말이 사실이었다. 녀석은 회복 능력을 가지고 나서 가장 먼저 듣게 된 말이 물에 젖는 것을 삼가라는 것이었다고 한다.

'그래서였구나.'

이제야 의문이 풀렸다. 처음 폭발에 휘말려 화상을 입은 장문량을 발견했을 때, 살아는 있지만 회복은 되지 않은 상태였다. 그러나 젖은 신체 부위가 마르면서 얼마 있지 않아 회복력이 다시 발동했다. 그 말인즉, 회복 능력에 있어서 물은 천적이라는 소리였다.

―운휘야, 그런데 그건 너도 마찬가지가 되잖아.

…그렇네. 소담검의 말대로 이건 그들만의 약점이 아니었다. 나에게도 해당되는 것이다. 만약 비가 오는 날에 적과 싸우다가 심각한 부상을 입게 되면 굳이 목을 베지 않더라도 죽을 수 있다는 소리가

된다.

─좋다 말았네. 서로에게 같은 약점이라면 굳이 이점이 될 수 없겠네.

녀석의 말이 맞다. 이렇게 되면 오히려 내게도 회복 능력이 있다는 것을 숨겨야 할 판국이었다. 저들이 내 약점을 이용해서 공격해 올지도 모르니까.

─계륵 같네.

그렇네. 쓸모 있는 정보는 확실하다. 한데 이게 다른 이들에게 알려지면 나의 약점이 공개되는 것이나 마찬가지다. 본교의 사람들에게 이걸 알려서 대응하게 하는 게 맞기는 한데, 참 난감하기 짝이 없었다.

─운휘야, 그러고 보니까 그 악심파파인가 하는 악인이 외눈박이 금안의 약점을 알고 있는 것 같다며?

그렇네. 악심파파의 수하인 양정이 말했었다. 존주라는 자가 뭔가를 극복하지 못했고 이를 위해 요검 다섯 자루를 찾고 있다고 말이다. 그럼 대체 초나라 평왕의 능에 무엇이 숨겨져 있다는 거지? 정말로 극복하지 못한 약점이라는 게 물이라면 무덤에 그것을 극복할 만한 무언가가 숨겨져 있다는 건가?

─그럼 네가 먼저 그걸 손에 넣어야겠네!

소담검의 말도 일리가 있다. 진짜 이것을 극복하기 위한 무언가가 있는 거라면 내가 그것을 얻는 편이 향후 존주와의 대립에서도 우위를 점할 수 있다. 다만 아직 확실하지가 않다.

─왜?

존주라는 자가 그 정도로 어설플까?

—뭐가?

생각을 해봐라. 물이 회복 능력에 미치는 약점은 분명 치명적일 수도 있다. 그러나 사실 어찌 생각해보면 회복 능력에 장애가 되는 것이지 무위에 지장을 주는 것은 아니다. 그냥 다른 사람들과 똑같 아지는 것뿐이다.

—그것도 그렇네? 그럼 다른 뭔가를 아는 걸까?

그럴 수도 있다. 물이 아닌 존주라는 자와 그 조직에 치명적인 어떤 약점이 있을지도 모른다. 단순히 물이라는 약점 때문에 존주가 배후에서 조심스럽게 움직인다고 확신하기에는 뭔가 부족했다. 역시 악심파파와 접선을 해봐야 할 것 같다.

—위험부담을 져야겠네.

별수 없지.

—쉽게 풀리는 일이 없네. 에구. 그래도 이걸 안 게 어디야. 운휘 너도 비 오는 날엔 조심해야겠다.

비 오는 날? 아! 잠깐만.

—왜 그래?

그러고 보니 진짜 무천검제 천무성이 죽기 전에 했던 말이 떠올랐다. 그때 곤륜산 참사를 유일하게 보았던 목격자가 있다고 했다. 나는 당시 천무성에게 이 말을 들었을 때 꽤 의아하게 여겼었다. 금안은 기의 흐름을 선명하게 확인할 수 있는데, 목격자를 놓쳤다는 것이 이상했기 때문이다.

—그럼 회복 능력 말고도 영향을 받는 거네.

아마 그럴지도 모른다. 그저 폭우가 내려서 놓친 게 아닐 수도 있다. 이걸 확인하려면 마찬가지로 폭우가 내릴 때 금안을 발동해보면 되겠지만, 지금은 어떻게 알아볼 방법이 없다.

—이런 대야 말고 큰 통에 물을 받아놓고 들어가서 바깥을 보면 되지 않을까, 운휘?

오! 남천철검이 좋은 방법을 제시했다. 아무래도 그렇게 해봐야겠다. 객주에게 이야기해서 목욕통을 준비해달라고 해야겠다.

끼이익! 그때 누군가가 문을 열고 들어왔다. 사마영이었다. 그녀는 들어오자마자 피가 묻은 수건을 보고 놀라서 황급히 내게 뛰어왔다.

"공자님 괜찮아요? 어디 다쳤어요?"

"괜찮습니다."

"괜찮기는요! 어디 좀 봐요."

그녀가 내 손목을 살폈다. 그러나 어디에도 상처가 있을 리 만무했다.

"이 피는 대체 뭐예요?"

"이건⋯."

뭐라 설명해야 하지. 회복 능력을 시험하기 위해서 그랬다고 설명하기도 애매했다. 그냥 둘러대야겠다.

"얼마 전에 내상을 입었는데, 치료하면서 올린 사혈입니다."

"사혈요? 그런 것치고는⋯."

그래, 피가 선명하지. 사혈이라면 죽은 피라서 다소 검은빛을 띤다. 계속 의아해할 수도 있으니 일단 화제를 돌려야겠다. 나는 피가 묻은 수건을 치우면서 사마영에게 물었다.

"그나저나 확인해봤나요?"

"네. 그렇지 않아도 아가씨께서 무사히 무한시로 들어섰다고 전갈을 보내왔어요."

"…다행이네요."

사흘 전에 곧장 무림연맹으로 떠난 영영이었다. 혹시나 무슨 일이 있을까 싶어서 개방의 방도들을 몇몇 붙여놨었다.

―네 누이동생도 참 고집 있네.

그러게. 내심 자신의 비밀을 알고 나서 내 말을 따라주길 바랐다. 무쌍성으로 가거나 나와 함께 움직이자고 권했는데, 봉황당의 임무를 다해야 한다며 먼저 떠나버렸다. 마냥 어리게만 봤는데 녀석도 어른이 다 됐다.

"많이 생각해봤는데, 과거 따위는 전혀 중요하지 않은 것 같아. 지금 내가 어떻게 살아가는지가 중요하지 않겠어? 지금은 오라버니가 전부 이해돼."

영영이는 자신이 하고 싶은 일을 하겠다고 내게 말했다. 영특하게도 "정말 위험에 처하면 오라비가 구해주겠지"라고 말하는데, 뭐라 할 말이 없었다. 오라비가 된 입장에서 누이동생이 자기 길을 가겠다는데 강제로 막기도 어려웠다. 내가 할 수 있는 건 그 아이가 자신의 길을 가더라도 누군가에게 해를 입지 않도록 조치를 취하는 것만이 답인 것 같다.

"아가씨도 영민하니까 잘하실 거예요."

사마영이 내 등을 쓰다듬으며 위로하듯 말했다. 이에 나는 고마움의 표시로 그녀에게 웃어 보였다. 그런데 그녀가 등을 쓰다듬던 손이 어느새 내 상의 안쪽으로 슬그머니 향해 있었다.

'…?!'

"공자님."

"네에?"

"그보다 더 걱정인 게 있어요."

"…그게 뭔가요?"

"왜 자꾸 공자님한테 이상하게 여자들이 많이 꼬이는 것 같죠? 이것도 그렇고 말이에요."

사마영이 상의 안쪽에 손을 넣어서 뭔가를 빼냈다. 그것은 남궁 가희와 언영인이 떠나기 전에 내게 줬던 자신들의 각패였다. 은혜를 입었다며 기회가 되면 자신들의 가문을 찾아달라고 했었다. 다만 남궁가희가 가기 전에 흘린 말이 발단이었다.

"남의 것이 탐나는 것은 처음인 것 같네요."

하필 이걸 또 사마영이 들었고 말이다. 덕분에 사흘 동안 사마영의 입술이 삐죽 나와 있었다. 심지어 무림연맹과 제대로 부딪치게 되면 남궁 세가를 먼저 토벌하는 게 어떻겠냐고 말하는데 절대 빈 말로 들리지 않았다.

촥! 사마영이 갑자기 얼굴에 쓰고 있던 인피면구를 뜯어냈다. 그리고 위로 묶고 있던 머리도 풀어헤쳤다.

"저 이제부터 남장 안 하고 다닐래요."

"음… 그렇게 해요."

여자들이 꼬이는 것을 사전에 차단하겠다는 의지가 굳건해 보였다. 얼굴이 알려지진 않았으니 문제는 없었다. 그때 사마영의 손이 또다시 상의 안쪽을 슬그머니 파고들었다. 이번에는 옷 안의 주머니가 아니라 살갗으로 손이 닿고 있었다.

"지금 뭐 하는…."

"쉿."

사마영이 왼손 검지를 내 입술에 갖다 댔다. 그리고 속삭이는 목소리로 말했다.

"공자님이 한눈을 팔 거라 생각은 안 하는데, 만약이라는 게 있잖아요."

"만약이라니요?"

"서책에서 읽었는데 남자들은 욕구불만이 되면 누구라도 한눈을 판다는 구절이 있더라고요."

···그게 대체 무슨 책이야? 사흘 동안 자리를 계속 비우더니, 그런 서책을 보고 있던 거였나.

사마영이 나를 야릇한 눈빛으로 쳐다보며 말했다.

"공자님, 우리 이제 슬슬 진도를 나가봐야 하지 않겠어요?"

평소에 하지도 않는 행동을 한다. 백혜향을 따라 하듯이 혀를 날름거리며 자신의 입술을 핥았다. 유혹하듯이 말이다. 나도 모르게 침을 꿀꺽 삼켰다. 사마영 같은 절세미녀가 작정하고 유혹하는데 넘어가지 않을 남자가 어디 있겠는가. 다만 갑작스럽게 벌어진 일이라 당혹스러울 뿐이었다.

"사마 소저, 옆방에···."

"조용히 하라니까요. 공자님만 입 다물면 돼요."

사마영이 그 말과 함께 배시시 웃더니 자신의 상의를 벗으려고 했다. 그때 머릿속에 남천철검의 목소리가 울렸다.

─참으로 고마운 서책이네.

녀석뿐만이 아니었다.

─완전 적극적이네. 신방 차리겠다, 아주.

─깔깔깔. 우리 자기 얼마큼 잘하나 보자.

—지금 뭐 하고 있는 거냐? 당장 목갑에서 꺼내라. 꺼내란 말이다.

검들이 난리를 치고 있었다. 나는 상의를 벗으려는 사마영의 손목을 움켜잡았다. 그러자 그녀가 고운 미간을 찡그리며 말했다.

"…싫어요?"

이에 숨을 크게 들이켰다가 내쉬며 진지하게 말했다.

"검들만 목갑에 집어넣겠습니다."

—야, 정말 이러기냐?

—굳이 우리는 신경 쓰지 않아도 되는….

—망할! 나는 계속 갇혀 있었는데….

검들의 목소리가 일제히 차단되면서 머릿속이 조용해졌다. 너희들 같으면 누가 뚫어지게 지켜보는데 중요한 뭔가를 할 수 있으리라 생각하냐. 목갑을 닫은 나는 사마영을 쳐다보았다. 붉게 홍조를 띠고서 옅은 숨을 내쉬는 모습이 심장을 뛰게 만들었다.

사마영이 앵두 같은 입술을 열었다.

"이제 됐어요?"

나는 손을 슥 저으며 진기로 방 안의 소리가 새어나가지 못하게 했다. 이 경지에 올라서 이런 용도로 쓰다니….

"…그래요."

그 말이 끝나기가 무섭게 사마영이 나를 향해 걸어왔다. 서로가 고작 한 발짝 거리만 남겨두고 있었다. 조금씩 호흡 소리가 크게 들렸다.

"하아."

귓가를 간질이는 호흡 소리에 가슴이 뛰는 것을 넘어서 얼굴이 화끈거렸다. 사마영과 나는 서로의 눈을 쳐다보았다. 그녀의 눈동자에 나의 얼굴이 담겨 있는데, 떨리고 있었다.

"공자님…."

그녀가 나를 부르며 내 뺨에 손을 갖다 댔다. 그 순간 누가 먼저라 할 것 없이 서로가 와락 끌어안으며 입을 맞췄다. 자연스럽게 그녀의 혀와 나의 혀가 얽히며 끈적한 타액이 섞여 그것들을 부드럽게 감쌌다. 서로를 갈구하듯이 한참을 그렇게 입을 맞추던 우리는 입술을 떼며 거친 숨을 내쉬었다.

"하아… 하아… 공자님."

"사마 소저."

"기분이 이상해요. 서책에는 이런 게 나와 있지 않았는데."

대체 무슨 서책을 본 거지? 부끄럽다는 듯이 새빨개진 얼굴로 나를 쳐다보는 사마영. 그 모습이 너무나도 아름다웠다.

"공자님 아까부터… 아!"

사마영이 아래쪽을 슬쩍 쳐다보았다. 그러더니 더욱 새빨개진 얼굴로 어쩔 줄 몰라 했다. 사마영이 공기가 섞인 목소리로 새초롬하게 중얼거렸다.

"짐승…."

그 순간 나는 이성을 잃고 말았다. 정말로 한 마리의 짐승이라도 된 것처럼 그녀를 거칠게 벽으로 밀어붙이며 입을 맞추고서 상의를 벗기려 했다.

"하악."

그녀의 입에서 야릇한 소리가 흘러나왔다. 사마영이 뜨거운 숨을 내쉬며 두 다리로 내 허리를 감쌌다. 서책이 가르쳐주지 않아도 여성으로서의 본능이 그녀에게 앞으로 해야 할 것을 알려주듯이 말이다. 나는 남장을 하느라 흉부를 압박하고 있던 천을 힘으로 뜯어냈다. 쫘아악! 그동안 감춰왔던 그녀의 아름답고 탄력 있는 그것에 나는 물소처럼 콧김을 내뿜었다.

나만 이런 오묘한 기분이 아닌 모양이다. 그녀가 뜨거운 호흡을 내뱉으며 암사자라도 되는 것처럼 거칠게 내 상의를 찢을 기세로 손을 움직이는데….

쾅! 갑자기 객실 문이 거칠게 열렸다.

"아니, 뭘 하길래 우현이가 계속 문을 두드려도…?!"

객실 문 앞에 송좌백이 서 있었다. 순간 모두가 얼음이 되었다. 인간의 기본적인 본능에 충실한 송좌백의 눈동자가 자연스럽게 어딘가로 향하려고 했다. 사마영이 당황해서 자신의 노출된 부위를 감싸며 소리쳤다.

"꺄아아악!"

당황한 송좌백이 다급하게 객실 문을 닫았다. 그러고는 밖에서 말했다.

"씨, 씨발…."

왜 거기서 그런 욕이 나오냐. 욕해야 할 사람은 네 녀석이 아닌데 말이야. 제대로 방해를 받았다. 사마영을 쳐다보았더니 부끄러운 것도 잠시였고, 못마땅했는지 객실 문밖을 흘겨보고 있었다. 나는 한숨을 푹 내쉬며 그녀에게 말했다.

"우현이가 왔다는 건 접선지로 놈들이 온 모양입니다."

악심파파 철수련의 사자인 양정과 만나기로 한 접선지에 송우현을 보냈었다. 놈들이 나타나면 알려달라고 말이다.

"접선지로 가야 하니까 빨리 나와."

밖에서 송좌백의 목소리가 들렸다. 역시 예상대로였다. 아쉽지만 어쩔 수 없이 진도 나가는 것은 뒤로 미뤄야 할 것 같다. 아… 탄식이 절로 나온다. 나는 사마영을 내려놓고서 상의를 주섬주섬 여미려고 했다. 그러자 사마영이 내 손목을 탁 붙잡았다. 의아하게 쳐다보는데 사마영이 내게 뜨거운 눈빛을 보내며 야릇한 목소리로 말했다.

"…이대로 끝내긴 아쉽지 않나요?"

"접선지로 가봐야…."

"어검비행으로 금방 가실 수 있잖아요."

그 말과 함께 그녀가 내게 몸을 완전히 밀착시키며 귓가에 속삭였다.

"네에?"

귀를 간질이는 숨소리에 가슴이 쿵쾅거렸다. …이걸 그냥 넘기면 남자도 아니다. 밖에 송좌백이 있다는 사실도 잊은 것처럼 나는 그녀를 번쩍 들어 올려서 침상으로 향했다.

한바탕의 열기가 방 안을 뜨겁게 덥혔다.

"공자니이이임. 헷."

사마영이 내게 팔짱을 끼고 만족스러운 얼굴로 교태를 부렸다. 남장한 모습에 익숙해졌는데, 그 뒤에 감춰진 여자로서의 그녀는 말로 형용하기 어려울 만큼 요염했다. 방금 전을 떠올릴 때마다 두 뺨이 화끈거렸다.

―좋냐? 좋아? 저 안에 처박아놓고 너무하네.

소담검의 투덜거리는 소리가 들려왔다. 목갑에서 다시 빼냈더니 불만으로 가득했다.

―나는 만족하오. 전 주인에게서는 경험해보지 못한 색다른 기분이오.

남천철검 이놈은 대체 무슨 소리를 하는 거야? 네가 그렇게 말하면 남천검객은 대체 뭐가 되는 거냐?

―흐으응. 뭘 그런 걸 가지고 만족해하는 거야? 소리만 들어도 우리 자기는 아직 기술이 부족하다는 걸 알 수 있는데.

'…?!'

아… 머리가 지끈거리려고 한다. 아무래도 시간이 좀 지나서 소리를 풀 걸 그랬다. 아주 별별 소리를 다 하고 있다. 사람 민망할 정도로 말이다.

그때 혈마검이 말했다.

―…인간, 앞으로 이런 일이 있을 때는 목갑에 박아두지 마라. 인간들끼리 엉켜 있는 걸 본다고 이 몸이 무슨 감흥이라도 있을 것 같으냐.

…감흥이 없으시다고? 제일 난리법석을 부리더니 한다는 소리가 가관이다. 이놈들 검의 탈을 쓴 변태 놈들 아냐? 앞으로 이런 일이 있을 때는 아예 멀찌감치 떨어트려놔야겠다.

객실 문을 열고 나가자 팔짱을 끼고 이층 난간에 서 있는 송좌백이 보였다. 매우 못마땅하다는 표정으로 나를 쳐다보고 있었다.

"흠흠. 우현이는?"

나의 물음에 녀석이 숨을 한 번 깊게 들이켜더니 분노를 토해내듯이 말했다.

"자그마치 이각이다! 이각! 꼭 지금 어! 그렇게…."

뭔가를 말하려다 송좌백이 뒤에 있던 사마영과 눈이 마주쳤다.

사마영의 눈빛이 아주 살벌하기 그지없었다.

"무슨 문제라도 있나요?"

매섭게 쳐다보는 것에 위축이라도 되었는지, 송좌백이 침을 꿀꺽 삼키더니 웅얼거리듯이 대답했다.

"그… 그… 기다리는 사람 입장도… 배려를… 해달라는 차원에 서…."

"배려했거든요."

"네?"

반문하는 송좌백에게 사마영이 자신의 두 뺨을 감싸고서 살짝 쑥스러워하며 말했다.

"…금방 나왔잖아요."

그런 그녀의 모습에 송좌백이 심경 복잡한 눈빛으로 나를 쳐다보았다. 부러움, 시기심, 짜증이 동시에 묻어나고 있었다. 소담검이 혀를 차며 말했다.

—얘 진짜 소개시켜주든지 해라.

그러든지 해야겠다.

* * *

악귀 가면을 쓴 나는 어검비행을 펼치며 허공을 가로질러 접선지로 왔다. 사마영 말대로 금방 도착했다. 선천진기로 안력을 집중하니 멀리서 마차 한 대와 십수 명의 인영들이 보였다. 저들의 눈에 띄기 전에 걸어가야겠다. 굳이 소검선이라는 또 다른 정체와의 공통점을 드러낼 필요는 없으니까 말이다.

탁! 바닥에 내려온 나는 경공을 펼치며 마차가 있는 곳으로 갔다. 횃불 하나 켜놓지 않아 어두웠지만 보름달의 은은한 빛만으로도 저들의 모습이 훤히 보였다. 마차 주변으로 열두 명의 죽립에 면사를 쓰고 있는 호위자들로 보이는 자들이 있었고, 그 앞에 악심파파 철수련의 수하인 양정이 서 있었다.

—저 마차 안에 악심파파인가 하는 노괴가 있을까?

솔직히 모르겠다. 마차 안에서 기묘한 기운이 느껴지긴 했다. 한데 무슨 수를 썼나 사람이 타고 있는지 알 수가 없었다. 마치 기운을 차단한 것처럼 말이다.

—조심해. 악인들치고 멀쩡한 인간들 없다며.

그래야지.

장문량도 내게 경고했었다.

"존주 그자조차도 악심파파를 건드리지 말라고 신신당부했었소. 그 괴물 같은 자가 경고할 정도면 절대 빈말은 아닐 것이오."

악심파파 철수련. 초인들 중에서도 가장 강하다고 평가받는 다섯 괴물 중 한 명이다. 지금의 나로서도 감당키 어려운 존재일지도 모른다. 워낙 위험한 자이기에 여차하면 도주할 것을 감안하고 누구도 데려오지 않은 것이기도 했다. 일단 접선해보면 그 노괴가 직접 왔는지 아닌지 알 수 있겠지. 나는 어깨를 펴고 위엄 있게 뒷짐을 지고서 앞으로 걸어갔다.

슥! 거리가 가까워지자 양정이 포권을 취하며 인사했다.

"오셨소이까?"

나 역시 가볍게 고개를 끄덕였다. 전에 보았을 때는 무림연맹의 복장을 하고 있었는데, 지금은 묶고 있던 머리를 풀고 검은 무복을 입으니 사파인처럼 보이기는 했다. 나는 눈짓으로 가마를 가리키며 말했다.

"모시는 분께서는 직접 오셨나?"

그런 나의 말에 양정이 고개를 끄덕였다.

그렇다면 저 가마 안에 악심파파 철수련이 정말 있는 거구나. 몸소 이곳까지 왔다는 것은 노괴 역시도 내가 제안한 동맹에 긍정적으로 생각할 확률이 높았다. 나는 가마를 향해 가볍게 포권을 취하며 말했다.

"혈교의 교주요. 위명이 높으신 철 선배를 뵙게 되어 영광이오."

이 정도면 충분히 예를 갖췄다고 본다. 한 단체의 수장으로서 만나는 자리이기에 너무 숙이고 들어갈 필요는 없다. 한데 악심파파는 모습을 보이지 않고 있다. 인사를 했는데도 아무 말이 없다.

'뭐지?'

의아해하고 있는데, 마차 안쪽에서 뭔가 염(念)을 외는 듯한 소리가 들려왔다. 마차 안에 아무래도 악심파파만 있는 게 아닌 듯하다. 기운을 감지할 수가 없어서 알기가 어려웠다.

흠칫! 뭐지? 순간 온몸에 소름이 돋았다. 말로 형용할 수 없는 사이한 기운이 사방을 잠식했다. 매우 기이한 현상이었는데, 이 섬뜩할 정도로 사이한 기운이 이내 마차 안으로 빨려 들어갔다.

'…이게 대체…'

바로 그때였다. 마차 안에서 목소리가 울려 퍼졌다.

[네가 당대 혈마로구나.]

쉰 듯하면서도 다소 정기가 넘치는 여자의 목소리가 들려왔다. 악인이라 불렸을 시절을 감안하면 적어도 백 세를 넘겼을 노파의 목소리치고는 꽤나 젊게 들리는 이유는 무엇일까? 이유야 어찌 되었든 갑자기 마차 안에서 풍기는 이 사이한 기운이나 위압감을 보면 악심파파가 틀림없었다. 여기서 기세에서 밀리면 안 되겠지.

"그렇소. 선배와 직접 마주하고 대화를 나누고 싶은데, 모습을 보여주시오."

돌리지 않고 직접적으로 말했다. 그러자 마차 안에서 광소가 터지는 소리가 들렸다. 카카카카카카칵. 그 웃음소리가 괴이하기 짝이 없었다. 노파의 웃음소리라고 생각하면 어울리기는 하다만 참으로 기괴하다. 그때 웃음소리가 그치더니 마차에서 악심파파의 목소리가 들려왔다.

[애송이가 제법 담대한 척 구는구나.]

"애송이?"

이 노괴 정말 동맹을 맺으러 온 게 맞나? 가장 오랜 세월을 살아온 악인이라지만 예상보다 더 오만하게 굴고 있었다. 혈교를 전혀 아랑곳하지 않는다는 건가. 여기서 흥분해선 안 된다. 상대의 흐름에 휘말리면 저쪽이 원하는 대로 끌려가게 되어 있다.

"굳이 얼굴을 보이기 힘들다면 양해를 구해도 되오만."

그런 나의 말에 마차 안에서 또다시 웃음소리가 들렸다.

[카카카카카카카칵!]

아무리 들어도 적응이 안 되는 소리다. 뭔가 삭아서 갈리는 소리 같다.

[제법 배짱이 두둑하구나. 하긴 그쯤 되니 동맹이니 뭐니 하는 소리도 할 수 있는 거겠지.]

기분이 나빠서 웃은 것은 아닌 모양이다. 보통 사람들과는 감정선이 달라서 어디로 튈지 모르니 주의해야겠다. 굳이 이것저것 말하며 시간을 끌 필요는 없을 것 같다. 바로 본론으로 들어가자.

"동맹을 해서 나쁠 건 없다고 보오. 선배도 관심이 있으니 직접 찾아오신 것이…"

[달마다 처녀 다섯 명을 내놓아라. 그리한다면 그 동맹이란 걸 생각해보도록 하마.]

'…?!'

이 노괴가 지금 뭐라고 한 거지? 달마다 처녀 다섯 명을 내놓으라고? 순간 어처구니가 없었다. 인악면 사건의 배후임은 알고 있었지만 동맹을 제의한 다른 단체에게 처녀를 달라니 이건 어지간히 나와 본교를 우습게 여기지 않고는 나올 말이 아니었다.

"처녀를… 달라?"

[그래. 젊고 아름다울수록 좋다. 그리고 무림인이면 더 좋을 것 같구나.]

…괜히 악인이라 불리는 게 아닌 것 같다. 월악검이나 귀살권마는 이 노괴에 비하면 양반이라 해도 과언이 아니었다. 그냥 떠보는 것이 아니라 정말로 요구하고 있었다.

―설마 들어줄 거야?

들어주기는 뭘 들어줘. 내가 아무리 혈마가 되었어도 인간으로서의 도리라는 게 있다. 여자를 납치해서 저 노괴에게 바친다는 게 말이 되나.

그때 마차에서 웃음소리가 들렸다.

[카카칵… 재미있는 녀석이구나. 여태껏 아무런 반응도 하지 않다가 그깟 계집 몇을 달라고 했더니 심장 뛰는 소리가 커졌어.]

'이 노괴가….'

[흥분하고 있구나. 분노하는 게냐?]

 가마 안에서 내 심장 소리를 듣는다고? 말이 되지 않는다. 아무리 경지에 올라 오감이 발달했다고 해도 이 거리에서 타인의 심장 소리마저 듣는 것은 불가능하다.

[의구심을 품고 있군. 네 심장 소리를 본노가 듣지 못할 것 같으냐?]

 '…?!'

 이 노괴 생각보다 많이 위험하다. 마차 안에서 밖을 훤히 들여다 보는 것처럼 굴고 있다. 말문이 막혀 당황하고 있는데 악심파파의 목소리가 들려왔다.

[그 남자의 비밀을 알고 싶다고 하지 않았느냐?]

 "…."

 존주를 말하는 것 같다. 내가 원하는 것을 자신이 가지고 있다고 강조하는 것이다. 아무래도 내가 이 노괴를 가볍게 생각한 것 같다. 내 흐름으로 어떻게든 넘겨야 한다.

 "선배의 수하가 실수로 선배가 존주라는 자의 약점을 알고 있다 는 말을 발설했는데, 아쉬운 쪽은 그쪽도 마찬가지가 아니요?"

[뭔가 착각하고 있구나.]

 "착각?"

[그 남자가 두려워서 네 요청에 응한 것 같으냐?]

 이건 무슨 소리지?

 존주라는 자가 노리는 것을 전혀 신경 쓰지 않는다는 건가?

[내 자식을 구해줬다기에 네게 작은 기회를 주는 것이다.]

오만함을 넘어섰다. 이 노괴는 광오하기 짝이 없었다. 동맹이나 협상을 할 수 있는 단계는 이미 지나쳤다고 해도 과언이 아니었다. 설사 손을 잡는다고 해도 믿을 수 있는 자가 아니다.

"아무래도 선배와 나는 뜻이 맞지 않는 것 같구려."

그 말을 하면서 나는 용천혈로 공력을 일으켰다. 당장에라도 이곳을 벗어나는 게 나을 듯했다. 그때 악심파파 철수련이 말했다.

[도망갈 궁리를 하는구나. 한데 오는 건 네 마음대로였을지 모르지만 가는 건 본노의 허락 없이는 안 되지.]

딸랑! 마차 안에서 흉흉한 방울 소리가 들려왔다. 그 순간 기이한 일이 벌어졌다. 뭔가가 어깨를 짓누르는 것처럼 몸이 굉장히 무거워졌다. 쿠쿠쿠! 심지어 발바닥이 조금씩 땅속을 파고들고 있었다. 믿기지 않는 일이었다. 악심파파 철수련이 사이한 술법에 능하다는 이야기는 들어왔지만, 이 정도일 줄은 생각지도 못했다.

딸랑! 방울 소리가 한 번 더 울리자 짓누르는 힘이 더욱 강해졌다. 발 부분이 완전히 파고들고 있었다.

[붙잡아라.]

철수련의 명이 떨어지자 죽립인들이 기이한 신음 소리를 내며 움직였다.

"흐으으으."

"허어어어어."

객잔에서 보았던 그 괴인과 비슷한 소리였다. 이들에게서 기묘한 기운이 느껴진다고 했는데, 예상이 들어맞았다. 쾅! 나는 환의안의 구결을 외우며 공력을 끌어올려 세차게 진각을 밟았다. 한데 진각이 울리자 한쪽 편에 있던 양정이라는 자를 제외하고는 죽립인들은 아무 일도 없다는 듯이 내게 다가왔다.

―안 통하네.

그건 나도 알고 있어. 무슨 연유인지 모르겠지만 죽립인들은 암시에 걸리지 않았다. 그러고 보니 객잔에 있던 얼굴을 실로 꿰맨 그 괴인도 암시가 통하지 않았던 것 같다.

[괜히 힘을 낭비하지 말거라.]

빌어먹을!

'혈마검!'

나의 부름에 검집에 있던 혈마검이 출초했다. 스릉! 그와 동시에 혈마검이 허공을 날며 죽립인들을 향해 뻗어갔다. 나와 달리 혈마검은 이 괴이한 술법에 전혀 영향을 받지 않는지 아무렇지 않게 날았다. 다행스러운 일이었다. 객잔에서의 괴인과 같다면 그냥 몸을 관통하는 것만으로는 죽지 않을지도 몰랐다.

'목을 베!'

―알겠다.

혈마검이 죽립인들의 목을 베기 위해 날아갔다. 촥! 가장 가까이에 다가온 괴인의 목을 베었다. 머리통이 바닥을 뒹굴면서 죽립이 벗겨지며 눈과 입을 실로 꿰맨 한 사내의 얼굴이 드러났다. 역시 예상대로였다.

그때 마차 안에서 방울 소리가 울렸다. 딸랑! 그러자 천천히 내게 다가오던 죽립인들이 동시에 몸을 날렸다. 마치 혈마검이 자신들의 목을 베기 전에 어떻게 해보겠다는 것처럼 말이다. 내가 그렇게 호락호락하게 보이나.

슈우우우우! 몸에서 수증기가 피어올랐다. 나는 혈마화와 동시에 진혈금체를 펼쳤다. 그러자 무겁게 짓누르던 무게감이 어느새 가볍게 느껴졌다.

'소담검!'

—알았어!

소담검도 검집에서 빠져나와 죽립인들을 향해 쇄도했다. 그사이 나는 코앞까지 다가온 죽립인들 중 한 명의 가슴을 전광석화처럼 뛰어올라 발로 걷어찼다. 퍽! 죽립인이 튕겨 나가자, 나는 그 상태에서 몸을 회전하며 검결지를 휘둘렀다. 촥! 날카로운 예기가 네 명의 죽립인들을 향해 날아갔다. 죽립인들이 두 손을 교차하며 날아오는 예기를 몸으로 받아냈다. 팔목이 예기로 인해 반쯤 베여 나가며 그들이 밀려났다. 촤르르르르르!

그때 한 죽립인이 내 머리를 향해 커다란 둔기 같은 것을 휘둘렀다. 나는 상체를 슬쩍 옆으로 젖혀 그것을 피한 후에 죽립인의 목을 움켜잡고서 그대로 바닥에 찍어버렸다. 쾅! 그 상태에서 손에 힘을 주어 목을 뜯어내려고 하는데….

'…!!'

나는 순간 내 눈을 의심했다. 바닥에 내려치며 죽립이 벗겨졌는데, 그 안으로 보이는 얼굴. 실로 눈과 입을 꿰맸지만 이 얼굴을 어찌 잊겠는가?

"아…송?"

그는 행방불명되었던 나의 하인 아송이었다. 믿기지가 않았다. 내 눈이 잘못된 것이 아니라면 분명 아송이었다. 녀석의 눈과 입을 꿰매어 닫게 만들었어도 어렸을 적부터 내 수발을 들었던 이 얼굴을 어찌 잊을 수가 있겠는가.

'어떻게 이런 일이….'

본교의 정보 단체와 하오문을 동원해도 찾지 못했다. 마치 세상에서 증발해버린 것처럼 그 흔적이 사라졌다. 그런데 그런 아송이 이런 꼴이 되어 있다니 순간 말문이 막혔다.

'…아송.'

익양 소가에서 그런 수난을 겪으면서도 나를 찾겠다고 떠난 녀석이었다. 그 소식을 들었을 때 얼마나 가슴이 뭉클했는가.

"ㅇ.ㅇ.ㅇ.ㅇ.ㅇ.ㅇ."

내게 목이 붙잡혀 있는 아송이 버둥거리며 내 손에서 벗어나려고 했다.

"가만히 있어!"

나는 아송의 한쪽 팔을 뒤로 꺾어서 머리와 등을 짓눌렀다. 참으로 이상한 일이었다. 마치 외공을 극한으로 익힌 것처럼 강한 힘을 지녔다. 벽을 넘어서는 나이기에 압도적인 공력으로 누른 거지만 어지간한 고수들도 방심하면 안 될 만큼 괴력에 가까웠다.

'무슨 짓을 한 거지?'

나는 마차를 노려보았다. 여전히 스산하면서 사이한 기운을 풍기는 마차. 그 모습을 볼 수가 없는데도 마치 악심파파 철수련이 나를 지켜보는 것만 같았다.

―이런!

혈마검의 목소리가 들려왔다. 그곳으로 시선을 돌리니, 검날이 목을 반쯤 파고들었는데 그것을 죽립인이 붙잡았다. 어처구니없는 광경이었다.

'저 상태로도 움직이다니?'

인간이라 부를 수 있는 존재가 아니었다. 혈마검이 빠져나가려 했지만 다른 죽립인이 달라붙어 혈마검의 날을 붙잡은 바람에 그대로 묶여버렸다.

─이 건방진 인간 놈들이!

혈마검이 화가 났는지 요력을 일으킨 것 같았다. 그러자 검을 붙잡고 있던 죽립인들의 손등에서 혈맥이 폭주했는지 핏줄이 터져나갔다.

─이것들이?

한데 놈들은 혈마검을 손에서 놓지 않았다. 고통을 느끼지 못해서 그런지 핏줄이 터져나가는 것을 개의치 않고 붙잡고 있었다. 고통을 모른다는 게 이런 식으로 활용될 줄이야.

'소담검! 혈마검을 도와줘!'

─알았… 뒤를 봐!

알고 있다, 그 정도는. 뒤에서 달려오는 두 명의 발걸음 소리. 나는 발로 아송의 팔목을 꺾은 채로 등에 고정한 후 죽립인들 중 한 명의 다리로 오른손을 뻗었다. 그러자 은연사가 튀어나오며 죽립인의 발에 휘감겼다. 하지만 은연사 따위는 신경도 쓰지 않는다는 기세로 죽립인이 달려들었다. 꽉! 이에 나는 은연사를 옆으로 잡아당겼다. 그러자 죽립인의 균형이 옆으로 쏠리며 같이 달려오던 다른 죽립인과 부딪혔다. 나는 은연사를 팽팽하게 해서 그 상태로 몸을 돌려가며 무게 추처럼 다리가 걸린 죽립인을 다른 죽립인을 향해 날려버렸다. 쿠당탕! 은연사에 묶여서 날아간 죽립인이 혈마검을 붙들고 있는 두 명의 죽립인을 쓰러뜨렸다. 그사이 소담검이 놈들의 손목을 관통하며 혈마검이 빠져나오게 했다.

―빌어먹을 놈들!

혈마검이 혀를 내두르는 소리가 들렸다. 손아귀에서 혈마검을 놓친 죽립인은 목이 저리 베였어도 비틀거리며 움직였고, 혈맥이 폭주한 죽립인도 부들부들 떨면서 일어났다. 누가 봐도 기가 질릴 상황이었다.

'돌아와.'

―이 몸이 직접….

'돌아와!'

―칫!

강압적인 나의 목소리에 혈마검이 말없이 허공을 가로질러 내 손으로 빨려 들어왔다. 지금은 네가 상대하고 자시고 놔둘 상황이 아니었다. 목이 베이는 순간을 노려서 붙잡는 비정상적인 방식을 취할 만큼 말도 안 되는 짓거리를 하는 놈들이다.

딸랑! 그때 방울 소리가 마차 안에서 울려 퍼졌다. 그러자 꺾인 팔을 고정하고 있던 아송의 등이 활처럼 뒤로 꺾였다.

'아니?'

도저히 등을 꺾을 수 있는 자세가 아니었다. 그런데도 이를 꺾더니 두 다리로 나를 감싸려고 했다. 순간 머릿속에서 아송의 두 다리를 자르거나 꺾어버리는 심상이 떠올랐지만 차마 이를 녀석에게 행할 수 없었다. 팟! 뒤로 몸을 날리며 나를 휘어잡으려 했던 두 다리를 피했다. 그러자 아송이 번개처럼 뛰어올라 몸을 일으켜 세웠다. 도저히 무공 하나 모르던 녀석이라 볼 수 없는 몸놀림이었다.

"아…."

젠장. 저 노괴가 있는 곳에서 원래 목소리로 아송을 마냥 부를 수가 없었다. 나는 혹시나 하는 마음에 전음을 취했다.

[아송!]

그때 나를 향해 달려들려 하던 아송의 움직임이 잠시 멈칫했다. 마치 나의 목소리를 알아듣기라도 한 것처럼 녀석의 몸이 파르르 떨렸다. 실에 꿰매진 눈과 입 부근이 들썩이는 게 보였다.

[아송, 내 목소리를 알아듣겠어?]

"으으으으!"

그런 나의 전음에 아송이 신음성과 함께 고개를 끄덕였다. 완전히 악심파파 철수련의 뜻대로 움직이는 건 아닌 모양이었다. 그렇다면 저 꿰매진 실을 풀어줘야겠다.

딸랑! 그때 방울 소리가 또다시 울려 퍼졌다. 그러자 아송이 자신의 머리를 부여잡고 고통스럽게 비틀거렸다.

[아송!]

나는 고통스러워하는 녀석에게 다가가 부축했다.

[아송, 정신 차려라. 저 노괴의 사술에 넘어가면 안 돼!]

"으으으…"

'아!'

"도련님."

신음 소리에 불과했지만 그 어조는 틀림없이 아송이 나를 부르던 어투였다. 내 목소리를 알아들었다면 충분히 빠져나올 가능성도 있었다. 그때 귓가로 죽립인들이 달려드는 소리가 들려왔다.

"방해하지 마라!"

혈마검의 검신이 붉게 물들었다. 나는 십성 공력으로 전력을 다해 달려드는 죽립인들을 향해 혈천대라검의 일련파획의 검초를 펼쳤다. 촤아아아아아아! 날카로운 붉은 예기가 넘실거리는 파도처럼 허공을 가로지르며 놈들을 덮쳤다. 맨손으로 펼치는 것과는 비교도 안 되는 위력에 앞 열에 있던 죽립인들 세 명의 몸이 그대로 반으로 잘려 나갔다. 뒤에 있던 자들은 위력이 줄어들며 운 좋게도 몸이 반쯤 베여 튕겨 나갔다.

'계속 싸우고 있을 상황이 아니야. 아송을 데려가야 해.'

정작 가장 위험한 저 노괴가 움직이지 않았다. 악심파파 철수련이 움직이게 되면 아송을 데리고 도주할 수 없을지도 모른다. 머릿속에 결심이 서자 나는 곧바로 이를 행하기 위해 고통스러워하는 아송에게 다가가 몸을 움직이지 못하게 혈도를 점했다.

"으으으으…"

[조금만 참아.]

그리고 아송을 들쳐 메려는 순간이었다. 푹!

"헉!"

화끈거리는 고통에 나도 모르게 앞으로 일 장을 뻗었다. 이에 아송이 뒤로 튕겨 나가고 말았다.

—운휘야!

허공을 날아다니던 소담검이 부리나케 내게 날아왔다. 가슴 한가운데로 날카로운 비수가 꽂혔다. 심장까지 닿았는지 숨을 쉬기 힘들 만큼 고통이 말로 형용할 수가 없었다.

"끄으으으."

너무 고통스러웠다. 하지만 이대로 비수를 계속 꽂고 있을 수도 없었다. 나는 힘겹게 손으로 비수를 뽑았다. 탱그랑! 회복 능력이 없었다면 진즉에 죽었을지도 모를 일이었다.

"으으으으."

튕겨 나갔던 아송이 몸을 일으켜 세우는 모습이 보였다. 설마 혈
도를 점했는데도 움직일 수 있을 거라고는 생각지도 못했다.

[아송!]

조금 전과 다르게 녀석은 다른 죽립인들처럼 기이한 신음 소리만
흘려댔다. 처음부터 정신을 차리지 못했던 것처럼 말이다. 설마 이
걸 노렸단 말인가? 나는 고개를 돌려 마차를 쳐다보았다. 바로 그때
였다.

끼이이이이익! 마차의 옆문이 열렸다. 그러더니 누군가가 나왔다.
딸랑! 딸랑! 딸랑! 방울이 울리는 소리와 함께 지팡이를 땅에 짚는
소리가 들려왔다. 꾸부정하게 허리를 숙이고서 네다섯 살 정도의
남아인지 여아인지 구분이 안 되는 창백한 얼굴의 아이를 업고 있
는 중년의 부인 옆모습이 보였다.

'노파인 게 아닌가?'

옆모습만 보면 사십 대 중반 정도로밖에 보이지 않았다. 무공이
높을수록 노화가 늦다고는 하지만 여든, 아흔의 노파와는 거리가 너
무 멀었다.

스윽! 중년의 부인이 고개를 돌리는 순간 온몸에 소름이 돋았다.
두 눈동자에 동공이 보이지 않았다. 백안(白眼) 그 자체였다. 앞을 보
지 못한다고 들었는데 이것 때문일지도 몰랐다. 한데 어떻게 정확하
게 내가 있는 방향을 쳐다보는지 알 수가 없었다. 그때 중년의 부인
이 입을 열었다.

"너 그 남자와 무슨 관계지?"

마차 안에서 들려오던 그 목소리였다. 그럼 이 중년의 부인이 악

심파파 철수련이라는 소리였다. 나는 목소리를 변조하고서 그녀에게 말했다.

"나야말로 묻겠소. 이자에게 무슨 짓을 한 거지?"

아송을 손으로 가리켰다. 그러자 철수련이 느닷없이 기괴한 웃음소리를 냈다.

"크카카카카카카카칵!"

멀쩡한 얼굴로 어떻게 저런 노파의 웃음소리를 내는 거지? 듣는 것만으로도 계속 거슬릴 정도였다. 막 웃어대던 철수련이 웃음을 뚝 그치더니 말했다.

"그 아이가 아송이더냐?"

'…!!'

순간 나는 할 말을 잃고 말았다. 입 밖으로 아송에 대해 거론한 적이 없었다.

'…말도 안 돼.'

설마 전음을 엿들었다는 건가? 심장 뛰는 소리를 마차 안에서 듣고 있었다는 것보다 훨씬 충격적이었다. 말문이 막힌 채로 가만히 있었더니 철수련이 기괴한 형태의 방울 달린 지팡이를 바닥에 찍었다. 쿵! 딸랑!

"으으으으으!"

그러자 아송이 고통스럽다는 듯이 자신의 머리를 움켜잡았다. 얼굴이 순식간에 새빨개지며 이마의 핏줄들이 터질 것처럼 부풀어 오르고 있었다.

"철수련!"

"그 남자와 아는 사이인지 물었다."

지팡이를 짚고 있는 그녀의 손가락이 까딱거리며 움직였다. 자신이 조금만 손을 써도 아송을 죽일 수 있다는 것을 보여주기 위함인 듯했다.

"당장 멈춰!"

"묻는 말에나 답하거라."

"대체 누구를 말하는 거냐?"

"너희들이 존주라고 부르는 자."

이게 대뜸 무슨 소리지? 애초에 동맹을 맺으려 했던 것도 존주의 약점을 알기 위해서였다. 그런데 무슨 말을 하는지 이해하기 어려웠다. 철수련이 계속 입을 열었다.

"네 주인을 배신하려는 것이더냐?"

"지금 무슨 말을 하는 거지? 당장 멈추지 않으면….'

딸랑! 말이 끝나기도 전에 방울 소리가 울려 퍼졌다. 그러자 머리의 핏줄이 부풀어 올라 고통스러워하던 아송이 자신의 한쪽 팔을 그대로 꺾어버렸다. 콰득! 팔꿈치의 뼈가 살점을 뚫고 튀어나왔다.

"철수련!"

나는 생각할 겨를도 없이 악심파파 철수련에게 신형을 날렸다. 순식간에 매처럼 미끄러지며 거리를 좁힌 상태에서 혈마검으로 반달의 궤적을 그렸다. 혈천대라검의 혈라검천이었다. 철수련이 사술 부리는 것을 멈출 방법은 두 가지뿐이었다. 그녀를 제압하든지 죽이든지.

그런데 믿기지 않는 일이 벌어졌다. 내가 휘두르는 검의 경로를 철수련이 물 흐르듯이 상체를 슬쩍 움직이며 그대로 결을 따라 피하는 것이 아닌가.

'어떻게?'

정말 장님이 맞는지 의심이 갈 정도였다. 아니, 설사 눈을 뜨고 있다고 해도 혈라검천의 궤적은 단순하면서도 오묘한데, 이를 이리 쉽게 피한다는 것은 그녀의 무위가 상상 이상임을 의미했다.

팍! 철수련의 지팡이 머리 부분이 내 가슴을 노려왔다. 나는 보법을 펼치며 이를 피해냈다. 지팡이가 움직이는 궤적은 그야말로 전광석화였다.

'빠르다.'

마치 쾌검을 보는 듯했다. 나는 그런 그녀의 지팡이 궤적에 맞춰 혈마검을 휘둘렀다.

'혈천대라검 삼초식 경원무혈(勁原武血).'

챙! 검 끝에 기운을 집중하여 침투경(浸透勁)과 같은 경력의 효과를 내는 검초였다. 지팡이를 타고서 흘러 들어간 경력이 그녀의 손에 미칠 것이다. 그런데 철수련의 발바닥 부분의 땅이 갑자기 갈라졌다. 쩌저저저적! 그것은 경력이 타고 흐르는 순간 몸 밖으로 순식간에 배출했다는 의미였다. 이 짧은 시간에 이런 대처를 할 수 있다니 입이 벌어질 만큼 역량의 차원이 달랐다.

딸랑! 그때 귓가로 방울 소리가 들려왔다. 그 순간 누군가 내 다리를 움켜쥐는 듯한 소름 끼치는 감각이 느껴졌다.

'이게 대체?'

묶여 있을 틈이 없었다. 공력을 끌어내서 이를 뿌리치려는 순간 철수련의 지팡이가 나의 가슴을 세차게 두드렸다. 퍽!

"크헉!"

가슴을 타고서 전신을 파고드는 경력에 입에서 선혈이 뿜어져 나왔다. 진혈금체로 몸을 보호하고 있는데도 고작 일 수에 이런 위력이라니 기가 막힐 정도였다.

철수련이 입꼬리를 올리며 말했다.

"경력은 이렇게 쓰는 거란다, 애송아."

그 말이 끝나기가 무섭게 철수련의 지팡이가 내 안면을 노려왔다. 나는 다급히 검으로 지팡이를 쳐냈다. 챙! 촤르르르! 그런데 지팡이에 실려 있는 심후한 공력에 다섯 보 가까이나 밀려나고 말았다. 혈마화와 진혈금체를 동시에 운용하는데도 그녀의 공력이 나보다 한 수 위임을 알 수 있었다. 이 노괴는 정말 괴물 그 자체였다. 벽의 벽을 넘었다는 말이 실감될 만큼 너무도 강했다. 조금만 방심해도 사지로 가는 것은 한순간의 일일 것이다. 온몸의 감각이 예민해졌다. 그때 철수련이 내게 말했다.

"심장이 찔려도 멀쩡하고 경력이 오장육부를 침투했는데도 멀쩡히 내 지팡이를 받아내는 것을 보면 분명 시술을 받았는데 시치미를 뗄 작정이더냐?"

'…!!'

…이 여자 내가 회복 능력을 가졌음을 눈치챘다. 애송에게 기습적으로 심장을 찔렀을 때 알아챈 게 틀림없었다. 철수련이 내게 지팡이를 겨냥하며 말했다.

"심장이 떨리는 것을 보아하니 꽤 많은 비밀이 있는 것 같구나. 그 입으로 직접 실토하게 해주마."

팟! 그 순간 철수련의 신형이 앞으로 흐릿해지며 뻗어왔다. 더 이상 패를 아껴두고 할 상황이 아니었다. 지금으로서 유일하게 이 노괴를 상대할 방법은 풍영팔류와 신로성명검법뿐이었다. 풍영팔류를 펼치기 위해 운기를 하려는 순간이었다. 채앵! 내게 쇄도해오던 철수련이 갑자기 멈추더니 뭔가를 쳐냈다. 앞이 보이지도 않는데 그녀가 인상을 찡그렸다.

툭! 데구르르르! 그때 바닥에 무언가 떨어지며 구르는 것이 보였다. 그것은 작은 쇠구슬이었다.

'이건…'

철수련이 어딘가를 쳐다보며 경계심이 뒤섞인 목소리로 입을 열었다.

"…누구냐?"

그녀가 바라보는 곳에서 새하얗고 창백한 얼굴에 콧수염을 기른 학사와 같은 풍모를 지닌 중년인이 뒷짐을 지고서 걸어오고 있었다. 중년인이 나를 한번 슬쩍 쳐다보더니, 철수련에게 콧방귀를 뀌며 말했다.

"그 녀석의 장인이다."

반시

―운휘야, 네 장인어른이다!

쇠구슬을 날린 장본인은 다름 아닌 월악검 사마착이었다. 늘 볼 때마다 어려웠던 그가 이렇게 반갑게 느껴질 줄은 몰랐다. 절묘한 순간에 나타나서 도움을 줬다. 하마터면 밑천을 드러낼 뻔했는데 그 것은 면한 듯하다. 사마착이 날 슥 쳐다보더니 혀를 찼다.

"쯧쯧. 어디 가서 맞고 다니지 않겠구나 했더니, 자신감이 과하게 충만했구나."

"…송구합니다."

충분히 나무랄 만했다. 다른 사람도 아니고 현 무림에서 다섯 손 가락에 꼽히는 괴물들 중 한 사람과 대립했다. 하마터면 혼인을 치 르기도 전에 사마영을 과부로 만들 뻔했다. 악심파파 철수련. 그 악 명에 걸맞을 만큼 무서운 절세강자였다. 문제는 무위뿐만이 아니었 다. 괴이한 사술 역시도 싸우는 도중에 적재적소로 활용할 줄 알아 서 상대하기 정말 껄끄러운 존재였다.

—그런데 네 장인한테는 경계심을 보이는데?

소담검의 말대로였다. 내게는 조금도 경계하는 태도를 보인 적이 없던 악심파파 철수련이었다. 한데 사마착이 나타난 이후 그가 있는 방향으로 지팡이 머리를 겨냥하고서 잠시도 떼지 못하고 있었다. 인상을 찡그리던 철수련이 입을 열었다.

"혈마의 장인이라고?"

"그래. 내 사위다."

그 말에 철수련이 이해할 수 없다는 듯이 말했다.

"…거짓말. 그 남자와 관련이 있을 텐데."

"무슨 말을 하는 거지?"

장인어른도 이제 막 도착한 모양이었다. 악심파파 철수련이 무슨 말을 하는지 알아듣지 못했다. 아까부터 주인을 배신하니 뭐니 하는 소리를 해대는데 설마 내게 회복 능력이 있는 것을 알고 존주의 사람이라 착각한 걸까?

"철수련, 나는 존주와 관련이 없다. 그자를 본 적도 없는데 어찌 관련이…."

팟! 그때였다. 내 말이 미처 끝나기도 전에 철수련이 기습적으로 내게 신형을 날렸다. 그녀의 지팡이가 어지럽게 궤적을 그리며 나를 노려왔다. 나는 다급히 뒤로 신형을 날렸다.

"어딜!"

눈앞에 있던 철수련의 신형이 그림자처럼 흐릿해졌다. 이형환위(移形換位)였다. 어느새 그녀가 내 뒤를 막으려고 하는데, 그녀가 서 있던 위치로 뭔가가 허공을 가로질러 날아왔다. 슉! 슉! 그것은 사마착이 탄지신통으로 날린 두 개의 쇠구슬이었다. 정확하게 이형환

위로 내 뒤를 점하려던 철수련의 머리와 심장을 관통하려고 했다. 그 순간 신형이 진해지며 내 뒤로 나타나려 하던 철수련이 사라졌다. 그러더니 어느새 이 장 정도 위의 허공에서 나타났다.

─엄청 빨라!

알고 있다. 이 정도면 풍영팔류를 펼친 무정풍신 아버지에 버금 갈 정도였다. 철수련이 그 자리에서 내게 지팡이를 휘두르자, 마치 천근추를 펼친 것처럼 두 다리가 지면으로 파고들려고 했다.

'어지간히 우습게 보는군!'

"하압!"

푹! 나는 바닥을 향해 혈마검을 내리꽂았다. 혈마검을 타고 내려간 검력에 바닥이 갈라지며 내 주변으로 파도가 일어나듯이 붉은 예기가 폭사되듯 치솟았다. 쿠크크크크! 좌아아아아아! 혈천대라검 칠초식 혈정검세의 검초였다.

철수련이 허공에서 지팡이를 도처럼 내리치자, 위로 솟구치는 붉은 예기를 가볍게 갈라버렸다.

"흥! 애송이 놈이!"

이런 위력의 공격을 간단히 막다니 정말 괴물이다. 내 주변의 바닥은 파도가 퍼져 나가듯이 넘실거리는 결의 형태로 바닥이 움푹 파였는데, 철수련이 가른 부분만 멀쩡했다.

스륵! 철수련이 어느새 내 앞으로 나타났다. 긴 손톱을 가진 그녀의 왼손이 내 목으로 파고들었다. 풍영보를 펼쳐서 피하려고 하는데, 그녀가 쇄도하던 손을 도중에 멈추고서 빼냈다. 촥! 조금만 늦었어도 장인어른인 월악검 사마착의 검에 그녀의 손이 베였을 것이다.

"장인어른!"

"아직 네가 상대할 수 있는 자가 아니다."

팍! 사마착이 가볍게 내 가슴을 밀쳤다. 그러자 웅후한 기운에 의해 내 신형이 뒤로 팅겨 나갔다. 그와 동시에 사마착은 철수련의 미간을 향해 검의 궤적을 틀었다. 철수련이 지팡이를 들어 이를 막아냈다. 차아아앙! 그 순간 두 양대 고수의 검과 지팡이가 부딪친 지점에서 공간이 일렁이더니 공기의 층이 파동을 일으키며 엄청난 여파가 일어났다. 흡사 그 광경이 대지를 진동시키는 것만 같았다. 파아아아아아앙!

"큭!"

나는 혈마검의 검면을 방패처럼 들어 두 사람을 중심으로 퍼져나가는 파동을 막아냈다. 십성 공력으로 막아냈는데 신형이 미끄러지듯이 뒤로 밀려났다. 촤르르르르르르르! 몇 보 정도가 아니라 몇 장이 넘게 밀려났다. 부딪친 여파로 주변의 지면이 두부처럼 으깨질 만큼 두 절세고수의 위력은 그야말로 경천동지 그 자체였다.

'하!'

이게 벽의 벽을 넘은 자들의 진정한 힘이었다. 그들이 전력으로 부딪친 것만으로도 그 여파로 반경 십 장이나 되는 구덩이가 생겨날 정도였다. 이것만 봐도 월악검 사마착이 나를 시험했을 때 전력을 다하지 않았다는 사실을 확연하게 깨달을 수 있었다.

—와, 완전 괴물들인데.

소담검이 혀를 내둘렀다. 나 역시도 할 말을 잃을 정도였다. 적어도 이들의 공력은 나의 두 배에 이르는 듯했다. 무림의 정점이라 불리는 존재들이 어느 정도의 역량을 지녔는지 실감이 났다.

'벽 너머의 벽…'

이 정도일 줄이야. 서로 부딪친 상태로 대치하고 있던 철수련이 인상을 쓰며 입을 열었다.

"…월악검이구나!"

앞을 보지도 않고 한 번 손을 섞은 것만으로 장인어른의 정체를 파악했다. 사마착이 무표정한 얼굴로 말했다.

"오랜만이군, 노괴."

"그때보다 공력이 진보했군."

응? 서로 안면이 있는 건가? 대화하는 투를 들으면 만난 적이 있는 것 같다. 뭔가 대화가 이어질 것 같더니 사마착이 반탄력을 일으키며 그녀를 밀어내고서, 일말의 망설임도 없이 목을 베려 들었다. 차앙! 그것을 철수련이 가볍게 막고는 반격까지 했다. 복잡한 초식이 아니라 단순해 보이지만 전부 결로 승화한 것이었다. 파아앙! 사마착 역시도 검결로 이를 막아냈다. 막은 상태로 착(着)의 수법으로 지팡이를 떼어내지 못하게 한 후에 경력을 일으켰다. 이에 당하나 싶었는데, 철수련이 순간 지팡이에서 손을 뗐다가 손바닥으로 지팡이를 내려치자 주변이 일렁이며 경력이 해소되었다. 우우우우웅! 목숨이 오가는 실전에서 찰나마다 이 정도로 고차원적인 수법들을 펼치다니. 정말 대단했다. 눈을 떼기가 힘들었다.

창! 차창! 창! 방금 전까지 지면에 있던 두 사람의 신형이 연달아 부딪치며 어느새 허공으로 치솟았다. 휘이이이이잉! 콰르르르르! 그들의 주변으로 용권풍이 생겨나며 주변에 날카로운 바람을 생성했다. 어지간한 고수들은 가까이 다가가기도 힘들 것이다.

'지금이 기회다.'

벽의 벽을 넘은 고수들의 대결을 더 견식하고 싶었지만 이 틈에 아송을 빼내야 할 것 같다. 지금까지의 대결만 봤을 때 장인어른이 쉽게 당할 것 같진 않았다. 서둘러 아송을 옮긴 후에 돌아와서 돕든지 해야겠다.

팟! 아송에게 다가가니 여전히 머리를 부여잡은 채 고통스러워하고 있었다. 다행인 것은 철수련이 한창 사마착과 싸우느라 사술을 부리지 않아서 그런지 부풀어 올랐던 핏줄이 가라앉았다. 내가 가까이 다가가자 녀석이 아파하면서도 반항하려 들었다.

"아송, 미안하다. 조금만 참아."

우두둑! 나는 녀석의 두 팔다리를 탈골시켜 뒤로 꺾어버렸다. 부러뜨린 것은 아니지만 등 쪽으로 꺾여서 굉장히 고통스러울 것이라고 생각했는데 나만의 착각인 것 같다. 아송은 다른 육체적인 고통은 전혀 느끼지 못하는 듯했다. 오히려 탈골된 몸을 움직이며 내게서 벗어나려고 안간힘을 썼다.

"가만히 있어!"

촥! 나는 예기를 작게 일으켜 녀석의 눈에 꿰매져 있던 실을 잘라냈다. 그러자 감았던 녀석의 눈이 떠졌다.

'…?!'

이게 뭐지? 녀석의 눈을 본 순간 나는 말문이 막혔다.

—뭐야? 무슨 시체 눈 같아.

소담검의 말대로 마치 죽은 사람의 눈을 보는 것처럼 동공이 풀려서 시야의 초점이 흐려져 있었다. 언뜻 암시에 걸린 것처럼 보이나 그것과는 완전히 달랐다.

'…맥은 뛰고 있다. 한데 어째서 가사 상태처럼 보이는 거지?'

대체 악심파파 철수련이 무슨 수법을 쓴 거지? 자세히 살펴보지 않으면 알기 어려울 것 같다.

'일단 옮겨놓자.'

나는 은연사로 팔다리가 탈골되어 뒤로 꺾인 아송의 전신을 포박해서 이곳을 벗어났다. 그리고 최대한 먼 곳으로 옮겨놓고서 입을 천으로 틀어막고 수풀에 보이지 않게 숨겨놓았다. 이제 장인어른을 도우러 가야겠다. 아무리 벽의 벽을 넘은 고수더라도 나까지 합류하면 철수련이 버틸 수 있을까? 내가 근방에서 얼쩡대기만 해도 신경이 분산될 것이다.

차아아앙! 파아아앙! 다시 두 양대 고수가 싸우는 곳으로 가니 날카로운 바람이 휘몰아쳤다. 한 치도 밀리지 않고 싸우고 있는 모습에 경탄이 흘러나왔다. 치열하게 싸우는데 한 수 한 수가 보는 것만으로도 부족한 부분을 깨닫게 할 만큼 절초들의 향연이었다.

—운휘야, 그런데 이상하지 않아?

'응?'

—저 노괴 얼굴을 봐.

양대 고수가 부딪치는 한 수 한 수에 경탄하던 나는 철수련의 얼굴을 쳐다보았다.

'…?!'

뭐지? 내 눈이 잘못된 게 아니라면 철수련의 모습이 중년의 부인이 아니라 노파에 가까워져 있었다. 늘어난 주름과 점점 희어지는 머리카락. 마치 빠르게 노화가 이뤄지는 것처럼 보일 정도였다. 대체 무슨 영문인지 알 수가 없었다.

—저러다 늙어서 죽는 거 아냐?

정말 그럴 기세였다. 철수련의 표정을 보면 아까보다 여유가 없어

보였다. 그러나 그녀의 상태를 보면 지금이 절호의 기회라는 것을 알 수 있었다. 팟! 나는 허공을 박차고 뛰어올랐다. 그리고 혈마검으로 용권풍을 베어내며 그들이 싸우는 중심부로 파고들었다. 한참 격돌하고 있는 찰나, 내가 근방에 나타나자 양대 고수 모두가 동시에 그것을 알아차렸다. 기가 막힐 정도로 예민한 기감이었다. 인상을 찡그리고 있는 사마착의 표정을 보면 뭐 하는 짓이냐고 묻는 것 같았다. 안 그래도 좋은 생각이 떠올랐던 참이었다.

'이런 짓을 할 겁니다.'

나는 호흡을 최대한 끌어모았다. 그리고 모든 공력을 목으로 집중하여 폐부에 있는 모든 것을 내뱉었다.

"아아아아아아아아아아아아아아!!"

초절정의 경지에 이른 고수는 사자후(獅子吼)로 목소리에 공력을 실어 고막을 파열시키거나 상대에게 내상을 입힐 수 있다. 하물며 벽을 넘어 초인의 영역에 이른 내가 십성 공력으로 쉬지 않고 사자후를 펼친다면?

"아아아아악!"

사마착과 한참 싸우고 있던 철수련이 갑자기 귀를 틀어막고서 절규했다. 혹시나 해서 시험한 것이었는데, 정말로 통했다. 앞을 보지 못하는 그녀가 모든 오감을 청각에 집중한다면 다른 고수들과 달리 사자후에 곧바로 대응하지 못할 거라는 예상이 들어맞았다.

"아아악! 이 애송이가!"

철수련이 내가 있던 방향을 향해 무차별적으로 지팡이를 휘둘렀다. 그러자 공간이 일렁이며 수십 갈래의 예기가 동시에 나를 향해 쇄도해왔다. 촤촤촤촤촤!

'천근추!'

그녀가 당연히 공격할 거라 예상했기에 나는 곧바로 천근추로 몸을 무겁게 만들었다. 그리고 밑으로 낙하하면서도 계속 사자후를 질렀다.

"아아아아아아아아아아아아아!!"

"아아아악! 이, 이노오옴!"

진심으로 내게 분노하고 있었다. 잡히면 아주 찢어 죽일 것처럼 보였다. 바로 그 순간이었다. 사마착이 기회를 놓치지 않고 철수련을 향해 패도적인 검세를 날렸다. 사자후로 인해 소리가 뒤섞여 그녀는 이를 듣지 못하는지 사마착의 검이 가까이 다가오도록 절규를 했다. 그런데 검이 닿으려던 찰나, 다급히 몸을 틀었다.

'아!'

소리로 감지한 게 아니었다. 검세가 날아오면서 생겨난 공기의 파장, 그것을 촉각으로 감지하고서 피한 것이었다. 그러나… 척!

"아악!"

아무리 도중에 그것을 눈치챘다고 해도 월악검의 검이었다. 그것을 찰나에 완벽하게 피하는 것은 불가능했다. 철수련의 오른팔이 잘려나갔다. 기회를 놓치지 않고 사마착이 궤적을 틀어 곧장 그녀의 가슴 정중앙을 향해 일검을 찔렀다. 철수련이 뒤로 신형을 날렸지만 사마착은 놓칠 생각이 없어 보였다. 독수리처럼 활공하며 따라붙었다. 바로 그때였다.

탁! 철수련이 몸을 돌리더니, 등에 업고 있던 시신으로 짐작되는 창백한 아이를 대뜸 있는 힘을 다해 날려버렸다. 마치 아이만이라도 살리려고 모성애를 발휘하는 듯했다. 죽은 아이더라도 상처가 생기지 않길 바란 것일까? 푹! 아이를 멀리 집어 던지며 빈틈이 생긴 철수련의 가슴을 사마착의 검이 관통했다. 정확히 심장부를 뚫었다. 철수련의 몸이 파르르 떨렸다. 사마착이 그녀를 향해 말했다.

"이백여 년 가까이 살았으니 이제 그만 죽어라, 노괴."

이백여 년? 소문이 사실이었단 말인가? 그만큼 오래 살았다는 과장된 소문인 줄로만 알았다.

"쿨럭!"

철수련의 입에서 검은 피가 흘러내렸다. 얼굴이 방금 전보다 더 노화돼서 이제는 여든, 아흔의 노파처럼 보였다. 금방이라도 쓰러질 것처럼 보였는데, 그녀가 관통한 검날을 붙들고서 말했다.

"이것으로 끝이 아니…."

촥! 그 순간 사마착이 검날을 비틀어 그대로 위로 치켜올렸다가 아래로 내리쳐버렸다. 일말의 자비도 없는 한 수였다. 순식간에 철수련의 몸이 반 토막으로 갈라졌다.

"헛소리는 저승에 가서 하도록."

스윽! 검신에 묻은 피를 두 손가락으로 밀어내듯이 털어버린 사마착이 허리춤의 검집으로 착검했다. 진심으로 한편인 것이 다행이다 싶었다. 적을 대함에 있어 일말의 잔정도 없기에 절대로 후환을 두지 않는다.

'하….'

돈을 주고도 볼 수 없는 구경을 한 것 같다. 무림을 통틀어 다섯 손가락 안에 드는 두 절대고수가 자웅을 겨뤄 그중 한 사람이 오늘 생을 마감한 것이다.

"흠…."

사마착이 반 토막이 난 철수련의 시신을 말없이 내려다보았다. 생각보다 쉽게 결판난 것이 찝찝한 것일까? 나 역시도 아쉽기는 했다. 그녀를 통해 존주의 비밀과 아송에게 무슨 짓을 했는지 알아내야 했는데, 이렇게 사마착의 손에 죽게 될 줄은 몰랐다. 어쨌거나 덕분에 위기에서 벗어났으니 감사를 표해야겠다.

"장인어른, 덕분에…."

그때 사마착이 손을 들어 말하던 것을 멈추게 했다. 의아해하는데 사마착이 내게 말했다.

"인사는 집어치우고 내게 할 말이 없느냐?"

"네?"

갑자기 왜 할 말이 없냐고 묻는 거지?

"장인어른, 제게 물어보실 것이라도 있으신지…."

그런 나의 물음에 사마착이 숨을 깊이 들이켰다가 내쉬며 싸늘한 목소리로 말했다.

"네가 머문다는 객실에 들렀다가 오는 길이다."

'…!!'

순간 심장이 철렁였다. 내가 머물던 숙소 객실에 다녀왔다고? 절묘하게 이곳에 나타난 것이 이상하다고 여겼지만, 당연히 사마영의 부탁을 받고서 왔다고 생각했다. 그런데 그 뜨거운 열기가 가신 지 얼마 되지 않은 객실에 들렀다면…. 아아, 이제 더 이상 장인어른인 월악검 사마착의 눈치를 볼 일이 없겠다 여겼는데 자승자박한 꼴이었다.

'미치겠네.'

머릿속에 수많은 선택지가 떠올랐다. 가장 먼저 떠오른 것은 무룡부터 꿇는 것이었다. 하지만 혼인도 치르기 전에 진도부터 나가서 송구합니다, 라고 말하자니 화를 더 부추길 것 같고 참 난감하기 짝이 없었다.

—크크큭, 손녀를 안겨주기 위해서라고 말하지 그러냐?

혈마검이 이죽거리며 말했다. 너라면 저렇게 쳐다보고 있는데 그 말을 할 수 있을 것 같냐? 장인어른의 눈빛이 너무 차가웠다. 비수에 찔렸을 때보다도 심장을 옥죄인다.

'…별수 없다.'

선수필승. 차라리 먼저 이야기하고 무조건 사죄하자.

"장…."

미처 한마디 꺼내기도 전에 나를 싸늘하게 쳐다보던 사마착이 입을 열었다.

"사위랍시고 좋게 보려고 해도 종종 실망시키는 재주가…."

흠칫! 말을 미처 마치기도 전에 그와 내가 동시에 반 토막 난 악심파파 철수련의 시신을 쳐다보았다. 죽은 그녀의 몸에서 엄청나게 사이한 기운이 흘러나왔다. 눈에 보이지는 않지만 그것이 기감을 자극했다.

"이게… 대체…."

분명 그녀는 숨을 거뒀다. 그런데 어째서 이런 기운을 발산하는지 알 수 없었다. 의아하게 생각하는데 그때 그녀의 몸에서 흘러나오던 오싹할 정도의 사이한 기운이 증발하듯이 사라져갔다. 정말 이해할 수 없을 만큼 괴이한 현상이었다.

그때 사마착이 작게 중얼거렸다.

"아이… 아이!"

'아이?'

그 말이 끝나기가 무섭게 사마착이 어딘가로 신형을 날렸다. 의아했지만 순간 나 역시도 머릿속에 악심파파 철수련이 죽기 전에 네다섯 살 정도 되는 아이의 시신을 던진 것이 떠올랐다. 설마 그것을 확인하기 위해서 간 것일까? 팟! 나는 사마착을 따라서 신형을 날렸다. 이윽고 사마착이 어딘가에 멈춰 서서 인상을 쓰고 있는 것이 보였다. 사마착이 바라보는 곳에는 부서진 나뭇가지들과 약간 패인 땅바닥이 보였다.

"사라졌군."

"철수련이 업고 있던 아이의 시신 말씀입니까?"

"그래."

이 상황을 이해할 수가 없었다. 철수련이 던진 것은 죽은 아이의 시신이었다. 그녀와 겨룰 때 업고 있는 그것이 신경 쓰였지만 조금의 생기조차 느끼지 못했다. 말 그대로 시신이었다.

'시신이 저절로 움직였다고?'

죽은 시신이 저 혼자 움직인다는 게 말이…. 순간 머릿속에 뭔가가 스쳐 지나갔다.

'강시?'

과거 모산파를 비롯하여 술법에 능한 도사들은 시신이 스스로 움직여 자신의 고향으로 돌아가도록 만들었다. 그것을 두고 강시술이라 하고, 그렇게 움직이는 시신을 강시라고 한다. 죽은 자가 움직인다고 하면 그것밖에 없었다.

"…강시일까요?"

"알 수 없다. 하나 사이한 기운이 이곳으로 향했다."

"네?"

기운이 증발하듯이 사라진 것 같았는데? 의아해하자 사마착이 내게 말했다.

"육감이다."

육감? 그것은 오감이 아닌 직감을 말하는 게 아닌가? 좀 더 인지적인 감각이다. 통찰에 가까운 감각으로 사이한 기운을 감지한다는 게 말이 되나?

"벽을 넘어선 자들은 초인의 영역에 이르면서 육신의 감각, 즉 오감(伍感)이 극대화된다. 하나 그것이 끝이 아니지. 벽 안에도 또 다른 벽이 존재한다."

'아!'

지금 내게 상위 경지에 대해 알려주는 것인가? 이런 호의를 베풀다니. 놀라서 쳐다보는데, 사마착이 파인 땅바닥의 흙을 매만지며 말했다.

"육감은 초인지, 초감각의 영역. 그것에 이르게 되면 공간을 아우르는 능력이 생긴다. 이기어검을 자유자재로 펼친다기에 육감에 발을 들인 줄 알았더니, 그것도 아닌 모양이구나."

"…"

옥형의 능력으로 자유자재로 펼치는 것이다. 하지만 이를 밝힐 수는 없는 노릇이다.

고개를 절레절레 흔들던 사마착이 심상치 않은 목소리로 내게 말했다.

"아무래도 놓친 것 같군."

"아이라면 그렇지만 철수련은…"

"이상하다고 생각했다."

"그게 무슨 말씀이신지?"

"육감을 연 노괴가 네 사자후에 영향을 받은 것이 말이다."

어? 그러고 보니 그렇다. 사마착의 말대로 벽의 벽을 넘은 자가 육감을 개방했다면, 굳이 소리가 아니더라도 초감각으로 순간 대체할 수도 있었을 것이다. 그 말인즉, 철수련이 일부러 당했을 수도 있다는 게 된다.

'늙어가는 몸… 사라진 죽은 아이….'

관계가 미묘했다. 계속 아이를 업고 싸우는 게 이상하다고 여겼었다. 그런데 몸에 있던 사이한 기운이 빠져나와 이곳으로 왔다는 건….

"설마!"

"그 기운은 영(靈)적인 영역일 수도 있다."

"철수련이 그 죽은 아이에게로 옮겨 들어갔을 수도 있겠군요."

"그래."

사마착이 매만지던 흙을 내려놓고서 몸을 일으켜 세웠다. 그러고는 고개를 절레절레 흔들었다.

"만약 철수련이 죽지 않고 몸을 옮겨서 도망친 거라면 네 녀석은 위험한 적을 놓친 셈이다."

아아… 정말 그렇다. 이번 일로 악심파파 철수련과 동맹은커녕 적대적 관계가 되어버렸다. 게다가 그녀는 내가 존주와 관련 있다고 오해까지 하고 있으니 더욱 상황이 악화된 셈이었다.

사마착이 뒷짐을 지더니 혀를 차며 말했다.

"적을 만드는 재능이 탁월하군."

"…"

뼈를 때린다. 하지만 뭐라 변명할 여지가 없었다. 사마착이 한숨을 내쉬더니 내게 말했다.

"부탁 하나 하러 왔더니 도리어 혹을 붙인 셈이군. 나는 그 죽은 아이를 찾아볼 터이니, 너는 당장 영아를 데리고 이곳을 벗어나라."

"장인어른…"

"서둘러라. 그 노괴는 한번 원한을 가지면…"

그의 말이 미처 끝나기도 전에 나는 손을 내밀어 잠시 멈춰달라는 시늉을 했다. 자신의 말을 막아서 그런지 사마착이 눈살을 찌푸렸다. 죄송스러웠지만 지금은 이게 더 중요했다. 머릿속에 소담검의 목소리가 울려 퍼지고 있었다.

─너도 보이지? 저거 대체 뭐야?

머릿속으로 소담검의 시야가 보였다. 녀석이 보고 있는 시야로 작은 뭔가가 엄청난 속도로 강 위를 가로지르고 있었다. 이곳에서 장강은 멀지 않았다. 마침 허공에 아직 떠 있던 소담검이 이를 발견하고 따라붙은 것이었다. 나는 옥형에 집중했다. 그러자 소담검이 바라보는 시야가 점점 확대되어 보였다. 강 위로 작은 체구의 아이가 등평도수를 펼치고 있었다.

'아!'

뒷모습뿐이지만 그 아이 시신과 닮았다. 정말 우리의 예측대로 그 죽은 시신이 살아 움직이고 있었다.

'노괴야.'

악심파과 철수련이 틀림없었다. 저렇게 등평도수를 할 수 있으려면 초인의 영역을 넘어서야만 가능하다. 저리 짧은 다리를 가지고 엄

323

청난 속도로 강을 도하하다니. 이렇게 놀라고 있을 때가 아니었다.

"장인어른! 지금 그 아이의 시신이 강을 건너고 있습니다."

"뭐?"

대뜸 그 말을 하자 사마착이 이해할 수 없다는 눈빛으로 나를 쳐다보았다. 검과 시야를 공유한다고 말할 수도 없고 어떻게 이야기하지. 일단 나중에 변명하더라도 지금은 노괴를 놓칠 수가 없었다.

"상황이 급하니 지금은 제 말을 믿어주십쇼."

"……."

나를 묘한 눈초리로 쳐다보던 사마착이 고개를 끄덕이고는 이내 강가 쪽을 향해 신형을 날렸다.

'혈마검!'

—흥. 타라.

검집에서 빠져나온 혈마검이 검날에 나를 태웠다. 나는 위로 날아올라 허공을 가로질러서 앞으로 나아갔다. 슈우우우우! 밑으로 경공을 펼치고 있는 사마착의 모습이 보였다. 대단한 속도였다. 아버지인 무정풍신이 아니면 따라잡기 힘들 만큼 경공에도 탁월했다. 그때 경공을 펼치던 사마착이 위를 쳐다보더니 나를 발견하고서 인상을 찡그렸다.

'……?!'

어검비행을 펼치는 모습에 꽤 놀란 듯했다. 확실히 어검비행은 옥형이 아니라면 아무리 경지에 오른 고수라도 쉽사리 하기 어려운 수법인 듯했다. 그런데 믿기지 않는 광경이 펼쳐졌다. 지상을 달리고 있던 사마착이 갑자기 허공을 밟으며 위로 오르는 것이 아닌가.

'허공답보(虛空踏步)?'

허공답보. 그것은 경공에 있어서 능공허도와 더불어 전설적인 수법이다. 등평도수보다 훨씬 상위 수법으로 저게 실질적으로 가능한 것인지 몰랐다. 입이 쩌억 벌어진다. 하지만 연속으로 펼칠 수 있는 것은 아닌 듯했다. 위로 뛰어오르다 나뭇가지를 발끝으로 짚더니, 다시 뛰어올라 허공을 몇 번 박차고는 대뜸 어검비행을 펼치고 있는 내가 있는 곳으로 날아왔다.

'…?!'

단번에 따라붙은 사마착이 내 등 옷자락을 붙잡고서 한쪽 발을 검 위로 올렸다.

─이런!

무게가 올라가자 혈마검이 휘청거렸다. 아니, 갑자기 이렇게 위로 뛰어올라 예고도 없이 타다니. 당혹스러워하는데 사마착이 장강을 건너고 있는 작은 인영을 발견하고는 두 눈에 이채가 띠었다. 내 말이 정말 맞았기 때문이다.

사마착이 내게 물었다.

"따라붙을 수 있겠느냐?"

이대로 같이 가려고요? 가능할지 모르겠다. 사마착이 타고 나서 눈에 띄게 속도가 줄었다.

"이건 대체 어떻게 하는 게냐?"

"그건…."

─빌어먹을. 무겁다!

대답을 하고 싶은데 혈마검이 심하게 휘청거렸다. 무게중심이 안 맞아 균형을 잡기 어려워서 그런 것 같았다. 이거 내려달라고 할 수도 없고.

그때 사마착이 내게 말했다.

"안 되겠군. 두 팔을 교차해라."

뭘 하려는 거지? 나는 사마착이 시킨 대로 두 팔을 교차했다. 그러자 사마착이 나를 뛰어넘더니, 이내 내가 교차하고 있던 두 팔에 발을 갖다 대고는 지면처럼 박찼다. 팍!

"헛!"

그 순간 그의 신형이 화살이라도 되는 것처럼 엄청난 속도로 허공을 가로질렀다. 궁신탄영(弓身彈影)의 수법이었다. 슉! 단번에 사마착이 강의 삼 분의 일을 순식간에 허공을 가르며 가로질렀다. 몇 번 허공을 박찬 그가 이내 등평도수를 펼치며 강의 끝자락까지 도달한 작은 인영을 따라갔다.

―저 망할 인간!

혈마검이 앞서간 사마착을 보며 욕을 내뱉었다. 디딤대 역할을 하면서 뒤로 밀려났기 때문이다. 그나저나 정말 기인은 기인이었다. 거리 차가 나서 아무리 사마착이라도 금방 노괴를 따라잡을 수 있을까 싶었지만 말이다.

'위로 올라!'

나의 명에 혈마검이 더욱 위로 날아올랐다. 그러고는 속도를 내며 앞으로 나아갔다. 하늘을 가로지르는 것보다 빠른 건 없었다. 단숨에 노괴를 앞지른 혈마검이 활강하듯이 밑으로 내려갔다. 나는 강을 벗어나 엄청난 속도로 경공을 펼치고 있는 시신처럼 보이는 창백한 얼굴의 아이 앞을 가로막았다. 쿵! 갑자기 허공에서 내가 나타나자, 아이가 다급히 멈춰 서며 인상을 찡그렸다.

"너?"

내가 자신보다 앞서 올 줄은 몰랐나 보다.

'…저 눈.'

악심파파처럼 동공 없는 흰자뿐인 백안을 가진 아이였다. 마찬가지로 앞을 보지 못하는 것 같았다.

나는 아이에게 말했다.

"노괴 맞지?"

그런 나의 말에 아이가 입을 열었다.

"어떻게 알았지?"

죽은 시체처럼 보이는데 저리 말할 수 있다니. 참으로 기이한 일이다. 정말 아이의 몸속에 악심파파 철수련이 옮겨 들어간 게 맞는 것 같다.

"장인어른께서 눈치채셨지. 무슨 술법인지 모르겠지만 육신을 옮겨 다닐 수 있는 모양이로군."

팍! 나는 허공에서 날아온 혈마검의 검병을 붙잡았다. 그리고 죽은 아이의 몸에 들어간 그녀에게 겨냥하며 말했다.

"장인어른께서도 곧 도착하신다. 그 몸으로 당신에게 승산은…."

바로 그때였다. 내 말이 미처 끝나기도 전에 철수련의 신형이 흐릿해졌다. 이형환위의 수법이었다. 쓸데없이 말을 섞을 바에는 피하겠다는 건가. 그렇게 내버려둘 수는 없지. 나는 풍영보를 펼쳤다. 그녀의 속도를 따라잡기 위해서는 일반적인 경공으로는 힘들었다. 풍영보를 펼치는 순간 흐릿하게 그녀가 움직이는 경로가 보였다. 스륵! 스륵! 스륵! 그런데 철수련이 움직이는 방향은 다름 아닌 나였다. 사마착이 곧 도착하는 상황이기에 당연히 죽은 아이의 몸으로는 싸울 수가 없어서 피할 거라고 여겼는데, 나를 노릴 줄은 몰랐다.

콰! 나는 세차게 진각을 밟으면서 그녀를 향해 검을 회전시키며 뻗었다. 신로성명검법의 육초식 축아광회검(逐亞廣回劍)이었다. 검 끝에서 일어난 날카로운 예기가 회오리를 치며 내게 쇄도해오는 철수련을 향해 몰아쳤다. 촤촤촤촤촤촥!

'아니?'

검초에 휩쓸릴 위기에 처했는데 철수련은 오히려 그 한가운데로 몸을 날렸다. 마치 불꽃에 뛰어드는 불나방처럼 말이다. 조그마한 몸이었는데 철수련은 회오리치는 검의 궤적을 따라 몸을 회전하며 내게 뻗어왔다. 보이지 않는 눈으로 검초의 흐름을 정확하게 파악했다. 정말 괴물은 괴물이었다. 축아광회검의 검초를 이런 식으로 대응하는 자는 처음이었다.

하나 축아광회검의 진수는 두 번의 변화에 있다. 내가 검로를 살짝 뒤틀자 예기의 회오리가 방향을 틀어 위로 솟구쳤다. 그때 철수련이 두 번째 변화에는 몸을 맡기지 않고 그대로 맨몸으로 예기에 부딪쳤다. 촤촤촤촤촤촥! 예기가 그녀의 살갗을 파고들었다. 이대로 죽을 작정인가. 그녀가 무슨 수작을 부릴지 모르기에 나는 방심하지 않고 계속 몰아붙였다. 육신을 옮겨 다니는 괴이한 술법을 부릴 줄 안다면 정보를 얻는 것에 미련을 두지 말고 이 자리에서 어떤 식으로든 죽이는 게 나을 수도 있다.

'목을 벤다.'

나는 검로의 궤적을 그녀의 목으로 향했다. 단번에 목을 벤다. 더 이상 옮길 몸이 없다면 아무리 술법에 능해도 살아날 방법이 없을…. 꽉! 그 순간 철수련이 혈마검의 검날을 움켜잡았다. 검을 비틀어 빼내려 했는데, 엄청난 공력에 나는 당혹감을 감추지 못했다.

이 작은 체구에서 어떻게 이런 공력이 나오는지 이해할 수 없을 정도였다.

그때 철수련이 비릿하게 웃으며 말했다.

"월악검은 몰라도 네까짓 게 나를 어찌할 수 있을 것 같았느냐?"

온몸에 소름이 돋았다. 나는 검날을 붙잡고 있는 철수련의 머리를 향해 발차기를 날렸다. 그때 철수련이 빠른 몸놀림으로 내 발에 달라붙었다.

"떨어져!"

검으로 다급히 그녀를 찌르려 했는데, 순식간에 내 다리를 타고서 원숭이처럼 날렵하게 움직이더니 어느새 등 뒤로 붙었다. 너무 빨랐다.

"젠장!"

나는 그녀를 떨어뜨리기 위해 공력을 일으켜 뒤로 세차게 넘어지려 했다. 그 순간 철수련이 내 머리에 양손을 세차게 가격했다. 팍!

"커억!"

고막이 터진 것 같다. 엄청난 공력에 눈, 코, 입에서 전부 피가 흘러나오는 게 느껴졌다. 고막이 터지고 머리에 충격이 가해지니 눈앞이 빙글빙글 돌며 시야가 어지러웠다. 그런 와중에 그녀의 목소리가 들렸다.

"네 몸을 가져가마."

'…?!'

그 순간 소름이 끼칠 정도로 사이한 기운이 암습해오며 앞이 까맣게 물들었다.

* * *

'어디 있을까, 네 혼은?'

진운휘의 몸으로 암습해온 철수련이 그 혼을 찾았다. 이렇게 강한 몸에 들어온 것은 처음이지만, 혼을 밀어내기만 하면 육신을 차지하는 것은 어려운 일도 아니었다. 여인의 몸이 아닌 것이 아쉬웠으나 이만큼 좋은 몸도 없었다. 게다가 시술까지 받아 회복 능력마저 갖추지 않았는가. 어쩌면 여태껏 자신이 갈아탔던 어떤 몸보다이상적일지도 몰랐다.

'혼아, 어디 있느냐?'

심층 깊은 곳까지 파고드는 철수련. 어디에 숨어도 혼을 찾아낼자신이 있었다. 자신은 이백 년을 살아온 최고의 방술사였으니 말이다. 우우웅! 철수련은 심층부에서 느껴지는 혼을 감지했다. 빠르게 그곳으로 향했다.

'찾았다. 크카카카카캭. 나를 피할 수 있을 것 같으냐. 이 몸에서나가 자유로워지도록 만들어주…'

바로 그 순간이었다. 혼을 밀어내려 하는데 그것이 그녀를 붙잡았다. 마치 발목을 붙잡는 것처럼 단단하게 붙드는 바람에 그녀는의아함을 감추지 못했다.

'반항할 수 있을…'

콰득! 그때 그녀를 붙잡은 그것이 갑자기 잠식해 들어왔다. 그녀는 당혹스러웠다. 살아 있는 자가 혼을 자유롭게 다루는 것은 불가능하다. 그런데 도리어 자신을 침식시키다니?

[너… 뭐야?]

그 순간 그녀에게 울리는 목소리.

[새로 들어왔으면 얌전히 있을 것이지. 시끄럽구나, 계집.]

'뭐?'

대체 이게 무슨 소리인지 알 수가 없었다. 콰득! 그때 그녀의 혼을 그 무언가가 더욱 강하게 파고들었다. 여태껏 경험해왔던 것들과는 차원이 다른 사악함이 느껴졌다. 오직 분노와 살의, 파괴만으로 가득했다.

'이, 이놈… 대체 뭐야? 어떻게 몸에 이런 말도 안 되는 존재가…'

[계집, 이리 오거라.]

'히익!'

이백여 년의 세월 동안 그녀는 타인의 육신을 차지하기 위해 수많은 혼(魂)을 접해왔다. 대부분의 경우에는 오랜 세월 동안 살아오며 강해지고 악독해진 그녀의 혼을 견디지 못하고 쫓겨나다시피 했다. 그러나 진운휘의 심층부에 자리하고 있는 이 혼은 여태껏 접해왔던 혼들과 완전히 궤를 달리하고 있었다. 깊이를 알 수 없는 두터운 혼돈 속에 분노, 살의, 파괴가 복잡하게 얽혀 있었다.

'혼… 아니, 그것과 달라. 설마 백인가?'

이것은 백(魄)이 틀림없었다. 죽은 자의 원념과 혼의 잔재가 남은 것. 그런데 그 백이 이렇게 강할 줄이야.

'대, 대체 뭐야? 어떻게 몸속에 이런 존재를…'

방술과 사술에 능한 그녀조차 접해보지 못한 상위적 존재였다. 이렇게 강한 백은 처음 본다.

'이건 밀어낼 수 없어.'

오래된 백은 잘못 건드렸다가 오히려 역으로 먹히는 수가 있다.

그녀는 어떻게든 자신을 잠식하려 드는 백에게서 벗어나기 위해 알고 있는 모든 방술을 강구했다.

'급급여율령(急急如律令). 여적경순(勵迪境循)!'

하다못해 사귀를 쫓는 주술까지 외울 지경에 이르렀다. 백은 일종의 원념이나 다름없었다. 그렇다면 이 주술이 통할지도 모른다.

'급급여율령!'

스르르르! 효과가 있는 것일까? 자신의 혼을 잠식해오던 기운이 잠시 약해졌다. 찰나에 그녀는 있는 힘을 다해 그 악한 기운에서 벗어나 도주를 시도했다.

'벗어나야 해!'

오랜 세월을 살면서 얻게 된 진리가 있다. 아니다 싶을 때는 미련을 가지면 안 된다. 어째서 몸에 이런 괴물을 가두고 있는지는 모르지만 저것을 밀어내기에는 역부족이었다.

'벗어나야 해! 서둘러….'

육신이 있는 것도 아닌데 헐레벌떡 심층부를 벗어나려는 그녀의 혼. 그러나 도중에 뭔가에 막히고 말았다. 설마 그 백이 뒤따라온 것인가 싶었는데, 그것과는 완전히 다른 느낌이었다.

'녀석의 혼인가?'

만약 그런 것이라면 운이 좋다고 할 수 있었다. 기본이 되는 혼만 밀어내도 육신을 조종할 수 있으니 말이다.

'뒷걸음질 치다 쥐를 잡는 격이구나. 크카카카카카.'

아까 전과 같은 백이 아니라면 두려울 것도 없었다. 자신감을 되찾은 철수련의 혼이 그것을 밀어내기 위해 다가갔다. 그런데 귀에 거슬리는 소리가 들려왔다. 까득까득! 손톱을 물어뜯는 것 같은 소리. 그것에서 느껴지는 초조함에 철수련의 혼은 확신했다. 분명 당대 혈마의 혼이 틀림없다고 말이다. 자신이 잠식했던 모든 혼들은 두려움과 초조함을 가지고 있었다.

'찾았다, 이놈.'

이제 이 혼을 밀어내기만 하면 된다. 고작 스무 해 정도 살아온 애송이의 혼이 강해봐야 얼마나…. 콰득! 그 순간 그녀의 혼을 초조해하던 것이 갑자기 붙들었다. 혼과 혼이 접촉하는 순간 철수련의 혼은 또다시 당혹감을 감추지 못했다. 분명 극도로 초조해하고 있던 혼이었다. 한데 자신과 접촉하는 순간 아까 전에 만났던 혼보다는 아니지만 상상을 불허하는 거대함이 느껴졌다.

'이, 이게 뭐야?'

[새로 들어왔니?]

'이, 이것도 혼이 아니잖아. 너… 너 대체 뭐야?'

이것 역시도 백이었다. 당대 혈마의 혼이 아니었다. 섬세하고도 감정이 확연히 느껴지는 것을 보아 여자의 백이었다. 한데 자신보다 훨씬 더 연륜이 있고 심지어 사악함과 요사스러운 기운이 요동을 칠 만큼 강렬했다.

[신입이 당당하구나. 남자면 좋았으련만.]

'뭐?'

[그래도 갖고 놀기는 좋아 보이네.]

야릇하면서 위협적인 목소리가 소름 끼쳤다. 강한 경계심을 느낀 철수련의 혼은 또다시 자신을 붙들고 늘어지는 이 정체 모를 백에게서 벗어나기 위해 안간힘을 썼다.

'이놈 대체 뭐야? 하나의 몸에 어째서 이런 괴물 같은 것이 또?'

경험으로 미루어볼 때 이 혼 역시도 수백 년은 묵었다. 자신의 배가 넘는 세월을 살아온 혼이라는 소리였다.

[깔깔깔, 어차피 이곳은 못 벗어난단다. 포기하렴. 그 괴물들보다 본녀를 수발하는 게 더 좋을 거야.]

철수련의 혼은 미칠 노릇이었다. 야금야금 잡아먹듯이 자신의 혼을 붙들고 잠식해오는데 점점 힘이 빠졌다. 이러다간 완전히 먹힐지도 몰랐다.

'급급여율령. 여적경순!'

철수련의 혼은 또다시 사귀를 쫓는 주문을 외웠다. 이들은 육신이 없는 영적인 상태의 백이기에 이 주문만큼 효과적인 것이 없었다. 잠식해오던 백이 붙들던 힘이 약해졌다.

'지금이야.'

철수련의 혼은 미친 듯이 이 사이한 영혼에게서 벗어났다.

[여기서 도망칠 곳은 없어.]

울리는 목소리에 오히려 자신이 더욱 초조해졌다. 더 이상 이놈의 몸을 빼앗고 싶은 마음이 사라졌다. 어떻게 심층부에 이런 괴물들이 갇혀 있는지 모르지만, 벗어나지 않으면 이들에게 먹힐지도 몰랐다.

'벗어나야 해. 여긴… 여긴….'

감옥이나 다름없었다. 이곳에 갇히면 영원히 고통 속에 휘말릴지도 몰랐다.

심층부의 위편으로 희미한 빛이 보였다. 철수련의 혼은 있는 힘을 다해 그곳으로 뻗어 나갔다.

'밖으로 가서… 아이들을… 불러야….'

조금만 더 올라가면 된다. 손을 위로 뻗듯이 빛에 닿기만 하면 이 몸에서 벗어날 수 있다. 심층부 밑에서 느껴지는 사악하고 사이한 혼들이 자신을 붙잡기 전에 어떻게든! 치이이이이!

'아아아아악!'

그 순간 그녀는 타들어가는 듯한 엄청난 고통에 사로잡혔다. 빛에 닿는 순간 혼이 육신에서 벗어나야 하는데, 이건 전혀 예상치 못한 일이었다.

'이, 이게 대체….'

환한 빛은 마치 자신과 상극처럼 느껴졌다. 다시 한 번 진입을 시도하려 했으나 똑같은 고통이 느껴졌다. 치이이이이!

'아아아악! 뜨거워! 너무 뜨거워!'

염열지옥(炎熱地獄)이 있다면 그런 고통일까? 불꽃이 자신의 혼을 불살라서 태워버리는 것만 같았다. 철수련의 혼은 그제야 이것이 심층부를 벗어나는 출구가 아님을 깨달았다.

'출구… 출구가 아니야? 이건… 설마….'

그녀는 이 빛이 당연히 출구일 거라 여겼다. 워낙 강한 빛을 발하고 있어서였다. 그러나 이 푸른빛은 자신과 완전히 상극인 기운이었다.

'서, 선기?'

그것은 바로 선기(仙氣)였다. 자신이 음(陰)이라면 이것은 양(陽)의 기운이다. 양의 기운이 작다면 대항이라도 하겠지만 이것은 말로 형용키 어려울 만큼 크고 강했다.

'어떻게 한 몸에 그 사악한 백과 이런 선기를 가진….'

[허허허. 객이 늘었구나.]

머릿속을 울리는 정기 넘치는 목소리. 그녀는 감히 범접할 수 없는 절대적인 존재였다. 이것은 그냥 백이 아니었다. 신(神)적인 영역에 들어선 존재였다.

'다, 당신 대체 뭐야?'

[속세의 사람들은 노부를 검선이라고 불렀다네.]

'거, 검선!'

철수련의 혼은 경악을 금치 못했다. 무(武)를 연마한다면 검선의 위명을 모르는 자가 세상에 있을까?

'…말도 안 돼.'

자신이 들어온 육신의 주인은 당대 혈마였다. 사파 중의 사파라 불리는 혈교 수장의 몸에 어째서 검선의 백이 있단 말인가? 이건 아무리 생각해도 있을 수 없는 일이었다.

[노부는 그저 백의 조각에 불과하네. 하나 자네는 살아 있는 혼이 어찌하여 이곳으로 들어왔는가?]

'나… 나는….'

[이 아이의 육신이 탐이 났던 겐가?]

이미 그녀의 목적을 꿰뚫고 있었다. 아무리 악명을 떨치고 사람들을 두렵게 했던 악심파파 철수련이라고는 하나, 검선이라는 신적인 영역에 들어선 백과 접촉하니 너무도 두려울 수밖에 없었다. 말문이 막혀 어떠한 말도 할 수가 없었다.

검선의 백의 조각이 말했다.

[안타깝도다, 안타까워. 어찌 욕심을 부려 스스로를 잃는 겐가.]

'그게 무슨?'

[이곳은 염(念)이 통제되는 천권(天權)의 세상. 한번 들어온 백은 나갈 수

없는 막다른 곳이네.]

다른 말은 귀에 들어오지도 않았다. 한번 들어오면 나갈 수 없다는 말밖에.

'안 돼! 안 돼!'

그럴 수 없었다. 이백 년 가까이 되는 세월을 어찌 버텼는가. 오직 하나의 목적만을 위해 살아왔다. 그것을 이루지 못했는데, 이런 무간지옥과도 다름없는 감옥에 갇힐 수는 없었다.

[이제 주제 파악을 했느냐, 계집?]

이때 울려 퍼지는 피로 얼룩진 것만 같은 사악한 목소리. 육신이 없음에도 그녀의 혼은 떨려왔다.

[도망칠 수 없다고 했지.]

이들의 백이 자신을 먹잇감처럼 여기고 있었다. 괴물 같은 백들에 둘러싸인 그녀는 절망에 빠져들었다. 철수련의 혼은 계속해서 주술을 외웠다.

'급급여율령. 여적경순!'

그러나 그것은 아무짝에도 쓸모가 없었다.

[멍청한 계집.]

[악귀를 쫓는 주술이라니. 깔깔깔.]

오히려 이에 적응이라도 한 것처럼 백들이 비웃으며 그녀의 혼을 붙들고선 아래로 끌어내렸다. 지옥으로 끌려 내려가듯이 철수련의 혼은 잠식되어갔다. 스르르르르!

'안 돼! 안 돼에에에에에에!'

* * *

우우웅! 손등에 있는 북두칠성 형태의 점들 중 네 번째 점인 천권이 강렬한 빛을 내며, 순간 정신이 화들짝 들어왔다.

'이게 무슨 일이지?'

이 상황을 이해하기 힘들었다. 악심파파 철수련이 내 몸이 탐난다는 말을 하고 나서 정신을 잃었었다. 한데 뭔가 강한 힘에 의해 다시 끌려 나온 것만 같았다.

'아!'

여전히 내 등에는 악심파파 철수련이 매달려 있었다. 그녀를 떼어내려고 하자 갑자기 손등에 있는 네 번째 점인 천권이 푸른빛으로 물들었다. 화아아아악! 그 순간 머릿속으로 수많은 기억의 파편들이 갑자기 밀려들어 왔다. 복잡한 기억들과 정보들이 머릿속에 각인되듯이 새겨지며 어지러움이 몰려왔다.

"큭!"

마치 혈마검과 사련검에서 백을 흡수했을 때와 같은 현상이었다. 내가 겪어보지 못한 기억들과 함께 방대한 기운이 동시에 들이닥쳤다. 그것은 등에 매달린 철수련의 몸을 타고 들어오고 있었다.

'내공?'

염뿐만이 아니라 내공도 들어오고 있었다. 심후한 내공이 밀려들어 오면서 머릿속에 알지 못하는 구결들이 저절로 떠올랐다. 구결에 맞춰 운기를 하자 방대한 내공이 단전으로 들어와 기존에 있던 내공들과 뒤섞였다. 영문을 모르겠지만 분명 내겐 기연이었다. 어떻게든 이 내공을 흡수해야 했다.

"후우."

내공은 선천진기와는 그 성질이 달라 얼마큼 소화할 수 있을지 모르겠지만, 이 기회를 놓칠 수야 있나. 머릿속에 떠오른 운기 구결에 맞춰 내공을 받아들였다. 어떻게 이 작은 체구의 아이 몸에서 이만큼 방대한 내공이 나오는지 모르겠다. 한참 그렇게 흡수하고 있던 찰나였다.

팟! 수풀을 뚫고 누군가가 나타났다. 장인어른인 월악검 사마착이었다.

"이건…."

사마착이 내게 매달려 있는 철수련을 보고 놀라서 다가왔다. 그러나 이윽고 뭔가 이상한 낌새를 느꼈는지 내게서 철수련을 떼어놓으려다가 물러났다. 그녀의 몸에 있던 기운이 내게 밀려들어 오는 것을 알아챘나 보다. 여기서 함부로 떼어내면 둘 다 위험해질 수 있다.

"대체 무슨 짓을 하는 거냐, 노괴?"

사마착은 내가 노괴에게 당하고 있다고 여긴 모양이다. 주위를 돌며 나와 붙어 있는 철수련을 유심히 살폈다. 기회를 노려서 떼어내려는 모양이었다.

"쿨럭…."

순간 입에서 핏물이 흘러나왔다. 입뿐만 아니라 코에서도 나왔다. 이미 내가 받아들일 수 있는 내공의 한계를 넘어서며 경맥들에 과부하가 온 것이다. 바로 그때였다.

"아아아악!"

가만히 붙어서 내공을 빼앗기고 있던 철수련이 갑자기 몸을 강제로 밀어냈다. 서로 기운을 유착하던 상태에서 강제로 떨어졌기에 동시에 입에서 선혈을 내뿜고 말았다.

"풋!"

"끄웹!"

그 순간 사마착이 그녀를 내게서 떼어내려고 했다. 하지만 철수련이 다급히 내 목을 움켜잡았다.

"하아… 하아… 다가오지 마!"

"노괴!"

사마착의 검이 도중에 멈췄다.

거친 호흡을 내뱉으며 철수련이 손아귀에 힘을 잔뜩 주고서 내게 말했다.

"네놈… 네놈 대체 뭐야?"

그녀의 목소리는 공포심으로 가득했다. 마치 지옥이라도 겪은 사람처럼 붙어 있는 신체 부위들이 심하게 떨렸다. 알 수 없는 말에 사마착이 검을 겨냥한 채 말했다.

"노괴, 그 녀석에게서 떨어져라."

그 말에 철수련이 사마착을 노려보았다. 그러더니 갑자기 허공을 쳐다보며 기괴한 외침 소리를 냈다.

"까가가가가가가가각!"

숲 전체를 울리는 외침. 대체 무슨 짓인가 싶어 사마착이 인상을 쓰는데, 이윽고 주변에서 인기척 소리들이 들려왔다. 파파파파파파파! 뭔가 많은 수의 인기척이 이곳으로 달려오고 있었다. 어림잡아도 수십 명에 이르는 듯했다. 수풀을 뚫고 그 존재들이 모습을 드러냈다. 그것들은 다름 아닌 눈과 입을 실로 꿰맨 괴인들이었다. 강 건너편에 이렇게 많은 자들을 숨겨놓았을 줄은 나 역시 예상하지 못했다.

악심파파 철수련이 괴인들에게 소리쳤다.

"놈을 막아!"

그 명이 떨어지기가 무섭게 괴인들이 일제히 사마착을 향해 달려들었다.

철수련이 손에 힘을 주고서 말했다.

"죽고 싶지 않다면 서쪽으로 달려라!"

나를 데리고 도망치라는 말인 모양이었다. 그러나 나는 움직이지 않았다.

콱! 철수련이 손톱이 파고들 만큼 손아귀에 힘을 주며 소리쳤다.

"가라!"

그런 그녀에게 나는 말했다.

"노괴… 상황이 달라진 것 같다."

"뭐?"

나는 손을 들어 가볍게 손가락을 튕겼다. 딱! 그 순간 사마착을 향해 미친 듯이 달려들던 괴인들이 얼음이라도 된 것처럼 멈춰 섰다. 그러면서 주위가 고요해졌다. 괴인들을 베어 나가던 사마착도 이 괴이한 현상에 의아함을 감추지 못했다. 철수련이 당황한 얼굴로 소리쳤다.

"놈을 공격해!"

그러나 괴인들은 그 자리에서 움직일 생각을 하지 않았다.

나는 말했다.

"꿇어라."

그 말이 떨어지기가 무섭게 기이한 일이 벌어졌다. 쿵! 쿵! 쿵! 수십 명이나 되는 괴인들이 동시에 바닥에 무릎을 꿇었다. 전혀 예상치 못한 상황에 철수련이 어처구니없어했다.

"내, 내 아이들이 어째서…."

자신의 통제를 벗어난 괴인들을 보며 악심파파 철수련이 당혹감을 감추지 못했다. 공격해오는 그들을 차례로 베어 넘기던 장인어른 월악검 사마착도 내 명령에 따르는 그들 모습에 의아했는지 나를 쳐다보았다.

—이게 어찌 된 일이야? 왜 얘들이 네 말을 따르는 거야?

소담검이 궁금했는지 내게 물었다.

'…철수련의 백이 천권에 흡수되었어.'

—천권?

예전에도 혈마검에 있던 혈마의 백과 사련검에 있던 주사련의 백이 천권에 흡수되었다. 천권은 염을 통제하는데, 백은 살아생전의 강한 염원, 즉 정신과 의지이기에 천권의 권능이 이를 흡수할 수 있다.

—노괴는 아직 살아 있잖아?

나도 정확한 이유는 알 수가 없다. 철수련은 살아 있는 사람이다. 하나 술법으로 자신의 혼백을 내게 옮겨와 육신을 빼앗으려고 했다. 그런데 그녀의 백이 천권에 흡수되었다.

'아!'

그때 머릿속에 여러 지식들이 갑자기 떠올랐다. 방술이나 사술, 이런 개념을 배우지 않았는데도 떠오르는 것을 보면 철수련의 백에서 흡수한 기억인 듯했다.

—왜 그래?

이제 알 것 같아.

—뭐가?

백과 달리 혼은 육신에 귀속되어 있는데, 사람이 죽게 되면 귀천

342

(歸天), 즉 영적인 세계로 돌아가게 된다. 그것은 혼이 영적이면서 이 승보다는 상위적 차원에 귀속되어 있기 때문이다. 하지만 철수련은 아직 살아 있다. 육신이 살아 있으면 아직까진 혼이 육신에 귀속되기에 순리에 의해 다시 제자리로 돌아가게 되어 있다.

—뭐가 이리 복잡하냐?

쉽게 말하면 철수련의 혼백이 내 몸에 들어왔다가 염을 통제하는 천권에 백이 흡수되었지만, 혼의 경우는 강제로 묶어둘 수 있는 것이 아니기에 순리에 의해 자신의 몸으로 돌아간 것이다.

콱! 철수련의 손톱이 목의 살점을 파고들었다. 그녀가 당혹스러운 목소리로 내게 말했다.

"네놈 무슨 짓을 한 것이냐? 어째서 내 아이들이 네 명령을 듣는 게야?"

"…몰라서 묻나?"

"지금 나와 말장난을 하자는 게야! 네놈의 몸속에 그… 어…."

철수련이 말을 잇지 못했다. 왜 그러는지 알 수가 없었다. 그 찰나, 나는 내 목을 움켜잡고 있는 그녀의 손목을 낚아채듯이 잡아냈다.

"이놈이 어딜!"

철수련이 이를 막기 위해 손에 더욱 공력을 끌어올렸다. 그러나 놀랍게도 그녀의 손이 바들바들 떨리며 내 목에서 떼어졌다.

"아니?"

내공에서 좀 더 우위를 보이자 당황한 기색이 역력했다. 자신의 내공의 상당 부분을 내게 빼앗겼다는 것을 전혀 인지하지 못하는 것 같았다. 파파팍! 공력에서 밀리자 철수련은 금나수의 수법으로 내 손목을 붙잡고 꺾으려 들었다. 신기하게도 그녀의 금나수 수법이 머릿속에 이미 그려졌다. 나는 그 빈틈을 노려 역으로 그녀의 금나수 수법을 뒤집어 손목을 움켜잡고서, 그대로 등에 매달려 있던 철수련을 앞으로 넘겨서 내팽개쳤다. 쿵! 바닥에 찍힌 그녀는 고통스러운지 인상을 찡그렸지만, 이내 몸을 튕기며 곧바로 자세를 일으켜 장법(掌法)의 기수식을 취했다.

"공력이 이 짧은 시간 안에 갑자기 늘다니."

철수련이 이해할 수 없다는 듯이 중얼거렸다. 이에 나는 아무렇지 않게 말했다.

"그러게 말이오. 아니면 당신이 약해진 것이겠지."

"뭐?"

그제야 철수련이 자신의 내공을 살폈다. 그리고 곧 상당한 유실이 있음을 알아차렸는지 당혹스러운 기색을 보였다.

"이게 대체 어찌…."

─모르는 척하는 거야? 아니면 모르는 거야?

모르는 것 같다. 방금 전에 내 몸을 빼앗으려 했던 기억도 온전치 않은 듯했다. 백이 흡수되면서 그녀에게 이상이 생긴 게 틀림없었다. 철수련이 보이지도 않으면서 마치 노려보는 것처럼 고개를 내게로 향하더니 소리쳤다.

"네놈, 내게 무슨 짓을 한 게야?"

"아무 짓도 안 했소."

"개소리! 아무 짓도 하지 않았는데 내공도 그렇고 왜 기억이…."

그 말과 함께 그녀가 한 손으로 자신의 머리를 짚었다. 두통이라도 나는 것처럼 오만상을 찌푸렸다.

"대체 이게 뭐야? 왜 기억이 나지 않는 거지? 나는…."

철수련은 굉장히 혼란스러워하고 있었다. 혼백 중의 백은 그 사람이 가지고 있던 생전의 강한 염이다. 그녀의 이런 반응을 보면 백이 흡수되면서 그 기억의 상당수를 잃어버린 것 같다.

"왜… 왜 기억이 나지 않는 거야? 어째서!"

머리를 붙잡고 고통스러워하는 철수련. 그 순간을 놓치지 않고 장인어른 월악검 사마착이 나섰다. 슈슉! 사마착이 날린 쇠구슬이 철수련의 두 다리의 발목 부근을 강타했다. 뼈가 부러지는 소리와 함께 철수련이 바닥에 강제로 무릎을 꿇었다.

"윽!"

확실히 내공이 소실되면서 역량에서 밀렸다. 사마착의 탄지신통을 손쉽게 피했던 그녀였는데, 확연하게 약해진 티가 났다. 무공이 약해진 것을 확실하게 확인한 사마착이 내게 말했다.

"기연을 얻었구나."

"운이 좋았습니다."

"두공이 말하기를, 네 관상이 천기를 읽을 수 없을 만큼 기이하다고 하더니 운 하나만큼은 기가 막힐 정도로 타고났군."

'두공?'

어디서 많이 들어봤는데…. 앗!

─왜 그래?

만박자 두공! 팔대 고수의 일인이자 현인으로 불리는 자이다. 학식과 다재다능으로 모르는 것이 없다고 하여 만박자라고 불린다. 한데 장인어른이 두공과 인연이 있었나? 그보다 언제 두공이 나를 보고서 관상을 평한 거지?

─그게 놀랄 일이야?

당연하지. 두공은 풍수지리와 천기에도 능하다고 들었다. 얼굴을 보고 그 사람의 운세를 읽을 수 있다고 하였는데, 나더러 천기를 읽을 수 없는 관상이라 하였으니 관심이 가는 것도 당연하다. 사마착이 콧방귀를 뀌며 내게 말했다.

"그 노괴를 죽이거라."

"네?"

"널 노렸으니 네 손으로 직접 처리하는 게 맞지 않느냐?"

그 말과 함께 사마착이 검집에 검을 집어넣고는 뒷짐을 지었다. 그의 성정이라면 자신이 직접 손을 쓸 거라 생각했는데, 내게 양보하다니 참 별일이었다.

"노괴의 머리면 네 그 알량한 명성에도 도움이 되겠구나."

"아…."

그래서 나보고 마지막을 장식하라 했구나. 장인어른은 악심파파에게 최후의 일격을 양보하여 내 명성이 올라가도록 배려하는 것이었다. 못마땅하다는 듯이 말하면서도 장인어른의 마음 씀씀이가 느껴졌다. 아마도 내가 잘되는 것이 사마영에게 도움이 되리라고 여겨서 그런 것이라고 생각된다.

—안 그런 척하면서 은근히 챙기네.

소담검이 키득거렸다.

나는 제대로 몸을 일으키지 못하는 악심파파 철수련을 쳐다보았다. 백이 천권에 흡수되면서 그녀의 기억의 일부를 흡수했지만 정작 내가 알고 싶어하던 존주가 어떤 약점을 가지고 있는지에 관한 것은 떠오르지 않았다. 혈마와 주사련의 백을 얻었다고 모든 기억을 가지지는 못한 것처럼 말이다.

"철수련, 마지막 기회를 주겠소. 존주가 왜 검들을 찾는지, 그 이유를 알려준다면 그대의 목숨은 보장하겠소."

"너!"

사마착이 내게 뭐라 하려다 이내 입을 다물었다. 일단은 지켜보려는 듯했다.

나는 감사의 의미로 가볍게 고개를 숙였다. 그리고 그녀를 쳐다보았다. 철수련이 보이지도 않는 백안으로 나를 치켜 올려다보며 입을 열었다.

"네놈이 무슨 짓거리를 했는지 모르겠다만 내가 네놈에게 그것을 말할 거라 생각하느냐?"

당연히 쉽게 입을 열지 않을 거라 생각했다. 하면 나도 수단과 방법을 가리지 않겠다. 내게는 당신에게서 흡수한 기억의 일부가 있으니까. 나는 그녀에게 속삭이듯이 말했다.

"내공이 줄었어도 당신의 그 귀라면 이곳으로 다가오는 인기척 정도는 알 수 있겠지?"

나의 그 말에 철수련의 미간에 주름이 생겼다. 근방에서 뚜렷하게 기운이 느껴졌다. 장인어른도 그걸 눈치챘기에 지금 손바닥 안에 쇠구슬들을 굴리고 있었다.

―누구야? 확인해보고 올까?

아니, 그럴 필요 없어. 누군지 아니까.

나는 주변을 천천히 훑어보며 말했다.

"수양아들들이 도착했군. 잘 키웠다만 당신 자식들이 장인어른과 나를 감당할 수 있을까?"

주변에서 느껴지는 다섯 인기척. 그들 중 한 명은 초절정의 경지에 이르렀고, 나머지 네 명은 절정의 고수였다. 철수련에게 흡수한 기억이 맞다면 그녀가 어렸을 적부터 납치해서 키운 수양 자식들이 틀림없었다. 그녀를 도와 젊은 여인들을 납치하고 살아 있는 사람들을 반시(半屍)로 만든 극악무도한 작자들이다.

—반시?

이것들을 지칭하는 말이다. 살아 있으면서도 죽은 것이나 다름없으니 어울리는 말이기도 하다.

사마착이 쇠구슬을 만지작거리며 말했다.

"어찌할 테냐? 전부 끄집어내면 되느냐?"

당장에라도 숨어 있는 자들에게 탄지신통을 날릴 기세였다. 이에 나는 고개를 저으며 말했다.

"제가 하겠습니다."

그 말에 사마착이 코웃음을 치더니 소매 안으로 쇠구슬을 집어넣었다. 정말로 관여하지 않을 작정인 모양이었다. 과연 내가 어찌할지 지켜보겠다는 태세로 팔짱까지 꼈다.

나는 주위를 향해 외쳤다.

"당신들의 어미가 죽도록 내버려둘 참이냐?"

그 말이 들리기가 무섭게 수풀에서 부스럭 소리가 들렸다. 그러더니 이윽고 나무에서 다섯 인영이 뛰어내리며 그 모습을 드러냈다. 오십 대로 보이는 중년의 사내 셋과 삼십 대 초반으로 보이는 사내 하나, 그리고 마지막으로 반백에 육십 대로 보이는 노인이었다. 하나같이 호남의 외모를 지녔는데, 그들에게서 조바심이 느껴졌다. 그들 중 가장 강한 육십 대 노인이 내게 말했다.

"그대가 당대 혈마구려. 명성은 익히 들었소이다."

"그대는 조음사마의 맏형인 철음유겠구려."

'...?!'

나의 그 말에 노인의 인상이 굳었다. 내가 자신의 별호를 알리라고는 생각지 못한 모양이다. 철수련의 기억을 읽으면서 이들의 정체를 알게 되었는데, 저들은 삼십여 년 전에 악명을 떨쳤던 조음사마(操淫四魔)라 불리는 네 형제들이었다.

—한 명은?

저 삼십 대 청년과 사마착과 철수련의 싸움에 휘말려 죽은 양정이라는 자, 그리고 사련검에 조종당하다가 죽은 자 이 세 명은 노괴가 나중에 거둬들인 수양자식들이다. 저들은 한때 무림연맹주이자 무한제일검 백향묵이 현역에서 명성을 떨칠 당시, 그에게 당해서 자취를 감췄었다. 누구도 저들이 악심파파가 키운 자들이라는 것을 아는 사람은 없었다.

오십 대의 사내들 중 한 사람이 내게 외쳤다.

"어머니를 놓아주시오. 그러면 그냥 돌아가도록 하리다."

"그냥 돌아가지 않으면 어쩔 참이오?"

나의 물음에 삼십 대의 사내가 손에 들고 있던 방울 같은 것을 흔들었다. 딸랑딸랑! 방울들이 울렸는데 아무런 일도 일어나지 않았다. 이에 사내가 당혹스러워하며 중얼거렸다.

"아니? 반시들이 어째서?"

"고작 이것들을 믿고 그런 말을 했군."

딱! 나는 가볍게 손가락을 튕겼다. 그러자 무릎을 꿇고 있던 반시들이 몸을 일으켜 세우더니, 이내 빠르게 철수련의 수양아들들 주변을 포위했다. 반시들이 내 명을 따르자 이들 형제는 더욱 황당함

349

을 금치 못했다. 철수련이 그들을 향해 소리쳤다.

"가라! 너희들이 상대할 수 있는 자들이 아니다!"

"어머니!"

참 묘한 광경이다. 네다섯 살 정도로 보이는 아이에게 어머니라 부르다니. 한데 이들 모자 관계가 정말로 정으로 이루어진 것이 맞을까?

"철음유, 그대는 오랫동안 철수련을 보필했으니 그녀의 진짜 몸이 있는 극빙관이 어디 있는지 알고 있지 않소?"

나의 물음에 철음유의 흰 눈썹이 파르르 떨렸다.

―극빙관이 뭐야?

철수련의 진짜 육신을 담아놓은 얼음 관이다. 그녀가 이렇게 많은 반시를 만든 것도 자신의 육신을 보존하는 기술과 술법을 갈고 닦으며 생겨난 부산물들이다.

"…그걸 대체 어찌?"

기밀이라 할 수 있는 극빙관을 내가 알고 있자 당혹스러워했다. 내가 철수련의 기억의 일부를 가지고 있으리라고 누가 상상할 수 있겠는가. 당사자인 철수련조차 내 입에서 극빙관까지 흘러나오자 심하게 동요하는 기색을 보였다.

"네놈 대체 뭐야? 네놈이 그것을 어찌!"

나는 그녀에게 피식 웃으며 말했다.

"당신이 생각하는 것보다 당신에 대해 많이 알고 있소. 지금 있는 그 몸뚱이가 당신이 낳은 자식이라는 것도 말이오."

'…!!'

그 말에 그녀의 백안이 심하게 떨렸다. 앞이 보이지 않아도 감정의 동요가 생기면 안구에 영향이 생기나 보다. 나는 그녀에게 다가가 고개를 수그려 시선을 마주하고서 말했다.

"아이를 더 이상 낳을 수 없는 몸이 되었는데, 강제로 여자들 몸을 취해 낳으려고 하니 그런 천벌을 받은 것이 아니오."

그런 나의 말에 철수련의 표정이 멍해졌다. 그녀는 당최 이해할 수 없다는 듯이 중얼거렸다.

"내… 내가 그걸 방금 전까지 왜 잊고 있었던 거지?"

그야 당신의 백을 내가 흡수했으니까 그렇지. 확실히 혼백에서 백을 잃는다는 게 무섭기는 한 것 같다.

철수련은 심하게 혼란스러워하고 있었다. 나는 그녀에게 말했다.

"극빙관에 있는 당신의 육신마저 태운다면 더 이상 살아날 수 있는 길이 없다는 것 정도는 알지 않소. 이야기하시오."

"네놈!"

그녀의 마지막 비밀이었다. 피를 이은 자식의 몸을 술법으로 자신의 것처럼 쓰고 있지만 진짜 육체마저 죽는다면 그것도 더 이상 불가능하다. 나는 철음유를 향해 시선을 돌리지 않고 말했다.

"극빙관이 어디에 있는지 말해준다면 철음유 그대에게 걸려 있는 술법의 금제를 풀어주겠소."

"뭐?"

그런 나의 말에 철음유의 반문하는 목소리가 떨려왔다. 이들 수양 자식들은 전부 철수련에 의해 금제가 걸려 있다. 그렇기에 납치를 당해서 키워졌음에도 그녀를 철저히 따르는 것이었다.

철수련이 소리쳤다.

"아가들아, 속지 말거라! 이 어미의 술법은 누구도 풀 수 없다!"

그녀는 혹여 철음유가 극빙관의 위치를 불까 봐 두려웠나 보다.

"어머니의 말이 맞다. 놈이 우리를 흔들려는 수작이다."

"맞습니다, 형님."

철음유 외에도 그들 형제는 잠시 흔들린 기색을 보였지만 그녀의 말이 더욱 신빙성 있다고 여겼는지 다시 침착함을 되찾았다. 이에 나는 코웃음을 치고서 손가락을 튕겼다. 딱! 그 순간 오십 대의 사내 중 한 명이 갑자기 자신의 머리를 붙잡고 고통을 호소했다.

"끄아아아아악!"

이마부터 목까지 핏줄이 부풀어 올라서 금방이라도 터질 것만 같았다. 이 증상이 무엇을 의미하는지 알기에, 나머지 형제들이 당혹감을 감추지 못했다.

"자생!"

"끄아아아아!"

철음유가 다급히 소리쳤다.

"어머니! 막아주십쇼! 자생이 죽겠습니다!"

이에 철수련이 다급히 괴상한 소리를 내며 소리쳤다.

"까가가가가각!"

그녀가 술법을 일으키는 방식인가 보다. 그런데 자생이라 불렸던 오십 대 사내의 고통은 멈출 줄을 몰랐다. 오히려 핏줄이 터지며 얼굴 전체가 피범벅이 되어갔다.

"어, 어째서 술법이?"

철수련은 술법이 듣지 않자 망연자실함을 감추지 못했다.

"와닿지 않나 보군. 한 명 더 늘려볼까?"

딱! 손가락을 튕기자 철음유 옆에 서 있던 삼십 대 사내가 자신의 머리를 붙잡고는 그 자리에 털썩 주저앉았다. 그의 이마 핏줄 역시도 심하게 부풀어 올랐다.

"종만아!"

"끄아아아아아."

이런 결과에 철음유를 비롯한 이들 형제가 놀라서 나를 쳐다보았다.

"어, 어떻게 혈마 그대가 어머니의 술법을?"

믿기지가 않나 보다. 내 손에서 악심파파 철수련의 술법이 그대로 행해지니 말이다.

나는 빙그레 웃으며 말했다.

"이제 내 것이니까."

존주의 비밀

더 이상 철수련의 술법이 아니다. 이제 그녀가 가졌던 모든 술법은 내 것이다. 물론 기억에 없는 것들은 어쩔 수 없지만 백을 통해 흡수한 것들은 연마의 시간만 갖춘다면 얼마든지 펼칠 수 있을 것 같다.

몸을 파르르 떨던 철수련이 분노가 담긴 목소리로 말했다.

"…네놈! 내게서 가져간 것이로구나."

이제야 그것을 깨달은 그녀였다. 그러나 새삼 알게 되었다고 한들 어쩌겠는가. 이미 빼앗긴 백을 되찾을 방법도 없거니와 힘의 상당 부분을 잃은 그녀나 수양아들들로서는 장인어른인 월악검 사마착은커녕 나조차 어찌할 수 없다.

"끄아아아아아악!"

어느새 종만이라 불린 삼십 대의 사내 역시 얼굴이 피범벅이 되어갔다. 이미 자생이라 불린 자는 바닥에 엎어져 꿈틀거리며 죽어가고 있었다.

"어머니!"

철수련에게 어떻게 해달라고 해봐야 소용없었다. 조음사마의 맏형인 철음유가 조급해진 얼굴로 나를 쳐다보고 있었다. 무게를 재고 있을 것이다. 금제를 통제할 수 있는 능력이 철수련을 떠나 내게 있으니 말이다.

"그럼 한 사람 더 늘려볼까."

나는 손을 튕길 준비를 했다. 셋 중 누가 될지 모르기에 나머지 형제들의 얼굴이 순식간에 사색이 되었다. 결국 철음유가 내게 다급히 외쳤다.

"어머니, 이 죄는 목숨으로 사죄하겠습니다! 혈마, 멈춰라! 내가 말하…."

"그만!"

그의 말을 끊고서 철수련이 소리쳤다. 나는 고개를 돌려 그녀를 내려다보았다. 그러자 철수련이 피가 날 정도로 입술을 꽉 깨물더니 내게 말했다.

"말해주겠다!"

항복 선언이 나온 셈이나 마찬가지였다. 수양아들들이 죽는 것은 둘째치고 숨겨둔 원래 육체가 드러나면 영원히 죽을지도 모르니 당연한 선택일 것이다.

딱! 손가락을 튕기자 고통스러워하던 그들의 핏줄이 가라앉았다. 금제가 폭주하는 것을 멈추게 했기 때문이다. 자생이라는 자는 이미 상태가 최악으로 치달은 것처럼 보였지만 상관할 바 아니었다.

"말하시오."

그런 나의 말에 그녀가 주먹을 움켜쥐고는 바들바들 떨더니 이내 입을 열었다.

"혈마의 칭호를 걸고 약조해라."

"무엇을 말이오?"

"아까 전에 말한 대로 목숨을 보장해라."

내가 말을 바꾸기라도 할까 봐 자신의 목숨을 보장하겠다는 확답을 들으려는 그녀였다.

나는 그녀의 수양아들들을 힐끔 쳐다보았다. 그들의 심경은 꽤나 복잡해 보였다. 특히 철음유는 자신들이 살기 위해 결국 그녀의 비밀을 내뱉으려고 했었다. 한번 시험해볼까?

"약조는 그대뿐이었는데 나머지는 죽어도 상관없소?"

그런 나의 말에 철수련이 앞이 보이지 않는데 정확하게 그들이 있는 방향을 쳐다보더니 악에 받친 목소리로 말했다.

"먹이고 키워줬더니 어미를 배신하려는 못돼먹은 놈들이다! 죽여도 상관없다."

"어, 어머니!"

"어찌!"

그런 그녀의 외침에 수양아들들이 격한 반응을 보였다. 어느 정도 예상을 했는지 철음유만이 두 눈을 감고 탄식을 내뱉을 뿐이었다. 두 수양아들이 그녀에게 소리치며 아우성을 쳤다.

"어머니! 살려주십시오!"

"저희들은 아무것도 말하지 않았습니다. 모든 것은 큰형님의 뜻이었습니다."

그런 그들의 외침에 철음유의 인상이 일그러졌다. 친형제는 아니지만 아우들을 살리려고 그런 선택을 한 것인데, 다른 형제들은 자신들 목숨을 구제하기 바쁘니 실망스러운 모양이었다.

―다른 녀석들이랑 다르네.

소담검도 나와 비슷한 느낌을 받았나 보다. 녀석은 실망스러운 기색을 보이면서도 모든 것을 체념했는지 두 눈을 감고 탄식을 흘리고 있었다.

철수련이 내게 이를 갈며 말했다.

"저 불효막심한 놈들을 먼저 죽여라. 그러면 알고 싶은 걸 전부 알려주마."

"그래?"

반문을 한 나는 그들을 향해 시선을 돌렸다. 위기감을 느낀 그들의 선택은 간단했다. 두 눈을 감고 운명을 받아들인 철음유와 달리, 나머지 두 형제는 경공을 펼쳐 달아나려고 했다.

딱! 이에 나는 가볍게 손가락을 튕겼다. 그러자 경공을 펼치기 위해 위로 뛰어오르려던 그들이 마치 보이지 않는 무언가에 발이 묶인 것처럼 떠오르지 못했다.

―와, 어떻게 한 거야?

술법이야. 나도 당했던 것인데, 지기(地氣)가 발목을 붙잡아 몸의 무게감을 늘리게 한다. 물론 실제로 늘어나는 것이 아니라 스스로가 그렇게 느끼게 만든다.

"빌어먹을!"

"지기의 압박술이다!"

그래도 철수련에게 주술과 방술을 배웠다고 곧바로 알아차리는 그들이다. 그들이 동시에 손가락으로 특이한 모양을 만들며 뭔가를 웅얼거렸다.

"옴나야. 가리와주율."

파파파팍! 철수련처럼 주술이 깊지 않은 그들은 저렇게 직접 술문을 외우고 수결을 맺어야만 주술을 펼칠 수 있었다. 두 사람이 동시에 외쳤다.

"해(解)!"

그러자 꼼짝 못 하던 그들의 두 다리가 다시 움직였다. 한데 내가 그것을 내버려둘 거라 여기는 건가. 나는 바닥을 향해 진각을 밟았다. 쿵! 그 순간 경공을 펼치며 위로 날아오르려던 그들이 화들짝 놀라 두 손을 교차하며 방어 자세를 취했다. 두 사람이 동시에 뭔가에 부딪힌 듯 바닥으로 떨어졌다. 바닥에 엎어지듯 넘어진 두 사람은 아무것도 보이지 않는데 위를 쳐다보며 당혹스러운 듯이 외쳤다.

"이, 이 괴물은 대체 뭐야?"

"이런 술법은 들어본 적이 없어."

알 수 없는 그들의 말에 눈을 감고 있던 철음유도 의아했는지, 눈을 뜨고서 그들을 쳐다보았다. 위를 쳐다보며 사색이 된 두 사람. 그들은 다급히 손을 움직이며 다시 술법을 해지해보려고 했다.

"해(解)!"

동시에 외쳤다. 그런데 아무런 효과가 없었다.

"아닛!"

"헉!"

두 눈이 커진 그들은 위를 쳐다보며 다급히 두 손을 들어 올렸다. 알 수 없는 그들의 행동에 철음유가 소리쳤다.

"마종! 윤호! 왜들 그러는 것이냐?"

그들은 그런 철음유의 말에 아무런 답변도 하지 못했다. 오히려 자신들이 처한 상황을 견디느라 정신이 없었다. 뭔가가 그들을 억누르기라도 하듯이 두 손을 위로 들어 올리고 있었는데, 팔의 근육이 팽배해지고 바들바들 떨리고 있었다.

"끄으으으!"

"혀, 혈마! 제발 살려주시오!"

두 사람이 애원하듯이 소리쳤다. 철수련의 기억을 통해 알게 된 바에 의하면, 그들은 무림인뿐만 아니라 민간인조차 손쉽게 죽일 만큼 악독한 자들이었다. 굳이 살릴 가치는 없어 보였지만 써먹을 곳이 있을 수도 있으니, 지금 당장 죽일 마음은 없었다.

"엄살 피우지 마라."

환상에 당하면서도 저렇게 호들갑을 떨다니. 바로 그 순간이었다.
콰득!

"끄악!"

바들바들 떨고 있는 그들의 두 팔이 꺾이며 뼈가 튀어나왔다.

뭐지? 환상을 보여줘서 겁을 주려고 했을 뿐인데….

"으아아아악!"

놈들이 절규의 비명을 질렀다. 그러더니 이내 정말로 뭔가가 짓누른 것처럼 안면이 납작해지더니 이내 목이 꺾이고 허리까지 접히며 바닥에 눌리고 말았다.

'…!!'

장인어른도 그렇고 철음유도 이 광경에 어안이 벙벙해져 놀라움을 금치 못했다.

"대체 이게…."

철수련조차도 이 기이한 광경에 말문을 잃고 말았다. 그녀도 미리 금제를 걸어놓지 않는 이상 술법으로 사람을 이런 식으로 죽일 수 없었다. 이런 반응은 당연했다.

—어떻게 한 거야?

'하…!'

소담검의 물음에 나도 모르게 탄성으로 답했다. 나 역시 놀라기는 마찬가지였다.

—무슨 말이야?

주사련의 소리를 통해 암시를 거는 방법과 환의안의 세 번째 단계를 혼용했다. 거기다 오감을 좀 더 자극하기 위해 백을 통해 깨달은 철수련의 술법을 더해서 활용해보았다. 그런데 믿기지 않는 결과가 일어났다.

—뭘 어쨌길래 그런 거야?

저들에게 고목나무만 한 거대한 괴물이 손바닥으로 억누르는 환상을 보여줬다. 그런데 있지도 않은 환상에 눌려서 정말로 죽고 말았다. 기가 막힌 일이었다.

'아….'

그때 하나의 기억이 스쳐 지나갔다. 혈수마녀 한백하가 내게 환의안을 전수했을 때 구결이 끊긴 마지막 단계의 앞부분을 말해줬었다.

"아쉽게도 마지막 단계에 대한 설명 앞부분에서 비서가 끊겨 있더군요. 앞 구절에는 환각을 오감으로 받아들이게 한다고 적혀 있는데, 이건 저도 무슨 말인지 모르겠군요."

그때는 그게 대체 무슨 말인지 알아들을 수가 없었다. 워낙 추상적인 말이었기 때문이다. 그런데 이제 알 것 같았다. 오감으로 받아들인다는 것은 환각에 당한 자는 그것을 정말 오감으로 체감하게 되는 것을 의미했다.

—뭔 말인지 못 알아듣겠다.

철수련이 쓰는 술법의 기본은 인간의 오감을 속이는 것이다. 인간은 신 것을 먹는 상상을 하는 것만으로 입에 침이 고인다. 경험했던 기억을 머릿속에서 육신으로 전달하여 생기는 현상이라고 한다.

—신기하네.

극단적으로 철수련이 술법을 위해 실험했던 것들 중 하나의 기억이 있다. 펄펄 끓는 물을 보여준 후에 뒤로 다가가 물주전자를 바꾸어 등에 찬물을 붓는 순간 놀라운 일이 벌어졌다.

—어떻게 됐는데?

등에 화상을 입었다.

—찬물을 부었는데?

그래. 겁에 질린 피실험자는 자신이 본 것 그대로 찬물을 펄펄 끓는 물이라 여긴 것이다. 뜨거운 물이 닿는 순간 살이 데이게 된다는 강한 자기 암시. 겁에 질려 머릿속으로 만든 극단적인 선입견이 자신의 오감을 속인 셈이었다. 철수련은 이를 술법에 구현하려고 했다.

—어? 그럼 네가 그걸 성공한 거네?

그보다는 아무래도 환의안의 마지막 단계를 완성한 것 같다. 주사련과 철수련이 깨달은 심득이 합쳐지면서 구결에 없던 부분이 채워졌다.

'핫…'

순간 나도 모르게 웃음이 나올 뻔했다. 철수련의 백을 얻은 것이 내게는 엄청난 기연으로 다가온 셈이었다.

—이야, 완전 사기인데. 환상을 보여주는 것만으로 상처를 주거

나 사람을 죽일 수 있다는 거잖아.

맞다. 다만 환의안의 마지막 단계는 앞의 단계에 비해 기운이 소모되는 차원이 달랐다. 염과 선천진기가 동시에 삼 할 가까이나 줄었다. 악심파파 철수련의 백을 흡수하고서 염이 늘었음에도 이 정도 소모라면 자주 사용할 수 있는 기술은 아니었다. 연달아 쓴다면 서너 번이 한계였다. 게다가 어느 정도 수준에 이른 적에게까지 마지막 단계가 통용될지도 모르겠다.

─그래도 엄청 유용하겠는데.

그건 동의한다. 잘만 활용하면 이것만큼 유용한 것도 없겠다.

철수련이 내게 어처구니없다는 목소리로 말했다.

"수십 년 동안 이루지 못한 최고의 경지를 네놈이 어찌…."

상대적 박탈감에 젖은 목소리였다. 그녀도 술법으로 이를 이루려고 했던 모양이다. 억울하긴 할 것 같다. 자신의 술법을 빼앗긴 것으로도 모자라 그 목표를 본의 아니게 내가 이루게 되었으니 말이다.

"글쎄."

나는 무미건조한 목소리로 말했다. 장인어른도 보는 앞에서 너무 우쭐한 모습을 보이기는 좀 그러니까.

[대체 어떻게 한 것이냐?]

그때 장인어른의 전음이 들려왔다. 끝까지 관망할 거라 여겼는데 이번 것은 어지간히 궁금했나 보다. 환의안까지 설명하자면 길 것 같으니, 철수련의 술법을 내가 익히게 됐다는 식으로 말해야겠다. 그런데….

[무를 익히는 자가 마지막으로 목표로 하는 것이 의지만으로 상대를 제압하는 것이다. 벽의 벽을 넘어서도 아직 그 갈피를 잡지 못

했건만, 네가 어찌 심검(心劍)의 영역에 이른 것이더냐?]

어…?! 심검? 이거 뭔가 오해를 한 것 같다.

장인어른인 월악검 사마착이 의구심 넘치는 눈초리로 전음을 보냈다.

[이해할 수 없구나. 벽의 벽조차 넘지 못한 네가 어찌 심검의 영역에 이를 수 있는지 말이다.]

이것 참 뭐라고 해야 하지.

심검. 마음의 검이라는 말이다.

─마음의 검이라니? 뜬구름 같은 말인데.

그래, 문득 들으면 그렇다. 장인어른이 말한 것처럼 의지만으로 검을 다루는 경지라 불린다. 사실 어검비행이나 이기어검은 전설이라 불리지만 그래도 실제로 이룬 자들이 간간이 등장하고는 했다. 그러나 심검은 완전히 다른 영역이었다. 궤를 달리한다고 봐야 했다. 이 말의 유래는 먼 옛날의 주나라 사람인 백무자다. 검선이 검으로 천하제일인이라 불렸다면 그는 중원 모든 검종의 시초라고 불리는 자였다. 검이라는 것이 있었지만 제대로 된 검법의 틀을 만든 장본인이다.

─시초?

'검법을 익히는 사람들이 가장 먼저 익히는 기본 검법이 뭔지는 알지?'

─나 단검이거든.

'…'

삼재검법(參才劍法)이다.

─삼재검법?

총 세 식으로 이루어진 검법으로 종(縱)베기인 '천(天)', 횡(橫)베기인 '지(地)', 그리고 찌르기인 '인(人)'으로, 이것들은 모든 검의 기본 식이다.

—아아! 그거였어?

그래. 이렇게 검의 기본 틀을 만들어서 검의 시초라 불리는 백무자가 남긴 말은 수많은 검수들에게 구전되어 내려왔다.

—그게 뭔데?

검에는 세 가지 경지가 있다고 한다. 첫 번째는 검으로 베지 못하는 것이 없다고 하는 신검합일의 경지.

—네가 이룬 경지네?

그렇다. 두 번째는 손에 잡히는 풀잎조차 검이 되는 만검지화의 경지.

—풀잎?

풍압으로 예기를 일으킬 정도가 되면 풀잎이나 나무 막대기로도 충분히 날카로운 기운을 발할 수 있다. 물론 풀잎으로 바위를 가르라고 한다면 가능할지는 모르겠다.

—세 번째는 뭔데?

마지막 세 번째 경지가 바로 의지로 검을 다루는 경지이다. 검이 없어도 마음에 늘 검이 있기에 손을 쓰지 않아도 무엇이든 찌르고 벨 수 있는 최고의 경지라고 한다. 사실 마지막 세 번째 경지는 정말로 그런 것이 아니라, 마음에 검을 품고서 그 의지를 다지라는 것 정도로 모두가 생각했다. 실제로 이 이론을 만든 백무자조차 마지막 최고의 경지에 올랐는지 알 수 없는 일이고 말이다. 한데 장인어른은 내가 심검의 경지에 올랐다고 생각했다.

─어? 맞네? 그렇게 생각할 수도 있겠네. 손도 안 대고 사람을 죽였잖아.

이건 일종의 암시와 술법이지 않나.

─그런데 비슷하지 않아? 네가 검에 찔린 환영을 보여주면 정말로 찔려서 죽을 수도 있잖아?

'…?!'

…그것도 그렇네? 어찌 보면 백무자가 말한 심검과 매우 닮았다. 심검도 인간의 오감을 속이는 것과 비슷한 개념일까? 뭔가 손을 뻗어 올리면 어렴풋이 닿을 것만 같은 느낌이 들 듯 말 듯했다. 조금만 손을 휘저으면 이 답답함이 걷힐 것 같지만 아직은 깨달음이 그 정도 영역에는 미치지 못하는 것 같다. 아무튼 소담검의 말처럼 작정하고 속이면 정말 심검처럼 보일 수도 있을 것 같다. 심지어 장인어른조차 오해하지 않았나. 일단 해명해야겠다.

[장인어른, 방금 그건 심검이 아닙니다. 술법의 일종으로….]

[술법만으로 그게 가능하리라 보는 것이냐?]

쉽게 믿지 못하는 것 같다. 보통 사람들이 가지는 술법에 대한 선입견은 사술이나 다름없다. 인간을 현혹하지만 그것이 실질적으로 해를 입히지는 못한다고 여긴다. 아무래도 장인어른도 그렇게 생각하는 것 같다.

[거짓이 아니라 정말….]

해명하려고 하는데, 허망하다는 듯이 탄식을 내뱉던 악심파파 철수련이 입을 열었다.

"네놈은 무얼 하는 게야? 어미를 팔아넘기려 했으면 응당 스스로 목숨을 끊어야 할 것이 아니냐?"

철수련이 말을 건 대상은 다름 아닌 유일하게 멀쩡한 수양아들 철음유였다. 그가 자신의 비밀을 발설하려 했기에 죽기를 바라는 듯했다. 수양아들이라고 하더니 자신에게 해를 입히려니까 사정이 어찌 되었든 간에 죽이려 드는 그녀였다. 결국 거짓된 모자 관계라는 얘기였다. 명칭만 저럴 뿐 실질적으로는 수하나 다름없었다.

그때 철음유가 손으로 수도의 자세를 취하더니 자신의 머리로 손을 가져갔다.

"소자 어머니의 명을 따릅니다."

그 말이 끝나기가 무섭게 철음유는 자신의 천령개를 내리쳐 자결하려고 했다. 그때 내가 손가락을 튕겼다. 딱! 아주 절묘하게 그의 수도가 머리에 닿기 전에 멈췄다. 술법으로 잠시 동안 그의 행동을 막은 것이었다. 하나 잠시 손을 부르르 떨더니 이내 뭔가를 중얼거리며 강제로 술법을 풀어버리고 말았다. 팍! 그 찰나에 그의 손목을 낚아채듯이 잡아냈다.

철음유가 나를 쳐다보며 말했다.

"무슨 짓이오?"

의아해하는 것은 그뿐이 아니었다. 철수련이 내게 소리쳤다.

"이게 무슨 짓이냐? 놈이 죽게 내버려둬라."

"어머니의 말씀이 맞소. 내버려두시오."

참으로 충실한 자이다. 이대로 죽게 내버려두기에는 좀 아까운 것 같다.

나는 철음유를 보며 말했다.

"어차피 죽을 목숨이라면 그 목숨을 내가 받고 싶군."

'…?!'

뜻밖의 말에 철음유가 인상을 찡그리며 나를 쳐다보았다. 나는 그것을 전혀 개의치 않고 할 말을 했다.

"본교에는 술법에 능한 자가 없는데, 철음유 그대라면 그 역할을 잘할 수 있을 것 같네만."

철수련 곁에서 오랫동안 보필한 그였다. 그녀를 제외한다면 술법에 있어서 대가나 다름없었다.

"…내 형제들을 죽이고 어머니마저 위협하는 그대를 따르라고?"

철음유가 어처구니없다는 듯이 반문했다. 이에 나는 피식 웃으며 말했다.

"내가 아는 형제는 형을 팔아먹지 않고, 어머니는 아들더러 자결하라고 종용하지 않지."

그 말에 철음유가 굳은 얼굴로 입을 다물었다. 내색하지 않으려 했지만 이런 상황에서 실망하지 않을 자가 있겠는가. 하나 이미 마음을 정했는지 깊은 한숨을 내쉰 그가 말했다.

"혈마, 그대가 상관할 바가 아니오."

그러고는 반대 수도로 자신의 머리를 내려치려고 하는 철음유였다. 아무래도 이 굳은 결의를 바꿔주는 게 급선무인 것 같다. 나는 철음유에게 말했다.

"무종유."

그 말에 철음유가 내리치려던 수도를 도중에 멈췄다. 그러고는 떨리는 눈으로 나를 쳐다보았다.

"그… 이름을 어찌?"

철음유의 본명이었다. 철수련의 백을 흡수하면서 그 기억도 얻게 되었다.

"무종유?"

정작 철수련은 기억이 뒤죽박죽이어서 내가 철음유의 본명을 말했는데도 알아듣지 못해 고개까지 갸웃거리며 의아해했다. 떠오를지도 모르니 서둘러야겠다. 나는 속삭이듯이 그에게 말했다.

"흐릿한 과거가 더 궁금할 텐데 말이야."

"그건…."

스스로의 목숨을 내려놓았던 그의 눈동자에 동요하는 것이 보였다. 이러는 이유는 간단했다. 그 역시도 자신의 과거에 의문을 품고 있기 때문일 것이다. 사실 그뿐만이 아니라 죽은 그의 수양 형제들도 철음유와 마찬가지일 것이다.

"그대가 어찌 그 이름을 아는 것이오?"

"그게 중요한가? 과거가 더 궁금할 텐데."

그때 의아해하고 있던 철수련이 화들짝 놀라 소리쳤다. 혼란스럽던 기억이 정리되었나 보다.

"혈마! 쓸데없는 짓은…."

그녀의 말이 끝나기도 전에 나는 철음유의 미간 정중앙을 손가락으로 짚었다.

"스스로 떠올려라."

탁!

"헉!"

손가락을 가볍게 밀치자, 마치 뭔가가 관통한 것처럼 철음유가 고개를 뒤로 젖혔다. 위를 쳐다보고 있는 그의 눈동자가 심하게 떨렸다. 금제된 기억이 한 번에 밀려들어 오니, 아마 세상이 빙빙 도는 것처럼 어지러울 것이다.

─금제?

악심파파 철수련은 자신의 아이와 닮은 어린아이들을 납치해서 키웠다. 그중 한 명이 철음유였는데, 그를 납치할 당시 철수련은 그의 가문인 안양 무가 사람들을 씨도 남기지 않고 전부 죽여버렸다.

─전부 죽였다고? 그럼 자기 가족을 죽인 범인을 어머니라 여기는 거야?

그래. 그 참상을 떠올리지 못하도록 철수련이 강제로 금제를 가했으니 말이다. 일단 금제를 풀기는 했는데, 그래도 제법 나이가 있으니 과연 철음유가 이 현실을 어찌 받아들일지 모르겠다.

"불효막심한 자식들을 죽이라 했더니, 쓸데없는 짓거리를 하려 들다니."

"그대의 목숨을 보장한다고 했지, 다른 이들을 어찌할지에 대해서는 그대가 상관할 바가 아닐 텐데, 철수련."

그 말에 철수련이 이를 빠득 갈았다. 여기서 나와 말로 드잡이질을 해봐야 아무 의미가 없다는 것을 본인도 잘 알 것이다. 다만 철음유를 죽이고 싶어 안달이 날 것이다. 그가 자신의 비밀을 알고 있으니까 말이다.

그때 뒤로 고개를 젖히고 몸을 부들부들 떨어대던 철음유가 머리를 다시 똑바로 했다. 충격을 받았는지 오만상을 찌푸리고 있는 철음유. 이윽고 그가 철수련을 향해 고개를 돌렸는데, 그 눈빛은 충성심이 아닌 증오심으로 바뀌어 있었다. 자신의 친부모를 무참히 죽인 범인이었으니 말이다. 그런 그에게 나는 물었다.

"아직도 철수련의 명에 따를 셈이냐?"

그런 나의 말에 철음유가 이를 악물며 말했다.

"나는…."

쐐기를 박아볼까나.

"나를 따른다면 더 이상 노괴를 위해 여자들을 납치하지 않아도 된다. 그리고 그녀가 걸어놓은 목숨을 압박하는 금제도 풀어줄 수 있지."

그 말에 철음유가 흔들렸다.

"내 사람에 대한 대우는 확실하지."

"…여기 없는 다른 아우들에 대한 금제도 풀어줄 수 있겠소?"

이곳에 오지 않은 이들이 있었다. 뭐 어려울 게 있나. 나는 가볍게 고개를 끄덕였다. 그러자 철음유가 갑자기 한쪽 무릎을 꿇고서 포권을 취하며 내게 예를 갖춰 말했다.

"부족하나마 혈교의 교주께서는 이 무 모를 부디 받아주시기 바랍니다."

스스로를 무가로 칭하는 철음유였다. 철수련의 성을 따르지 않고 원래 성을 말하는 것은 그녀와 선을 긋겠다는 의미나 다름없었다. 속에서 웃음이 나왔다. 반신반의했지만 의도대로 내 밑으로 들어오기를 청했다.

—너도 원하는 건 진짜 어떤 식으로든 얻어야 직성이 풀리는구나.

소담검이 혀를 내둘렀다.

이런 기회를 쉽게 놓칠 수야 있나. 모산파가 멸문한 후로 중원에는 방술과 술법에 능한 자들이 급격히 줄었다. 그런 와중에 철수련의 곁에서 수십 년 동안 사술을 배워온 자가 내 산하로 들어왔다. 향후 술법가들을 양성할 수 있게 된 것이다. 그리된다면 다양한 전술을 구가할 수 있는 만큼 전력이 상승할 것이다.

'운이 좋군.'

이런 나와 달리 철수련은 아니었다. 그녀는 악에 받친 목소리로 소리쳤다.

"어미를 배신하다니!"

"배신? 하! 나를 키워준 것에 대한 보답은 수십여 년 동안 수발을 들며 충분히 했다, 노괴! 하나 내 일가를 멸문시킨 대가는 어찌 치를 것이냐?"

더 이상 그녀를 어머니라 부르지 않는 철음유, 아니 무종유였다. 이제 철수련은 그에게 있어서 불구대천의 원수였다. 그 밑에 있는 자들의 금제를 전부 풀면 그와 다를 바 없는 반응을 보이겠지. 무종유가 내게 포권을 취하며 말했다.

"교주께서 원하신다면 저 노괴의 육신이 있는 극빙관이 어디 있는지 당장 말씀드리겠나이다."

제 입으로 그녀의 약점을 알려주려 하는 무종유였다. 이에 철수련이 다급히 소리쳤다.

"혈마! 약조를 어길 참이더냐? 그렇다면 절대로 네놈에게 그 남자에 관한 것을 알려줄 수 없다!"

유일한 패로 어떻게든 목숨을 부지하려 했다. 원래의 육신을 잃기라도 할까 봐 초조해하는 것이 확연히 보였다. 나는 무종유를 쳐다보며 고개를 저었다. 뭐 어차피 내 산하로 들어왔으니 그 육체가 어디 있는지는 언제든지 알 수 있다.

나는 철수련을 향해 걸어가며 말했다.

"흥정할 처지가 아닐 텐데. 언제든지 극빙관을 찾아서 그대를 완전히 죽게 할 수 있다."

"그리한다면 알고 싶은 걸 알 수 없겠지."

"강하게 나오는군."

"저놈을 죽여라. 하면 가르쳐주겠다."

비밀을 어떻게든 사장시키고 싶나 보지. 이에 나는 강하게 말했다.

"이제 내 사람이다."

"아!"

그 말에 무종유의 눈에 이채가 떠었다. 수하로 거둔 지 얼마 되지 않았는데 중요한 정보를 앞두고 자신을 보호하려 들지 몰랐나 보다. 하지만 이 정도는 보여야 제대로 된 충성심을 얻을 수 있겠지.

—그런 것도 계산하고 하냐?

소담검이 혀를 내둘렀다. 사람의 마음을 얻는 게 쉬운 일 같나? 뭐 이것도 있지만 귀살권마 장문량을 통해 약점을 어느 정도 짐작하고 있었다. 단지 그것이 맞는지 확인하기 위해서 이러는 것이지. 어차피 약점을 극복하기 위해 다섯 요검을 모아 평왕의 능을 찾는 것이라면 내가 먼저 가서 그것을 취하면 된다. 존주는 아직까지 요검의 비밀도 모를 테니 말이다.

"…."

나 역시 강하게 나오자 고민에 빠진 듯이 입을 다물고 있던 그녀가 말했다.

"하면 약조해라."

"약조?"

"석 달 동안 절대로 극빙관을 찾지 않겠다고 혈마의 칭호를 걸고 약조해라."

거래 조건을 바꿨다. 제법 머리를 굴릴 줄 안다. 약조하면 석 달

안에 극빙관을 옮길 작정이겠지.

—어쩔 거야?

어쩌기는 약조해야지. 나는 고개를 끄덕이며 답했다.

"좋다. 그러도록 하지."

"교주!"

무종유가 내게 뭔가를 말하려 했지만, 나는 손을 내밀고서 나서지 말라는 표시를 했다. 그리고 그녀에게 말했다.

"혈마의 칭호를 걸고 약조한다. 이제 말해라."

"…무엇이 알고 싶다고 했지?"

이제 그녀의 입에서 존주에 관한 이야기가 나올 것 같다. 나는 가장 궁금했던 것들을 물었다.

"존주, 그자가 무엇 때문에 검 다섯 자루를 모으는 거지? 그대의 수양아들 중 한 사람인 양정의 말로는 무엇을 극복하기 위해서라고 하던데?"

그런 나의 물음에 철수련이 숨을 깊게 들이켰다가 내쉬며 말했다.

"감당할 수 있겠나?"

"감당?"

"그것을 안다고 해서 네가 그 남자를 감당할 수 있을 것 같나?"

이 노괴의 입에서 이런 말이 나오다니. 대체 그자의 정체는 무엇이란 말인가?

"묻는 말에나 답해라."

그 말에 철수련이 콧방귀를 뀌고서 말했다.

"그 남자는 나보다도 오랜 세월을 살아왔다."

그건 어느 정도 짐작하고 있던 부분이다. 두 눈이 금안이었던 자조차 명장 구야자가 있던 시절부터 살아 있었다. 그렇다면 외눈의 금안의 사내 존주 역시도 그에 못지않을 만큼 오랜 세월을 살아왔을 확률이 높았다.

"얼마나 오래 살았지?"

"나도 정확히 모른다. 다만 황조가 수차례 바뀔 만큼 오랜 세월을 산 것 같더군."

"황조가 수차례 바뀔 만큼 살아왔다고?"

가만히 듣고 있던 장인어른이 믿기지 않는다는 듯이 되물었다. 이에 철수련이 코웃음을 치며 말했다.

"나조차 이런 방법으로 이백여 년을 살아왔다. 한데 그보다 오래 사는 방법이 없겠느냐?"

그야 그렇겠지. 철수련의 말대로라면 적어도 수백 년인가. 한 나라가 아닌 황조라고 말하는 것으로 봐서는 두 눈이 금안인 자보다는 그리 오랜 세월을 살아온 것이 아닐지도 모르겠다. 한데 그리 오래 살아왔다면 확실히 철수련 이상으로 강자일지도 모른다.

"그래서 어떻다는 거지?"

"나는 그 남자야말로 불로불사를 이룬 최고의 무인이라고 생각했었다."

뭐지? 과거의 일인 것처럼 말한다.

"한데 이런 그조차 유일하게 넘을 수 없는 벽이 있었지."

"벽?"

"그는 검선의 벽을 넘어서지 못했다."

'아!'

그렇다면 존주라는 자가 검선과 겨뤄서 패했던 것인가? 하긴 검으로서 천하제일이라 불렸던 절세무인이다. 검선이 한 번이라도 패했다면 지금처럼 전설로 남지 못했을 것이다. 그런데 철수련의 입에서 전혀 예상치 못한 말이 나왔다.

"웃기는 일이지. 검선도 아닌 검선의 진전을 이은 후예 따위에게 패하다니."

"…검선의 후예?"

이건 대체 무슨 소리지? 외눈의 금안 존주가 검선의 후예에게 패했다니 순간 어안이 벙벙했다. 소담검도 내게 이해할 수 없다는 듯이 말했다.

—검선의 진전을 이은 건 너잖아.

녀석의 말대로 검선의 지보를 얻어 북두칠성의 힘과 검선의 백에게 직접 가르침을 받은 나였다. 한데 악심파파 철수련은 그가 검선의 후예에게 패했다고 했다.

—헛소리 아냐?

헛소리라고 하기엔… 잠깐만 설마…. 문득 머릿속에 스쳐 지나가는 것이 있었다. 심상에서 내게 무공을 전수했던 검선의 백은 세 지보를 남겼었다고 말했다.

—세 지보?

그렇다면 지금 철수련이 이야기한 검선의 후예는 어쩌면 그 세 지보 중 하나를 얻어서 검선의 진전을 이은 자일지도 모른다. 사실 검선의 사후 수백 년 동안 누구도 지보를 얻지 못했다는 것이 더 기이한 일이기는 했다.

'흠….'

—왜, 아쉬워서?

이제는 내 속내를 아주 잘 꿰뚫어보는 소담검이다. 사람의 욕심이란 게 어쩔 수가 없나 보다. 검선이 남긴 지보를 둘이나 얻어서 그런지 내심 남은 하나도 내 손에 들어오길 바랐다. 그러나 마지막 하나는 나와 인연이 아닐지도 모르겠다.

—아직 확실하지 않잖아.

물론 그럴 수도 있겠지만 괜한 미련은 버려야겠다. 다만 검선이 남긴 지보들은 하나같이 신묘한 힘을 가지고 있었는데, 만약 철수련이 말한 그 검선의 후예가 정말로 마지막 지보를 익힌 것이라면 대체 무엇을 얻은 것일까?

"검선의 후예? 검선의 진전을 이은 자가 있었단 말이더냐?"

장인어른 월악검 사마착이 끼어들어 물었다. 검 하나로 천하제일인으로 불렸던 검선에게 후예가 있었다는 말에 관심이 갔나 보다.

철수련이 피식거리며 대답했다.

"나야 모를 일이지."

"뭐?"

"하나 그자는 적어도 이런 것으로 거짓을 이야기하진 않지."

"존주라는 자가 대체 누구이기에 그리 오랜 세월을 살았고 검선의 후예와 겨뤄봤다는 것이냐?"

그 물음에 철수련이 숨을 내쉬며 말했다.

"모른다. 한순간의 욕정이라고 해도 자신의 아이를 낳은 나에게조차 모든 것을 밝히지 않았으니 말이다."

'…!!'

아무렇지도 않게 내뱉은 그 말에 나는 놀라움을 금치 못했다. 아이를 낳았다고? 철수련이 한때 그자와 손을 잡았다는 이야기는 들었지만 설마 존주와 그런 관계일 줄은 전혀 예상하지 못했다. 이런 중요한 기억이 백 속에 없었다니.

철수련이 특유의 기괴한 웃음소리를 내며 말했다.

"크카카카칵. 쓸데없는 오해는 하지 마라. 그 남자나 나나 서로에게 아무런 애착 따윈 없었다. 그저 한순간의 유흥에 불과했다."

"유흥으로 가진 아이를 낳았다고?"

그 물음에 그녀의 얼굴에서 웃음기가 지워졌다. 철수련이 마치 스스로를 끌어안듯이 두 팔로 몸을 감싸며 말했다.

"내 배로 내가 낳은 아이다. 네깟 놈들이 함부로 재단할 수 있는 게 아니다."

목소리에서 싸늘함이 느껴졌다. 악인이라 불릴 만큼 워낙 괴팍한 성정이라 그녀의 속내를 쉽게 이해하기 힘들었다. 확실한 건 기억 속에서 아이에 관한 집착이 심했던 것으로 봐서 존주와는 별개로 아이를 스스로의 분신이라 여기고 아꼈던 것 같다. 그러니 아이가 죽고 나서, 다른 여인의 몸으로라도 계속해서 아이를 낳으려고 했던 것일지도 모른다.

그때 귓가로 전음이 들려왔다.

[존주라는 자가 누구이기에 이렇게까지 알아내려는 것이더냐?]

장인어른의 전음이었다. 그 전음성에 철수련이 키득거리더니 말했다.

"장인어른에게도 비밀이 많은 모양이로구나, 혈마."

젠장. 저런 몸이 되어서도 전음을 엿들을 수 있다니. 무공이나 술법이 아니라 극대화된 청각에서 비롯된 능력인 것 같다. 장인어른도 이에 꽤 놀랐는지 인상을 찡그리다가 이내 나를 쳐다보며 되물었다.

"비밀?"

괜한 분란거리를 제공하고 있었다. 차라리 장인어른에게는 어느 정도 사실을 이야기하는 게 나을지도 모르겠다. 어쩌면 그 역시도 한쪽 눈이 금안인 자를 알고 있을 수도 있다.

"장인어른, 제가 찾는 존주는…."

슉! 그 이야기를 미처 하기도 전에 장인어른이 내게 손을 내밀며 조용히 하라는 신호를 보냈다. 그의 시선이 느닷없이 위로 향했다. 나도 위를 쳐다보려 하는데, 철수련이 말했다.

"매로군."

'매?'

놀랍게도 정말 밤하늘 위로 매 한 마리로 보이는 그림자가 빙빙 돌고 있었다.

그걸 본 장인어른이 화색이 도는 얼굴로 작게 중얼거렸다.

"두공."

매를 보고서 두공이라고 하다니? 대체 무슨 말이지? 갑자기 장인어른이 경공을 펼쳐 나무 위로 올라갔다. 그러자 밤하늘 위에 맴돌고 있던 매가 아래로 내려와 장인어른의 팔등에 안착했다. 장인어른의 등에 가려져 뭘 하는지는 잘 보이지 않았다. 얼마 있지 않아 장인어른이 매를 위로 날려 보내더니 밑으로 훌쩍 뛰어내렸다. 무슨 일인가 싶어 물어보려는데, 장인어른이 먼저 내게 말했다.

"네게 부탁하려 했는데, 그러지 않아도 될 것 같구나. 네가 없어도 혼자서 해결할 수 있을 듯하니 먼저 가보도록 하겠다."

"네?"

갑자기 대뜸 간다고? 사마영도 볼 겸 내게 부탁할 게 있다고 하지 않았나? 저 매가 나타난 것으로 해결된 것일까? 내게 이렇게 말하면서도 시선이 하늘 위에서 떨어지지 않는 것으로 보아, 매가 날고 있는 방향을 의식하는 것 같았다. 나는 장인어른에게 포권을 취하며 말했다.

"알겠습니다. 혹시 제가 도울 일이라도?"

예의상 물어보는 거였다.

"없다. 볼일을 마치면 찾아가도록 하겠다."

그 말과 함께 장인어른이 신형을 날리려다 내게 경고하듯이 한마디를 더 남겼다.

"지켜보고 있겠다."

…아아. 짧은 말속에 모든 게 담겨 있었다. 악심파파 철수련도 듣고 있어서 함축적으로 전한 것이다. 참으로 공교롭다. 하필 진도를 더 나간 날에 이렇게 불쑥 나타나서는….

―그래도 덕분에 목숨을 건졌잖아.

그래. 한데 왜 저리 바삐 가는 건지 알 수가 없다. 매를 보면서 두 공이라고 했는데, 만박자와 관련이 있는 것일까? 의문이 들었지만 지금 당장에는 존주에 관한 이야기를 마저 듣는 것이 급선무였다.

철수련이 내게 말했다.

"심장이 빨리 뛰는 것으로 봐선 급한 용무인가 보군."

정말 저 청력은 괴물 같을 정도다. 선천진기로 오감이 발달했어도 심장 소리나 전음은 듣지 못하는데, 눈이 보이지 않는다고 다른 감각이 저리 극대화되는 것일까? 아무튼 중요한 건 그게 아니지.

"그대가 신경 쓸 일이 아니다. 하던 이야기나 마저 해라."

그 말에 그녀가 콧방귀를 뀌었다. 그리고 다시 말을 이어갔다.

"존주가 다섯 검을 찾는 이유가 궁금하다고 했나?"

"그래."

"그 남자가 내게 말했지. 검선의 후예를 처리하지 않고는 아무것도 할 수 없다고 말이야."

존주라는 자는 그자를 두려워하는 건가? 하면 여태껏 모습을 드러내지 않고 배후에서 일을 꾸민 것이 검선의 후예와 다시 마주칠까 봐 그런 것일지도 모른다. 대체 얼마나 강하기에 벽을 넘은 고수들마저 거느린 그가 고작 단 한 사람의 눈치를 보느라 자취를 드러내지 않는 것일까?

"그래서?"

"그럼 간단하지 않느냐? 검선의 후예에게 패했고 그 남자는 여전히 그자를 두려워한다. 혈마 너라면 어찌하겠나?"

"…그 후예를 꺾을 방법을 찾겠지."

"그래. 내가 짐작하는 것이 바로 그것이다. 다섯 검을 모으면 놈을 꺾을 만한 비급을 찾을 수 있거나 지보 같은 뭔가가 있으니 그리 애가 닳도록 찾는 게 아니겠느냐?"

예상이 빗나갔다. 물에 닿으면 회복 능력이 저하되는 것을 막기 위한 방법을 찾는 것이라 생각했는데, 전혀 예상치 못하게 그의 천적이란 존재를 알게 되었다. 그것도 또 다른 검선의 후예라고 한다.

'흠.'

—왜? 만족할 대답이 아니야?

솔직히 저 말이 사실인지 확신이 가지 않았다. 반신반의했다. 존주라는 자는 뛰어난 회복 능력과 철수련이 불로불사라 부를 만큼

수대의 황조가 바뀌는 오랜 세월 동안 살아왔다고 한다. 한데 검선의 후예도 과연 그럴까?

—어… 맞네?

검선의 후예가 아무리 강하다고 한들 평범한 인간이다. 내공이 신의 경지에 이른다고 해도 인간의 수명에는 한계가 있다. 하면 존주는 그자가 죽기를 기다렸다가 다시 모습을 드러내도 되지 않는가.

—그것도 방법이 될 수 있겠네. 적이 늙어 죽으면 더 이상 상대가 없어지잖아.

—그건 모를 일이지.

가만히 듣고 있던 혈마검이 끼어들었다.

—뭐가 모를 일이라는 거야?

—패배를 안겨준 적이 죽을 때까지 숨어서 기다리는 것만큼 큰 굴욕이 어디 있었어? 무인이라면 혀를 깨물고 자결할 일이다.

—…그게 자결까지 할 일인가?

혈마검의 말도 일리가 있다. 모든 인과 관계는 그저 객관적인 사실만으로 판단할 수 없다. 인간은 이성만이 아니라 감성으로도 인과 관계를 맺기 때문이다. 정말로 패배에 대한 굴욕을 갚기 위해서일지도 모른다.

—인간, 한 가지 전제를 두면 네놈의 의문이 전부 풀리지 않느냐?

'응?'

—그 검선의 후예라는 자도 회복 능력까지 갖추고 있는지는 모르지만 오랜 세월을 살아갈 수 있거나 후대까지 무공을 계속 이어 온 자라면 말이 되지 않나?

'…!!'

이 녀석, 날카롭게 지적했다. 확실히 혈마검의 말대로라 하면 아귀가 들어맞는다. 존주가 그 정도 세력에 그런 힘을 가지고도 모습을 숨기는 이유가 설명된다. 검선의 후예라는 자가 언제든지 나타나서 그를 방해할 수 있다고 여긴다면 존주로서도 지금처럼 매사에 조심스러울 수밖에 없을 것이다.

나는 철수련에게 물었다.

"…혹시 검선의 후예가 누구인지 아나?"

"그 남자도 모르는 것을 내가 어찌 알겠느냐? 하나 그 남자가 모습을 드러내면 검선의 후예도 나타나겠지."

"어떻게 확신하지?"

"그 남자가 은밀히 움직이는 것만 봐도 알 수 있지 않느냐?"

그 정도 무공을 지닌 자가 공명심도 없이 그저 존주라는 자를 막기 위해서만 움직인다라. 무림의 안위를 위해 자신을 희생할 수 있는 자인가? 아니면 정체를 숨기고 활동하고 있는 것일까? 이것만큼은 아무리 생각해도 이해가 가지 않았다. 그래도 해야 할 일이 정해졌다.

—먼저 가볼 거지?

그래. 평왕의 능에 가면 확실히 알게 될 것이다. 내가 먼저 존주가 얻으려고 하는 것을 얻게 된다면 그 비밀이 완전히 풀릴 것이다.

철수련이 내게 말했다.

"내가 아는 모든 것을 알려줬으니 이제 약조를 지켜라."

"한 가지만 더 묻지."

"무엇을 말이냐?"

"존주는 너와 그 죽은 아이에게 조금도 정이 없었나?"

그런 나의 물음에 철수련이 비웃듯이 웃음을 흘리며 말했다.

"그 남자에게 그런 정이 있을 것 같으냐? 그에게 아이는 그저 고 깃덩어리에 불과하다. 아이가 죽고 나서 조금도 슬퍼하지 않은 그 딴…."

"글쎄, 과연 그럴지 모르겠군."

"뭐?"

"존주는 그 수하들더러 그대를 건들지 말라고 했다더군."

그 말에 철수련이 미간을 찡그렸다. 처음에 나는 철수련의 강함 이나 그 세력 때문에 그런 것일지도 모른다고 여겼다. 하나 그게 아 닌 것 같다. 그녀 자신이 아무리 강하다고 해도 존주나 그 세력을 생각할 때 마음만 먹으면 언제든지 처리할 수 있다.

"…그게 어쨌다는 것이냐?"

"내가 볼 때는 하룻밤의 유흥을 떠나서 존주도 그대에게 정이 없 진 않은 것 같군."

그러지 않고서야 건들지 말라고 경고했을 리가 없다. 철수련이 인 상을 일그러뜨리며 내게 말했다.

"그 남자가 내게 일말의 정이라도 있다고 하고 싶은 거냐?"

"그래. 내 생각에는 그렇다."

"하!"

그녀가 기막혀했다. 본인은 인정할 수 없나 보다.

"그래서 어쩌자는 것이냐? 설마 그 칭호를 걸고 한 약조라도 어기 겠다는 거냐?"

"아니, 그럴 수야 있나. 약조는 지켜야지. 혈마로서는 말이야."

"뭐?"

푹! 반문하는 그녀의 복부를 나는 예고도 없이 찔렀다. 정확히 단전을 꿰뚫었기에 그녀의 입에서 절규에 가까운 비명이 터져 나왔다.

"끄아아아아아!"

고통스러워하는 그녀의 머리를 나는 한 손으로 움켜쥐고서 전음을 보냈다.

[소검선으로서는 보내줄 수가 있나.]

'…?!'

그 전음에 고통의 신음을 흘리던 그녀의 백안이 흔들렸다. 풀어 줬다가 후에 소검선으로서 죽일까 싶었지만 어차피 그녀의 기이할 정도로 발달한 청각이라면 나를 알아볼 수도 있을 테니 귀찮은 짓거리는 할 필요가 없겠지.

"네, 네놈⋯."

[한동안 반시 상태로 있어줘야겠다.]

그 말이 끝나기가 무섭게 나는 그녀의 머리로 공력을 주입했다. 그러자 그녀가 머리를 파르르 떨더니 이내 정신을 잃고 말았다.

―뭐 한 거야?

금제를 걸었어. 저기 있는 반시들과 똑같이 만들어줬지. 한동안 몽환 상태일 것이다. 자신이 저지른 짓이 있으니 억울해하지는 말라고.

―누가 악당인지 모르겠는걸.

―흐흐, 마음에 드는군. 점점 혈마다워지고 있어.

쓸데없는 소리 좀 하지 마라. 적이 수단과 방법을 가리지 않는데 나만 정공법으로 상대할 필요가 있나. 이쪽도 패를 최대한 확보해야지. 멍청하게 오는 족족히 기다렸다가 상대하는 건 내 방식이 아니다.

* * *

안개로 가득한 우거진 숲.

숲의 한복판에 반백에 노학처럼 보이는 중년인이 연신 발걸음을 멈추지 않으며 독특한 방위로 걸음을 옮기고 있었다. 그 방위는 여덟으로 나뉘어 있었는데, 그곳마다 돌탑이 쌓여 있었다. 중년인은 발걸음을 옮기며 돌탑에서 떨어지는 돌들을 계속 주워서 위로 쌓아 올렸다. 이 여덟 방위로 이루어진 돌탑의 진은 기문팔방진이라 불리는 것이다.

드르르르! 사내가 돌을 쌓을 때마다 돌탑이 흔들거렸다. 마치 강한 충격을 받은 것처럼 말이다. 기문팔방진의 안은 기이하게도 숲보다 훨씬 짙은 안개가 끼어 있었다. 중년인이 돌이 떨어지고 있는 또 다른 방위로 발걸음을 옮기자, 진 안에서 누군가의 목소리가 들려왔다.

"언제까지 나를 가둘 수 있으리라 생각하나?"

그 말에 중년인이 피식 웃으며 말했다.

"할 수 있는 만큼은 묶어둬야겠지."

"이틀? 사흘? 아니면 한 달? 배고픔과 잠을 이겨낼 수 있을까?"

이에 중년인이 목소리가 들리는 진 안을 쳐다보았다. 그곳에서 금빛으로 빛나는 두 안광이 선명하게 보였다.

"벌써 나흘째인데, 나는 아무것도 먹지 않고 버틸 수 있지만 과연 그대도 그럴까?"

자신감 넘치는 목소리에 중년인이 한숨을 내쉬었다. 그리고 돌탑 위로 돌을 올리며 말했다.

"곧 자네가 무서워하는 친구가 올 테니, 그만 포기하고 가만히 있어줬으면 좋겠네만."

그 말에 진 안에 있는 금안에게서 목소리가 들렸다.

"그 쇠구슬을 날려대던 자를 말하는 건가?"

"잘 알고 있군."

"뭐, 무서운 친구이긴 하지. 한데 그보다 무서운 작자가 나를 잡으려 한다고 했을 텐데."

이에 중년인이 입꼬리를 올리며 말했다.

"그건 바라는 바일세."

"…겁이 없군. 나를 붙잡아둔 걸 반드시 후회할 거네."

"하면 자네가 알고 있는 그자의 비밀을 이야기해주게. 군방, 아니 서복이라고 해야 할까?"

마지막으로 부르는 호칭에 진 속의 금빛 안광이 날카로워졌다.

소문이 사실이었군

서복이라는 이름이 나오자 안개 속에서 날카로워지는 금빛 안광. 그것을 본 반백의 중년인은 속으로 쾌재를 불렀다. 혹시나 하는 마음에 떠본 것이 어쩌면 사실일지도 모른다는 생각이 들었다. 중년인의 이름은 두공. 중원 무림 팔대 고수의 일인이자 만박자라고 불리는 현인이었다. 만박자라는 별호답게 기문진법에도 능한 그는 오랫동안 추적해왔던 이자를 잡기 위하여 함정을 파서 기문팔방진에 끌어들일 수 있었다. 다만 그를 제압할 능력이 부족하여 이렇게 나흘째 팔방진을 보수해가며 그를 억지로 붙잡고 있었다.

"군방이라 하여 혹시나 했는데 정말이었구려."

"무슨 소리를 하는 거냐?"

"시치미 떼지 마시오."

"…서복이라니 뜬금없는 소리군."

"수많은 사람의 상을 보았지만 천기에서 벗어나 세상에 존재하지 않는 상은 그대가 처음이오. 죽은 자도 그런 상을 할 수가 없소."

그런 두공의 말에 금빛 안광의 존재가 혀를 내둘렀다.

"방술을 공부하지 않았는데, 이 정도로 공부가 깊다니 과연 현인이로군."

"그저 익혀 나갈 뿐이오, 서복."

확신에 찬 말투에 금빛 안광의 존재가 졌다는 듯이 말했다.

"…아직도 그 이름을 기억하는 자가 있었다니."

사실 군방이라는 이름을 안 것도 우연에 불과했다.

나흘 가까이 있으면서 둘째 날까지는 서로 대화 없이 벗어나려는 자와 붙잡아두려는 자의 싸움의 연속이었다. 그러다 지쳐서 한두 마디씩 나누던 게 계기가 되었다. 두공은 궁금하다는 듯이 물었다.

"사기에나 나올 법한 전설적인 인물을 만나뵙게 되다니 영광이오."

"사기?"

'사기'라 하면 역사서를 말한다.

"기문과 천기를 공부하는 사람들에게 그대가 얼마나 유명한지 모르는가 보오?"

"알 길이 있나."

"그대를 실제로 본다면 묻고 싶은 말이 있었소."

"묻고 싶은 말?"

"그대가 지금껏 살아 있다면 정말로 '그것'을 찾았다는 말인데, 어찌하여 시황…."

그런 두공의 말을 끊었다.

"그만두지. 나흘이나 갇혀 있다 보니 그대의 말재간에 넘어갈 뻔했군."

그 말에 두공이 아쉬운 듯이 입맛을 다셨다. 자연스럽게 대화를 이어가려 했는데, 상대가 잘 넘어오지 않았다.

"귀하의 이야기를 하는 것을 별로 좋아하지 않는가 보오?"

"이젠 기억에서 희미한 일이다. 지나간 일과 죽은 자들을 일일이 열거해서 어찌하겠다는 것이냐?"

참으로 무미건조한 말투였다. 무감정한 목소리 속에 담긴 초탈함은 세월에 무감각해졌음을 보여주었다. 두공이 옅은 숨을 내쉬었다. 다른 방위로 걸어가 돌을 줍는데 진 속에 있는 자가 물었다.

"이쯤에서 그만두는 것이 어떻겠나?"

"그자에 대해 알고 있는 것을 말한다면 언제든 놓아줄 수 있소."

"참으로 끈질기군."

"본인이 하고 싶은 말이오."

"계속 이곳에 있게 된다면 그대나 나나 이로울 게 전혀 없다."

그런 그의 말에 두공이 웃으며 말했다.

"그대조차 이 진 속에 잡아두었소. 그자를 왜 그리 두려워하는 것이오? 그대는 인류가 바라는 것을 이룬 유일한 인간이지 않소."

"유일하다라⋯."

진 속에서 콧방귀를 뀌는 소리가 들렸다.

"그것이 감옥이리라고는 생각지 못하나 보군."

"감옥?"

"현인이라 한들 그대가 어찌 알겠나?"

"모르오. 불로불사를 살아보지 않았으니 알 길이 있겠소?"

"모르는 게 약이라고 하지. 자네와 그 친구는 긁어 부스럼을 만들려 하는군."

그 말에 돌탑에 돌을 올려놓은 두공이 진 앞으로 다가갔다. 그리고 금빛의 안광을 정면으로 쳐다보며 말했다.

"거두절미하고 다시 묻겠소. 그대가 그리 두려워할 정도의 자라면 얼마든지 뒤에서 모략을 꾸미지 않더라도 무림에 모습을 드러낼수 있소이다. 한데 그자는 그러하지 않았소. 오히려 분란을 야기하며 뒤에서 지켜보고만 있소."

"…"

"그자에 대해 알려주는 것이 그리 어려운 일이오?"

"…왜 그렇게까지 알고 싶어하지?"

"외눈의 금안인 자로 인해 그 친구는 아내를 잃고 가문에서 쫓겨나고 무림에선 공적으로 몰리다시피 하였소."

"복수를 하고 싶다는 것이냐?"

"복수라면 복수일 수도 있겠지만 그보다 그 친구의 명예를 되찾아주고 싶소. 그는 이대로 악인이라 불리며 썩히기에 아까운 인물이오."

"대단한 벗을 두었군."

빈정거리는 말투에 두공이 한숨을 내쉬었다. 대화를 통해 설득해보려 해도 상대는 한결같았다. 그 입을 열기가 쉽지 않았다. 월악검이 온다고 해도 힘들 것 같았다. 진 안을 빤히 쳐다보던 두공이 다시 입을 열었다.

"그대가 입을 열지 않는다면 내가 짐작한 바를 말해보겠소."

"…"

"그 정도로 철두철미하고 강한 자가 전면에 나서지 않고 배후에서 무림의 판도에 손을 대고 있는 것은 뭔가 두려워하는 것이 있어서가 아니오?"

"…"

"그렇지 않고는 이리 흔적조차 찾기 힘들 만큼 자취를 감추는 것이 말이 되지 않소."

그런 두공의 말에 진 안의 안광이 가늘어졌다. 뭔가가 있다고 생각한 두공이 말했다.

"나는 그것이 귀하라고 생각하오."

그 말에 진 속에서 한바탕 웃음소리가 들려왔다.

"하하하하하하핫!"

"…아니오?"

"제대로 헛다리를 짚었군. 그자는 나를 두려워하지 않아."

"그럼 왜 그대를 찾는단 말이오? 혹시 그대의 두 눈이 금안인 것과 관련 있는 것이…."

두공이 도중에 말을 멈췄다. 그리고 다급히 뒤로 몸을 돌리며 손을 내밀었다. 팍! 그 순간 그의 손으로 기다란 화살이 잡혔다. 조금만 늦었어도 몸이 관통당할 뻔했다. 파르르르! 화살이 남아 있는 공력의 여파로 살짝 휘어진 상태로 떨렸다.

'무슨 화살이?'

보통 화살보다 훨씬 길고 두꺼웠다. 범을 잡기 위한 화살도 이만큼 크지 않을 것이다. 이 정도 길이라면 적어도 여느 화살보다 훨씬 먼 거리에서 날리기 위한 것으로 보였다.

'이 주변에도 진을 깔아뒀건만.'

두공이 화살이 날아왔던 곳을 쳐다보았다. 그때 진 속의 사내가 말했다.

"기어코 사달이 벌어졌군. 진을 열고 당장 도망쳐라."

"무슨 소리를 하는 거요?"

"놈과 엮이고 싶지 않다면 당장…."

슉! 팍! 두공이 몸을 회전하며 날아오는 또 다른 화살을 일 장으로 위로 쳐냈다. 그런데 화살은 하나가 아니었다. 연달아 날아오는 화살이 노린 것은 자신이 아닌 방위에 쌓여 있던 돌탑 중 하나였다. 쿠르르르! 돌탑이 화살에 의해 무너져 내렸다.

'생문!'

그 돌탑은 기문팔방진의 생문(生門)이었다. 다른 돌탑은 무너져도 진을 곧바로 보수할 수 있지만 생문은 아니었다. 돌탑이 무너져 내리는 순간 짙은 안개가 순식간에 사라졌다.

"안 됏!"

팟! 그러기가 무섭게 진 안에 있던 인영이 흐릿해졌다.

"이런!"

두공은 기감을 곤두세우며 인영이 사라진 방향을 감지하려고 했다. 그러나 위치가 바뀌어서 날아오는 화살에 집중력이 흐트러지고 말았다. 팍! 화살이 날아오는 속도나 공력은 그냥 무시할 수준이 아니었다. 게다가 갑자기 화살의 숫자가 늘어났다. 속사라고 해도 과언이 아닐 만큼 연달아 날아오는 화살에 두공은 이를 잡아내는 것을 포기하고 경신법을 펼칠 수밖에 없었다. 파파파팍! 그가 발을 내디딘 곳마다 화살이 연거푸 꽂혔다. 바닥에 거의 끝까지 박혀서 깃만 보일 만큼 화살의 위력은 경이롭기마저 했다.

'이 정도의 궁사가 존재하다니.'

이런 커다란 화살로 속사에 가까울 만큼 빠르게 공격해오다 보니 정신이 없을 지경이었다. 가히 신궁이라고 해도 과언이 아닌, 궁으로 경지에 이른 자였다. 이를 피하면서 두공은 확신할 수 있었다.

'붙잡아두려는 건가?'

마치 진 속에 있던 자가 도망칠 수 있게 시간을 버는 것 같았다. 얼핏 그를 돕는 것처럼 보이지만 실제 목적은….

'그를 노리고 있다!'

이렇게 화살에 붙잡혀 있을 상황이 아니었다. 그때 지금까지와는 비교도 안 될 만큼 엄청난 속도로 화살 한 대가 정확히 그의 가슴으로 날아왔다. 그런데 이것만이 아니었다. 이어서 화살 다섯 대가 신체의 요혈들을 향해 날아오고 있었다.

'전부 피할 수 없어.'

가장 치명적인 이 화살을 막거나 피하게 되면, 후에 날아오는 다섯 대를 전부 피할 여력이 부족하여 한두 발은 무조건 맞게 된다. 그러나 가슴을 관통당할 수는 없기에 어느 정도 각오를 하는데, 가슴으로 날아오던 화살을 누군가 맨몸으로 막아냈다. 팍!!

'서복!'

도망갔다고 생각한 그자였다. 덕분에 두공은 동시에 요혈로 날아오던 나머지 화살들을 피할 수 있었다.

"어째서?"

의아해하자 팔목에 관통한 화살을 쑤욱 뽑아낸 서복이 의미심장한 목소리로 말했다.

"혼자서 빠져나가기는 그른 것 같거든."

그 말을 부정하기가 힘들었다. 점점 다수의 기척이 이곳으로 접근해오고 있었다. 두공이 마른 침을 삼키며 공력을 끌어올렸다.

'이보게 착, 서둘러야 할 것 같네.'

* * *

반시. 말 그대로 반은 죽은 상태를 말한다. 악심파파 철수련의 백을 흡수하면서 알게 되었는데, 이것은 강시를 만드는 비법을 살아 있는 인간에게 시행하면서 탄생한 것 같다. 이 상태가 오래 지속되면 반시도 거의 강시와 다를 바가 없어지는 것 같다. 거의 시체에 가까워지는 것이다.

'아송….'

나는 아송의 눈꺼풀을 닫고 있는 실을 끊어냈다. 오감을 통제하기 위해서라고 해도 철수련이 사람들이나 아송에게 한 짓은 정말 끔찍했다. 꿰맨 자국이 남아 있지만 그래도 실을 전부 빼내니 예전 모습에 가까워졌다.

—처음 만났을 때가 생각나네.

소담검도 녀석을 기억하고 있었다. 오랫동안 어머니의 유품으로 함께해왔어도 처음 대화를 나눈 것은 그날이었으니 말이다. 나는 아송의 눈꺼풀을 강제로 들어보았다. 눈동자의 동공이 멍했다. 게다가 그 색이 상당히 탁해져 있었다. 마치 죽은 사람의 눈동차처럼 말이다.

—왜 이래?

반시 상태를 오랫동안 유지하면 강시나 다름없어져. 그나마 아송은 이 상태가 된 지 그리 오래되지 않아서 가망이 있을지도 모른다.

—어떻게 하려고?

공력으로 기맥을 잇고 비술을 역순으로 해봐야지. 철수련의 기억 속에 반시로 만든 경우는 있어도 그와 반대로 풀어준 경우는 고작 한 번에 불과했다. 딱 한 번뿐인 사례가 기억에 남아 있어서 다행이었다. 다만 철수련이 내게 협박하느라 금제를 폭주시킨 게 문제였다. 까딱 잘못하다간 원래대로 돌아오지 못할까 봐 두려웠다.

　─일단 해봐. 믿져야….

　절대 본전이 아니거든. 실수라도 하면 아송은 의사소통조차 제대로 못 하는 완전한 반시로 살아가게 될 것이다. 나는 녀석을 일으켜 정좌 상태로 앉혔다. 그리고 오른손으로 머리의 다섯 혈도에 다섯 손가락을 올리고, 등허리의 명문혈로 손바닥을 얹었다.

　'기필코 살린다.'

　돌아가신 어머니와 나를 끝까지 모셨던 녀석이다. 지금이야 외조부와 아버지도 있고 아내가 될 사마영도 있지만, 그전까지 영영이와 더불어 유일하게 가족 같은 녀석이었다. 나는 동시에 머리의 다섯 혈과 명문혈에 공력을 주입했다. 관건은 균일한 힘으로 이를 주입하여 기맥을 잇고 피가 잘 순환토록 도와야 한다. 그렇게 다섯 시진이 넘도록 나는 밤을 꼬박 새웠다. 녀석의 기맥이 손상되지 않고 끊임없이 이어지도록 하기 위해 공력을 세밀하게 조종해야 했는데, 여간 어려운 일이 아닐 수 없었다.

　날이 밝아서 녀석의 얼굴이 또렷하게 보였다.

　─이제야 사람 같아 보이네.

　밤새 고생한 보람이 있었다. 창백했던 얼굴에 생기가 돌고 있었다. 수풀을 뚫고 들어오는 햇빛에 비친 얼굴이 볼 만했다.

　"후우."

　할 수 있는 것은 다 했다. 이제 숙소로 데려가서 깨어나길 기다려야겠다. 녀석을 어깨에 들쳐 메려고 할 때였다.

"으아아아악!"

갑자기 아송이 비명을 지르며 발버둥을 쳤다. 그래서 다급히 녀석을 내려놓았다. 그러자 아송이 겁에 질린 얼굴로 뒷걸음질을 치다 내 얼굴을 보고는 두 눈이 왕방울만 하게 커졌다.

"하!"

익숙한 모습에 나도 모르게 탄식이 흘러나왔다. 은근히 겁이 많아서 놀랄 때마다 저 표정을 짓는 녀석이었다.

"아송."

"도, 도련님?"

다소 쉬었지만 익숙한 목소리였다. 코끝이 찡해졌다.

"이, 이게 꿈인지 생시인지 모르겠구먼요."

"생시야."

그 말에 녀석이 자신의 볼을 세차게 꼬집었다. 그러더니 시무룩한 얼굴이 되었다.

"아… 꿈이구나. 하긴 납치당한 도련님이 내 앞에 나타나 눈시울이 붉어져서 쳐다본다는 게 말이 안 되지."

눈시울이 붉어졌었나? 아무튼 이 녀석이 무슨 소리를 하는 거지? 생시라고 하는데 뜬금없이 왜 꿈…. 설마? 나는 다급히 녀석에게 다가갔다. 녀석을 살펴보려고 하는데, 갑자기 아송이 대뜸 나를 와락 끌어안았다. 그리고 혼자 넋두리하듯이 중얼거렸다.

"이렇게 꿈에서라도 한번 안아드려야지 했수다, 도련님. 지랑 마님도 없이 홀로 그런 곳에서 지내시려니 외로우시죠? 지가 꼭 도련님을 찾을 겁니다! 그때까지 좀만 참고 계…."

"아송."

"꿈이지만 목소리도 참으로 다부지네. 지금쯤이면 이런 모습이겠지요?"

"나 맞아."

"어휴. 그려, 그려."

"나 맞다고, 아송. 이거 꿈 아니야."

"…네?"

은근히 허당 끼가 있었는데 여전하구나. 이런 모진 고생을 했는데도 변한 게 하나도 없다니. 나는 녀석의 옆구리를 꾹 눌러보았다.

'아….'

이 부분을 누르면 꽤 아플 텐데 전혀 고통을 느끼지 못했다. 기맥은 어찌 연결했지만 고통을 느끼는 신경 계통은 복구가 되지 못한 것 같다. 그래서 제 볼을 꼬집고 나서 꿈이니 어쩌니 한 것이다. 그때 아송이 나를 살짝 밀쳤다.

"아니, 왜 옆구리를 찌르는 거여요?"

"너?"

허 참. 힘이 장사나 다름없다. 반시로 있을 때와 거의 다를 게 없었다. 아무래도 완전히 원래대로 되돌리진 못했든지 아니면 반시로 있다가 돌아오면서 생겨난 부작용으로 보였다.

"아송, 아무리 길지 않다고 해도 몇 년을 반시 상태로 있어서 그런지 완전히 원래대로는 돌아온 것 같지 않다."

"몇 년 동안? 그게 무슨 말인가요? 지는…."

순간 아송의 얼굴이 창백해졌다. 뭔가 안 좋은 기억이라도 떠오른 것처럼 녀석이 갑자기 거친 호흡을 내뱉었다.

"아송!"

"헉… 헉… 이… 이거 생시인가요? 지는 무림연맹으로 가던 도중에 납치를 당해서… 헉… 헉."

녀석이 숨을 제대로 못 쉬었다. 이해는 간다. 멀쩡한 인간을 강시처럼 만드는 비술을 당한 것으로도 모자라 눈과 입을 강제로 꿰매는 고통까지 당했다. 그 끔찍한 기억이 떠올랐는지 녀석이 자신의 눈과 입을 더듬었다.

"지… 지 얼굴이?"

"괜찮아. 내가 원래대로 돌아오게 했어. 아니, 완전히 돌아온 건 아니지만."

아송이 의아한 표정으로 나를 쳐다보았다. 그러더니 눈물이 그렁그렁해져서는 내 손을 붙잡았다.

"정말 도련님인가요?"

"나라고 했잖아."

"아이고, 도련님!"

녀석이 눈물을 흘리며 나를 얼싸안았다. 감격에 겨워하는 녀석의 등을 토닥거렸다. 못난 주인 때문에 모진 고생을 한 녀석에게 정말 미안했다. 어머니의 부탁이 아니었다면 녀석도 가문에서 허드렛일이나 하며 조용히 지낼 수 있었을 텐데.

그때 아송이 몸을 떼고서 내게 말했다.

"도련님, 어찌 그곳에서 탈출한 거여요? 무공도 익히지 못하는 양반이…. 헉! 도련님, 이럴 게 아니라 일단 도망쳐야 해요!"

"도망?"

"그, 그… 괴물 같은 노파가 지를 잡으러 올지 모르구먼요. 아, 아니다. 지가 어떻게든 해볼 터이니 도련님은…."

나는 아송의 팔을 붙들고 말했다.

"이제 끝났어, 아송."

"도련님, 가볍게 들을 일이 아니어라. 그 괴물 같은 노파는 멀쩡한 사람을 붙잡아다가 눈과 입을 꿰매고 하는 미친년이어요. 그, 그래. 그 악명 높은 사대 악인 중 한 사람인 악심 할매라고…."

"풋."

순간 웃음이 터져 나왔다. 맞는 말이기는 한데 악심 할매라고 하니 뭔가 어감이 이상했다. 나는 아송의 어깨를 두드리며 말했다.

"악심 할매는 이제 더 이상 네게 아무런 해를 끼칠 수 없으니 걱정 마."

아송이 어리둥절한 표정을 지으며 입을 열었다.

"그게 무슨 말씀이어라?"

나는 녀석의 옆쪽을 손으로 가리켰다. 그곳에 반 토막이 난 노파의 시신과 방울이 달린 지팡이가 있었다.

"힉!"

그것을 본 아송이 경기를 일으켰다. 그러다 지팡이를 보고서 두 눈이 커졌다.

"저건?"

악심파파 철수련이 들고 다니던 것을 기억하나 보다. 아송이 당최 이해할 수 없다는 표정을 지으며 내게 말했다.

"대체 이게 무슨 일입니까요? 혈교에 납치된 도련님이 제 발로 지 앞에 나타나질 않나. 무공도 익히지 못하시는 양반이 지를 어찌 구했다고…."

녀석의 말이 끝나기도 전에 나는 검결지를 옆으로 그었다. 촤악!

그러자 허공이 일렁이며 날카로운 예기에 의해 바닥에 검흔이 파였다. 아송의 두 눈이 휘둥그레졌다.

"도, 도련님? 설마 무공을 익힌 겁니까?"

단전이 파괴되어 무공을 평생 익히지 못한다고 여겼는데, 내 손에서 이런 신위가 발휘되자 많이 놀란 것 같았다. 나는 녀석에게 빙그레 웃으며 말했다.

"가자. 가면서 이야기할 테니 따뜻한 거라도 먹으면서 얘기하자."

* * *

홍호현의 포구 마을.

객잔의 일층 구석에 앉아 식사를 하고 있는 네 사람이 있었다. 사마영과 쌍둥이 형제인 송좌백과 송우현, 그리고 좌백의 스승이 된 귀살권마 장문량이었다.

"휴."

송좌백이 국수가 다 붙도록 한숨을 내쉬고 있는 사마영에게 말했다.

"좀 드시죠. 한숨에 땅이 꺼지겠습니다."

"입에 면이 들어가나요?"

그녀는 밤새 아무런 소식이 없어 걱정되었다. 궁금해서 찾아갈까 싶었는데, 다들 만류했다. 오대 악인의 일인인 악심파파가 있는 곳에 갔다가는 오히려 진운휘에게 방해가 될 거라면서 말이다.

"어르신이 가셨으니 괜찮을 겁니다."

"괜찮을지 아닐지 어떻게 알아요. 밤을 꼬박 새우고 벌써 정오가다 되었는데요."

그런 그녀의 말에 장문량이 혀를 찼다.

"주공께서는 괜찮으실 것이오. 그리고…."

장문량이 속삭이는 목소리로 말했다.

"아무리 그 노괴가 강하다고 해도 월악검에 주공 두 사람을 어찌
감당하겠소이까?"

상식적으로 전력에서 전혀 꿀릴 게 없다고 보았다. 오대 악인 두
명과 한 명의 대결 구도라면 누가 봐도 승률은 전자 쪽이 높지 않은
가. 다만 밤새 여전히 깜깜무소식이니 우려가 되긴 했다.

'존주 그놈의 말이 맞는 건가?'

그 괴물 같은 놈이 악심파파를 건드리지 말라고 할 정도라면 분
명 뭔가 숨겨진 한 수가 있는 게 틀림없었다. 다만 그걸 이야기하면
사마영이 더욱 죽상이 될 것 같아 입을 다물고 있는 것이었다. 그러
던 차에 밖에서 웅성거리는 소리가 들렸다. 여섯 명 정도 되는 한
무리의 사람들이 객잔 안으로 들어오는데, 주변인들이 관심을 보이
고 있었다.

"뭔데 이렇게 소란스럽…. 헉!"

송좌백이 무심결에 그곳을 쳐다보았다가 고개를 낮췄다.

"뭘 봤기에…. 아!"

사마영도 놀라움을 금치 못했다. 무리의 사람들 중에 아는 얼굴
이 둘이나 있었다. 그냥 아는 얼굴 정도가 아니었다.

"열왕패도!"

가장 선두에서 뒷짐을 지고 있는 강렬한 인상에 짧은 턱수염을
기른 중년인. 그는 바로 열왕패도 진균이었다. 그리고 그 옆에는 진

균의 손자인 진용도 있었다. 장문량이 당혹스러운 표정으로 자신의 얼굴을 가리키며 송좌백에게 말했다.

"흐트러진 것은 없느냐?"

인피면구가 흐트러졌나 확인하는 그였다. 장문량은 그와 한두 번 정도 마주친 기억이 있었다. 그때마다 악인과 팔대 고수라는 대립 관계로 인해 겨뤘던 기억이 있다. 한데 지금은 아직 무공을 일 할도 회복하지 못한 상태였다.

'저 무공에 환장한 놈이 여긴 왜?'

열왕패도 진균은 악인이라 하면 치를 떠는 인간이었다. 괜히 정체라도 들통나면 어찌 나올지 모르기에 당혹스럽기 짝이 없었다. 송좌백이 혀를 내두르며 말했다.

"아니, 여기가 무슨 만남의 광장이라도 돼? 무슨 초인들 집합소도 아니고."

어제는 월악검 사마착이 불쑥 찾아오질 않나, 오늘은 열왕패도 진균까지 나타나니 황당하다 못해 참으로 공교롭지 않을 수가 없었다. 귀를 열고 집중하니 저들 일행이 떠드는 소리가 들렸다.

"이곳이 맞나?"

"맞습니다, 선배님."

진균의 물음에 삼십 대 중반으로 보이는 사내가 공손히 답했다. 그런데 진균 옆에 서 있는 손자 진용이 투덜거리듯이 말했다.

"조부님, 정말 그 소문을 믿으시는 겁니까? 그때 직접 보시지 않았습니까? 고작 몇 달 만에 벽을 넘는다는 게 말이 됩니까?"

그런 진용의 말에 진균이 고개를 절레절레 흔들었다.

"무쌍성에서 뭐 하나라도 배워온 줄 알았더니 여전하구나."

그 말과 함께 진균이 객잔 구석에서 식사하고 있는 사마영 일행을 쳐다보았다. 이에 송좌백이 화들짝 놀라서 시선을 피했다. 진용이 눈을 가늘게 뜨더니 알아봤다는 듯이 말했다.

"어라. 저 두 거구, 후기지수 논무 때 봤던 자들입니다."

그 역시도 후기지수 논무에 참여했었고, 송좌백과 송우현 쌍둥이 형제는 워낙 인상이 강렬하여 잊을 수가 없었다. 그런 두 형제를 쳐다보던 진균이 작게 탄성을 흘리며 말했다.

"네 대에는 참으로 뛰어난 자들이 많구나."

"네?"

"부단히 갈고닦지 않으면 이름을 날리기 어려울 게다."

진용은 도통 진균이 하는 말을 이해할 수 없었다. 자신의 조부는 손자인 자신뿐만 아니라 누구에게도 칭찬이 인색했다. 한데 저들을 보며 칭찬했다.

'대체 왜 그러지?'

특히 저 쌍둥이 거구 중에 머리털이 있는 녀석은 후기지수 논무에서 남천검객의 후인과 겨뤄 패하지 않았던가. 대체 무엇이 뛰어나다는지 알 수가 없었다.

"사람들이 많으니 이층으로 가자꾸나. 기다리다 보면 볼 수 있을 테지."

"선배님, 저희가 모시겠습니다."

일행으로 보이는 자들이 진균의 비위를 맞췄다.

자세히 보면 두 명은 표식이 그려진 옷을 입고 있었는데, 보아하니 무림연맹 사람들로 보였다. 일행들이 위층으로 올라가려 하는데, 진용은 아니었다.

"조부님, 저들이 녀석의 일행일지도 모르니 제가 가서 물어보고 오겠습니다."

손자를 빤히 쳐다보던 진균이 숨을 내쉬며 말했다.

"예에 어긋남이 없도록 하여라."

"알겠습니다."

진균과 일행들이 위로 올라가자 진용이 사마영 일행이 있는 탁자로 다가왔다. 이미 들려오는 대화로 저들이 누구를 찾는지 짐작한 사마영과 일행들은 뭐라고 이야기해야 할지 전음으로 입을 맞췄다.

진용이 그들에게 다가와 두 손을 모아 포권을 취하려고 할 때였다. 객잔 입구 쪽이 또다시 소란스러워졌다. 진용이 고개를 돌렸다. 그곳에 햇빛을 등지고 서 있는 두 인영이 보였다.

"공자님!"

사마영이 자리에서 벌떡 일어났다. 객잔 안으로 들어오는 두 인영은 다름 아닌 진운휘와 아송이었다. 한데 입구에 있던 사람들이 웅성거리는 것은 그들이 나타난 것도 있지만 아송이 지고 있는 피에 얼룩진 커다란 포대 자루 때문이기도 했다. 객잔으로 들어온 진운휘의 시선이 사마영과 일행들을 먼저 쳐다보았다가 이층 쪽으로 향했다.

"이보게!"

진용이 객잔 입구로 위풍당당하게 걸어가며 진운휘를 불렀다. 위를 힐끔 쳐다보며 눈치를 본 진용이 가볍게 포권을 취하며 말했다.

"소 소제, 오랜만이로군."

보자마자 아우 취급을 한다. 그런 진용의 말에 진운휘가 피식 웃었다. 무쌍성에서 본 적이 있는데, 인피면구에 안대까지 착용하고 있었기에 자신을 전혀 알아보지 못하고 있었다. 굳이 풍영팔류종 소종주로서의 정체를 드러낼 필요는 없었다. 한데 그것이 진용의 심기를 건드렸다.

'웃어?'

불쾌해지려고 하는데, 조부의 눈치가 보였기에 애써 이를 참았다. 그런데 오랜만에 보는데 이상하게도 무쌍성에서 보았던 그놈과 같은 느낌이 나는 이유는 무엇일까? 아무튼 간에 조부가 그를 보고 싶다 했으니 데려가야 했다.

그때 진운휘도 가볍게 인사를 했다.

"오랜만이오."

"소 소제, 근래 들어 명성이 아주 자자하더군."

그래봐야 과장이 심한 명성이겠지만 말이다. 소문이 사실인지 마음 같아서는 곧바로 확인하고 싶었다. 무쌍성에서 풍영팔류종의 팔류 중 두 무공을 배우고서 전보다 역량이 한층 발전했기에 나름 자신감에 차 있는 진용이었다.

'조부님께서 자리를 만들어주실 수도 있다.'

그렇지 않아도 그를 처음 만났을 때 자존심이 상한 것처럼 자신을 나무라지 않았던가. 그때 이후로 그에 관한 소문만 들어도 괜히 이가 갈릴 정도였다. 어쨌거나 굳이 이곳까지 들른 것을 보면 자신과 이 녀석을 비교해보기 위한 것일지도 몰랐다.

'비무를 시켜볼지도 모른다.'

판이 깔려 겨뤄보면 소문에서 과장이 얼마나 되었는지를 확인해볼 수 있을 것이다. 한데 그냥 데려가자니 이 여유로운 태도가 꽤나 거슬렸다. 진용이 미소를 지으며 말했다.

"나도 무공 연마를 하기보다 자네처럼 명성을 쌓으러 다닐 걸 그 랬네. 그랬다면 자네처럼 참 근사한 별호가 생겼을 텐데 말이네. 하 하하하핫."

얼핏 칭찬처럼 들리나 명백히 도발이었다. 주위에 있는 사람들 모 두가 그렇게 느끼고 있었으니 말이다. 그때 아송이 등에 지고 있던 포대를 바닥에 털썩 내려놓으며 말했다.

"아이고 무거워라."

자연스레 진용과 사람들의 시선이 포대로 향했다. 그렇지 않아도 피로 얼룩져 있어서 저게 뭔가 궁금하던 차였다. 이에 진용이 은근 슬쩍 떠보듯이 말했다.

"그게 뭔가? 누가 보면 시체라도 담아서 들고 다니는 줄 알겠네."

그런 진용의 말에 아송이 너스레를 떨며 말했다.

"이야. 참 눈썰미가 좋은 분인 것 같습니다, 도련님."

"뭐?"

진짜로 시체가 들어 있단 말인가? 진용이 인상을 찡그리며 포대 를 쳐다보았다. 명색이 정파에서 이름을 떨치고 있는 자가 시신이 담겨 있는 포대를 객잔까지 들고 오다니 어처구니가 없었다. 하나 마음이 바뀌었다. 이참에 곤욕스럽게 해볼까 하는 생각도 들었다.

"아니, 소 소제, 백주대낮에 시신을 들고 돌아다니다니 이게 무슨 짓인가?"

"무림연맹에 보내야 할 시신이라 어쩔 수 없었소."

"무림연맹?"

"최근에 여자들을 납치하는 사건의 주모자요."

얼핏 이곳으로 오면서 무림연맹의 사람들에게 들은 것 같다. 인악면이라는 자가 무차별적으로 여자들을 납치하는 사건이 벌어져서 새로 창설된 봉황당의 당원들이 파견되었었다고 했다. 범인을 잡지 못했다고 들었는데 이 포대 안에 그 범인이 들어 있다고?

"누군지 밝혀낸 건가?"

"그렇소."

진용의 물음에 진운휘가 아무렇지 않게 말했다.

"악심파파 철수련의 시신이오."

"뭐엇?"

그 순간 진용은 자신도 모르게 경악을 숨기지 못했다. 웅성웅성! 그것은 주위 사람들도 마찬가지였다. 악심파파 철수련이라면 오대 악인의 일인이 아닌가. 그 말이 나오자마자 주변이 아주 잠깐 조용해졌다 순식간에 소란에 휩싸였다. 어느 정도 이런 반응은 예상했었다. 다른 자도 아니고 오대 악인의 일인이자 무림에서 다섯 손가락에 꼽히는 절세고수의 시신이라고 하는데 놀라지 않는 게 더 이상한 일이었다.

"세상에…."

"악심파파라니?"

"그럼 소검선이 또 오대 악인을 꺾었단 말이야?"

"말도 안 돼."

"귀살권마와 혈마를 물리쳤다고 소문난 지가 얼마나 되었다고?"

웅성거리는 소리에 낯이 간지러울 지경이었다.

원래 혈마로서 철수련을 처리했다는 위명을 날리려고 했었다. 그런데 도중에 마음을 바꿨다. 혈마의 활동 동선이 나와 너무 겹치면

의심을 살 수 있다고 판단했기 때문이다.

[공자님! 정말 악심파파의 시신이에요?]

귓가로 사마영의 전음이 들려왔다.

내게 오려다가 사람들의 이목이 집중되면서 그대로 탁자에 서 있는 일행들이었다. 송좌백부터 귀살권마 장문량까지 믿을 수 없다는 표정을 짓고 있었다. 이들은 내가 동맹을 맺기 위해 간 것으로 알고 있는데, 갑자기 악심파파의 시신이라고 하니 놀란 모양이었다.

[아버지는 만나셨어요?]

그래, 만났지. 살 떨리는 재회였다. 악심파파가 아니었다면 객잔에서 있었던 일로 하마터면 큰 사달이 날 뻔했다. 이 이야기는 나중에 해야겠다.

[일단 이따가 얘기해줄게요.]

지금은 눈앞에 있는 이 녀석을 먼저 상대해야 하니까 말이다.

─표정 봐라.

소담검의 말처럼 열왕패도 진균의 손자 진용은 표정 관리를 못하고 있었다. 방금 전까지만 해도 이야기를 잘하더니 말문이 막혔는지 입을 살짝 벌리고 인상을 펴지 못했다. 그러나 이내 주위의 시선을 의식했는지 표정을 싹 바꾸고서 말했다.

"악심파파라니?"

"들은 그대로요. 악심파파의 시신이오."

그 말에 진용이 믿을 수 없다는 듯이 언성을 높였다.

"악심파파의 시신을 왜 자네가 가지고 있는 건가?"

"인악면 사건의 배후가 이 노괴였소."

"그럼 소 소제 자네가 노괴를 이렇게 만들었다는 건가?"

엄밀히 말하면 여러 요인이 겹쳤지만, 그걸 일일이 설명할 필요는 없겠지.

"뭐 결과적으로 그런 셈이오."

'…!!'

그 말에 진용이 잔뜩 일그러진 얼굴로 피로 얼룩진 포대를 쳐다보았다. 어지간히 믿기지 않나 보다. 하긴 충분히 그럴 수도 있다고 생각한다. 무쌍성에서도 보았지만 녀석이 기억하는 소운휘로서의 나는 무림연맹 후기지수 논무 때의 모습이었다. 당시에도 녀석은 내가 자신보다 한 수 아래라고 생각했었다.

—지금도 그랬나 보네?

글쎄. 아무리 기운을 갈무리했어도 소문이라는 것을 들었을 텐데. 어쨌거나 이 녀석이 언제 무쌍성을 나왔는지 모르겠지만 확실히 전보다 기운이 다듬어졌다. 몇 달 사이에 풍영팔류종의 무공을 열심히 배웠나 보다. 다만 적어도 일 년 정도는 무쌍성에 있을 줄 알았는데, 생각보다 빨리 나왔다. 소종주의 자리가 정해져서 얻을 것만 얻고는 빨리 나온 것일까? 아니면 저기 객잔 이층에 있는 열왕패도 진균의 입김이 닿은 건가?

—널 쳐다보고 있네.

소담검의 말대로 진균이 자리에 앉아 나를 내려다보고 있었다. 그 역시도 무림연맹에서 개최한 대회에 참여하러 갔다가 조우한 이후로 오랜만에 본다. 당시에 느꼈던 압박감이 지금은 사뭇 다르게 다가왔다.

—지금도 그래?

아니, 지금은 그 정도는 아니다. 확실히 벽을 넘고 나니 그의 강함이 어느 정도 가늠된다. 하지만 백전노장답게 풍기는 위압감은 여전했다. 가만히 내려다보는 것만으로 상대를 짓누르는 기세는 여느 초인들 못지않았다.

'나를 살피고 있군.'

열왕패도 진균 역시도 눈으로 나를 가늠하고 있었다. 최대한 기운을 갈무리했으나 어느 정도 내 역량을 짐작했을 것이다. 그러니 저렇게 눈에 이채가 띠는 것일 테지. 서로 눈이 마주쳤으니 인사라도 올려야겠다. 두 손을 모아 포권을 취하려고 하는데, 진용이 포대를 가리키며 말했다.

"정말 악심파파가 확실하나?"

믿지 못하는 건가? 의아하게 쳐다보자 진용이 믿을 수 없다는 듯이 말했다.

"여태껏 악심파파의 얼굴을 보고도 살아남은 자가 없었다고 하는데, 이 시신이 악심파파인지 아닌지 어떻게 안단 말인가?"

그 말에 주위의 시선이 포대로 집중되었다. 다들 정말로 악심파파의 시신이 이 안에 들어 있는지 궁금한 눈치였다. 이것 참 일을 키우는구먼.

―믿기 힘들다는데 보여줘.

보여주라고? 그건 힘들 것 같다. 객잔에 식사하는 사람들이 이리 많은데, 벌건 대낮에 이런 곳에서 반 토막이 난 시신을 어찌 보여주랴. 비위만 상하게 만드는 짓이다.

"장소가 맞지 않는 것 같소."

"장소?"

"식사를 하는 객잔에서 시신을 보인다면 주인장에게 민폐가 되지 않겠소."

"아니, 그냥 살짝이라도…."

"알려진 외양과 크게 다를 바가 없으니, 그리 보고 싶다면 나중에 보여주리다."

딱 잘라서 거절하자 녀석의 얼굴이 살짝 붉게 상기되었다. 순간 욱하고 올라왔나 보다. 참 변한 게 없었다. 무쌍성에서 정신을 차렸을 거라 여겼는데, 여전히 자존심이 보통이 아니었다. 동년배 중에서는 자신보다 강한 자가 있다는 걸 받아들이기 힘든가 보다.

—고작 후기지수 나이에 팔대 고수라 불리는데 그걸 마냥 받아들이는 게 더 이상한 일이다, 운휘.

남천철검의 말도 맞았다. 확실히 내가 들었어도 쉽게 믿기 힘들 것이다. 고작 이십 대 초반에 불과한 후기지수가 벽을 넘어서서 오대 악인을 세 명이나 꺾었다고 하면 누가 쉽사리 믿겠는가. 어쨌거나 본인이 믿든 믿지 않든 내가 그 자존심을 일일이 헤아릴 필요는 없겠지. 이제 선배께 인사를 해야겠다.

"선배…."

나는 위를 향해 포권을 취하려 했다. 그때 갑자기 진용이 내 말을 잘랐다.

"자네의 뜻이 그렇다면 어쩔 수 없군. 한데 소 소제, 이렇게 오랜만에 만났는데 간단한 대련이라도 어떻겠나?"

'대련?'

뜬금없이 녀석이 내게 대련을 신청했다. 보는 눈도 많으니 적당히 넘어가리라 여겼는데, 갑자기 대련이라니?

"…갑작스럽구려."

"갑작스러울 게 있나. 무인들끼리 가벼운 교류 삼아 인사 겸 대련으로 손을 섞는 것이야 일상다반사가 아닌가."

목적이 그게 아닌 것 같으니까 그렇지. 얼굴이 아직 상기된 것으로 보아 자존심을 회복하기 위해 대련을 신청한 것 같은데, 이거 일을 꽤 귀찮게 만드는군.

녀석이 말을 이어갔다.

"그렇지 않아도 그때 후기지수 논무가 도중에 파해서 자네나 이정겸과 큰 무대에서 자웅을 겨루지 못한 게 꽤 안타까웠지."

마음에도 없는 소리를 한다. 사람들이 보는 앞이라고 겨룰 명분을 적당히 깔아두고 있었다. 덕분에 이목이 제대로 집중되었다. 한데 사람들의 웅성거리는 소리가 오히려 진용을 더 자극하고 말았다.

"열왕패도의 손자가 소검선에게 비무를 신청했어."

"이거 완전 대박 구경거리인데."

"이신성 중 한 사람인 이정겸과 더불어 세 사람 모두가 비슷한 호적수들로 이름을 날렸잖아."

"에이, 지금은 급이 다르지 않나."

"모르지. 열왕패도의 손자도 실력이 뛰어날지 어떻게 아나?"

"며칠 전에 못 봤나? 감숙성 북부의 최고 후기지수 중 한 사람인 신길립이 고작 한 수에 나가떨어진 거."

"정말이야?"

"그래. 저건 비무가 아니라 도전이지."

사람들의 반응은 호적수 간의 대결이 아니었다. 이미 급수가 다른 고수들 간의 비무로 치부하고 있었다. 덕분에 자존심에 금이 갔는지 진용이 이를 빠득거리며 갈았다. 애써 이를 참아낸 그가 화를

삭이며 내게 말했다.

"그동안 명성을 참 많이 쌓았군. 소 소제에게 이 진 모가 한 수 배워야겠어. 그리할 수 있겠나?"

나는 슬그머니 객잔 이층에 있는 열왕패도 진균을 쳐다보았다. 진균의 미간에 주름이 잡혀 있었다. 그는 이미 내 실력이 손주와는 비교도 되지 않음을 알았을 것이다. 이렇게 그를 쳐다본 것은 선배에 대한 예의였다. '제가 어찌하면 좋겠습니까?' 하고 물어보는 것이었다.

인상을 쓰고 있던 진균이 한숨을 내쉬며 고개를 끄덕였다. 이미 모두가 보는 앞에서 당당히 겨루자고 선언한 마당에 그것을 제지한다면 오히려 더 망신을 당하는 꼴이 되기 때문일 것이다.

[노부의 손주라고 적당히 봐줄 생각은 하지 말게.]

진균이 내게 전음을 보냈다. 범은 자신의 새끼라고 해도 강하게 키운다는 말이 딱 이것인 것 같다. 물론 다른 이유도 있어 보이지만.

—그게 뭔데?

기감으로 내 실력을 어느 정도 가늠했겠지만 실제로 손을 쓰는 걸 보고 싶어하는 것 같다. 그래서 더 이를 제지하지 않는 듯하다.

그때 진균의 옆에 있는 검푸른 도복을 입은 한 삼십 대 중반에 훤칠한 외모의 사내가 자리에서 일어났다. 그러더니 진균에게 "선배님 잠시 실례하겠습니다"라고 말하고는 이내 이층 난간에서 밑으로 뛰어내렸다. 탁! 가벼운 신형으로 뛰어내린 사내를 보고서 진용이 말했다.

"정명 도장."

'정명?'

어디서 들어봤는데…. 아!

—알고 있는 사람이야?

알고 있다. 이렇게 멀쩡한 얼굴을 처음 봐서 그렇지.

—그게 무슨 소리야?

매화쾌검 정명. 내 기억이 맞다면 지금 나이가 서른다섯일 것이
다. 지금 세대의 후기지수가 아니라 십 년 전에 한참 각광을 받았던
삼룡이봉(三龍二鳳) 중 한 사람으로 화산파의 매화백검 호양 진인의
수제자이다. 멀쩡한 얼굴은 이렇게 잘생겼었구나.

—회귀 전에는 아니었어?

그래. 그 당시 남현당의 당주였던 그는 혈사왕 구제양과 겨루다
독수에 당해 얼굴 안면이 흉측하게 바뀌었었다. 그리된 후로 손속
이 독하고 냉정한 사람이 되었다는 이야기는 들었는데, 지금 얼굴만
보면 확실히 인상이 뚜렷하게 달랐다. 좀 더 여유가 있고 나를 바라
보는 눈빛에 정기와 호승심이 동시에 묻어나고 있었다.

—실력은 어때?

괜찮은 편이야. 당시에 차기 화산파의 장문인으로 불렸던 자이다.
지금도 절정의 극인데 기운이 끊임없이 고조되는 것으로 보아, 얼마
있지 않아 초절정의 경지에 이를 것 같다. 하긴 그 정도 실력이었으
니 구제양과 겨뤄서도 살아남았겠지.

—이젠 얼굴이 망가질 일도 없겠네.

아… 그렇네? 구제양은 혈교 내전에서 존주의 수하인 것이 드러
나, 지금은 무공이 폐해져 옥에 갇혀 있으니까. 알게 모르게 역사가
바뀔 때마다 그에 맞는 수혜를 보는 자들이 나타난다. 착! 매화쾌검
정명 도장이 내게 포권을 취하며 말했다.

"최근 가장 명성을 날리는 후배님을 뵙게 되어 영광이네. 빈도는 화산파의 정명이라고 하네."

"매화쾌검 선배님이시군요. 소운휘입니다."

"그렇지 않아도 맹에서 자네를 보게 된다면 맹으로 오기를 청한다고 전해달라고 하여 직접 보고 싶었는데, 과연 명불허전이네그려."

'맹으로 오기를?'

제이군사 사마중현이 손을 쓴 건가? 최근 무림연맹이 여러 번 일을 그르치면서 사마중현이 새로운 영웅이 필요하다느니 어쩌느니 했었는데 그것 때문일까? 소운휘로서의 명성이 높아질수록 무림연맹이 적극적으로 관심을 보이고 있었다. 잠깐만, 한데 정명 도장은 무림연맹의 사람인데 어떻게 열왕패도 진균과 함께 있는 거지?

—그게 어때서?

어때서라니. 열왕패도 진균은 정파 쪽에 가까운 인물이라고는 하나 중립 노선을 지켜왔다. 후기지수 논무도 그저 손주의 경험을 쌓게 하는 차원에서 참여한 것이나 다름없을 만큼 정사의 어느 쪽에도 끼려 하지 않았다. 그런 그가 무림연맹 사람들과 지금 함께하고 있었다. 의아해하는데 정명 도장이 내게 포권을 취하며 말했다.

"처음 있는 일이지만 빈도 역시 후배님께 비무를 청하고 싶은데 괜찮겠나?"

응? 이건 또 무슨 일이지? 진용은 그렇다 치고 정명 도장까지 비무를 청하다니? 먼저 비무를 청한 진용이 의아했는지 물었다.

"정명 도장? 갑자기 왜?"

"진 제, 자네만 소검선과 겨루고 싶은 줄 알았나? 빈도 역시도 근래에 가장 명성을 떨치는 이 친구와 손을 섞어보고 싶었다네."

목소리나 눈빛에서 겨뤄보고 싶어 죽겠다는 게 보였다. 호승심 덩어리 그 자체였다.

—네 실력에 대해 소문을 들었다면서 왜들 저러는 거야?

눈빛을 보니 알 것 같다. 진용보다는 좀 더 순수해 보이나 비슷한 이유인 듯했다. 아마도 소문이 맞는지 확인해보고 싶어서일 것이다. 정파인들만큼 배분을 중시하는 자들이 없는데, 정명 도장 정도 되는 위치라면 고수들과 겨루는 것에도 이 배분에 얽매일 수밖에 없다.

—함부로 못 겨룬다는 거야?

그런 셈이지. 그가 무슨 수로 무림연맹의 맹주나 무당파의 장문인에게 비무를 청하겠는가. 명분도 없고 되레 욕먹기 십상이다.

—네가 가장 만만하다는 거네.

그래. 내 명성만큼 실제로도 팔대 고수급이라면 이런 기회를 놓칠 수야 있겠나. 더욱 뛰어난 고수와 겨뤄서 경험도 쌓고, 운이 좋으면 명성도 쌓을 수 있는 절호의 기회였다.

—네 말대로라면 계속 이런 사태가 자주 벌어지겠는데.

그럴 것 같다. 사파인들은 무위에서 차이가 나면 정말 목숨을 걸어야 하는 절박한 상황이거나 친분 관계가 있는 게 아니면 애초에 비무 자체를 하지 않는다. 이거 아무래도 적당히 하면 계속 이런 명분으로 덤벼댈 게 눈에 휜했다.

—어떻게 할 거야?

적당히가 아니라 확실하게 해둬야겠다. 정파의 소운휘라고 해서 너무 좋게 보이는 것도 아닌 것 같다. 그러는 사이 두 사람이 누가 먼저 할 건지로 신경전을 벌이고 있었다.

"정명 도장께서 먼저 하시죠. 그래도 선배님이신데 제가 어찌 먼저 비무를 하겠습니까?"

"아니네. 진 제가 먼저 하게. 비무를 먼저 신청했는데, 빈도가 어찌 욕심을 부리겠나."

먼저 비무를 하는 사람보다 뒤에 하는 사람이 유리하다. 상대의 전력을 미리 파악할 수 있기 때문이다. 이렇게 서로 양보를 한다는 것은 그저 경험이 아니라 둘 다 나와 제대로 겨뤄보겠다는 심산이 커 보였다.

"그래도 도리라는 게 있지 않습니까? 후배가 양보하겠습니다."

"허어, 괜찮다는데도."

서로 먼저 하라고 속 보이는 양보를 하는 그들에게 나는 말했다.

"시간이 없으니 두 분이 동시에 하시죠."

그 말에 두 사람이 굳은 얼굴로 나를 동시에 쳐다보았다.

"그게 무슨 소리인가?"

"동시에 하라니?"

그런 그들에게 나는 아무렇지 않게 말했다.

"지도 비무를 하는데 누가 먼저 할지가 무엇이 중요하겠습니까? 그리고 두 분이 합공이라도 하셔야 그나마 뭔가 얻어가시는 게 있지 않겠습니까?"

"지도 비무?"

그런 나의 말에 두 사람의 표정이 무섭게 일그러졌다. 자존심을 제대로 건드린 것 같았다. 그러나 나도 이 자리에서 제대로 해놓아야 나중에 이런 일이 자주 안 생기지 않겠는가. 진용이 화를 숨기지 못하고 내게 언성을 높이며 말했다.

"아무리 요즘 명성이 높아졌다고 해도 동시에 합공을 하라니, 지금 우리를 우습게 여기는 건가?"

"우습게 여긴 적은 없습니다."

"한데 지금 둘이 동시에 덤비라느니, 지도 비무라느니 그딴 소리를…"

그때 나는 녀석의 이마에 천천히 오른손을 가져갔다. 그리고 가볍게 손가락을 튕겼다. 딱!

"악!"

녀석이 단말마의 비명과 함께 이마를 부여잡더니, 그 자리에서 뒤로 두어 바퀴가량 휙휙 돌아서 넘어지고 말았다.

'…!!'

갑작스럽게 벌어진 일에 정명 도장이 입이 벌어져서 당혹감을 감추지 못했다. 나는 정중한 목소리로 그에게 말했다.

"그저 격이 맞지 않다고 여겼을 뿐이지요."

"끄으으으."

이마가 붉다 못해 혹이 살짝 올라온 진용이 신음성과 함께 어지러워했다. 공력을 조절했다고는 하나 뇌가 흔들려서 정신이 없을 것이다.

"아…."

내게 보기 좋게 비무를 청한 화산파의 정명 도장이 입이 살짝 벌어져서 당혹감을 감추지 못했다. 진용의 무위는 정명 도장과 큰 차이가 없었다. 절정의 극에 오르기 전이라고 할 수 있었다. 그런 진용이 고작 손가락을 한 번 튕긴 것으로 이리되었다는 것은 그 역시도 별반 다를 바 없는 결과가 나올 수 있다는 의미였다.

웅성웅성! 한순간에 벌어진 일로 잠시 정적으로 물들었던 객잔

이 수군거림으로 소란스러워졌다.

"자네 방금 봤나?"

"그냥 손을 뻗어서 이마에 튕겼잖아?"

"그걸 왜 못 막은 거야?"

"그것보다 고작 손가락 한 번 튕겼는데, 몸이 두어 바퀴나 돌아갔잖아."

"허어… 팔대 고수의 위명이 거짓이 아니구먼."

"이십 대 초반에 저런 경지에 오른 자가 있기는 하던가?"

오히려 내 위명을 높여주는 꼴이 되었다. 진용이 만약 나와 겨뤄서 적어도 십초식이라도 버티며 멋진 모습을 보여줬다면 녀석의 명성이 높아졌겠지만 결과는 이렇게 쪽팔림만 얻었다.

─어림없는 도전이네.

소담검이 키득거리며 재밌어했다.

이 정도는 보여줘야 앞으로 허튼 생각을 하는 자가 나타날 마음을 안 먹지 않겠는가. 어설프게 상대를 배려해서 어느 정도 수준에 맞춰 상대해준다는 소문이 나면, 이렇게 귀찮은 일만 생길 것이다. 나는 당혹스러워하는 정명 도장에게 말했다.

"이곳은 손님들도 많으니 나가서 하시겠습니까?"

"그, 그게…."

그 물음에 정명 도장의 눈동자가 좌우로 움직였다. 사람들의 시선을 의식하는 것이다. 사실 이 정도 격차를 확인했고 내가 조금도 봐주지 않는다는 것도 확실하게 알았으니 그만둬야 옳다. 그러나 명성을 떨치는 고수에게 한 수 배워보고 싶다는 명분을 내세웠는데, 여기서 그만두게 되면 체면이 말이 아닐 게다.

―그래도 저 꼴이 될 바에야 포기하지 않을까?

글쎄. 실리를 좀 더 중시하는 사파인들과 달리, 정파인들은 명예욕이 매우 강하다. 나야 포기해주면 좋겠지만 그의 입장에서는 볼썽사납게 패하더라도 도전하지 않을까? 정명 도장이 침을 꿀꺽 삼키더니 이내 표정을 가다듬고서 내게 말했다.

"밖으로 가세."

각오를 다진 모양이다. 객잔 입구 쪽으로 나가려고 하자 정명 도장이 객잔주로 보이는 중년인에게 물었다.

"이곳에 후원이 있소?"

"아이고, 이런 규모의 객잔에 후원이 어디 있겠습니까? 창고와 뒷간이 있는 뒷마당 정도는 있습니다."

"그곳을 잠시 써도 되겠는가?"

"피해만 없으시다면야…."

객잔주의 허락을 맡은 그가 내게 말했다.

"입구 쪽에는 사람들이 많아 피해를 줄 수 있으니 뒷마당에서 하세나."

그 말에 속에서 코웃음이 절로 나왔다. 최대한 사람들의 이목을 피하고 싶다는 말을 우회적으로 돌린 것이다. 정명 도장이 객잔에 있는 사람들에게 포권을 취하며 예의 바르게 양해를 구했다.

"정파의 선후배 간에 가벼운 비무일 뿐이니, 여러 손님께는 폐를 끼치지 않도록 하겠습니다. 잠시 뒷마당으로 나오지 못하는 것에 양해를 부탁드립니다."

그 말에 이를 구경하는 사람들의 표정에서 비웃음이 묻어나왔다. 너무 의도가 뻔했기 때문이다. 진용처럼 저리 당하는 모습을 보여주기 싫으니, 뒷마당으로 나와서 구경하지 말라고 이야기를 한 것이나 다름없었다.

'정파인들이란….'

이럴 때만큼은 참 속 보이는 작자들이다. 그런데 나도 모르게 어느새 스스로를 정파인으로 생각하지 않게 된 것 같다. 하긴 친부도 중립인 무쌍성의 종주이고 나 역시도 혈교의 교주이니 정파인이라고 생각하는 게 우스운 일이기도 하다.

"가세나."

다소 얼굴이 팔리더라도 철면피를 깔고서 정명 도장이 말했다. 나는 피식 웃고는 그의 뒤를 따랐다. 그때 사람들의 웅성거리는 소리가 커졌다. 그 이유는 이층 객잔에 있던 열왕패도 진균이 뒷짐을 지고서 계단을 내려오고 있었기 때문이다. 그가 움직이자 구경꾼들이 눈에 불을 켰다.

"팔대 고수가 한자리에 둘이나 모이다니?"

"이러다 좋은 구경거리가 생기는 거 아냐?"

기대감에 차 있는 목소리들이 여기저기서 들렸다. 나는 계단으로 내려온 열왕패도 진균에게 포권을 취하며 제대로 인사했다.

"오랜만에 뵙습니다, 선배님."

"그렇군."

진균이 살짝 고개를 끄덕이고서 나를 지나쳤다.

'….'

그러더니 아직까지 일어나지 못하는 진용에게 다가가 머리 위로 손을 얹었다.

"으으으으."

그러자 진용의 머리가 파르르 떨리더니 입과 코에서 하얀 김이 흘러나왔다. 녀석의 머리에 남아 있는 공력의 여파를 해소시킨 것이었다.

"조, 조부님?"

정신을 차린 진용이 상황을 파악했는지 쪽팔림에 얼굴이 붉게 상기되었다. 스스로도 한 방에 나가떨어질 거라고는 상상도 못 했을 것이다.

"어리석은 것. 쯧쯧."

진균이 손주를 내려다보며 혀를 찼다. 조부가 나무란다고 생각되었는지 진용이 다급히 변명했다.

"조부님, 이건 제대로 겨룬 게 아닙니다. 갑자기 예고도 없이 수를 펼치면 누구라도…."

"입을 닫거라."

"조부님…."

"상대를 아는 것도 실력이라고 했다. 이 할아비가 그렇게 누누이 이야기했건만 변하는 게 없구나."

"…송구합니다."

기가 죽은 진용이 고개를 푹 숙이고 사죄했다. 빠른 판단이었다. 괜히 더 변명해봐야 훈계만 듣게 될 것이다. 손주인 진용에게서 시선을 뗀 진균이 다시 뒷짐을 지고서 내게 다가왔다.

─화난 것 같은데.

소담검의 말처럼 나를 바라보는 표정이 장난이 아니었다. 조금도 봐주지 말라고 해서 그리했는데, 막상 상황이 닥치고 보니 불쾌했나 보다. 열왕패도 진균이 내게 말했다.

"과연 소문이 사실이었군."

그의 입에서 나온 그 말에는 여러 의미가 들어 있었다. 그러나 가장 큰 의미는 인정이었다. 소문을 듣고 반신반의했으나 이제 나를 팔대 고수의 일인으로 인정한다는 소리였다.

"그동안 많은 인재를 봐왔지만 자네같이 빠르게 성장하는 자는 처음이네."

"과찬이십니다."

"장강의 뒷물결이 앞 물결을 밀어낸다는 말이 틀린 소리가 아니로군."

장강후랑추전랑(長江後浪推前浪). 세대 교체를 의미하는 말이다.

"앞으로 십 년이 지나면 누가 자네의 상대가 되겠는가."

훈훈하게 인정하는 것처럼 들리지만 점점 그의 기운이 날카롭게 고조되고 있었다. 나에게만 그것을 집중하여 다른 사람들이 눈치채지 못할 뿐이었다.

'이거 당장에라도 출수할 기세인데.'

그다음에 무슨 말이 나올지가 예상이 갔다. 열왕패도 진균이 내게 말했다.

"오늘이 아니면 기회가 없을 것 같군. 노부도 자네에게 비무를 청하도록 하지."

'…!!'

그 말이 떨어지기 무섭게 주위의 수군거림이 커졌다. 다른 사람도 아니고 오랫동안 팔대 고수의 일인으로 자리해왔던 열왕패도 진균이 먼저 내게 비무를 청했으니 이목이 집중되는 것도 당연한 일이었다.

"이럴 수가!"

"팔대 고수들끼리 붙게 생겼어."

구경하는 사람들이 흥분을 감추지 못했다.

'으음.'

이것 참 난감하기 짝이 없었다. 고작 한 달 사이에 이런 일이 연달아 벌어지는 게 신기할 정도였다. 낭왕 혁천만에 귀살권마 장문량, 악심파파 철수련, 이제는 열왕패도 진균과도 겨루게 생겼다.

─너도 참 운이….

그러게 말이다. 점점 의도와 상관없이 괴물들과 엮이고 있다. 그때 남천철검의 목소리가 머릿속을 울렸다.

─강자가 된다는 것이 그렇다. 운휘, 네가 명성을 떨칠수록 더욱 그럴 것이다.

별로 위로가 되지 않는 말이네. 다른 사람들과 마찬가지로 얼떨떨해하던 정명 도장에게 진균이 말했다.

"정명 도장, 미안하네만 양보해줄 수 있겠나?"

그 말에 정명 도장의 안색이 환해졌다. 그렇지 않아도 정해진 결과를 맞이하러 가야 해서 죽상이었는데, 구명 밧줄이라도 잡은 듯한 얼굴이었다.

"어찌 선배님께 양보하지 않을 수 있겠습니까?"

기회를 놓치지 않았다. 무공만 뛰어난 것이 아니라 경험도 많아서 능구렁이 같았다. 진균이 내게 뒷마당 쪽을 가리키며 말했다.

"가지."

거절할 명분을 사전에 차단해버렸다. 그래도 넙죽 겨루겠다고 할 수는 없는 노릇이니….

"선배님, 어찌 후배인 제가 선배님의 도전을 받을 수 있겠습니까? 겨루지 않더라도 아직 후배는 선배님의 상대가 되지…."

"거절할 생각은 하지 말게."

"거절이 아니라 아직 부족하다고 말씀드리는 겁니다."

"마음에도 없는 소리를 하는군."

"아닙니다."

"설사 자네의 뜻이 그렇다고 해도 저 아이를 저리 한 수에 꺾었으니, 이대로 넘어간다면 무림의 사람들이 본 문에 인재가 없음을 비웃지 않겠나."

대놓고 본의를 드러내는 진균이었다. 사문의 체면까지 걸고 넘어가니 거절할 명분이 없었다.

"따라오게."

슉! 진균이 손을 내밀자 진용이 등허리에 메고 있던 비파 형태의 천으로 감싼 도가 허공섭물에 의해 빨려 들어왔다. 그 광경에 사람들이 난리가 났다. 초절정의 극에나 이르러야 가능한 수법이니 놀라는 것도 당연했다. 열왕패도 진균이 먼저 밖으로 나갔다.

'에휴.'

빠져나갈 구멍이 없으니 겨룰 수밖에 없었다. 어쩌다 일이 이 지경이 되었는지 모르겠다.

"도련님, 열왕패도면 그 팔대 고수 중 한 사람 아니에요?"

"그래."

"무서운 양반인데 괜찮겠어요?"

아송이 걱정스럽다는 듯이 속삭이며 물었다. 이에 나는 녀석에게 말없이 옅은 미소를 보였다. 그런 와중에 사마영이 전음을 보내왔다.

[공자님, 확 콧대를 꺾어버리세요!]

그녀는 전혀 걱정하지 않는 기색이었다. 목숨을 걸고 하는 생사의 대결도 아니고 비무의 성격을 띠고 있었고, 더 강한 괴물인 악심파파 철수련의 시신을 가져와서 그런지 믿음이 굉장히 강해진 것 같았다.

나는 살짝 고개만 끄덕이고서 뒷마당으로 나갔다.

'좁은데?'

뒷마당이 예상한 것보다도 작았다. 정말 창고와 뒷간이 다였고, 정작 뒷마당이라 부를 만한 공간은 고작해야 다섯 평도 되지 않는 것 같았다. 열왕패도 진균이 비파 형태의 도에서 천을 풀고 있었다. 패열도(覇熱刀). 진균이 자랑하는 보도다.

우르르르! 아니나 다를까, 객잔에 있는 사람들이 뒷문을 통해 몰려왔다. 이 좋은 구경거리를 놓치고 싶겠는가. 안 그래도 좁은데 사람들이 몰려와서 아슬아슬하게 벽에 기대서 있으니 공간이 더 좁게 느껴졌다.

'되려나.'

초인급 고수들이 펼치는 대결이다. 제대로 겨루면 그 여파만으로 주변이 초토화될 것이다. 열왕패도 진균 역시도 이를 의식했는지 주변을 둘러보며 인상을 찡그리고 있었다. 아무래도 장소를 옮기자고 해야겠다. 여기서는 피해만 커지고 무리였다.

"선배님, 장⋯."

"장소가 협소하니 비무 방법을 바꾸도록 하지."

"네?"

비무 방법을 바꾸겠다고? 하면 피해가 생기지 않도록 내력 없이 초식만 겨루려는 건가? 그렇게 하면 별다른 피해는 생기지 않을 것이다. 한데 그의 입에서 뜻밖의 제안이 나왔다.

"이기어검을 다룰 줄 안다지?"

"…그렇습니다만."

그건 왜 묻는 거지? 의아해하는데 진균이 미소를 지으며 말했다.

"마침 잘됐군. 노부도 십여 년간 이기어도를 연마했지."

슉! 진균이 패열도에서 손을 떼자 도가 허공으로 날아올랐다. 자연스럽게 떠오르는 것이 정말 말한 대로 상당한 연마를 거친 것 같았다. 옥형의 힘이 아닌 순수한 이기어도는 처음 봤다.

"우오오오!"

"이기어도다!"

"열왕패도도 이기어도술이 가능해!"

구경하는 사람들이 난리가 났다. 나 역시 감탄이 나올 지경인데 다른 이들이라고 다를 바가 있겠는가. 남천철검의 목소리가 머릿속을 울렸다.

―운휘, 나는 준비됐다.

날고 싶어서 안달이 나 있었다. 뭐 상황이 이렇게 된다면 나야 거절할 이유가 없지. 이렇게 되면 남천철검과 진균의 대결이 되는 건가.

스릉! 남천철검이 검집에서 빠져나와 허공으로 날아올랐다. 그 광경에 사람들이 또다시 탄성을 흘렸다.

"대단해!"

"이기어검과 이기어도의 대결이라니."

"내 생에 이런 엄청난 것을 볼 수 있다니, 지금 죽어도 여한이 없을 것 같네."

구경꾼들 덕분에 대결 분위기가 한층 고조되었다. 진균이 내게 다가오며 말했다.

"그냥 이기어술만 겨룬다면 상대에게 직접적인 타격을 줄 수 없으니, 여기서 하나를 더 추가하도록 하지."

일리가 없는 말은 아니었다. 애초에 비무라 하면 상대를 죽이진 않더라도 제압하는 것이 승패를 좌우한다. 하나 이기어술로만 대련하면 그것이 상당히 모호해진다.

"어떤 것을 더하실 겁니까?"

"이기어술이 얼마나 집중력을 요하는지는 자네도 잘 알 터이니, 내력 대결을 하면서 겨뤄보세."

내력 대결이라 하면 두 손을 맞대고서 순수하게 공력의 우위를 가리는 것을 말한다. 한데 이기어술을 펼치면서 동시에 진행하게 되면 정신력이 상당히 분산될 수밖에 없기에 내력 대결을 하다 흐트러질 수밖에 없다.

'대결 수준을 높이자는 건데⋯'

진균의 얼굴에 자신감이 가득했다. 이 자리에서 자신의 우위를 확실하게 보여주겠다는 의지가 보였다. 진균이 내게 말했다.

"힘들다면 이기어술로만 겨뤄도 상관은 없네."

⋯이건 확실히 도발이었다. 배려를 해서 하지 말라는 게 아니라 수준이 이에 미치지 못한다면 포기하라는 말이었다. 이것 참 어떻게 해야 하지. 나는 난감하다는 목소리로 진균에게 말했다.

"저는 상관없지만 선배님 정말 괜찮으시겠습니까? 자칫 내상으로 이어질 수도 있습니다."

그 물음에 진균의 미간이 무섭게 일그러졌다. 내가 역으로 도발했다고 여겼나 보다. 진균이 다소 무거워진 목소리로 내게 말했다.

"소검선이라 불린다고 하더니, 자신감이 보통이 아니로군. 좋네. 자신감만큼 얼마나 대단할지 보도록 하지. 그럼 한번 겨뤄보세나."

진균이 두 손바닥을 내게로 향했다. 이에 나 역시도 앞으로 걸어가 손바닥을 붙여서 마주했다. 주변에서 웅성거리는 소리가 들려왔다.

"내력 대결까지 하면 소검선이 불리한 거 아냐?"

"아무리 벽을 넘었다고 해도 열왕패도는 이미 수십 년 전에 그 경지에 이르렀잖아."

"내공에서는 불리할 텐데."

사람들도 대결의 양상이 내게 불리하다고 판단했다. 손주인 진용이 나를 이죽거리는 얼굴로 쳐다보고 있었다. 자신의 조부가 확실히 승리할 거라고 장담하는 것 같았다.

진균이 나를 똑바로 쳐다보며 말했다.

"후우. 그럼 시작하지."

"알겠습니다."

슉! 슉! 말이 끝나기가 무섭게 허공에 있던 패열도와 남천철검이 동시에 움직이면서 현란하게 궤적을 그리며 부딪쳤다. 그와 동시에 진균이 내공을 끌어올렸다. 고오오오오! 진균의 공력에 그의 발바닥 부근이 들썩거리며 모래 알갱이가 떠올랐다. 천천히 끌어올릴 거라 생각했는데 단숨에 칠성, 팔성으로 올리는 것 같았다. 압도적인 공세로 단번에 승부를 보겠다는 의지가 보였다. 그런데 진균의 두 눈이 커졌다.

'…!!'

단번에 공력을 끌어올려 나를 당혹스럽게 하려는 것 같은데, 그와 전혀 다른 양상이 펼쳐졌기 때문이다.

"자네!"

내력 대결에서 밀리지 않을 거라고는 예상하지 못했나 보다. 나는 놀라는 진균을 보며 말했다.

"더 세게 하셔도 됩니다, 선배님."

"뭐?"

그 말에 진균이 어처구니없어했다. 그렇지 않아도 악심파파의 내공을 흡수하고서 어느 정도 수준에 이르렀는지 궁금하던 차에 잘됐다.

'그럼 제대로 공력을 끌어올려 볼까.'

나는 육성으로 올렸던 내공을 단번에 팔성으로 끌어올렸다.

"헛!"

그 순간 진균의 얼굴이 붉게 상기되며 팔목의 핏줄이 곤두섰다. 안 되겠다 싶었는지 진균이 공력을 더욱 끌어올렸다. 그러나 나 역시도 공력을 올렸다. 파슥! 그러자 진균이 지탱하고 있던 발바닥 부근이 뒤로 조금씩 밀려났다. 그 광경에 주변에서 난리가 났다.

"세상에!"

"여, 열왕패도가 공력에서 밀리고 있어!"

<8권에 계속>

430

절대 검감 7

초판 1쇄 인쇄일 2022년 7월 4일
초판 1쇄 발행일 2022년 7월 11일

지은이 한중월야

발행인 윤호권
사업총괄 정유한

편집 김지연 **디자인** 김지연 **마케팅** 명인수 **일러스트** 스튜디오이너스
발행처 ㈜시공사 **주소** 서울시 성동구 상원1길 22, 6-8층(우편번호 04779)
대표전화 02-3486-6877 **팩스(주문)** 02-585-1755
홈페이지 www.sigongsa.com / www.sigongjunior.com

글 ⓒ 한중월야, 2022

이 책의 출판권은 (주)시공사에 있습니다. 저작권법에 의해
한국 내에서 보호받는 저작물이므로 무단 전재와 무단 복제를 금합니다.

ISBN 979-11-6925-032-0 04810
    979-11-6925-025-2 (SET)

*시공사는 시공간을 넘는 무한한 콘텐츠 세상을 만듭니다.
*시공사는 더 나은 내일을 함께 만들 여러분의 소중한 의견을 기다립니다.
*잘못 만들어진 책은 구입하신 곳에서 바꾸어 드립니다.